MOON NOTES

JULI DORNE

fighting FATE

Moon Notes

Originalausgabe
1. Auflage

Druck und Bindung: FINIDR, s.r.o., Lípová 1965,
737 01 Český Těšín, Tschechische Republik
Printed 2023
ISBN: 978-3-96976-004-8

www.moon-notes.de

Für Kat, weil du von Anfang an wusstest,
dass es um Liebe geht.

Liebe*r Leser*in,
wenn du traumatisierende Erfahrungen gemacht hast, können einige Passagen in diesem Buch triggernd wirken. Sollte es dir damit nicht gut gehen, sprich mit einer Person deines Vertrauens. Auch hier kannst du Hilfe finden:
www.nummergegenkummer.de
Schau gern auf S. 432, dort findest du eine Auflistung der potenziell triggernden Inhalte in diesem Buch. (Um keinem*r Leser*in etwas zu spoilern, steht der Hinweis hinten im Buch.)

Playlist

Monsters (feat. blackbear) – All Time Low
Parting of the River of Three Crossings – Hong Dae Sung
Orbit – Hwa Sa
Achilles Come Down – Gang of Youths
Wires – The Neighbourhood
BLUE – Troye Sivan, Alex Hope
you broke me first – Tate McRae
Without You – Ursine Vulpine, Annaca
Artemis – Stephen Rezza
if u love me – Nessa Barrett
Achilles Heel – J. Maya
Wish I Never Loved You – Bolshiee
Bad Dreams (Stripped) – Faouzia
Lightning – Stonefox
Rain – Unprocessed
Chemical – The Devil Wears Prada
Demons – Jacob Lee
Chosen (feat. Svrcina) – Generdyn

Teil 1 | Hoffnung

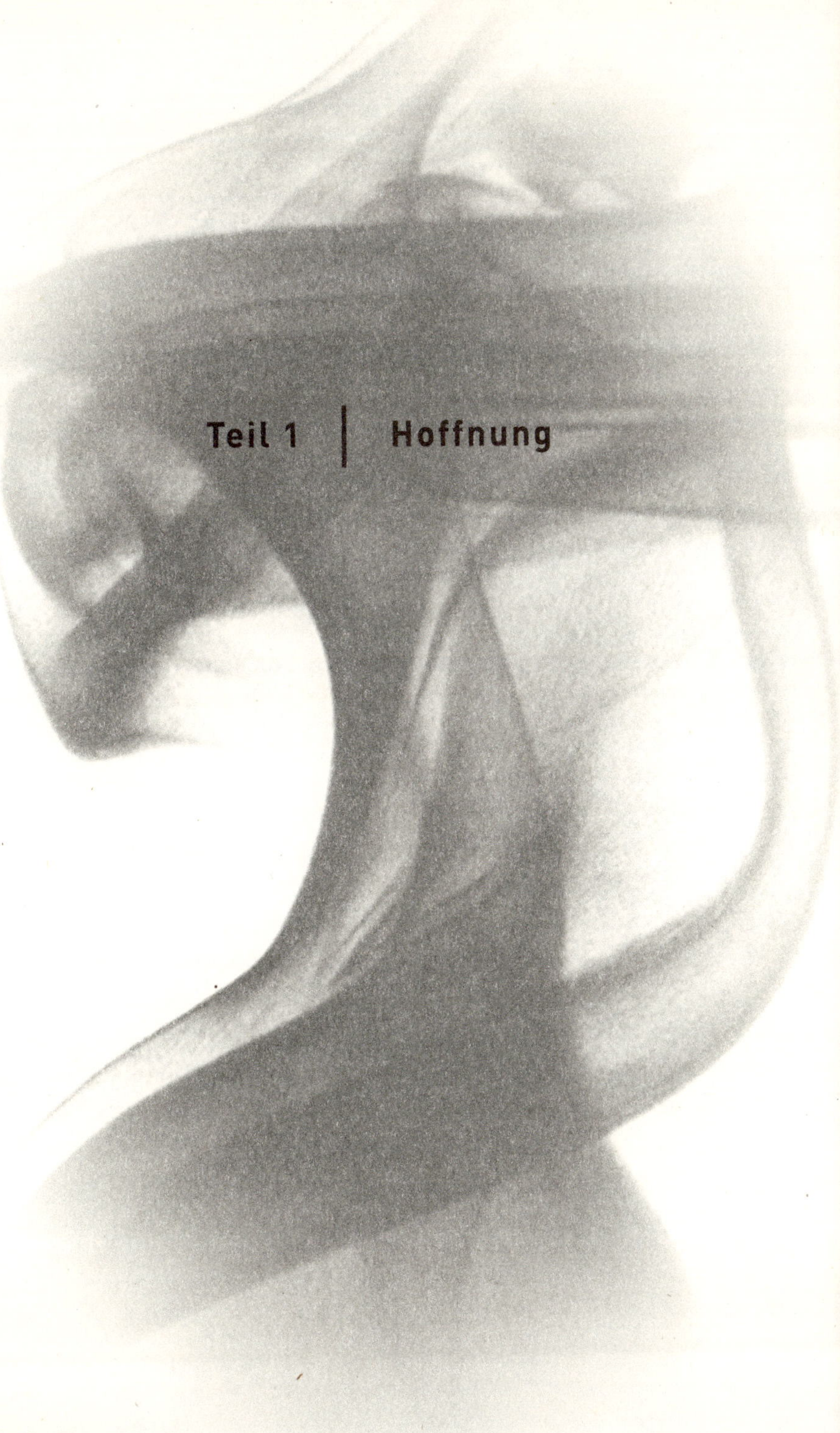

1

Taru

Manche Tode waren wie seltsame Sitcoms im Free-TV, bei denen man genau wusste, wann man lachen sollte. Wann das Klavier auf die Straße fallen und den Protagonisten wie eine Wassermelone zermatschen würde. Menschliches Blut war zwar dicker als das vieler anderer Lebensformen – aber das waren nur Nebensächlichkeiten.

Alles in allem ziemlich vorhersehbar.

Andere Tode hingegen waren tragisch. Hätten nicht passieren sollen, weil die Menschen zur falschen Zeit am falschen Ort waren. Weil sie es wirklich nicht verdient hatten. Aber was wusste ich schon? Ich war schließlich nicht derjenige, der den Lebensfaden durchschnitt. Das übernahm jemand anderes.

Aber auch das war ein anderes Thema.

Ich war nur die Marionette, die die Seelen dorthin schickte, wo sie ihr restliches Dasein fristen konnten. Totenrichter. Todesengel. Sensenmann. Die Menschen gaben mir die unsinnigsten Bezeichnungen. Doch egal, wie sie mich nannten: Meine Aufgabe blieb gleich.

Ich stöhnte genervt auf, als mein Blick über das Pergament

huschte, auf dem ein weiterer Tod beschrieben stand. Wieder einer dieser Trottel, der den gleichen Fehler wie Zigtausende vor ihm beging. Menschen lernten einfach nicht aus ihren Fehlern.

Schon von Anfang an hätte er dieser Frau nicht trauen sollen. Ihr mörderischer Blick allein hätte ausgereicht, und ich hätte die Beine in die Hand genommen. Selbst ihre Wohnung schrie nach *Serienkiller* – schaute der Mann keine Filme? Traue niemandem, der mehr Messer als Unterwäsche hat. Aber wie alle Menschen war auch er blind vor Liebe gewesen, bis ihm diese verrückte Dame ein Messer in die Brust rammte. Dann in den Bauch. Guter Treffer in die Leber – er war wahrscheinlich nicht ihr erstes Opfer.

Dieser Mensch tat mir beinahe schon leid.

Ob er sich auch nur eine Sekunde gefragt hatte, wie sich eine Frau wie sie in ihn verlieben konnte? Ob ihn dieser Verrat geschmerzt hatte, als er merkte, dass ihre Gefühle nicht echt waren?

Vielleicht. Er war zwar nur ein Mensch gewesen, aber er hatte sie geliebt, wirklich und wahrhaftig. Das war der erste Schritt in seinen sicheren Tod gewesen.

Frustriert schüttelte ich den Kopf und legte sein Protokoll auf den Stapel jener Seelen, die in den Asphodeliengrund gebracht wurden. Ein Ort, reserviert für die Normalos. Diejenigen, die ab und zu mal einen Kaugummi beim Imbiss hatten mitgehen lassen. Kleine Sünden, die verziehen werden konnten. Die Märtyrer, die als Helden in Geschichten gefeiert und verehrt wurden und denen auch Jahrhunderte später immer noch nachgetrauert wurde, kamen in das Elysion.

Ich lehnte mich in meinem ledernen Sessel zurück und versuchte, die hundert weiteren Protokolle nicht zu beachten, die sich auf dem Glastisch vor mir stapelten. Mit den Händen rieb ich über mein Gesicht und ließ meinen Blick zu den bodentiefen Fenstern gleiten. Ich erhob mich, um wenigstens von außen ein bisschen Leben zu spüren. Pulsierende Lichter, beleuchtete Fenster von Wohnungen und Büros, rote und grüne Ampeln. Ungeduldige Menschen, die auf ihre Uhren sahen, weil ihnen die Zeit davonlief. Während sie lebten und rannten, verweilte ich im Stillstand.

»Wolltest du das mit dem Trübsalblasen nicht sein lassen?«

Ich rollte mit den Augen, drehte mich um und sah, wie Dixie mein Büro betrat. Ihre rotbraunen, vollen Haare sahen aus, als hätte sich zuvor ein Paar Hände darin vergraben, und eine Duftwolke Pheromone umgab sie.

»Du riechst nach Alkohol und Sex«, sagte ich und setzte mich wieder an den Schreibtisch. Die unsortierten Seelen konnten nicht für immer im Leerraum schwirren.

»Da liegst du richtig.« Dixie stolzierte durch den weitläufigen Raum und ließ sich geräuschvoll auf einen der Samtsessel fallen. Sie legte ihre in schwarzen High Heels steckenden Füße auf den Stapel der Seelen, die ins Elysion treten durften. »Auf der Zehnten in Chelsea hat ein neuer Club aufgemacht. Die Drinks sind fast so lecker wie die Barkeeper.« Ein breites Grinsen entstand auf ihrem Gesicht. Mit ihrer Zunge fuhr sie über ihre strahlend weißen Zähne und sah mich herausfordernd an.

»Wie schön, dass du dein Leben genießt«, gab ich trocken zurück und widmete mich wieder den Protokollen. Ein missglückter Banküberfall. Der achte in diesem Monat.

»Du kannst das auch tun, Taru.«

Dixie sagte es betont beiläufig, doch als ich aufsah, erkannte ich das provozierende Funkeln in ihren Augen. Langsam legte ich das Pergament nieder, stützte mein Gesicht auf meiner Hand ab und warf ihr ein unschuldiges Lächeln zu. Wir führten dieses Gespräch seit Hunderten von Jahren, und immer endete es in einem Streit. »Und wie soll ich das deiner Meinung nach anstellen?«

»Du könntest Menschen hierher einladen. Jeden Tag eine Party schmeißen. Dich amüsieren.« Dixie nahm ihre Füße vom Tisch, lehnte sich etwas nach vorn. »Du lebst in einem über dreihundert Quadratmeter großen Apartment in der aufregendsten Stadt der Welt und nutzt es nicht. Dieser Ort könnte ein Lusttempel werden, ein Ort voller Kunst und Magie. Du könntest etwas unternehmen, statt dich hier zu verkriechen –«

»Mich verkriechen?«

Dixie kniff die Lippen zusammen, als ich mich noch weiter nach vorn beugte. Mein Kiefer spannte sich an, während das Blut in mir zu kochen begann. Wahrscheinlich kräuselten sich schon die ersten Schatten hinter meinem Rücken, bereit, gänzlich aus mir auszubrechen und alles in Dunkelheit zu hüllen, kurz nachdem ich den Raum niedergebrannt hätte.

»Ich bin hier gefangen, Dixie. Dieser Lusttempel, von dem du sprichst, ist Teil meiner Strafe.«

»Taru«, setzte sie beschwichtigend an, doch die versengende Wut raste schon durch meine Venen. Das Pergament unter meinen Händen fing bereits Feuer. Auch die Luft knisterte von der Magie, die die kleinen Staubpartikel verbrannte.

»Wenn es dich hier langweilt, hast du die Freiheit zu gehen.«

Rauch brannte in meiner Nase, während ich versuchte, ruhiger zu atmen. Dixie ließ mich keinen Augenblick aus den Augen, aus Angst, ich würde wieder die Kontrolle verlieren. Doch die Zeiten waren vorbei. Es gab nichts mehr, wofür es sich zu kämpfen lohnte. Dieses Leben war schlimmer als der Tod, und ich hatte es verdient.

Nachdem das Feuer in meinen Adern wieder versiegt war, entspannten sich Dixies Schultern, und sie atmete kaum merklich aus. Ihr Blick zuckte zu den verkohlten Pergamenten, deren

Asche ich nun mit meiner Hand vom Schreibtisch fegte. Zwei verlorene Seelen, die für immer im Leerraum bleiben würden. Verdammt.

Dixie reckte ihr Kinn und warf sich ihr langes Haar über die Schulter. »Ich will nur sagen, dass dieses Leben hier nicht ganz so schrecklich und trostlos sein muss. Du könntest es erträglicher machen.«

»Mich durch ganz New York vögeln, in der Hoffnung, dass alles andere dadurch nebensächlich wird?« Ich deutete auf ihr neuestes Smartphone, das in einer Glitzerhülle steckte, und betrachtete sie skeptisch. »Diese Damen, die du dir auf dieser scheußlichen App anschaust, würden das sicher nicht gutheißen.« Dixie rollte nur mit den Augen. Dabei wussten wir beide, dass sie zu viel Zeit mit diesem Ding verbrachte. »Orpheus ist tot, und du bist frei. Findest du nicht, du könntest etwas Sinnvolleres mit deiner Zeit anstellen?«

»Orpheus hat damit nichts zu tun.« Dixies Pupillen wurden zu Schlitzen, und über ihre Haut zog sich das Muster einer Baumrinde. Die Dryaden waren wohl die Nymphen mit der geringsten Selbstkontrolle. Auch wenn das Aufflackern ihres wahren Wesens nur einen Bruchteil einer Sekunde andauerte, bis sie sich beruhigt hatte und mich lediglich mit einem kalten Funkeln in den Augen bedachte. »Du bist ein Mistkerl, Taru«, zischte sie. »Würde ich dir nicht mein Leben verdanken, hätte ich schon längst Cerberus auf dich gehetzt.«

Ich zuckte nur mit den Schultern und schwieg. Dieser Teufelshund fraß Dixie tatsächlich aus der Hand.

»Und außerdem ist die Art, wie du mit deinen Problemen umgehst, genauso ungesund.« In einer geschmeidigen Bewegung erhob sie sich vom Sessel. »Ich werde uns etwas zu Essen bestellen. Du kannst hier weiter schmollen und alle von dir stoßen, aber ändern wirst du dadurch nichts.«

»Ich schmolle nicht«, rief ich ihr hinterher, doch da hatte sie mein Büro schon verlassen.

Mein Blick glitt ein letztes Mal zu dem lebendigen Pulsieren der Stadt, ehe ich mich wieder den Toten widmete.

Wir hatten uns auf die Dachterrasse begeben, nachdem das Essen da war. Egal, wo Dixie ihren Tag verbrachte, sie schaffte es immer pünktlich zum Abendessen. Es war unser Ritual – initiiert von Dixie, an einem meiner besonders schlechten Tage.

»Übrigens hab ich den Dreckskerl, den ich finden sollte, ausgeschaltet.«

Überrascht zog ich eine Augenbraue hoch, als ich Dixie noch etwas Gin nachschenkte. Sie wedelte entschuldigend mit der Hand.

»Nicht so, wie du denkst! Ich hab ihn nur k.o. geschlagen und dann vor der Polizeiwache abgelegt. Das wolltest du doch.«

Ich nahm mir noch eine der Sommerrollen, die Dixie beim Japaner ihres Vertrauens bestellt hatte, und schüttelte grinsend den Kopf. »Über sein Protokoll wäre ich nicht traurig gewesen«, sagte ich. Eine Ewigkeit im Tartaros, dem grausamsten Teil des Hades, war das Mindeste, was er verdient hätte. Dieser Mensch hatte, sogar verglichen mit den Taten einiger Götter, wirklich schreckliche Dinge getan, und ich hatte Dixie gebeten, ihn ausfindig zu machen. Menschen waren einfach zu … simpel, um zu sehen, was sich vor ihren eigenen Augen abspielte.

»Ich schon. Sonst hätte mich das Schicksal nicht zu …«

Ich schluckte schwer, als dieses eine Wort sich wie ein Speer in mein Herz bohrte. Treffsicher und präzise, als hätte Achill selbst zum Wurf angesetzt.

Dixie wandte sich ihrem Glas zu und nahm einen großen Schluck, ehe sie sich räusperte und weitersprach. »Jedenfalls wäre ich sonst nicht in diese Bar gekommen – mit den sexy Barkeepern. Einer davon war unglaublich süß, hat mich sogar nach seiner Schicht zum Eislaufen in den Central Park mitgenommen, bevor wir in seinem Apartment gelandet sind.«

Sie steckte sich noch eine Sommerrolle in den Mund und berichtete mir dann in aller Ausführlichkeit, was sie mit ihm in seiner Wohnung getan hatte.

»Oh, außerdem hab ich dir noch ein paar Cupcakes mitgebracht.« Dixie deutete mit ihrem leeren Glas auf den Wohnbereich hinter uns. Ich hob die Ginkaraffe an und schenke ihr etwas nach. »Ich kann sie dir holen, wenn du willst. Bevor ich diesen widerlichen Menschen gefunden hatte, war ich in einem Café – *Coffee Variety*. Supersüß! Und eine riesige Auswahl … Das reicht, danke.«

Ich warf ihr ein halbwegs glaubwürdiges Lächeln zu, als ich nun auch mir etwas von dem Alkohol eingoss, und lehnte ihr Angebot ab. Es war nicht das erste Mal, dass Dixie mir etwas von ihren Unternehmungen mitbrachte. Doch immer, wenn ich diese Dinge annahm, ob es ein Kleidungsstück oder etwas zu Essen war, fühlte es sich falsch an. Jedes Mal spielte sich vor meinem inneren Auge ein Film ab, wie Dixie durch die Straßen New Yorks streifte, Bibliotheken besuchte, in Cafés saß und das Leben genoss, das ich niemals haben würde. Es war bitter. Dieses Gefühl klebte förmlich an all ihren Geschenken und fraß sich tief in mein Herz. Dennoch hörte ich ihr weiter still zu, wie sie mir vom herbstlichen New York erzählte, während Neid mich den Gin nur schneller trinken ließ. Wenn ich diese Dinge schon nicht durch meine eigenen Augen sehen konnte, dann durch Dixies. Das war unsere Abmachung. Was hatte ich denn auch für eine andere Wahl?

Wir blieben noch mehrere Stunden auf der Dachterrasse. Die Nacht legte sich über die Stadt, aber wirklich dunkel wurde es hier nie. Erst als Dixie ihr Zähneklappern kaum noch verbergen konnte, verabschiedete sie sich und ging auf ihr Zimmer. Über unseren kleinen Streit hatten wir nicht gesprochen – das taten wir nie. Diese Dinge regelten sich meistens von allein.

Ich wartete noch einen Moment, ehe ich zu dem Geländer der Terrasse lief. Mit meinen Unterarmen stützte ich mich auf dem kühlen Metall ab und atmete tief ein. Unter mir strömten Menschen über die Madison Avenue. Den Wunsch danach, selbst durch diese Straßen zu laufen, hatte ich immer wieder begraben. Ich wusste, dass es keine Möglichkeit gab. Und doch war dieses Verlangen nach dem, was ich mir unter dem Leben vorstellte, nie ganz verschwunden. Verfluchte Hoffnung. Sie war schlimmer als jedes Gift.

Ich ließ den Kopf hängen und wandte der Stadt meinen Rücken zu. Ich sollte weitere Protokolle abarbeiten. Mich ablenken. Doch wie von selbst trugen mich meine Füße durch den offenen Wohnbereich, vorbei an einem der fünf Kamine in dieser Wohnung. Vorbei an den wertvollen Kunstwerken aus verschiedenen Ländern, die ich nie bereisen konnte, hin zu dem privaten Fahrstuhl, den ich seit Ewigkeiten nicht betreten hatte. Aber der Alkohol und Dixies Erzählungen über die Eiskunstlaufbahn im Central Park, auf den ich von meiner Wohnung einen exzellenten Blick hatte, ließen mich wehmütig werden.

Ich wollte nur einen Blick darauf werfen. Nur einen Schritt wagen, und dann würde ich mich wieder zurückziehen. Ich wollte für einen Moment die Welt von unten sehen, statt von meinem Gefängnis hinabzuschauen. Nichts Großes.

Beim *Ping* der Fahrstuhltüren zuckte ich zusammen. Ich steckte meine Hände tief in die Taschen meiner Hose, um mir selbst einreden zu können, sie würden nicht zittern, und betrat den Aufzug. Mit jedem Stockwerk, das ich hinabfuhr, wurde mir wärmer. Der Gin musste definitiv seine Wirkung entfaltet haben.

Ich schluckte, als ich das Erdgeschoss erreichte. Die hohen Marmorsäulen und den schweren roten Teppich des Foyers beachtete ich kaum. Mein Ziel war eine langweilige, normale Tür.

Kaum jemand schien mich zu bemerken. Für das menschliche Auge verschwamm ich mit den Schatten. Ein Vorteil, wenn man der Schattenprinz war.

Mit immer schneller werdenden Schritten lief ich an den Räumen des Personals, des Sicherheitschefs und der Küche des Restaurants, das sich im unteren Bereich dieses Hauses befand, vorbei. Ich atmete tief durch, als ich die unscheinbare Tür erreichte. Auf Menschen wirkte sie wie ein gewöhnlicher Personalausgang. Sie sahen nicht den Schimmer, der die Tür umgab. Sie hörten nicht das leise Flüstern der Magie.

Die Tür öffnete sich so einfach, als wäre sie erst gestern frisch geölt worden. Ich schloss die Augen und atmete den warmen Geruch der Magie ein. Spürte, wie sich der Geschmack von Honig auf meine Zunge legte. Ambrosia, der Atem des Olymps, drang in meine Lungen. Als ich meine Augen öffnete, erstreckte sich vor mir die nächtliche Madison Avenue. Ruhig und ungewöhnlich still. Nur vereinzelt liefen Menschen vorbei, mit dem Smartphone am Ohr, blind und gehetzt. Es würde mich nicht überraschen, hätte ich morgen ein Protokoll von ihnen auf dem Schreibtisch.

Noch ein tiefer Atemzug, bevor ich aus der Tür trat. Nur ein Schritt. Ein Schritt und ich war draußen. Mein Herz schlug mir bis zum Hals. Das Zittern meiner Hände konnte ich kaum noch unterdrücken.

Wenige Sekunden später spürte ich sie. Knapp eine Minute später sah ich sie auf der gegenüberliegenden Straßenseite. Lauernd. Kahlköpfig. Die blinden Augen auf mich gerichtet. Sie schnupperten, nahmen meinen Geruch wahr, und ihre knöchernen Flügel waren eng an den schmalen Körper gelegt.

Erinnyen.

Gänsehaut kroch über meine Arme. Ein angeborener Instinkt. Schon von klein auf wurde mir gesagt, ich sollte die Rachegöttinnen fürchten. Doch Furcht war nicht das, was ich spürte. Ich hatte Respekt vor den fledermausartigen Wesen, die selbst einen mächtigen Gott in Stücke reißen konnten. Nichts, was ich selbst erfahren wollte.

Wenn ich mich nicht weiter rührte, würden sie sich auch nicht bewegen. Ein Schritt aus dem Haus, nur das war mir gewährt. So viel Güte hatte mir der ach so ehrenhafte Göttervater bei seinem Urteil dann doch noch zuteilwerden lassen. Damals hätte ich ihm am liebsten vor die Füße gespuckt und ihm gesagt, dass er sich diese Güte sonst wohin schieben konnte.

Ich richtete meinen Blick wieder auf die ledrigen Damen vor mir. Wer wusste, ob sie sich nicht doch spontan dazu entscheiden würden, mir näher zu kommen.

Ich wollte mich gerade umdrehen und wieder ins Haus zurückkehren, mein Glück nicht weiter ausreizen, als eine der Erinnyen unruhig wurde. Sie reckte den Kopf, stellte ihre Flügel auf. Auch ihre Schwestern hoben die Köpfe. Aufgeregt und ruhelos, als hätten sie die Orientierung verloren. Als hätten sie *mich* verloren.

Das konnte nicht sein. Die Erinnyen waren zwar blind, doch dafür waren ihre anderen Sinne besser ausgereift als Dionysus' Wein. Und dennoch flogen sie aufgeregt über den Bürgersteig bis zur Kreuzung der Madison Avenue, wo gerade eine kleine Gruppe von Menschen die Straße überquerte. Ich zögerte. Beobachtete die Erinnyen noch einige Sekunden länger, ehe ich mich nicht mehr weiter davon abhalten konnte. Ich stürmte zur Straße, musste auskosten, wie weit ich mich bewegen konnte. Das erste Mal seit Jahrhunderten war ich frei. Adrenalin rauschte durch meine Adern, und ein ungläubiges Lachen entfuhr mir. Ich drehte mich um mich selbst und konnte es kaum fassen. Nur am Rande nahm ich wahr, wie die Menschen, die eben noch die Straßenseite gewechselt hatten, an mir vorbeizogen. Einige murmelten leise Flüche, weil ich ihnen im Weg stand. Doch es war mir egal. Irgendetwas musste sich verändert haben, dass die Erinnyen mich nicht mehr sahen.

Blut rauschte in meinen Ohren. Mein gesamter Körper kribbelte. Mein Atem ging schneller, weil das Gefühl von purem Glück mein Herz auf das Dreifache anschwellen ließ.

Ich drehte mich wieder zur Kreuzung, dorthin, wo die Erinnyen sich bewegten. Erneut hielten sie inne. Ihre Köpfe zuckten plötzlich wieder in meine Richtung. Ich hatte kaum Zeit, mich zu bewegen, da stürmten sie auf mich zu. Die langgliedrige Klaue einer Erinnye presste mich gegen die Hauswand.

Die Prise Freiheit war vergangen.

»Da ist ja der kleine Schattenprinz.« Ich verzog mein Gesicht, als mir der faulige Atem der Erinnye entgegenschlug. »Wir sollten dich zerfetzen. Du bist verschwunden.«

»Ein Regelbrecher«, krächzte die zweite.

»Wer Regeln bricht, dem brechen wir die Knochen«, vervollständigte die dritte der Schwestern ihre Raserei. Die anderen beiden Erinnyen jauchzten vor Vorfreude auf. Beschwichtigend hob ich die Hände, während mich die ledrige Klaue immer stärker gegen die Mauer drückte, dass in meinem Rücken die Steine nachgaben.

»Meine Damen«, presste ich mühsam hervor. Eine Klaue bohrte sich in meinen Hals, doch ich ignorierte den Schmerz. Das würde sie nur noch rasender machen. Hungriger. »Ihr seht heute ganz fabelhaft aus, wisst ihr das?«

»Lass die Schmeicheleien, Prinz. Uns kannst du nicht entkommen.«

»Es war nur ein Moment«, gab ich besänftigend zurück. Fieberhaft überlegte ich, wie ich den Erinnyen entkommen konnte. Sie waren stark, und in die Schatten konnte ich nicht verschwinden. Ohne Ablenkung hatte ich keine Chance. »Ihr könnt das wohl kaum als Regelbruch ansehen. So weit habe ich mich doch gar nicht entfernt. Wie weit war das? Ein Meter? Zwei? Bei eurem schönen Antlitz habe ich das ganz ver–«

»Los, Schwester«, zischte die Rechte, die zuvor meine Knochen brechen wollte. »Reiß ihn auf, ich will seine Organe kosten.«

Die Erinnye, die mich an die Wand presste, legte den Kopf schief und schnupperte erneut an mir wie eine Raubkatze an einem rohen Stück Fleisch.

Aus dem Augenwinkel nahm ich eine Bewegung wahr. Rotbraune Haare. Die Erinnye reckte den Kopf.

Ich schlug meine Hand in das Mauerwerk. In der nächsten Sekunde riss ich einen Steinbrocken heraus und zog ihn der Erinnye über den Kopf. Sie kreischte auf, lockerte den Griff um meinen Hals. Ich stieß sie von mir. Sie prallte gegen ihre Schwestern, die wütende Drohungen zischten. Doch diesmal war ich schneller und sprang zur schmalen Tür, wo Dixie schon auf mich wartete. Sie zog mich am Kragen meines Hemdes hinein. Ich landete auf dem Boden, als Dixie die Tür zuwarf. Die Erinnyen heulten frustriert auf, kratzten mit ihren Klauen an der Tür. Zwecklos. Neben meinem Vater hatten nur diejenigen Zutritt, die ich hereinbat.

»Was zum Hades war das?«, fragte Dixie.

Ungläubig schüttelte ich den Kopf und erhob mich vom Boden, klopfte mir den Staub von der Hose. Ich ignorierte das warme Blut, das mir am Hals hinablief, als ich breit grinsend zu Dixie sah.

»Hoffnung.«

2

Rio

Ein Jahr später.

»Na, Sonnenschein?« Jakes Schicht im *Celestial* musste erst vor paar Minuten angefangen haben. Er war gerade noch dabei, seine Schürze vor seinem Bauch festzubinden, als ich an den Tresen trat.

»Wohl eher hundert Prozent Regenwahrscheinlichkeit«, murmelte ich und nahm einen großen Schluck vom Vanille Latte, den ich fälschlicherweise zubereitet hatte. Die Kundin hatte mich zum Glück darauf hingewiesen, bevor sie ihn überhaupt probiert hatte. Wenn auch nicht gerade freundlich. Meine Konzentration ließ heute schon den ganzen Tag zu wünschen übrig. »Machst du mir einen Vanille Chai für Tisch sechs?«

Jake reckte seinen Hals, um das rothaarige Biest zu sehen, und verzog den Mund. Ich war schon einiger unfreundlicher Kundschaft begegnet, aber sie war eine von der speziellen Sorte. »Ein bisschen Salz zu dem Vanille-Sirup?«

»Und da soll noch mal einer sagen, Rache wäre süß«, gab ich mit einem Grinsen zurück und merkte, wie sich meine Schultern wieder etwas entspannten. »Aber leider müssen wir auf das Salz verzichten, sonst verliere ich am Ende noch meinen Job.«

Jake verzog mitleidig das Gesicht, doch er machte sich gleich an die Arbeit. Nachdem ich das richtige Getränk an den Tisch gebracht und noch zwei weitere Gäste bedient hatte, zog ich meine Schürze über den Kopf und setzte mich auf einen Hocker an der Bar. Zum Glück war meine Schicht für heute vorbei.

»Was ist noch passiert, dass bei dir Unwetterstimmung herrscht?«, fragte Jake, während er Cocktailgläser für die Spätschicht polierte. Das *Celestial* war Café am Tag und trendige Bar in der Nacht. Der perfekte Ort, um als Studentin zu jobben. Für die Spätschichten gab es normalerweise einen Bonus. Nur wurden die mir heute gestrichen. In letzter Zeit hatten sich einfach zu viele Gäste über mich beschwert. Zu unkonzentriert. Zu launisch. Zu viele kaputte Gläser.

Ich zuckte nur mit den Schultern und schlürfte an meinem Kaffee. »Nichts Wildes.«

»Rio, Schatz«, setzte Jake an und stützte sich mit seinen tätowierten Armen auf dem schwarzen Holz des Tresens ab. »Wie lange bin ich schon dein bester Freund?«

»Jake ...« Ich verdrehte die Augen, denn ich wusste, was jetzt kommen würde.

»Wie lange, Rio?«

»Sechs Jahre.«

»Richtig«, sagte er mit ernster Miene. »Und wie lange kannst du mir nichts mehr vormachen?«

Wenn er wüsste. »Sechs Jahre.«

Zufrieden nickte Jake und fuhr mit dem Polieren der Gläser fort. »Und jetzt erzähl mir, welche Wolke dein Herz heute verdeckt.«

Ich lehnte mich zurück und rührte möglichst unbeteiligt in meiner halb leeren Tasse herum. »Ich –«

Gänsehaut überzog meinen Körper, als hätte man mir einen Eimer Wasser übergekippt. Ich riss den Kopf herum, auch wenn ich wusste, was ich gleich sehen würde. Mein Hals wurde staubtrocken, als ich sie durch die Schaufenster des Cafés entdeckte. Meine Muskeln verkrampften sich.

Nein, bitte nicht. Nicht heute. Nicht, wo der Tag mir jetzt schon in den Knochen steckt.

Kahle Köpfe. Klauen, so lang wie meine Finger, und lederne Flügel. Sie lauerten auf der gegenüberliegenden Straßenseite. Unruhig, als suchten sie etwas. Oder jemanden.

Meine persönlichen Dämonen. Rachegeister. Das sagte zumindest Google. Meine Therapeutin war da anderer Meinung, doch die Pillen, die sie mir verschrieben hatte, hatten nicht geholfen. Darum wusste ich, dass sie real waren. Zumindest zu real für Psychopharmaka.

»Rio, alles gut?« Jake legte seine Hand auf meinen Arm, und ich drehte meinen Kopf wieder zu ihm. Ich blinzelte ein paarmal und versuchte, mir meinen Schock nicht anmerken zu lassen. Vor einem Jahr waren sie wieder aufgetaucht. Immer in unregelmäßigen Abständen, immer zu unterschiedlichen Zeiten. Nur eines veränderte sich niemals – danach geschah nichts Gutes. So wie auch vor elf Jahren nichts Gutes geschehen war, als ich sie das erste Mal gesehen hatte.

»Erde an Rio.« Jake wedelte mit einer Hand vor meinem Gesicht. »Was ist los?«

»Nichts«, sagte ich und versuchte, die unheimlichen Wesen mit aller Macht zu ignorieren. Doch ihre Anwesenheit brachte etwas in mir zum Vibrieren. Als würden sie mich zu sich ziehen. »Alles gut. Ich dachte nur, ich hätte jemanden gesehen.«

Noch einmal sah ich zu den überdimensionalen Fledermäusen. Sie hatten sich noch kein Stück gerührt. Nur ihre Köpfe neigten sich leicht, als würden sie etwas wahrnehmen, es aber nicht richtig zuordnen können. Passanten liefen an ihnen vorbei. Als wäre da eine unsichtbare Hand, die sie an den Wesen vorbeilenkte. Niemand nahm sie wahr.

Jake beugte sich weiter über die Theke und versuchte, meinem Blick zu folgen. Angespannt beobachtete ich, ob er sie auch sehen würde. Aber die Wesen zogen einfach langsam weiter, ohne dass Jake etwas bemerkte. Ein Stich ging durch mein Herz. Natürlich sah er sie nicht.

»Ich sehe niemanden, den wir kennen.« Jake zuckte mit den Schultern, doch sein aufmerksamer Blick blieb an meinem Gesicht hängen.

»Es war auch nichts«, antwortete ich mit einem gezwungenen Lächeln. »Hab mich geirrt.«

Ich nahm meine Hände vom Tresen und legte sie auf meinen Schoß, wo niemand sehen konnte, wie sehr sie zitterten.

»Also«, setzte Jake an. »Was war denn jetzt der Grund für den Wetterwechsel?«

Ich atmete aus und versuchte, mich wieder auf Jake zu konzentrieren. »Theo hat mir wieder die Spätdienste gestrichen.« Jake zog eine Augenbraue hoch, aber ich wedelte nur abwehrend mit der Hand. »Er meinte, die Gäste beschweren sich ständig über mich. Angeblich bin ich unfreundlich und mache meinen Job nicht richtig.« Ich zuckte träge mit den Schultern. Es war nichts Neues, dass Theo mir eine Abmahnung erteilte. Auch wenn es diesmal wirkte, als würde er es nicht mehr lange mitmachen. Ich sollte mich einfach mehr bemühen.

»Vielleicht hat er recht?«, fragte Jake vorsichtig und hob sofort die Hände, als wollte er die Worte aufhalten, die sich schon hinter meinen Lippen sammelten. »Nicht, dass du unfreundlich bist – ein bisschen schlecht gelaunt, vielleicht.« Ich verdrehte die Augen, doch Jake ignorierte es und sprach weiter: »Aber dein Studium, das ganze Training, der Job hier und im Theater.

Das ist nicht gerade wenig, Rio.« Jakes Blick wurde sanft, während ich nur die Lippen zusammenpresste. »Wie wäre es, wenn du einen Gang runterschaltest? Was ist mit deinem Nebenjob im Theater? Das reicht doch.«

Ich schüttelte den Kopf und brachte die leere Kaffeetasse hinter den Tresen, damit ich sie schnell selbst abwaschen konnte. »Eben nicht. Das Geld vom Theater geht für mein Studium drauf. Das Geld hier für meine Miete. Ich –«

»Du könntest auch einfach deinen Dad fragen«, schlug Jake vor, und ich warf ihm einen bösen Blick zu.

»Nein.«

»Schatz, dein Vater hat genug Geld, um dir beides zu finanzieren. Mein Gott, er könnte selbst mein Studium bezahlen.« Jake warf sich sein Geschirrtuch über die Schulter und sah mich streng an. »Schluck deinen Stolz runter, bevor du daran erstickst.«

Ich schnaubte und wich Jakes eindringlichem Blick aus. Er glaubte, er kannte mich in- und auswendig, doch würde ich ihm erzählen, was ich in der Nacht gesehen hatte, als meine Mom verschwand, würde er mich nicht mehr so ansehen wie jetzt. Wenn ich ihm von den Schatten erzählen würde, die aufgetaucht waren. Von der Dunkelheit, die das ganze Wohnzimmer verschluckt hatte.

Niemand hatte mir geglaubt. Doch ich wusste, was ich gesehen hatte. Ich hatte mich gegen die Wand gepresst und die Augen keine Sekunde geschlossen. Nicht, als die Schatten Mom verschlangen. Nicht, als sie danach einfach weg war, und auch nicht, als nur die Fledermauswesen am Ende des Wohnzimmers lauerten, bevor auch sie genauso ins Nichts verschwanden.

Die Ärzte bezeichneten es als Bewältigungsstrategie, um meinen Dad zu beruhigen. Es wäre nur natürlich, dass sich ein neunjähriges Kind andere Möglichkeiten suchte, um das Verschwinden der eigenen Mutter zu erklären.

Irgendwann, als Dads Sorgenfalten immer tiefer wurden, hatte ich aufgehört, von den Schatten zu erzählen. Ich hatte niemandem mehr davon erzählt. Denn ich hing an dem bisschen Normalität, das ich mir seit der Highschool mühsam erarbeitet hatte. Das würde ich nicht aufgeben. Nie. Wieder.

»Ich will unabhängig sein, Jake. Das hat rein gar nichts mit Stolz zu tun«, erklärte ich ihm so ruhig wie möglich und umrundete die Theke. »Ich muss jetzt zum Theater. Wir sehen uns.«

Als ich am nächsten Abend mein kleines Apartment betrat, schrie ich vor Frust laut auf. Meine Wohnung lag in völliger Dunkelheit vor mir, egal, wie oft ich den Lichtschalter kippte. Außerdem war es so kalt, als hätte ich eine Woche nicht geheizt. Verdammter Oktober.

Für einen Moment überlegte ich, ob ich mich einfach in mein Bett legen und mich in meine Decke einwickeln sollte. Aber wahrscheinlich würde ich dabei noch erfrieren. Ich kam also um eine Konfrontation nicht herum. Obwohl erfrieren sicherlich angenehmer wäre.

Wütend stapfte ich von meiner Wohnung eine Etage tiefer und hämmerte mit der Faust an die Tür meines Vermieters. Nach einer gefühlten Ewigkeit öffnete sie sich einen Spalt breit. Sein aufgedunsenes Gesicht kam im Halbdunkeln zum Vorschein.

»Was gibt's?« Der beißende Geruch von Alkohol schlug mir entgegen, doch ich verzog keine Miene. Er sollte mir nicht anmerken, wie mich sein alkoholisiertes Auftreten einschüchterte.

»Meine Wohnung hat keinen Strom, und die Heizung ist aus.« Es war nicht das erste Mal, dass er so etwas abzog. Aber im Sommer war es immerhin erträglicher als kurz vor Wintereinbruch. »Ich habe dir die Miete pünktlich überwiesen, du hast also keinen Grund, mir beides abzustellen.«

»Miete hat sich erhöht.«

»Seit wann das denn?«

Er ließ seinen Blick über mich gleiten, leckte sich schmatzend über die Lippen und zuckte nur mit den Schultern. »Seit heute.«

»Was?« Ich riss die Augen auf und spürte, wie sich mein Puls beschleunigte. Das musste ein Scherz sein.

»Hundertfünfzig mehr und du kannst bleiben. Bis nächste Woche hab ich das Geld, oder du bist raus.« Noch ein Blick über meinen Körper. Am liebsten hätte ich ihm dafür die Augen ausgekratzt. »Bis dahin bleibt es so, wie es ist.«

»Das kann nicht dein Ernst –« Mit einem lauten Knall schlug er mir die Tür vor der Nase zu. »Hey!«, brüllte ich. »Mach die verdammte Tür auf. Komm schon!«

Doch nach weiterem an die Tür hämmern und einigen Beleidigungen, die mein Vermieter mir durch die Tür entgegenblaffte, gab ich auf. Geschlagen lief ich wieder in mein Apartment und fröstelte. Ich hasste die Dunkelheit. Sie verbarg zu viele Details. So vieles, was ich nicht einschätzen konnte.

Ich lehnte mich gegen meine geschlossene Wohnungstür und atmete ein paar Mal tief ein und aus. Bis die dunklen Ecken in meinem Zimmer nicht mehr ganz so beängstigend wirkten. Nur langsam beruhigte sich mein Herzschlag.

Die Angst ist nicht real. Ich bin stärker als die Angst.

Ich wiederholte die Worte so lange, bis ich sie selbst glaubte. Trotzdem verließ mich die Anspannung nicht ganz. Ich ließ den Kopf nach hinten sinken und schloss die Augen. Wie sollte ich nur so viel Geld in einer Woche beschaffen? Das war unmöglich. Das Geld für mein Studium war tabu. Ich hatte es über die Jahre hinweg angespart. Bei Dad konnte ich nicht wieder einziehen.

Seitdem er allein wohnte, schien es ihm so viel besser zu gehen. Das konnte ich ihm nicht vermiesen. Bei Jake einzuziehen war auch tabu. Nicht ohne Grund hatte ich immer darauf geachtet, dass er diese eine Grenze nicht unbeabsichtigt übertreten würde. Denn das, was er dahinter sehen würde … Er würde mich genauso ansehen wie meine anderen Freunde – wenn man sie überhaupt als solche bezeichnen konnte. Dad und Jake waren alles, was ich hatte. Das würde ich mir nicht vermiesen.

Was sollte ich nur tun?

Vielleicht brauchte ich erst mal etwas mehr Licht. Das wäre zumindest ein Anfang.

Ich lief zu meiner Kommode und zog die Schubladen auf. Der Geruch der dutzend Duftkerzen schlug mir sofort entgegen. Jake hatte sie nach seiner intensiven Sammelphase bei mir abgeladen, weil ihm allein der Gedanke daran Kopfschmerzen bereitet hatte. Seitdem mussten wir auch jedes Mal einen großen Umweg um *Bath & Bodyworks*-Shops machen.

Als ich in der letzten Schublade fündig wurde, vibrierte mein Telefon. Ich seufzte, als ich Jakes Namen aufleuchten sah, und nahm den Videoanruf an. Er schien einen sechsten Sinn dafür zu haben, wann er mich am allerwenigsten anrufen sollte. Sobald er mitbekam, wie der Zustand meiner Wohnung war, würde er mir wieder einen Vortrag darüber halten, dass ich hier kündigen sollte.

»Rio?« Jake hielt sein Gesicht nah an die Kamera, als würde er mich suchen.

»Ja, hi«, begrüßte ich ihn umständlich, während ich mit einer Hand das Telefon aufstellte und mit der anderen versuchte, die Kerzen anzuzünden.

»Was ist los? Warum ist es so dunkel bei dir?«

Ich seufzte. Ich sollte ihm gleich die Wahrheit sagen, dann würde er meinen katastrophalen Wohnzustand vielleicht am

Ende des Telefonats vergessen haben. Nur die Mieterhöhung würde ich rauslassen. Nachher würde Jake noch auf die Idee kommen, mir Geld andrehen zu wollen. »Hab keinen Strom und kein warmes Wasser.«

»Rio …« Vortrag in drei, zwei … »Du solltest aus dieser Wohnung raus. Wer weiß, welchen Dreck der Typ noch am Stecken hat. Ich könnte mit meinem Vermieter sprechen, und du könntest vorübergehend bei mir einziehen. Du weißt, dass eine WG viel sinnvoller wäre. Außerdem –«

»Jake, bitte«, unterbrach ich ihn. »Ich weiß, okay? Ich werde mir nächste Woche eine neue Wohnung suchen.«

Jake stöhnte, als ich das Handy in die Hand nahm und endlich genügend Kerzen angezündet hatte, um die lästigen Schatten zu vertreiben. »Ich verstehe es nicht, Rio. Wir kennen uns eine halbe Ewigkeit. Du und ich, wir sind eine Familie. Wieso ziehst du nicht bei mir ein?«

Weil du nicht mitbekommen sollst, was für ein Freak ich bin. Weil ich dir mit meiner Anwesenheit nur zur Last fallen würde. Weil …

»Ich bin lieber allein, Jake. Und eine WG mit dir ist dafür nicht gerade geeignet.«

Verletzt verzog Jake den Mund, und augenblicklich taten mir meine Worte leid. Er meinte es nur gut, und ich wusste, wie schwer es ihm fiel, allein zu sein. Aber es ging einfach nicht. Auch wenn es sicher die klügere Entscheidung wäre. Schon allein vom finanziellen Aspekt her. Doch ich hielt ihn lieber auf Abstand. Ich wollte schlicht und einfach die Rio für ihn bleiben, die eigenbrötlerisch war, weil sie eine Künstlerin war, und nicht weil sie seltsame Wesen sah und sich im Dunkeln fürchtete wie ein kleines Kind.

»Okay«, gab sich Jake endlich geschlagen und wechselte das Thema. »Fährst du nächstes Wochenende zu deinem Dad?«

Ich nickte. »Ich habe sogar schon sein Geschenk.«

»Zeig!« Aufgeregt lehnte Jake sich vor und stützte seine Unterarme auf seine Knie.

Mit einem zaghaften Lächeln zog ich die alte Schallplatte hervor, die mit Pfingstrosen und einer Schwanzmeise von einer Künstlerin bemalt worden war.

»Und? Was sagst du?«

»Das ist großartig, Rio!« Jake betrachtete mein Geschenk mit großen Augen. »Dein Dad wird sich unheimlich darüber freuen.«

Das hoffte ich. Es war das Mindeste, was ich für ihn tun konnte. Ich schluckte und versuchte, zu lächeln, als Jake sein Geburtstagsgeschenk für meinen Dad in die Kamera hielt. Ein antikes Besteckset, das er sich – warum auch immer – von ihm gewünscht hatte. Jake war für meinen Dad wie der Sohn, den er nie hatte. Mir sollte es recht sein, denn Jake war wie ein Bruder für mich. Ein Grund mehr, weshalb ich wollte, dass alles zwischen uns so blieb, wie es war. Normal eben.

3

Rio

Das *Golden Years* war keines der besonders guten Theater am Off-Broadway. Mit den neunundneunzig Sitzplätzen konnten wir froh sein, nicht zum Off-off-Broadway zu gehören, und das auch nur wegen des einen Klappstuhls in der hinteren Reihe. Doch bei jeder Aufführung steckte jeder der Mitarbeitenden so viel Liebe und Mühe hinein, dass ich diesen Job nicht aufgeben wollte. Auch wenn ich wusste, dass ein anderes Theater meiner Karriere eine bessere Zukunft bieten würde. Dort würde ich zumindest auch mal auf die Bühne können.

Die Vorstellung von *Dina und ihre Katze Luna*, ein Stück über eine moderne Frau, die sich, durch eine postapokalyptisch ausgelöste Technologieseuche, ihren Weg durch das Leben bahnte, war gerade vorbei, und die letzten Gäste verließen den kleinen Vorsaal. Ich nickte ihnen zum Abschied zu. So schräg dieses Stück auch war, so großartig war es gleichzeitig. Die Autorin war eine junge Libanesin, die sich und ihr Leben in diesem Stück parodierte, aber genau damit einen Nerv traf. Es war verdammt schwer, heutzutage den richtigen Weg zu finden, wo alles und nichts möglich war.

Ich schloss die Theaterkasse und packte meine letzten Sachen zusammen, als Jessica, die Intendantin des Theaters, an meine Tür klopfte.

»Hey, Jess. Es lief heute gut, oder?«

»Rio, meine Liebe.« Sie schloss mich in eine feste Umarmung, ließ von mir ab und lehnte sich gegen den Tisch. Das *Golden Years* machte gerade eine schwierige Zeit durch. Einige der wirklich guten Schauspielerinnen und Schauspieler wurden vor Kurzem von anderen Theatern abgeworben – eines davon mit über dreihundert Sitzen. Es war ein herber Verlust, vor allem, da dem Theater langsam das Geld ausging. »Das fand ich auch.« Jess seufzte, doch das Lächeln auf ihren Lippen erstarb nicht. »Besser als die letzten Wochen. Bridget hat nicht einmal den Text vergessen, und das Publikum saß bis zum Schluss drin.«

Ich grinste. Bridget spielte die Rolle der Katze. »Ein Erfolg auf ganzer Linie.«

»Absolut.« Jess steckte sich ihre blonden Locken hinters Ohr und wurde ernst. »Ich wollte aber eigentlich über etwas anderes sprechen, Schätzchen.«

Ich hielt die Luft an und wappnete mich für das, was folgen würde. Ich wusste, wie leicht ich zu ersetzen war.

»Ich weiß, dass du nebenbei noch woanders arbeitest und dein Studium viel Zeit beansprucht. Dieser Job ist auch nicht unbedingt das, was du dir von der Arbeit in einem Theater erhofft hast, darum –«

O Gott. Sie würde mich feuern. Ich wusste es. Die Rachegeister waren wie immer die Ankündigung gewesen. Letztes Mal wurde ich von einem Fahrradfahrer angefahren und musste eine Woche lang auf das Tanztraining verzichten. »Ich weiß, ich habe nicht die wichtigste Position hier, Jess. Aber bitte, schmeiß mich nicht raus. Ich brauche das Geld, wirklich.«

Ein bedauernder Ausdruck entstand auf Jess' Gesicht. »Es

tut mir leid, Schätzchen. Mir bleibt keine andere Möglichkeit.«

Meine Schultern sackten nach vorn. Ich starrte auf meine Schuhe, um die Tränen hinter meinen Augen zu verdrängen. Jess strich mir beruhigend über den Arm, was es umso schwerer machte, mich zusammenzureißen.

»Ich würde dich so gern hierbehalten, Rio. Aber vielleicht ist das hier nicht der richtige Ort für dich, und das Schicksal hält etwas Besseres für dich bereit.«

Schicksal, ja klar.

Ich zog die Kapuze meiner violetten Regenjacke über meinen Kopf, als ich das Theater verließ, und starrte einen Moment auf die Pfützen auf dem Bordstein, als könnte ihre Reflexion mir eine Antwort geben.

Was sollte ich jetzt nur tun? Wie sollte ich nur das Geld für meine Miete beschaffen? Selbst mit meinem Job im Theater hatte ich schon jeden Penny umdrehen müssen.

Das *Golden Years* war wie mein zweites Zuhause gewesen, ich kannte jede Ecke – selbst jeden Kaugummi, der unter den alten Theaterstühlen klebte.

Es gab keinen besseren Ort für mich. Außerdem war es fast unmöglich, in New York an Theaterjobs zu kommen.

Und Schicksal, wie Jess es nannte, war es erst recht nicht. Daran glaubte ich nicht. Das war nur eine billige Erklärung, um Verantwortung abzugeben, wenn man etwas vergeigt hatte. Aber man selbst bestimmte über sein Leben. Niemand sonst.

Ich streckte meinen Rücken durch, der nach dem langen Sitzen im Theater ganz verspannt war, und zog mein Handy aus der Tasche. Mit kalten Fingern, vom einsetzenden Regen, schrieb ich Jake eine kurze Nachricht, ob ich noch etwas mitbringen sollte, bevor ich mich bei ihm breitmachen würde. Natürlich hatte er mich heute Vormittag im Café überreden können, wenigstens für zwei Tage bei ihm zu übernachten, und mindestens so lange, bis die Temperaturen wieder ein wenig hochgehen würden. Ich war eingeknickt. Schließlich brauchte ich dringend eine heiße Dusche.

Das Display leuchtete nach nur wenigen Sekunden wieder auf, nachdem ich die Nachricht verschickt hatte. Ich stöhnte genervt auf, als ich Jakes Nachricht sah.

Jake: Bringst du etwas von Nonono *mit?*

Ich: Ernsthaft? Der Laden ist völlig überteuert, und ich muss bis zur Upper East Side fahren.

Jake: Sieh es als Bezahlung für ein warmes Bett und Essen an.

Ich: Das Essen bezahle ich doch schon.

Jake: Ich nehme die Shoyu Ramen. Lieb dich.

Als Antwort schickte ich ihm drei Mittelfinger und ein Herz-Emoji, machte mich dann jedoch auf den Weg Richtung Madison Avenue.

Nach einer halben Ewigkeit verließ ich das *Nonono* mit vier Styroporbechern in meinen Händen. Zwei für die Suppen. Zwei für die Nudeln samt Gemüse.

Ein weiterer Grund, weshalb der Laden überteuert war. Es gab noch nicht mal Tüten, wodurch ich mir an den Bechern fast die Finger verbrannte.

Obwohl ich mich beeilen sollte, damit ich nicht noch nasser wurde, verlangsamte ich meine Schritte. Immerhin konnten so die Styroporbecher abkühlen.

Die Bürgersteige der breiten Einkaufsmeile, an denen sich ein Geschäft an das nächste reihte, waren trotz des miesen Wetters völlig überfüllt. Ich musste ständig aufpassen, dass ich niemanden anrempelte, und trotzdem genoss ich es, im Strom der Menschen fast zu verschwinden. So konnte ich mir wenigstens für einen Moment einreden, dass ich normal war.

Das laute Hupen der gelben Taxis, in denen sich die Fahrer über den langsamen Verkehr aufregten, gepaart mit dem leichten Prasseln des Regens auf meiner Kapuze bildeten das perfekte Hintergrundrauschen, damit ich meine Gedanken ein bisschen ordnen konnte.

Es hätte mir klar sein müssen, dass etwas Schlechtes passieren würde. Die Begegnung mit diesen seltsamen Fledermauswesen war definitiv ein Anzeichen dafür gewesen. Gleichzeitig wurde ich das Gefühl nicht los, dass es noch nicht alles war. Dass meine Kündigung nur ein weiterer Vorbote war, ein weiteres Omen, das eine Katastrophe ankündigte.

Statt mich den negativen Gedanken hinzugeben, versuchte ich, sie umzulenken. Wie meine Therapeutin es mir empfohlen hatte, als die Dunkelheit nicht nur meine Erinnerungen, sondern auch meine Gedanken überlagerte, versuchte ich, mich auf die positiven Dinge in meinem Leben zu konzentrieren und auf mein Ziel, das mich antrieb, jeden Morgen aus meinem Bett aufzustehen. Auf Dad und Jake und meine Wunschvorstellung, irgendwann vor ihnen auf der Bühne zu stehen. In eine Rolle zu schlüpfen, die mich vergessen ließ, wer ich war. Ich konnte nichts gegen die Bilder tun, die in meinen Kopf schossen. Mein stolzer Dad im Publikum, Jake neben ihm, vielleicht mit Blumen in der Hand. Wie wir danach zu dritt essen gehen würden. Und für einen Moment erlaubte ich es mir, das wohlige Gefühl in meinem Bauch vollständig zuzulassen, das mich dabei durchflutete. Auch wenn ich wusste, dass es gefährlich war, sich etwas von ganzem Herzen zu wünschen. Der Schmerz, wenn der Wunsch nicht in Erfüllung ging, war danach nur viel schlimmer. Und die Realität, dass ich mich von meinem Wunsch heute mehrere Meilen entfernt hatte, schlug zu wie eine gewaltige Abrisskugel.

Ich balancierte umständlich die Becher in einer Hand, um

mein Handy aus der Jackentasche zu ziehen, als mich jemand von hinten anrempelte.

Die Suppen rutschten mir aus der Hand und ergossen sich über den betonierten Fußweg. Ich stolperte, hielt mein Handy fest umklammert und hob den Blick, um nachzuschauen, wer keine Augen im Kopf hatte.

»Hey, pass doch –«

Die Worte blieben mir im Hals stecken, als ich einen Lufthauch spürte. Da sah ich sie. Lange lederne Flügel. Kahle Köpfe und Klauen so spitz, dass sich alles in mir verkrampfte. Mein Körper drückte die Pausetaste. Ich war unfähig, mich zu bewegen, obwohl mich Angst antrieb, sofort davonzulaufen. Aber es war der Schock, der mich wie angewurzelt stehen bleiben ließ. Es waren nicht die Wesen, die mich angerempelt hatten. Es war ein Mann. Und dieser Mann floh gerade vor meinen persönlichen Rachegeistern.

4

Taru

Ein Jahr hatte ich nach ihr gesucht. Jetzt hatte ich sie gefunden. Endlich.

5

Rio

Dieser Typ rannte in eine Sackgasse und geradewegs in seinen Tod. Die drei unheimlichen Riesenfledermäuse folgten ihm dabei langsam, fast schon gemächlich. Als wüssten sie, dass er verloren war. Als ließen sie sich extra viel Zeit, um ihr Opfer für einen Moment in Sicherheit zu wiegen.

Wie von selbst setzte ich mich in Bewegung, doch hielt abrupt inne. Mein Herz schlug so laut, dass sein Hämmern in meinen Ohren widerhallte, während ich mein Handy so fest umklammert hielt, dass meine Handfläche schmerzte.

Was sollte ich tun? Ich konnte ihm nicht helfen – womit auch? Ich hatte noch nie gesehen, wie sie jemanden verfolgten. Sie hatten immer nur gelauert, sich nie bewegt.

Die Polizei konnte ich ebenfalls nicht anrufen. Was sollte ich ihnen denn auch sagen? Dass ein Mann von gefährlichen Kreaturen verfolgt wurde, von denen ich glaubte, sie entstammten nur meinem Geist, und die plötzlich real geworden waren? Genauso gut hätte ich mich direkt selbst in eine psychiatrische Klinik einweisen können.

Panisch sah ich mich um. Vielleicht hatte noch jemand diese

Situation beobachtet. Doch die Menschen liefen genauso unbeteiligt um mich herum wie vor wenigen Sekunden. Ich war die Einzige, die davon etwas mitbekommen hatte. Natürlich.

Ein lautes Kreischen erklang aus der Gasse. Ich warf meine Sorgen über Bord und rannte los. Über die Ausmaße, was geschehen würde, sollten diese Kreaturen wirklich echt sein, könnte ich mir später noch Gedanken machen. Ich drängte mich an Passanten mit vollen Einkaufstüten vorbei, ignorierte empörte Rufe, weil ich mich rücksichtlos durch die Menge drückte. Mein Ziel war nur noch ein Schritt entfernt.

Stolpernd kam ich zum Stehen. Die Gasse lag in dunklen Schatten vor mir. Nur das Licht der Straßenlampen und der beleuchteten Büros einige Etagen darüber erhellte die schmale Sackgasse. Auf der rechten Seite stapelten sich die Müllsäcke auf den überfüllten Tonnen, gefolgt von unzähligen leeren Glasflaschen. Direkt daneben schwebten die ersten zwei Wesen.

Über deren große ledrige Flügel, die an den Enden scharfe Spitzen trugen, floss der Regen hinab. Das dritte Wesen drängte den Mann immer näher gegen die Hauswand und breitete dabei drohend die Flügel aus. Ein entsetzliches Knurren erklang von ihr. »Du kannst uns nicht entkommen, Schattenprinz.«

Ich hielt den Atem an. Diese Stimme war zu menschlich, zu real.

Das war kein Traum, keine Halluzination oder eine Bewältigungsstrategie, von der meine Therapeuten immer gesprochen hatten. Das musste die Realität sein, denn diese Stimme und das schwere Atmen des Mannes, das ich zu deutlich hörte – niemals konnte das meinem Kopf entspringen. Außerdem hatte ich gesehen, wie der Typ vor den Wesen davongelaufen war, was bedeutete, er hatte sie gesehen. Und wenn ein anderer Mensch diese Ungeheuer sehen konnte, dann mussten sie real sein. Dann waren sie nicht mehr nur in meinem Kopf.

»Ladys, wir können das auch anders regeln. Wie wäre es –«, setzte der Mann an, doch nur, damit ihm das Wort abgeschnitten wurde, als das Wesen ihn am Hals packte und gegen die Hauswand schleuderte. Ich keuchte auf und presste mir im gleichen Moment die Hand vor den Mund. Rechnete damit, dass die anderen beiden sich auf mich stürzen würden. Nur der Mann hob ruckartig seinen Kopf. Als er mich entdeckte, entstand ein breites Grinsen auf seinem Gesicht. Vielleicht hätte ich ihm doch lieber nicht folgen sollen.

»Bist du tatsächlich so töricht und glaubst, ein Lächeln könnte dich retten, kleiner Schattenprinz?«, zischte das Wesen, die Klaue immer noch in der Luft erhoben.

»Sicher doch, meine Damen. Heute bin ich ein richtiger Glückspilz«, gab er lässig zurück, ohne mich aus den Augen zu lassen. »Findet ihr nicht auch, dass die Menschen definitiv zu viel Müll produzieren?« Sein Blick huschte zu den Tonnen neben mir. Ich konnte mich immer noch nicht rühren.

Eines der anderen Wesen lachte gackernd auf. »Er ist verrückt geworden. Wir sollten ihn endlich verspeisen.«

»Megaira, zügle dich«, gab das erste Wesen unwirsch zurück und drehte leicht den Kopf in die Richtung der beiden anderen. »Das ist nicht unsere Aufgabe. Er gehört vor die Götter.«

Götter? Mein Herz setzte aus, und für einen Moment glaubte ich, sie hätte mich gesehen. Doch ihr Blick glitt über mich hinweg, als wäre ich nicht da.

Eines der Wesen zischte genervt, als wäre es ganz und gar nicht glücklich darüber, das potenzielle Abendessen verloren zu haben. Der Mann schnaubte nur belustigt auf. »Ärger im Paradies?«

Mein Blick zuckte wieder zu dem Typen, der immer noch gegen die Hauswand gepresst wurde. Eine rote Spur lief seinen Hals hinab. Doch sein Grinsen erlosch nicht.

»Sei still.« Das Wesen holte mit ihrer Klaue aus und vergrub sie im Magen des Mannes. Ich stolperte einen Schritt zurück, die Augen weit aufgerissen. Der Mann stöhnte auf. Noch immer sah er nur mich an.

»Aber mal ehrlich, wäre es nicht eine Schande, wenn es keine Müllbeutel geben würde? Der ganze stickende, vergammelte Inhalt wäre einfach *überall*. Was für eine schreckliche *Ablenkung* das auf den Straßen geben würde.« Noch einmal sah er zu den Tonnen, diesmal deutete er sogar mit einem leichten Kopfnicken zu mir. Und ich verstand. Er bat mich um Hilfe. Zeigte mir, was ich tun sollte.

Schmerzhaft verzog er das Gesicht, als das Wesen die Klaue aus ihm herausriss. Er warf der Kreatur einen tödlichen Blick zu. Aber er rührte sich nicht. Er machte keine Anstalten, sich zu befreien.

Übelkeit stieg in mir auf, als sie mit ihrer spitzen Zunge über das Blut an ihrer Klaue leckte. Ich musste etwas tun. Jetzt.

Ich dachte nicht mehr darüber nach, sondern stürmte zu der Tonne, in der sich die Müllsäcke bereits über deren Rand stapelten, und zog zwei volle Säcke herunter. Mit ganzer Kraft warf ich sie auf die ersten Wesen. Adrenalin gemischt mit Freude über meinen Treffer rauschten durch meinen Körper. Die Riesenfledermäuse kreischten auf und zuckten zusammen, als hätten sie es tatsächlich nicht kommen sehen. Sie wirbelten herum, um den Grund zu sehen, während die Beutel zerrissen und sich der Inhalt überall verteilte. Die Freude verflog so schnell, wie sie gekommen war. Ich hielt den Atem an, blieb ganz starr.

»Was war das? Was soll das?«

Aufgeregt schwangen sie mit ihren Flügeln, und ein ekelhafter Gestank ließ mich beinahe würgen. Ich sah zu dem Mann, der nur nickte, als wollte er sagen: *Mach weiter!*

Also nahm ich noch mehr Müllbeutel und schleuderte sie den

Wesen weiter entgegen, bis sie rasend vor Wut waren. Glasflaschen zerschellten an ihren Köpfen und landeten in den Pfützen zu ihren Füßen, die Reste von verschimmeltem Essen blieben an ihren Flügeln hängen. Ich warf immer weiter.

»Haltet still!«, schrie das Wesen, das den Mann gegen die Wand drückte. Sie drehte sich zu ihren Gefährten um. Ein Fehler. In diesem Moment rammte der Mann ihr eine Faust in den Bauch. Kurz darauf schlug er seinen Kopf gegen ihren. Die Kreatur lockerte die Klaue, taumelte sogar ein paar Schritte nach hinten.

Diese Chance nutze er. Er bewegte sich so schnell an der linken Seite der Gasse entlang, dass ich glaubte, er würde mit den Schatten verschwimmen.

Ein wütendes Kreischen ließ mich zusammenfahren.

»Wo ist er hin?« Das Wesen, das ihn zuvor noch gegen die Wand gedrückt hatte, drehte sich im Kreis. Rasend vor Wut schlug sie die Flügel zusammen. Sie sah nun direkt in meine Richtung. Und direkt durch mich durch. Warum sah sie mich nicht?

»Du hast dir ganz schön Zeit gelassen.« Ich zuckte zusammen, als der Mann neben mir auftauchte. Sein Hals war blutverschmiert. In seinem Blick lag ein aufgeregtes Funkeln, und das Grinsen schien noch breiter zu werden, als er meine Fassungslosigkeit bemerkte.

»Was –?«

»Erklärungen gibt's später.« Er warf einen kurzen Blick über die Schulter, wo die Kreaturen kreischend im Kreis flogen und immer noch versuchten, sich vom Müll zu befreien, den ich auf ihnen verteilt hatte. Sie schrien, weil sie ihr Opfer verloren hatten. Weil ich es ihnen gestohlen hatte. Ein ungutes Gefühl beschlich mich.

»Ich glaub es nicht. Es hat wirklich funktioniert«, murmelte der Typ und strahlte dabei, als würde er zwei Welpen beim Herumtollen zuschauen. Er wandte sich wieder zu mir um, ergriff meine Hand und lächelte mir verschwörerisch zu. »Komm mit!«

Erst nach einer gefühlten Ewigkeit, als meine Lungen schon kurz vor dem Bersten waren, hielten wir am Ende des Central Parks auf der Fünften an. Ich zog meine Hand von dem Typen, die er die ganze Zeit gehalten hatte – wahrscheinlich, weil er dachte, ich würde schon nach drei Blocks kollabieren.

Schwer atmend stützte ich mich mit meinen Händen auf den Knien ab und versuchte, meinen Körper davon zu überzeugen, dass er genug Sauerstoff bekam. Ich sah zu dem Typen, der wirkte wie das blühende Leben. Er drehte sich im Kreis und betrachtete staunend den nächtlichen Südeingang zum Central Park, die geschlossenen Hotdog-Stände und die beleuchteten Hochhäuser, als würde er alles zum ersten Mal sehen. Dabei war er derjenige von uns, der verletzt war.

Als sich sein fast schon entzückter Blick auf mich legte, richtete ich mich auf. Ich fuhr mir mit dem Handrücken über meine verschwitzte Stirn. Trotz des kalten Oktoberregens, der sich zum Glück langsam legte, war mir furchtbar warm.

»Was zum Teufel war das?«

Der Typ kicherte kurz, als hätte ich einen Witz gemacht, den nur er verstand. Doch als ich nicht darauf reagierte, fuhr er sich mit einer Hand durch sein nasses schwarzes Haar und zuckte unbeeindruckt mit den Schultern. »Erinnyen, ganz unangenehme Zeitgenossinnen, wenn sie auf dich angesetzt wurden.« Er trat einen Schritt auf mich zu. Neugierde lag in seinem Blick. Ich wich zurück, und sofort hielt er inne. »Aber dank dir sind sie jetzt kein Problem mehr für mich.«

»Erinnyen?« Ich schluckte und ignorierte das Letzte, was er sagte.

»Ihr Menschen würdet sie wohl eher als Furien bezeichnen, finde ich auch ganz nett. Die Damen können durchaus garstig werden, wenn man sie reizt.« Er verzog leicht den Mund. Garstig. Ja, klar. Mir würde ein ganz anderes Wort einfallen.

»Furien«, wiederholte ich. »Wie aus Percy Jackson?«

Er nickte und lächelte leicht. »Genau, obwohl der gute Percy aus dem Film kaum etwas mit seinem Namensvetter zu tun hat. Perseus war ein grauenhaftes Balg, und er gehört in die Tiefen des Tartaros, wenn man mich gefragt hätte.« Wieder zuckte er mit den Schultern. »Hat man aber nicht.«

»Ich muss verrückt sein«, hörte ich mich sagen und wich immer weiter vor ihm zurück. Mein Atem beschleunigte sich. Meinen Herzschlag konnte ich beinahe auf meiner Zungenspitze spüren. Ich hätte diese Gasse niemals betreten sollen. Ich hätte einfach weitergehen sollen. »Das, was eben geschehen ist, war nicht real, oder? Du bist nicht real. Das ist alles nur in meinem Kopf. Das –«

»Hey. Okay. Sieh mich an.« Plötzlich stand er direkt vor mir und legte seine Hände auf meine Schultern. Das beruhigende Gewicht half mir, mich auf meinen Atem zu konzentrieren. »Das hier ist real. Spürst du den Regen auf deiner Haut? Meine Hände auf deinen Schultern? Das hier –« Er deutete mit einem Nicken zwischen uns hin und her. »*Wir* sind echt.«

Er sah mir so fest in die Augen, dass ich nicht wagte zu blinzeln. Aus Angst, er würde verschwinden und ich mir eingestehen musste, dass noch mehr Sachen mit mir nicht stimmten.

»Das könntest du auch sagen, wenn du nicht real wärst«, gab ich leise zurück, als sich mein Herz etwas beruhigte.

»Das stimmt.« Er nickte nachdenklich, ließ mich jedoch keinen Moment aus den Augen. »Aber genau genommen kannst du dir nie sicher sein, ob es real ist. Hast du Matrix gesehen? Ich fand diesen Ansatz ziemlich überzeugend –«

»Das ist nicht hilfreich!«, unterbrach ich ihn und fuhr mir mit den Händen über mein Gesicht. Dabei rutschten seine Hände von meinen Schultern. »Okay, mal angenommen, das eben hat sich nicht nur in meinem Kopf abgespielt, müssen wir in ein Krankenhaus.« Ich begann damit, auf und ab zu laufen. Irgendwie meine Gedanken zu ordnen. Er war echt. Verdammt. Das hätte ich mir nicht einbilden können, oder? »Vielleicht ist ein Krankenhaus auch eine schlechte Idee«, überlegte ich weiter, um mich von den eigentlichen Gedanken abzulenken. »Sie könnten denken, ich wäre der Täter. Wie soll ich ihnen erklären, was passiert ist? Obwohl es auch nicht wirklich typisch ist, dass ein Täter sein Opfer ins Krankenhaus bringt. Ich meine …«

»Warum willst du in ein Krankenhaus?«, unterbrach er mich neugierig. Er hatte sich auf die hüfthohe Steinmauer gesetzt. Mit den Beinen überkreuzt betrachtete er mich und legte den Kopf schief.

»Was?« Ich stolperte beinahe über meine eigenen Füße und starrte ihn verdattert an.

»Warum willst du in ein Krankenhaus?«, wiederholte er seine Frage.

»Weil … Weil du verletzt bist?« Ich deutete auf seinen Hals, an dem immer noch dunkelrotes Blut auf seiner hellen Haut klebte.

Als hätte er diesen Umstand vergessen, zog er überrascht die Augenbrauen hoch und wischte über seinen Hals. »Ach das. Nicht der Rede wert.« Er wischte genug Blut weg, dass ich seine unverletzte Haut darunter sehen konnte, als ich näher trat. »Schon wieder verheilt, siehst du?«

»Aber die … dein Bauch?«

Er hob den dunklen Pullover. Wieder wischte er mit der Hand über die Haut. Unter dem Blut war keine Wunde zu sehen.

Ich stolperte einen Schritt zurück. Mein Herz rutschte eine Etage tiefer. »Das ist nicht real. Das *kann* nicht real sein. Definitiv nicht. Ich habe gesehen wie … Das … das …«

»Ich dachte, das hätten wir schon.« Er seufzte und erhob sich. Kam wieder auf mich zu und blieb einige Zentimeter vor mir stehen, sodass ich den Kopf leicht in den Nacken legen musste, um in sein Gesicht sehen zu können. Der Geruch von Honig und einer anderen süßen Note drang in meine Nase. Das konnte ich mir nicht eingebildet haben. So real konnten meine Halluzinationen nicht sein. »Also, ich mach es kurz.« Er verschränkte die Arme und setzte wieder dieses entzückte Lächeln auf, mit dem er den Central Park begutachtet hatte. »Mein Name ist Taru. Ich bin ein Totenrichter und wurde von den Göttern bestraft. Die Erinnyen, vor denen wir geflohen sind …« Er deutete mit einem Daumen hinter sich. »Diese durchaus reizenden Damen hat man mir auf den Hals gehetzt, sollte ich mich nicht an die Regeln meiner Strafe halten. Ich erspar dir die Details. Aber ich brauche deine Hilfe und biete dir einen Job an. Als … mein persönlicher Begleitschutz.« Ein Grinsen entstand auf seinem Gesicht und enthüllte eine Reihe weißer Zähne. »Natürlich mit geeigneter Bezahlung. Ihr Menschen steht auf dieses Geld. Obwohl ich mir nicht sicher bin, wie menschlich du bist, aber das ist eine andere Sache. Also: Was sagst du?«

Niemals. In. Meinem. Ganzen. Leben.

Ein letzter Blick in sein Gesicht, und ich wirbelte herum und lief. Ich rannte so schnell ich konnte. Immer weiter, immer schneller. Ich ignorierte das Brennen in meinen Lungen, das mich schon nach zwei Blocks überkam. Ich ignorierte die beißende Angst, die mir im Nacken saß.

Je weiter ich lief, desto mehr konnte ich mir einreden, dass es nicht echt war.

Das war meine Strafe und ein weiterer Beweis dafür, dass ich nicht normal war. Die Strafe, die ich durch die Erinnyen, wie der Typ sie genannt hatte, erhalten würde. Für meine Vergehen. Ich hatte es schon damals gewusst, als Mom uns verlassen hatte. Ich hatte gewusst, dass ich schuld daran war. Vielleicht hatten mein Dad und die unzähligen Therapeuten, bei denen ich war, recht. Vielleicht war das wirklich alles nur eine Bewältigungsstrategie, weil ich mir nicht eingestehen wollte, dass Mom tatsächlich freiwillig gegangen war. Dass es einen Grund dafür gab und dass ich dieser Grund wäre. Weil ich nicht gut genug gewesen war. Weil ich ihr nicht ausgereicht hatte. Aber vielleicht war mir heute auch etwas nicht bekommen. Oder jemand hatte irgendetwas in mein Getränk getan. Halluzinogene Drogen oder so ein Zeug. Jede Erklärung wäre mir lieber, als mir eingestehen zu müssen, dass die Begegnung mit diesem Mann und diesen Wesen der Realität entsprach.

Nach zwei weiteren Blocks, als ich mir sicher war, ihn abgehängt zu haben, drosselte ich mein Tempo. Ich bog in eine schmale Straße, die noch gut genug beleuchtet war, damit die Schatten nicht wie verzerrte Wesen wirkten.

Die Angst ist nicht real. Ich bin stärker.

Mit zittrigen Fingern zog ich mein Handy aus meiner Jackentasche. Drei verpasste Anrufe von Jake. Ich hätte schon vor einer halben Stunde bei ihm sein sollen. Mist.

»Du bist verdammt schnell.«

Ich prallte gegen etwas Hartes. Der Typ tauchte wie aus dem Nichts vor mir auf. Ein Schrei entwich mir, als ich nach hinten stolperte. Er hielt mich an meinem Ellenbogen fest, bevor ich auf den Boden knallen konnte.

Das Handy rutschte mir aus der Hand. Aus dem Augenwinkel sah ich, wie es über den Asphalt schlitterte. Ein Auto fuhr darüber, und das Licht meines Telefons erlosch.

»Lass mich los.«

Sofort trat er einen Schritt nach hinten und hob entschuldigend die Hände. Sein Blick war vorsichtiger, sein Kopf leicht gebeugt, als versuche er, sich kleiner zu machen.

»Ich weiß, wir hatten nicht den besten Start, um uns kennenzulernen –«

»Wir haben uns nicht kennengelernt. Du bist nicht echt.«

Er verdrehte die Augen, gab seine vorsichtige Haltung jedoch nicht auf. »Ich habe dir doch schon gesagt, dass ich echt bin. Du brauchst keine Angst zu haben.«

»Ich habe keine Angst vor dir.« Ich erinnerte mich an die Worte meiner Mutter, immer, wenn ich nicht in die Schule wollte, weil die anderen Kinder mich hänselten. *Wenn sie deine Angst auch nur riechen können, sitzt du schon in ihrer Falle. Also zeig ihnen, wie stark du bist.*

Ich hob das Kinn. Doch Taru lachte nur.

»Natürlich hast du das«, sagte er und ließ seine Hände sinken. »Ich würde einen Charonspfennig darauf wetten, dass du dich vor mir fürchtest. Aber viel mehr fürchtest du dich vor dir selbst, habe ich recht? Warum sonst solltest du den Erinnyen gefolgt sein? Menschen laufen für gewöhnlich vor ihren Albträumen davon und nicht auf sie zu.«

Ich war wie festgefroren. Seine Worte trafen mich bis ins Mark. »Da liegst du falsch«, erwiderte ich und reckte mein Kinn. Er war ein völlig fremder Typ. Er wusste nichts über mich. »Ich bin den Wesen gefolgt, weil ich dachte, dass sie dir etwas antun.« Ich musterte ihn noch einmal von oben bis unten und verschränkte die Arme vor der Brust. *Zeig, wie stark du bist. Spann die Muskeln an, damit man das Zittern nicht sieht.* »Aber ich hätte einfach weitergehen sollen.«

»Nett«, meinte er mit einem Funkeln in den Augen. »Da wir das nun geklärt haben, würde ich gern auf mein Angebot zurückkommen.« Er zog ein schmales Kärtchen aus seiner Hosentasche, das wie durch ein Wunder nicht völlig durchnässt war. Er hielt es mir entgegen. Als ich mich nicht rührte, verdrehte er wieder die Augen und murmelte etwas auf einer Sprache, die ich nicht verstand. »Das ist meine Visitenkarte. Dort stehen meine Adresse und Telefonnummer. Du hast bis Sonntag Zeit, dich zu melden.« Noch einmal streckte er mir das dunkle Kärtchen entgegen. Ein flehendes Glitzern entstand in seinen Augen. »Bitte. Ich brauche deine Hilfe. Wirklich.«

»Was passiert, wenn ich mich nicht melde?«, fragte ich mit dünner Stimme und starrte weiter auf seine Hand. Die Selbstsicherheit von eben war wie weggewischt. Ganz falsch lag er mit seiner Annahme nicht. Er war mir tatsächlich nicht geheuer.

»Na, ich werde dich schon nicht töten.« Er hatte es im Scherz gemeint, doch als ich ihn nur panisch anstarrte, verstummte er und nickte. »Okay, zu früh. Verstehe.«

Beinahe erleichtert seufzte er, als ich die Karte annahm. Weshalb ich das tat, wusste ich selbst nicht. Wahrscheinlich hoffte ich, er würde einfach schneller verschwinden.

»Ich werde mich nicht melden«, sagte ich nachdrücklich und steckte die Visitenkarte weg, ohne sie zu lesen. Der hoffnungsvolle Ausdruck auf seinem Gesicht verrutschte leicht, doch er nickte.

»Du würdest es nicht bereuen, wenn du es tätest.« Mit einem sanften Lächeln verbeugte er sich leicht. Er trat einige Schritte zurück. Seine Augen, die im nächtlichen Schein der Nacht schimmerten, waren das Letzte, was ich sah, als er mit dem Schatten verschwamm. Er war weg.

Das Wort, das die Erinnyen vorhin zu ihm gesagt hatten, tauchte in meinen Gedanken auf. Schattenprinz. Wahrhaftig.

6

Taru

Ich brach zusammen, als sich die Aufzugtüren hinter mir schlossen. Sofort eilte Dixie zu mir. Wahrscheinlich hatte sie wie immer auf meine Ankunft gewartet.

»Verdammte Scheiße«, fluchte sie, als sie die Verletzungen sah, die mir die reizenden Damen bei unserem zweiten Aufeinandertreffen zugefügt hatten. Nachdem Rio verschwunden war, waren sie nur wenige Sekunden später aufgetaucht. Was meine Theorie bestätigte, dass ich in Rios Nähe unsichtbar für sie war. Allerdings hatte mein Verschwinden die Erinnyen nur noch rasender werden lassen. Um ein Haar hätten sie mich geschnappt und wahrscheinlich in den Hades oder – schlimmer – auf den Olymp geschleift.

Doch der Gedanke an Rio hatte mich schneller rennen lassen als je zuvor. Rio. Ihr Name passte zu ihr, so einzigartig wie ihre Fähigkeiten selbst. Ich hatte ihn aufgeschnappt, kurz nachdem sie sich von den Menschen aus dem kleinen Theater verabschiedet hatte. Für einen kurzen Moment hatte ich sie in der Menge verloren. Meine Euphorie, sie endlich gefunden zu haben, war jedoch nur von kurzer Dauer gewesen. Die Erinnyen waren so zornig gewesen, dass ich zwei große Bauchverletzungen davongetragen hatte und tiefe Kratzer über meiner Brust. Den Angriff einer Erinnye hätte ich verkraften können, drei auf einmal jedoch … Das übertraf selbst meine Heilungskräfte.

»Du bringst dich damit noch irgendwann um.«

Dixie drehte mich auf den Rücken, doch ich konnte nur lächeln, als sie meinen Pullover und mein T-Shirt zerschnitt. Das war es mir wert. Nach all den Versuchen, sie zu finden, war mir jeder Schmerz willkommen. Das Schlimmste war überstanden. Das wusste ich. Sie war meine Hoffnung.

»Taru!« Panisch legte mir Dixie eine Hand an die Wange, schlug sanft dagegen. »Bleib bei mir, verdammt.« Ihre Stimme zitterte. Normalerweise zitterte ihre Stimme nie, wenn ich von meiner Suche heimkehrte. Aber wahrscheinlich war ich auch noch nie in einem so schlimmen Zustand aufgetaucht.

Aber ich hatte Rio nicht bitten können, mich zum Apartment zu bringen. Sie brauchte Zeit, um das alles zu verarbeiten. Sie schien rein gar nichts zu wissen. Nicht weiter seltsam. Die Götter setzten gerne Kinder in die Welt. Auch wenn sie nicht den typischen Geruch einer Halbgöttin an sich trug. Mein Kopf schmerzte, als ich weiter darüber nachdenken wollte.

Dixie fluchte erneut.

»Alles in Ordnung«, wollte ich sagen, aber meine Zunge klebte an meinem Gaumen, und nur die Hälfte der Wörter kam raus.

»Wärst du nicht halb tot, würde ich dich am liebsten verprügeln, du Idiot«, schimpfte Dixie weiter. Etwas pikste an meinem Bauch. Der Schmerz war nebensächlich. Mein Körper fühlte sich sowieso taub an.

»Scheiße.«

Mein Sichtfeld begann zu verschwimmen. Dixies Gesicht tauchte auf.

Meine Augenlider wurden schwer.

»Ich hab sie gefunden, Dixie.«
Die Welt wurde schwarz.

Als ich wieder zu Bewusstsein kam, lag ich in meinem Bett. Der Blick aus der bodentiefen Fensterfront zeigte den Sonnenaufgang über der Stadt. Manhattan erschien in seinem so typischen, dunstigen und fast schon rosafarbenen Licht. Die ersten Büros waren besetzt, die Lichter erleuchteten die Fenster.

Mein Bauch brannte, als ich mich aufsetzte. Ich fluchte, als ich die wulstige Naht sah.

»Selbst schuld.« Dixie saß auf dem großen Sessel in der Ecke meines Schlafzimmers und starrte mich wütend an. Ich seufzte und lehnte mich gegen das Kopfteil mit dem flauschigen Kissen im Rücken. Selbst auf dem Olymp schlief man nicht besser als in diesem Bett. Was allerdings mehr am Ort selbst lag.

»Wie lange willst du das noch tun, Taru?« Dixie erhob sich und setzte sich nun auf die Kante meiner Matratze. Sie kniff besorgt die Lippen zusammen, denen heute die rote Farbe fehlte, und sah auf meinen Bauch. Ich nahm ihre Hand und drückte sie leicht als Zeichen der Dankbarkeit. »Es ist bald vorbei.«

Sie erwiderte den Druck. »Ist dir der Tod wirklich so lieb?«

Ich schüttelte den Kopf, auch wenn ich das ein oder andere Mal schon darüber nachgedacht hatte. Aber die Zeiten hatten sich nun geändert. »Ich habe sie gefunden.«

Ihre Augenbrauen schossen in die Höhe. »Wirklich? Bist du dir sicher?«

Ich nickte, setzte mich weiter auf und rutschte an die Bettkante. Dixie machte mir Platz, damit ich meine Beine aus dem Bett hängen konnte. Für einen kurzen Moment drehte sich der Raum. Diese garstigen Dinger hatten mich schlimmer erwischt, als ich vermutet hatte. »Die Erinnyen konnten mich nicht mehr wahrnehmen. Sie und ich – wir waren unsichtbar. Wir *beide.*«

Immer noch ungläubig und trunken von der Euphorie, die mich wieder überkam, schüttelte ich den Kopf. Ein Lächeln zuckte an meinen Lippen. »Sie ist meine Hoffnung, Dixie. Mit ihr kann ich einen Weg finden, dieser verdammten Strafe zu entkommen.«

Dixies Augen wurden von Mitgefühl überschwemmt. Sie strich mir über den Rücken. Seit einem Jahr duldete sie meine nächtlichen Zusammenbrüche, flickte mich zusammen und bewahrte mich davor, durchzudrehen, wenn ich wieder nicht fündig geworden war. Ich wusste, dass sie glaubte, das alles wäre ein Selbstmordkommando. Sie litt mit mir. Sie wollte gerade etwas sagen, als ich eine Stimme hörte.

»Was will er denn hier?«, knurrte ich. Sofort bekam meine gute Stimmung einen Dämpfer, als Rhada ein zweites Mal nach mir rief. Dixie erhob sich mit einem Seufzer, der sämtliche Luft aus ihren Lungen ließ.

»Rhada hat sich gestern Nacht angekündigt. Ich wollte es dir ja sagen, aber …« Sie zuckte mit den Schultern. »Dich vor dem Verbluten zu bewahren, schien mir dringender.«

Genervt erhob ich mich von meinem Bett. »Versuch, ihn ein paar Minuten hinzuhalten. Ich muss mir etwas anderes anziehen. Der Olymp darf nichts von meinem Plan erfahren.«

»Natürlich.« Mit einem Nicken verschwand Dixie aus meinem Zimmer. Durch die geschlossene Tür hörte ich, wie sie Rhada begrüßte und in das Speisezimmer führte.

So schnell wie es mit meinem immer noch schmerzenden Bauch möglich war, wusch ich mir mein Gesicht, um das restliche Blut zu beseitigen, und zog mir frische Kleidung an. Ein schwarzes Hemd und eine dunkelgrüne Weste mit dem passenden Jackett dazu. Schwarze Hose und ebenso dunkle, glänzende Schuhe. Ganz so, wie der Prinz des Hades in Erscheinung treten sollte. Dunkel, königlich und arrogant.

»Bruder«, begrüßte mich Rhada, als ich das Speisezimmer betrat. Er wollte mich in eine Umarmung ziehen, doch ich entfloh ihr im letzten Moment. Ein ärgerliches Schnauben entwich ihm.

»Du bist nicht mein Bruder«, antwortete ich und setzte mich an die Stirn des Tisches, der aus einem seltenen japanischen Holz war. Rhada überging meinen Kommentar. Seine komplett weißen Augen musterten mich aufmerksam. Er zog sein Jackett zurecht, als er sich setzte. »Was willst du, Rhada?«

»Der Ungeheure sorgt sich um dich.« Innerlich verdrehte ich die Augen. Die Beinamen, die mein Vater trug, waren lächerlich. Als ob er je wirklich ungeheuerlich war. »Im … im Olymp gibt es …« Rhada stoppte und schien Dixie anzusehen, die hinter mir stand. Zumindest nahm ich es an, durch die fehlende Iris und Pupille konnte man kaum sagen, wen Rhada wirklich anschaute. Nur kannte ich Rhada gut genug, um zu wissen, was für ein Snob er war, dass er glaubte, Dixie dürfte nicht wissen, was auf dem Olymp vor sich ging. Für ihn sollte eine Nymphe nicht die rechte Hand des Erben des Hades sein.

»Spuck es aus, Rhada. Eurydike ist mir hier ebenbürtig.«

Ein verkniffener Ausdruck huschte über seine Lippen, ehe er sich aufrichtete und weitersprach.

»Im Olymp gibt es das Gerücht, du würdest dich gegen deine Strafe auflehnen. Die Erinnyen berichteten, du hättest dich unsichtbar machen können.«

Ich biss die Zähne zusammen. Diese Tratschweiber. Natürlich mussten sie es dem großartigen Göttervater sofort petzen. Sie hatten mir noch nicht einmal einen Tag Aufschub gegeben. »So ein Unsinn«, gab ich zurück und lachte über die Anschuldigung. »Wie soll das gehen? Vielleicht werden die guten Damen einfach alt.« Ich zuckte lässig mit den Schultern und lehnte mich betont gelangweilt auf dem Stuhl zurück.

»Ich weiß es nicht. Die Götter auch nicht. Sie glauben, du hättest die Hadeskappe gestohlen.«

»Ich würde meinen Vater nie bestehlen«, gab ich grimmig zurück und richtete mich auf. Rhada schluckte. Auch wenn er keine Angst vor mir hatte, so fürchtete er sich vor den Dingen, die ich tun könnte. In seinen Augen war ich unberechenbar. Er glaubte, ich hätte nichts mehr zu verlieren. Wie falsch er damit lag. Seit letzter Nacht jedenfalls. »Die Hadeskappe ist immer noch an ihrem rechtmäßigen Ort. Mein Vater würde wissen, sobald sie weg wäre.«

»Nun, Namtaru –«

»Nenn mich nicht so«, unterbrach ich ihn sofort. Er nickte. Auch wenn Rhada ebenso ein Totenrichter war, stand er dennoch unter mir. Meiner Abstammung sei Dank.

»Es ist so, dass die Hadeskappe tatsächlich entwendet wurde. Sie ist nicht mehr in der unterweltlichen Schatzkammer.« Rhada schluckte. Augenblicklich huschte mein Blick zu Dixie. Es dauerte nur eine Millisekunde, bis sie verstand und sich leise zurückzog. Das war nicht gut. »Deshalb schickt mich der Ungeheure. Er glaubt, du würdest vielleicht mehr wissen.«

»Tja, Tatsache ist aber, dass ich es nicht weiß.« Ich erhob mich, und Rhada folgte meiner Bewegung. »Warum hat mich mein Vater nicht selbst angerufen? Er wollte doch, dass ich mir dieses schrecklich nervige Hadestelefon zulege.«

Ein Lächeln zuckte an Rhadas Lippen, und er wurde mehr zu dem Totenrichter, den ich kannte. Der Stock in seinem Hintern tat ihm nicht sonderlich gut. Doch seit er wieder den Olymp betreten durfte, glaubte er, er müsste die Etikette wahren. »Nun ja, du bist nie erreichbar. Wegen der schlechten Verbindung.«

Ach ja. Richtig. Diese Ausrede hatte ich meinem Vater die letzten hundert Jahre aufgetischt. »Gibt es sonst noch etwas, Rhada? Oder wolltest du mich einfach nur nerven?«

Rhada umrundete den Tisch und kam mir entgegen. Er legte eine Hand auf meine Schulter. Für diesen Moment duldete ich seine Berührung. Er konnte ja nichts dafür, dass die Götter seine Gedanken vergiftet hatten. »Dein Vater und Persephone sorgen sich um dich. Das letzte Jahr sind viele Seelen im Leerraum verloren gegangen. Es ist nicht gut, wenn etwas aufhört zu existieren.«

»Was du nicht sagst«, entgegnete ich ihm und fegte mit meiner Hand seine von meiner Schulter. Ich wusste selbst, dass ich zurzeit nachlässig war. Aber andere Dinge hatten meine Aufmerksamkeit erfordert. »Ich werde sie bei nächster Gelegenheit mal anrufen.«

Rhada nickte. »Es tat gut, dich zu sehen, Taru. Wir vermissen dich im Hades und ... auf dem Olymp auch.«

»Lass gut sein, Rhada.« Geschäftig schloss ich den Knopf meines Jacketts und deutete mit einer Hand auf den Fahrstuhl. »Wir beide wissen, dass du der Einzige von den Olympiern bist, der mich nicht tot sehen will.«

»Da würde ich etwas anderes behaupten, Bruder.«

»Du bist nicht –«

»Ich weiß«, unterbrach mich Rhada, und ich verengte meine Augen. »Du bist aber meiner. Daran wird sich nichts ändern.«

Nachdem Rhada verschwunden war, stattete ich den Fischen einen Besuch ab. Sie befanden sich in der Bibliothek meines Apartments. Hier sammelten sich deutsche Erstausgaben von Goethes Texten, französische Chansons und römische Schriftrollen – all jene Werke, die Dixie auf ihren Reisen für mich besorgt hatte. Bald schon würde ich selbst Sammlerstücke beisteuern können. Der Gedanke daran gab meinem Herzen etwas Aufschwung.

Rhadas Besuch hatte meine Hochstimmung etwas getrübt.

Dass die Hadeskappe gestohlen wurde, die Reliquie meines Vaters, die dem Träger Unsichtbarkeit verlieh, war kein gutes Zeichen. Aber vielleicht hatte sich auch Apollon wieder einen Scherz erlaubt. Der kleine Bastard hatte schon damals jede Gelegenheit genutzt, meinen Vater und mich zu reizen. Typisch für Zeus' Kinder.

Ich verzog das Gesicht und trat an das Aquarium heran, das sich über die gesamte Wand erstreckte, gefüllt mit verzaubertem Seegras der Nymphen, kleinen Figuren meiner Onkel und Tanten und einem Miniaturholzpferd. Meine Geisterfische, die im wasserleeren Tank schwammen, schenkten mir keine Aufmerksamkeit. Ihre fluoreszierenden Körper bewegten sich durch die Luft, als wären sie in Wirklichkeit unter Wasser.

Insgeheim hatte ich ihnen Namen gegeben. Davon durfte Dixie nie etwas erfahren. Sie zog mich sowieso schon für meine Fische auf.

Ich lächelte, als Jutta, eine Tigermuräne, angeschwommen kam. Sie konnte ein garstiger Geisterfisch sein und hatte schon das ein oder andere Mal einen ihrer Mitbewohner verspeist. Dank ihrer Geisterfischkörper konnten sie durch Jutta hindurchschwimmen, wenn sie von ihr mit einem großen Bissen verschlungen wurden.

»Hallo, du Schöne«, begrüßte ich sie. Als würde sie mich verstehen, schlängelte sie sich am Glas entlang. »Du musst mir einen Gefallen tun. Ich weiß …« Jutta öffnete ihren Mund, und eine Reihe scharfer Zähne kam zum Vorschein. Sie war genervt von mir. »Aber ich war in letzter Zeit etwas unkonzentriert. Du weißt, was du zu tun hast?«

Für einen Moment starrte mich Jutta aus ihren leblosen Augen an, ehe sie zum hinteren Teil des Aquariums schwamm und verschwand. Auf Jutta war Verlass. Sie brachte die Seelen an ihren rechtmäßigen Platz.

»Sprichst du wieder mit diesen gruseligen Dingern?« Dixie betrat den Raum in ihrer gewohnt einnehmenden Art. Ich zuckte nur mit den Schultern und setzte mich auf einen der gelben Sessel. Ich fand sie grässlich, aber Dixie bestand darauf, sie zu behalten. »Hast du was herausgefunden?«

Dixie ließ sich auf der Lehne nieder und warf ihre langen, kastanienbraunen Haare über die Schultern. »Die Kappe ist tatsächlich weg. Die Wächter der Schatzkammer waren außer sich vor Zorn.«

»Verdammt«, fluchte ich und fuhr durch meine Haare. Ich zuckte kurz zusammen, als dabei die frische Naht an meinen Bauch schmerzte. Diese Wunde war jetzt schon lästig. »Was glaubst du, wer sie gestohlen hat?«

Dixie verzog den Mund. »Jeder käme dafür infrage. Der Olymp scheint misstrauisch zu sein, und sie verdächtigen dich.« Ich kniff mir an die Nasenwurzel. Natürlich, wen auch sonst. Dixie erhob sich, setzte sich in den Sessel neben mir und zupfte an meinem Ärmel, damit ich aufsah. »Wenn du dieses Mädchen überzeugen kannst, mit dir zusammenzuarbeiten, musst du vorsichtig sein.«

»Ich habe ihr bis Sonntag Zeit gegeben.«

»Nicht gerade viel. Glaubst du wirklich, dass sie dir helfen kann? Dieser Plan ist schon riskant genug …«

»Ich weiß.« Ich setzte mich auf und strich mit einer Hand über meinen Nacken. Erschöpfung machte sich in mir breit. Dabei hatte es gerade erst angefangen. »Sie wird sich melden.«

»Was macht dich da so sicher?«

»Sie weiß nichts von dieser Welt, und die menschliche Neugier hat schon einige von ihnen in den Tod getrieben.«

Dixie überging meinen Kommentar und sah mich nur weiterhin besorgt an. »Was wirst du tun, wenn sie sich nicht meldet?«

»Dann wirst du ihr einen Besuch abstatten.«

7

Rio

Die Dampfschwaden waren mittlerweile so dicht, dass ich den grauen Fliesenspiegel kaum noch richtig erkannte. Meine Haut musste sicherlich schon die Farbe eines Krebses angenommen haben, doch ich wollte die heiße Dusche nicht verlassen. Das herunterfallende Wasser fühlte sich wie ein schützender Kokon an. Solange ich hier war, konnte ich mir einreden, dass vorletzte Nacht nur ein böser Traum war.

Auch wenn ich mir eingestehen musste, dass es echt war. Zu dieser Erkenntnis war ich unter der Dusche zumindest schon gekommen. Ich hatte den Geruch der Erinnyen zu intensiv wahrgenommen, die Hände von diesem Typen – Taru – auf meinen Schultern zu sehr gespürt, als dass ich es mir hätte vorstellen können. Es war echt. Die Realität.

Doch wirklich weiterhelfen konnte mir diese Erkenntnis nicht. Eher im Gegenteil. Ich fühlte mich noch reizbarer. Noch verletzlicher. Als würde ich versuchen, über Eierschalen zu laufen, ohne sie zu zerbrechen. Bei jedem Geräusch zuckte ich zusammen, aus Furcht, die Erinnyen würden auftauchen – schlimmer noch, Taru wäre da. Und mit ihm seine gefährlichen Worte.

Warum sonst solltest du den Erinnyen gefolgt sein? Menschen laufen für gewöhnlich vor ihren Albträumen davon und nicht auf sie zu.

Frustriert fuhr ich mir über mein Gesicht. Ich hätte die Erinnyen und ihn tatsächlich einfach ignorieren sollen. Auch wenn er damit den Nagel auf den Kopf getroffen hatte. Jeder normale Mensch wäre vor diesen unheimlichen Wesen davongelaufen. Das war wohl noch ein weiterer Punkt auf meiner Liste, dass ich es nicht war.

Als ich schließlich mitten in der Nacht, ohne Essen und Telefon, bei Jake aufgekreuzt war, hatte ich ihm eine Lüge auftischen müssen, um mir vielleicht auch selbst Normalität vorgaukeln zu können. Ein klassischer Überfall. In Manhattan keine Seltenheit. Jake davon abzuhalten, sofort die Polizei oder meinen Dad anzurufen, war jedoch schwerer als gedacht. Ich wollte auf keinen Fall, dass Dad sich Sorgen machte. Außerdem würde er mich sofort zu einem Arzt schleifen und untersuchen lassen wollen. Nichts, was ich gerade gebrauchen konnte.

Ich seufzte und stellte die Dusche aus. Ich konnte mich nicht mehr länger verstecken. Es sei denn, ich wollte mich hier wirklich kochen lassen.

Mit einem Handtuch um den Körper und eines um meine Haare geschlungen, verließ ich das kleine Bad in Jakes Wohnung.

»Zehn Minuten länger und du wärst al dente«, begrüßte er mich mit einem frechen Lächeln und erhob sich von der Couch. Jakes dunkle Haare standen in alle Richtungen ab. Seine Wangen waren gerötet, und seine Laufkleidung klebte ihm am Körper – er musste vor wenigen Minuten reingekommen sein. Wie sich jemand das am frühen Morgen antun konnte, war mir immer noch ein Rätsel.

»Dir auch einen guten Morgen.« Ich grinste ihn an und nahm meinen Haufen Klamotten von dem Sessel, um wieder ins Bad zu verschwinden.

»Rio, warte –«

Ich drehte mich um und erstarrte.

»Was ist das?« Jake betrachtete mit einem verwunderten Ausdruck die schwarze Visitenkarte. Sie musste mir aus meiner Tasche gefallen sein. Ich hatte sie völlig vergessen.

»Nichts«, sagte ich schnell und zog ihm die Karte aus der Hand. Ich warf einen kurzen Blick drauf. Goldene, schnörklige Schrift auf mattschwarzem Papier. Irgendwie passte es zu ihm. Elegant und dunkel. Darauf zu lesen war sein Name, der, den er mir gestern genannt hatte. Taru. Nur vier Buchstaben, kein Nachname. Außer seiner Adresse – Madison Avenue direkt gegenüber vom Central Park – und einer Telefonnummer stand nichts weiter auf dem schicken Papier. Mehr nicht.

»Okay, Rio. Es reicht.« Jake nahm mir die Karte aus der Hand und sah mich mit einer Mischung aus besorgt und wütend an. »Seit Donnerstagnacht verhältst du dich, als hättest du einen Mord beobachtet. Bei jedem Geräusch siehst du aus, als würdest du gleich in die Luft springen. Was ist los? Sollten wir nicht lieber doch zur Polizei? Ist vielleicht doch mehr passiert, als du mir erzählt hast? Du kannst mir alles sagen.« Ich verzog den Mund. Er hielt mir die Visitenkarte vors Gesicht. *Nein, das kann ich nicht.* »Was hat es hiermit auf sich? Was ist dieses Taru? Und was ist das überhaupt für eine Karte? Oder –«

»Es ist nichts davon, okay?«, unterbrach ich ihn und schnappte mir die Karte aus der Hand. »Es ist … nichts.«

»Was ist dann mit dir los?«

»Nichts. Wirklich, ich –« Ich ließ meinen Kopf hängen, als Jake mich mit seinem Blick durchbohrte. So würde ich nicht weiterkommen. Ich musste mir eine bessere Antwort als Nichts einfallen lassen. »Gut. Ich erkläre dir alles, aber lass mich erst etwas anziehen, ja?«

Zufrieden nickte Jake. »Ich gehe in der Zeit duschen. Dann

kannst du dir in Ruhe eine Ausrede einfallen lassen, die mich überzeugt.«

Nach einer Viertelstunde saßen wir, jeder mit einem frischen Kaffee bewaffnet, auf Jakes durchgesessener Schlafcouch. Ich nahm einen großen Schluck.

Geduldig sah mich Jake über den Rand seiner Jane-Austen-Tasse an, die ich ihm zum Studienbeginn geschenkt hatte. »Wie wäre es, wenn du mir von deiner Arbeit am Donnerstag im Theater erzählst?«

Erleichtert nickte ich. Guter Anfang. Nichts Schlimmes, nur mein finanzieller Ruin.

»Ich habe meinen Job im Theater verloren«, setzte ich an und erzählte ihm alles, was Jess mir über den Zustand des *Golden Years* berichtet hatte.

»Was wirst du jetzt tun?« Besorgt stellte Jake seine Kaffeetasse beiseite, woraufhin ich nur ratlos mit den Schultern zuckte. Seltsamerweise tauchten Tarus Worte schon wieder in meinem Geist auf.

Du würdest es nicht bereuen, wenn du es tätest.

Ich schob den Gedanken schnell wieder beiseite. »Du kannst immer noch bei mir einziehen, Rio. Ich weiß nicht –«

»Jake«, unterbrach ich ihn sofort mit einer Endgültigkeit in meiner Stimme, die ihn die Lippen zusammenpressen ließ. Nach der Begegnung mit den Erinnyen und Tarus Auftauchen, das seltsam paranoide Gefühl, das ich seitdem nicht loswurde … ich konnte das nicht. Zu groß war meine Angst, dass er etwas von dieser Seite an mir entdeckte. Ich wusste, er würde schreiend davonlaufen. Jake wäre nicht der Erste.

Jake griff wieder nach seiner Tasse. »Okay, dann weiter. Was ist danach passiert?«

»Ich … habe gesehen, wie jemand überfallen wurde. So ein

Typ«, erklärte ich und sah, wie sich Jakes Augenbrauen zusammenzogen. »Taru … das ist nicht ein *Was*, sondern ein *Wer*.«

»Ich dachte, *du* wärst überfallen worden?«

»Ich war durcheinander«, sagte ich ausweichend und nahm noch einen Schluck, um Zeit zu schinden und die Geschichte in meinem Kopf so umzuformulieren, damit mir nicht noch mal ein Fehler unterlaufen würde. »Er wurde von drei Frauen überfallen. Ich habe ihm geholfen, dabei ist mir das Essen aus der Hand gefallen und mein Handy.«

»Von drei Frauen?«, fragte Jake nach. »Wie sahen die aus?«

Wie mein schlimmster Albtraum. »Normal eben.«

Wieder nickte Jake. »Und dann? Nachdem ihr geflohen seid? Hast du ihn zur Polizei gebracht?«

»Nein.«

»Nein?«

Ich rollte mit den Augen. »Ist das hier ein verdammtes Verhör, oder was?« Ich schnaubte genervt auf, als Jake mit ernster Miene nickte, und seufzte dann. Ich zog meine Knie an meinen Körper, während er jede meiner Bewegungen verfolgte. Er würde erst Ruhe geben, wenn ich ihm alles erzählt hatte. »Er wollte das nicht. Es ging ihm gut danach, und er ist dann einfach nach Hause gegangen. Nehme ich an.« Die Erinnerung daran, wie viel Blut an seinem Hals geklebt hatte, ohne eine Verletzung zu sehen, ließ Gänsehaut über meine Körper huschen. Ich streckte meinen Rücken durch, in der Hoffnung, so den Schauder loszuwerden. »Er hat mir sogar einen Job angeboten.«

»Einen Job?«

»Ja, als Security oder so.« Ich deutete auf die Visitenkarte. »Er meinte, ich soll mich bis heute melden.«

Überrascht schob Jake den Kopf zurück. »Und wirst du es tun?«

»Nein, ich bin doch nicht verrückt.« Ich lachte und stellte meine leere Kaffeetasse direkt auf die Visitenkarte, die auf dem Tisch lag. Aus den Augen, aus dem Sinn. »Das habe ich ihm aber auch direkt gesagt.«

Als Jake darauf nichts sagte, sondern nur mit zusammengezogenen Augenbrauen auf die Ecke der Visitenkarte starrte, die die Tasse nicht verbarg, verrutschte mein Grinsen. Er war plötzlich erstaunlich still. Zu still. »Du willst mir doch jetzt nicht wirklich sagen, dass ich mich bei ihm melden soll.«

»Du könntest dir wenigstens anhören, was er zu sagen hat«, antwortete Jake schulterzuckend und sah wieder zu mir.

»Warte … Hast du mir nicht eben noch vor paar Minuten wie ein donutessender Cop Fragen gestellt und mir nicht glauben wollen?«

»Ich glaub dir ja. Jedenfalls, was den Teil mit dem Typen angeht. Aber manchmal passieren im Leben eben seltsame Dinge, die uns ans Ziel bringen.«

»Ich soll als Security bei ihm arbeiten. Als *Security*, Jake. Mein Bizeps wächst nach innen.« Um meine Worte zu untermalen, hob ich einen Arm und spannte meine nicht vorhandenen Muskeln an.

»Man braucht keine Muskeln, um auf andere aufzupassen.« Er legte den Kopf schief, was ich mit einem Augenrollen quittierte. »Ich frage mich … vielleicht ist es Schicksal, weißt du? Vielleicht gibt es ja doch eine höhere Macht, die dir endlich etwas Glück schenken will?« Er nahm meine Hände und lächelte. Er lächelte, als wollte er tatsächlich vom ganzen Herzen, dass mir diese unheimliche Begegnung Glück brachte. Zu seiner Verteidigung wusste er nicht, wie unheimlich das Aufeinandertreffen mit Taru wirklich war.

»Und du glaubst, dass mir ein Typ, der überfallen wurde und mir eine Visitenkarte mit nichts weiter als einer Nummer und einer Adresse – noch nicht einmal seinem vollständigen Namen – gegeben hat, Glück bringen soll?«

Wieder zuckte er mit den Schultern. »Na ja, du könntest ihm eine Chance geben, oder? Wenn er wirklich einen Job für dich hat, könnte alles so weiterlaufen wie bisher – *ohne* dass du deinen Dad fragen oder bei mir einziehen müsstest.« Skeptisch zog ich eine Augenbraue hoch, warf einen Blick auf die schwarze Visitenkarte. Selbst wenn ich kurz vor der Obdachlosigkeit stehen würde, würde ich Dad nicht nach Geld fragen. »Überleg doch mal: Das Theater hat kein Geld mehr und kündigt dir, womit du dir deine grässliche Wohnung, die du nicht aufgeben willst, kaum noch leisten könntest, oder?« Ich nickte und verzog das Gesicht. Selbst ohne die Mieterhöhung, von der Jake glücklicherweise nichts wusste, hatte er recht. Wie nervig. »Am gleichen Tag läufst du einem Typen über den Weg, rettest ihn, und er bietet dir als Dank einen Job an, der deine Probleme lösen könnte?« Jake beugte sich bedeutungsschwer nach vorn. »Ich denke, das ist Schicksal.«

So wie Jake es sagte, klang es tatsächlich nach einer Chance, die ich ergreifen sollte. Wäre da nur nicht die Sache mit den unheimlichen Riesenfledermäusen …

Ein Klopfen an der Tür unterbrach uns. Jake und ich tauschten einen verwirrten Blick, doch ich zuckte nur mit den Schultern. Das Klopfen wurde energischer, und Jake beeilte sich, von der Couch aufzustehen. Eine ungute Vorahnung schoss durch meinen Körper.

Aber Jake öffnete schon die Tür. Eine Frau, sie musste ungefähr in unserem Alter sein, mit langen kastanienfarbenen Haaren, dunkelroten Lippen und einem schwarzen Lack-Trenchcoat stand im Türrahmen. Ihr Blick glitt über Jakes Körper, bevor sich ihre vollen Lippen zu einem breiten Grinsen verzogen. Als sie mich entdeckte, huschte Erkenntnis über ihr Gesicht. Ihre ganze Erscheinung war … beunruhigend. Augenblicklich umklammerte ich das Kissen des Sofas.

Erst als sie den Blick wieder auf Jake richtete, wagte ich auszuatmen.

»Hi, Süßer«, begrüßte sie Jake, der sie nur anstarrte. Röte schoss in seine Ohren. Seine Hand lag immer noch auf der Türklinke.

»W-was kann ich für dich tun?«, stammelte er nervös, sichtlich eingeschüchtert von ihrer Erscheinung. Verdenken konnte ich es ihm nicht. Sie war wunderschön und beängstigend zugleich. Mit einem Finger strich sie ihm über die Wange und lächelte genüsslich. Ich schluckte, als Jake sich kaum bewegte.

»Später vielleicht«, sagte sie und zwinkerte ihm zu. »Ich wollte eigentlich zu deiner Freundin. Rio, richtig?« Sie ließ Jake, immer noch verdattert, in der Tür stehen und kam auf mich zu. Sofort erhob ich mich und trat einige Schritte zurück.

»Dixie«, stellte sie sich vor, sah sich einen Moment in Jakes Wohnung um und quittierte sie mit einem leisen »Süß«.

»Woher weißt du, wie ich heiße?« Noch einen Schritt. In meiner Kniekehle spürte ich das Sideboard. Sie kam mir immer näher. Mein Puls raste, als sie direkt vor mir stand und ihre moosgrünen Augen mich musterten. Der Geruch von Wald, Rinde und etwas Süßem stieg mir in die Nase.

»Du bist viel hübscher, als er dich beschrieben hat.« Sie schnalzte mit der Zunge und … schnupperte? »Seltsam. Du riechst wie ein Mensch.«

»Und du bist zu nah.« Mutig streckte ich mein Kinn nach vorn und hielt ihrem eindringlichen Blick stand. Formte meine Hände zu Fäusten, damit sie nicht sah, wie sie zitterten. Mein Herz schlug mir bis zum Hals, aber ich schluckte es runter. *Verstecke deine Angst.*

Ein Schmunzeln entstand auf ihrem Gesicht, als sie sich zurückzog, sich auf die Couch setzte und fast schon anerkennend nickte. »Ich verstehe, warum er so begeistert von dir war.«

»Wer –« Ich riss die Augen auf und ahnte, warum sie hier war. »Taru.«

Dixie nickte und warf einen kurzen Blick zu Jake, der immer noch an der offenen Tür stand. »Mach doch die Tür zu, Süßer, und komm her.« Sie klopfte auf den Platz neben sich, und plötzlich setzte sich Jake in Bewegung. Sein Blick immer noch starr, als wäre er nicht hier.

»Was hast du mit ihm gemacht?« Panisch eilte ich zu ihm und berührte ihn an der Schulter, doch er schien mich gar nicht wahrzunehmen.

»Reine Vorsichtsmaßnahme.« Mit einer wegwerfenden Handbewegung sah sie zu Jake, der sich gerade neben sie auf die Couch setzte. Wie eine verdammte Marionette. »Es geht ihm gut, entspann dich. Er ist gerade in einer Art Trancezustand und bekommt nichts mit, was hier geschieht. Sobald ich weg bin, wird ihm kurz schwindelig sein, und er wird sich an nichts erinnern.«

Immer noch besorgt, sah ich zu meinem besten Freund. Seine Augen waren groß und rund und starrten ins Nichts. Aber er sah nicht aus, als würde ihm etwas fehlen. Ich schluckte und setzte mich auf den rosafarbenen Sessel, weit genug von dieser Frau entfernt, dass sie mich nicht auch … was auch immer sie mit Jake getan hatte. Je schneller ich das hinter mich bringen würde, desto schneller würde sie auch wieder verschwinden. Hoffte ich.

»Ich habe ihm gesagt, dass ich mich nicht melden werde«, sagte ich schließlich so bestimmt wie möglich.

»Und genau deshalb bin ich hier.« Sie überschlug die Beine und schnippte mit den Fingern. Ich zuckte zusammen, als ein kleiner Stapel Papier auf den Couchtisch klatschte. Wie aus dem Nichts war er aufgetaucht. »Cool, oder?«, sagte sie mit einem stolzen Funkeln in den Augen.

Als ich nichts darauf erwiderte, sondern nur weiter von dem Papier zu ihr starrte, nahm sie das Dokument in die Hände und hielt es mir entgegen. »Taru hat schon einen Vertrag aufgesetzt. Da stehen alle Informationen drin, die du brauchst. Gehalt, Arbeitsstunden –«

»Nein, danke«, unterbrach ich sie und schob das Dokument zurück.

Verwirrt zog sie ihre dunklen Augenbrauen zusammen. »Aber du hast es dir doch noch gar nicht durchgelesen.«

»Das brauch ich nicht«, sagte ich entschieden. »Ich werde nicht für deinen Boss –«

»O Süße, Taru ist nicht mein Boss«, warf sie dazwischen und zwinkerte wieder. Ich ignorierte sie.

»Wie auch immer«, fuhr ich fort und straffte meine Schultern. »Ich werde nicht für jemanden arbeiten, der von irgendwelchen Wesen –«

»Erinnyen.«

Ich atmete tief ein und aus. »Ich werde nicht für ihn arbeiten. Ich will damit nichts zu tun haben.«

»Aber das hast du doch schon.« Sie verschränkte die Arme und betrachtete mich wieder so eingehend, dass ich mich zwingen musste, nicht wegzuschauen. »Du bist schon längst Teil dieser Welt, ob du willst oder nicht. Dass du die Erinnyen sehen kannst, ist Beweis genug, dass du nicht wie andere Menschen bist.«

Ich schluckte. Mein Herz zog sich bei ihren Worten für einen Moment zusammen. *Freak. Verrückt. Nicht normal.* Erinnerungen, wie mich meine einzige Freundin in der Highschool mit einem verängstigten Ausdruck in den Augen ansah, als ich ihr von diesen Wesen – den Erinnyen – erzählte, und sie merkte, dass ich es ernst meinte. Wie sie schreiend vor mir wegrannte, als ich hinter sie deutete, als sie nach dem Biologiekurs auftauchten.

Ehe ich etwas antworten konnte, kam Dixie mir zuvor. »Für dich mag es in diesem Moment ziemlich viel sein – herauszufinden, dass es mehr gibt. Aber du hast nichts zu verlieren. Nachdem du Taru geholfen hast, kannst du uns vergessen und in deine Welt zurückkehren, als wäre nichts geschehen.« Sie machte eine ausschweifende Handbewegung, als würde meine Welt nur aus Jakes schmalem Wohnzimmer bestehen. Im Gegensatz zu dem, was auch immer ihre Welt war, von der sie ständig sprach. »Und wer weiß, vielleicht findet sich eine Möglichkeit, dass du die Erinnyen nicht mehr siehst. Sie tauchen immerhin nie ohne Grund auf.«

Ich hielt inne. Meine Augen weiteten sich. Ihre letzten Worte hallten durch meinen Kopf wie ein Echo in der Dunkelheit. »Was meinst du damit?«

Ein wissendes Funkeln huschte über ihre Augen, und sie lehnte sich zurück. »So, wie ich es gesagt habe. Erinnyen werden von den Göttern geschickt, damit der Empfänger eine Schuld begleicht. Wir können dir dabei helfen, deine offene Rechnung zu begleichen.«

Mein Herz stolperte voller Hoffnung und Euphorie. Vielleicht wäre das meine Möglichkeit, endlich normal zu werden. Wenn es diese Erinnyen nicht gäbe, die mich verfolgten, vielleicht … vielleicht würde dann auch der Rest verschwinden. Diese Erinnerungen. Die Angst vor der Dunkelheit. Diese quälenden Fragen.

Ich starrte auf meine Hände. Mein Atmen beschleunigte sich, als ich eine Entscheidung traf.

»Du hast etwas von einem Vertrag gesagt?«

8

Rio

Am Montagnachmittag stand ich seit zwei Ampelphasen an der Kreuzung zur Madison Avenue und starrte zum Marquand-Gebäude. Ein Apartment dort drin könnte ich mir selbst nach hundert Jahren Arbeit niemals leisten.

Ich schluckte und wischte meine nassen Hände an meiner violetten Culotte ab, die ich mir heute für dieses Treffen extra aus meiner Wohnung geholt hatte. Auch wenn es das unseriöseste Jobangebot war, das ich je erhalten hatte, sträubte sich alles in mir, mich nicht wenigstens ein bisschen für dieses Bewerbungsgespräch herzurichten. Obwohl ich mir nicht sicher war, ob Bewerbungsgespräch die richtige Bezeichnung für das war, was mich gleich erwarten würde.

Zu der knöchellangen Hose trug ich deshalb ein schlichtes weißes, mit Spitze besetztes Oberteil, einen farblich passenden Blazer und meine Docs.

Nachdem Dixie am Sonntagmorgen aus Jakes Wohnung verschwunden und Jake danach tatsächlich aus seinem tranceähnlichen Zustand erwacht war, hatte ich eine Sektflasche aus dem Schrank gezogen. Jake hatte ich weisgemacht, dass ich gerade diesen Job angenommen hatte und darauf nun anstoßen wollte. Trotz seiner Verwirrung, warum er sich daran nicht erinnerte, worauf ich nur panisch gelacht hatte, stieß er mit mir an.

Und jetzt, immer noch an der Kreuzung stehend, fragte ich mich, ob das nicht alles ein riesengroßer Fehler war. Ich wusste rein gar nichts über Taru und darüber, was es mit den Göttern, von denen Dixie gesprochen hatte, oder den Erinnyen auf sich hatte. Meine Googlesuche hat mich noch verwirrter zurückgelassen, als dass sie mir irgendwelche Antworten liefern konnte. Scheinbar hatte alles mit der griechischen Mythologie zu tun. Das passte auch zu dem, was mir Taru und Dixie bereits über diese Wesen erzählt hatten. Doch bei all meiner Recherche fand ich keine einzige Information zu einem Gott oder anderem Geschöpf namens Taru.

Ich schüttelte den Kopf. Je mehr ich darüber nachdachte, desto nervöser wurde ich. Aber der Gedanke daran, dass ich durch diesen Job die Erinnyen loswurde, wie Dixie es mir gestern gesagt hatte, ließ mich all meine Zweifel hinunterschlucken. Um endlich normal sein zu können, war es mir das wert, einen Job anzunehmen, der genau das Gegenteil bedeuten würde.

Außerdem würde ich mir so die lästige New Yorker Wohnungssuche ersparen und weder Dad noch Jake in meine finanziellen Nöte miteinbeziehen. Die Liste der Pros wuchs allmählich.

Bei der vierten Ampelphase setzte ich mich in Bewegung. Ich ignorierte das ängstliche Ziehen in meinem Bauch und meine wackeligen Knie.

Vor dem Eingang des Marquand-Gebäudes zögerte ich nicht länger, sondern trat selbstbewusst durch die Tür, wo mich auch schon eine Rezeptionistin mit einem dunklen Pixie-Cut begrüßte. Ihr roter Anzug passte zu dem Teppich, der über dem hellen Marmorsteinboden ausgelegt war. Mit einem freundlichen, leicht zurückhaltenden Lächeln begrüßte sie mich.

»Wie kann ich Ihnen behilflich sein, Ms …?«

»Kimura«, antwortete ich und sah mich staunend im Empfangsbereich um. Alles schrie nach Prunk und Protz. Große Pflanzen standen in großen, ebenso goldenen Töpfen. In der eleganten Sitzecke saß ein Mann, den ich glaubte auf Werbeanzeigen am Times Square gesehen zu haben. Ich riss meinen Blick von der teuren Einrichtung los und sah wieder zur Rezeptionistin, die mich geduldig ansah. Auf ihrem goldenen Namensschild stand *Nona Chevalier*. »Ich habe einen Termin mit Mr … Taru.«

Sie zog die Augenbrauen zusammen. »Mr … Taru? Sind Sie sich da sicher?«

Meine Hände wurden schweißnass. Mein Hals zog sich zusammen. Vielleicht war es doch nur eine Einbildung gewesen.

»Ms?«

»Tut mir leid, ich –«, setzte ich an und trat einige Schritte zurück. Mein Rücken stieß gegen einen Widerstand, und mein Herz setzte einen Schlag aus, als ich mich umdrehte. Taru sah grinsend zu mir herab.

»Du bist da.«

Schnell sah ich zu der Rezeptionistin. Erleichterung durchströmte mich, als sie Taru mit großen Augen ansah. Sie sah ihn. Er war echt.

»Gibt es hier ein Problem … Ms Chevalier?«, richtete sich Taru an die Frau hinterm Tresen, deren Ausdruck sich verändert hatte. Sie wirkte beinahe argwöhnisch.

»Nein, alles bestens, Sir«, säuselte sie höflich und korrigierte ihren Gesichtsausdruck zu einer freundlichen Miene. »Darf ich Ihnen noch behilflich sein?«

Ich drehte mich zu Taru um, der mit leicht zusammengekniffenen Augen den Blick wieder auf mich richtete. »Nein. Wollen wir, Ms Kimura?«

Ich spürte, wie ich nickte und mich in Bewegung setzte, ohne Taru aus den Augen zu lassen.

»Was war das eben? Warum wusste die Rezeptionistin nicht, von wem ich rede?«, platzte es aus mir heraus, als wir das Gebäude verließen. Die Herbstsonne kämpfte sich gerade durch die Wolken und hüllte Taru in ein sanftes, goldenes Licht. »Ich meine, auf deiner Visitenkarte stand nur Taru und mehr nicht. Das war, als gäbe es dich nicht wirklich.«

»Das hatten wir doch schon. Ich bin real, genauso sehr wie du«, sagte er schlicht, ohne den Hauch einer Verurteilung. »Normalerweise wissen die Mitarbeitenden, wer ich bin. Sie ist wohl neu.«

Okay, klar. Das erklärte alles.

Tarus Schultern spannten sich an, als er sich umsah. Als erwartete er jeden Moment, dass die Erinnyen auftauchten. Erst nachdem er in jede Richtung geschaut und noch einen weiteren Schritt vom Gebäude weggetreten war, sah er wieder zu mir. Ein zufriedener Ausdruck auf seinem Gesicht.

»Aber um auf deine letzte Frage zurückzukommen: Nein, kein Nachname. Ich habe eine Reihe an Beinamen. Die sind allerdings nicht sehr schmeichelhaft, um ehrlich zu sein.«

Verdutzt sah ich ihn an. »Beinamen?«

Er nickte und deutete mit den Händen auf seinen Körper. »Um meine Gestalt eingängiger zu beschreiben.«

»Okay«, meinte ich nur lang gezogen. Vielleicht hätte ich nicht nachfragen sollen. Vor allem nicht, weil Taru daraufhin nur zwinkerte, ehe er sich wieder der Madison Avenue zuwandte. Er schloss für einen Moment die Augen, streckte sein Gesicht der Sonne entgegen. Er sah anders aus als in der Nacht, in der wir uns das erste Mal begegnet waren. Ohne das ganze Blut wirkte er tatsächlich weniger bedrohlich. Eher wie ein Schauspieler oder eine andere prominente Persönlichkeit, die sich unheimlich gute Gesichtspflege und teure Beauty-Treatments leisten konnte. Es würde mich wirklich nicht wundern, wenn er regelmäßig zu *Vampire Facials* gehen würde, um seine Haut mit Eigenblut anreichern zu lassen. Wie sonst konnte es sein, dass er kaum Poren zu besitzen schien? Außerdem war seine Haut generell makellos, mit einem leichten Bartschatten, und auf seine Kieferpartie wäre Jake unheimlich neidisch. Vielleicht war er ja auch ein Vampir? Ein vampirischer Totenrichter. Gab es so was in der griechischen Mythologie? Sein schlichtes schwarzes Oberteil, die elegante Hose und dazu der dunkelblaue Trenchcoat gaben mir schon irgendwie Vampir-Vibes. Wie außerordentlich gut sein Mantel zu seinen Haaren passte, versuchte ich in diesem Moment zu ignorieren.

Als er die Augen wieder öffnete und seinen Blick auf mich richtete, huschte ein Schauer über meinen Rücken. Keiner der unangenehmen Sorte, eher wie das Gefühl eines Déjà-vus. Als hätte ich ihn schon einmal irgendwo gesehen. Seine dunklen Augenbrauen zogen sich zusammen, und ich sah weg. Ich sollte aufhören ihn anzustarren. Das war gruselig.

»Er, dessen Mund mit Gift gefüllt und dessen Herz voll Schwärze ist.«

»Was?« Perplex hob ich meinen Kopf.

»Meine Beinamen«, meinte er schulterzuckend. »Nicht sehr nett, oder? Und das sind gerade mal die ersten zwei.«

Mit seinem Kopf deutete er in Richtung Straße, und wir setzten uns in Bewegung. Er ließ mir kaum Zeit, über seine Beinamen nachzudenken. Die waren definitiv gruseliger als mein Anstarren.

Während wir an der Kreuzung standen und warteten, dass die Ampel auf Grün umsprang, schauten ihn die Menschen weiter ungeniert an. Ein Taxifahrer konnte kaum die Augen von ihm lassen. Taru grüßte ihn mit einem entzückten Zwinkern.

»Du willst mit der Subway fahren?«, fragte ich überrascht, als wir vor der U-Bahn-Station anhielten. Die Luft in den engen Metallbüchsen war im Herbst zwar nicht so schlimm wie im Sommer, dennoch versuchte ich, so gut es ging, darauf zu verzichten. Vor allem zur Rushhour. Zu viele Menschen und zu viele Schatten. »Können wir kein Taxi nehmen oder laufen?«

Taru schüttelte den Kopf. »So ist es doch viel spannender.«

»Spannender?«, echote ich.

»Menschliches Zeug eben.«

»Was –?«

Doch Taru eilte schon voraus – hielt jedoch auf der zweiten Stufe inne. »Kommst du oder willst du sehen, wie die Erinnyen mich zerreißen?«

Schnell lief ich ihm nach, als ich an die dunkle Gasse dachte. »Das meinst du nicht ernst.« Die Erinnerung daran, wie eine der Erinnyen eine Hand in seinem Bauch vergraben hatte, ließ mich augenblicklich an meiner Aussage zweifeln. »Oder?«

»Ich kam noch nie in den Genuss, es auszuprobieren.« Ein fast schon schelmisches Grinsen huschte über sein Gesicht. »Obwohl der Genuss nur von kurzer Dauer wäre. Die Erinnyen sind stärker als die Götter.«

Ich sollte dieses Thema einfach fallen lassen, sonst würde ich die nächsten Wochen nur noch mit Licht schlafen können.

Nachdem ich Taru ein Ticket gekauft und ihm gezeigt hatte, wie er durch die Absperrung zu den Bahnen kam, saßen wir auf den harten Kunststoffsitzen Richtung Chelsea. Der einzige Anhaltspunkt, den Taru mir genannt hatte.

Er winkte gerade einem kleinen Mädchen zu, das als Batman verkleidet durch den Waggon lief, als ich ihn fragte: »Wer hat dir diese Namen gegeben?« Es ließ mir keine Ruhe. Außerdem konnte ich nicht aufhören mir vorzustellen, dass sein Mund voller Gift war. Mein Kopfkino war im vollen Gange.

War er vielleicht doch kein Vampir, sondern eine Schlange in Menschengestalt? Meine Fantasie drehte komplett durch, und eigentlich wollte ich es auch gar nicht so genau wissen.

Taru streckte seine langen Beine aus und wandte seinen amüsierten Blick von dem winzigen Batman ab.

»Die Götter natürlich. Was glaubst du, weshalb ich noch schlechter weggekommen bin als mein Vater?« Wieder ein Grinsen. »Aber diese Dinge sind nicht mal ansatzweise so interessant, wie herauszufinden, wer mit wem auf dem Olymp gerade eine Affäre hat.«

»Es gibt den Olymp wirklich?«

»Sicher. Alles, was du über die griechische Mythologie zu wissen glaubst, wie ihr Menschen sie bezeichnet habt, ist wahr. Zumindest der Ursprung der Geschichten.«

»Wie ihr Menschen sie bezeichnet habt?«, wiederholte ich. Okay, offensichtlich war er tatsächlich kein Mensch. Ich beugte mich ein wenig vor, um in seine Augen zu sehen, die sich nun auf die Mutter des Batman-Mädchens gerichtet hatten. Er lächelte sie an, sodass sie errötete. Flirtete er mit ihr?

»Taru?«, hakte ich noch einmal nach, als wir unsere Station erreicht hatten und aus dem Waggon mussten.

Er seufzte, als hätte er es mir bereits hundertmal erklärt, und betrat mit mir die Station, die zur Seventh Avenue führte. »Wir alle sind aus dem Chaos entstanden. Die Titanen, wie ihr sie in eurer Geschichte bezeichnet, sind unsere Ahnen und trugen keine Namen. Die Bezeichnungen, die du kennst, kommen allesamt von den Menschen.« Er fuhr sich durch seine Haare und ließ den Blick über meinen Kopf gleiten. »Ihr habt eine seltsame Angewohnheit, alles benennen und in Kategorien stecken zu müssen. Dabei würde all das auch ohne Namen existieren. Wobei ich sagen muss, dass die Olympier sich diese Eigenschaft von euch abgeguckt haben. Ziemlich nervig, wenn du mich fragst.«

Ich versuchte, nicht weiter über das, was er mir eben erklärt hatte, nachzudenken. Mir rauchte jetzt schon der Kopf, und je weniger ich von all dem wusste, desto besser konnte ich später alles vergessen. Darum drehte ich mich um und folgte seinem Blick. Doch von den Erinnyen war keine Spur zu sehen, als wir die Station verließen. Nur Passanten, die sich an uns vorbeidrängten, weil sie wahrscheinlich die kurze Zeit ihrer Mittagspause effektiv nutzen wollten. Einige murmelten genervte Flüche in Tarus Richtung, der jedes Detail aufzusaugen schien. Die eingerüsteten Häuser, deren Fassaden erneuert wurden, der *Starbucks*, in dem es gefühlt mehr Laptops als Gäste gab, und die hupenden Taxis – genauso ungeduldig wie die Leute um uns herum.

»Sie können mich nicht sehen«, sagte ich, dabei klang es mehr nach einer Frage, und drehte mich wieder zu ihm. »Die Erinnyen, meine ich. Und dich dadurch auch nicht, oder? Darum brauchst du meine Hilfe.«

Tarus Augen wanderten zu mir, und für einen Moment glaubte ich, so etwas wie Verunsicherung darin aufblitzen zu sehen, doch dann verzog er sein Gesicht wieder zu einem Grinsen. »Für einen Menschen bist du ziemlich clever«, antwortete er und setzte sich wieder in Bewegung, als die Ampel, an der wir gehalten hatten, grün wurde. Ich wollte ihm gerade eine Beleidigung an den Kopf werfen, da sprach er aber schon weiter. »Nun ja, *sehen* können sie niemanden. Die guten Damen sind blind, haben aber einen besseren Geruchssinn als Cerberus. Außerdem spüren sie …« Taru schien kurz zu überlegen, wie er es mir am besten erklären sollte, und sah sich suchend um. »Sie nehmen Auren wahr, wenn du so willst. Du kannst dich auf der Brooklyn Bridge aufhalten, während sie irgendwo in Washington Hights … Dinge tun, und innerhalb von drei Minuten haben sie dich umzingelt.« Taru atmete tief aus. »Aber das ist jetzt vorbei. Denn ja, sie können dich nicht wahrnehmen, warum auch immer. Das Wichtige ist jedoch, dass sie mich in deiner Nähe auch nicht mehr spüren. Genau deshalb brauche ich deine Hilfe. Ich brauche dich, um dieser Strafe zu entkommen.«

»Es ist auch deine Strafe, diese … Wesen zu sehen?«

Ein bitterer Zug entstand auf seinem Gesicht, als er den Kopf schüttelte. »Ich bin an mein Apartment gekettet. Verlasse ich das Gebäude, tauchen die Erinnyen auf und dann … na ja, du hast gesehen, was passiert.« Taru warf mir ein schiefes Grinsen zu. Doch es wirkte nur halb so ehrlich wie jene zuvor.

»Du wurdest eingesperrt?«, fragte ich leise. Tarus Blick zuckte wieder zu mir, und er nickte.

»Das trifft es ziemlich genau.«

Mitgefühl stieg in mir empor, und plötzlich verstand ich, weshalb er so entzückt gewirkt hatte, als wir vor dem Central Park gestoppt hatten. Darum war auch Dixie in Jakes Wohnung erschienen und nicht Taru. Darum hatte ich ihn vor seinem Apartment abholen sollen. Ich wollte mir gar nicht vorstellen, wie schrecklich es sein musste, seine Wohnung nicht mehr verlassen zu können. Dieser Freiheit beraubt zu sein. Gleichzeitig fragte ich mich, was er getan haben musste, um bestraft zu werden. War es klug, ihm zu helfen?

Jakes Worte tauchten in meinem Kopf auf. Ich sollte ihn zumindest anhören. Immerhin sah ich die Erinnyen auch. Wir waren beide nicht unschuldig.

Ein Schweigen legte sich über uns, bis wir vor einem Café stoppten.

Coffee Variety prangte in goldener Schrift auf dem Schaufenster, hinter dem sich kleine, runde Marmortische mit schwarzen Metallstühlen säumten, besetzt von den unterschiedlichsten Menschen.

»Hunger?«, fragte Taru, als er mir die Tür aufhielt. Er warf einen Blick in das Innere des kleinen, süßen Cafés, auf dessen Theke mehrere Cupcakesorten und verschiedene Variationen von Kuchen zu sehen waren. Mein Magen knurrte wie auf Kommando. Taru senkte seinen Blick auf meinen Bauch, der dank meiner Aufregung heute Morgen nur eine Tasse Kaffee abbekommen hatte. »Das deute ich mal als ein Ja.«

Nachdem Taru sich durch fast alle Cupcake- und Kuchensorten probiert hatte, zweifelte ich keine Sekunde länger daran, dass er nicht menschlich war. Schon bei dem vierten Cupcake, einem mit Bananenfüllung und Buttercreme mit kleinen Bananenscheiben, hätte ich mich haltlos übergeben. Oder wäre geplatzt. Oder hätte mich nur liegend fortbewegen können. Doch er schob sich gerade ein weiteres Stück von einer Schokoladentorte in den Mund und schloss genüsslich die Augen.

»Dixie hatte recht«, murmelte er, als er einen Schluck seines Americano nahm. »Das Café ist wirklich gut.«

»Du kamst wirklich nicht aus deinem Apartment raus?«

»Nur einen Schritt, um genau zu sein«, erklärte er und legte eine Serviette beiseite. Er lehnte sich auf seinem Stuhl zurück und beobachtete mich.

»Wofür wurdest du bestraft?« Ich spießte ein Stück meines Cheesecakes auf und sah, wie Schatten Tarus Gesicht verdunkelten. Sein finsterer Ausdruck ließ mich stutzen. »Ich … Ich meine, das sollte ich schon wissen, bevor ich etwas unterschreibe.«

Er blieb still, und ein seltsam verbrannter Geruch stieg mir in die Nase. Ich sah, wie Taru die Hände in seinen Schoß legte. Mit großen Augen starrte ich auf die Servietten, die nun als verkohlte Reste auf dem Tisch lagen.

»Wie hast du das gemacht?«

»Dixie sagte mir, du hättest eine Frage zum Vertrag«, lenkte

Taru das Thema um, und ich riss meinen Blick nach einigen Momenten von den Serviettenresten los. Vielleicht wäre es besser, wenn ich es nicht wüsste.

»Ja.« Ich zog den dünnen Stapel Papier aus meiner Tasche, legte ihn auf den Tisch und suchte den Absatz, an dem ein Post-it klebte. Mit einem leichten Zucken an seinen Lippen sah Taru auf das orangene Klebezettelchen. Normalerweise wäre es mir peinlich, wenn jemand mitbekam, wie sehr ich diese Kontrolle und Ordnung brauchte. Selbst in den kleinen Dingen. Doch irgendwie hatte ich das Gefühl, ich musste ihm nichts beweisen. »Die Arbeitszeiten sind mir nicht eindeutig genug. Ich arbeite nebenbei im *Celestial* und muss mich um einen neuen Job in einem Theater bemühen. Da ich zurzeit Semesterferien habe, muss ich …«

»Du hast zwei Jobs und studierst?« Überrascht zog Taru die Augenbrauen hoch.

»Nur noch einen …«, gab ich leise zurück und dachte daran, wie sehr mir die Arbeit im Theater jetzt schon fehlte. »Ist das ein Problem?«

»Nein, aber wie kannst du dann leben?«

»Was?« Nun war ich diejenige, die ihn verwirrt ansah.

»Deine Zeit als Mensch ist so beschränkt, so kurz, und du verbringst sie damit, dich an Verträge zu halten und deine Freiheit einzubüßen durch … all diese Arbeit.« Taru bewegte seine Hand, als würde er damit mein Leben abzeichnen können. »Ich dachte, ihr Menschen würdet die Zeit, die euch gegeben ist, sinnvoller nutzen.«

»Ich nutze sie sinnvoll«, rechtfertigte ich mich. »Durch diese Jobs kann ich meinen Dad entlasten. Ich kann finanziell unabhängig sein. Das Schauspielstudium ist vielleicht nicht die sicherste Zukunft, aber ich kann etwas damit hinterlassen. Vielleicht bekomme ich irgendwann einen dauerhaften Vertrag bei einem Theater. So hätte ich ein relativ sicheres Einkommen, könnte meine Miete bezahlen und müsste nicht wieder zu meinem Dad oder zu Jake ziehen. Für dich zu arbeiten ist nur ein kurzweiliger Zwischenjob, langfristig muss ich …« Ich stoppte meinen Wortschwall, während meine Wangen wärmer wurden.

»Okay«, kommentierte er meinen kleinen Ausbruch mit einem Funkeln in seinem Blick, das ich nicht deuten konnte. Ich verengte meine Augen und starrte ihn für eine Sekunde an. Was meinte er mit »okay«? Okay, überzeugt? Okay, dein Problem? Okay, ich sehe das anders? Ich wollte gerade etwas darauf erwidern, als er mir zuvorkam. »Die Arbeitszeiten also?«

»Die Arbeitszeiten«, nickte ich und schob die Gedanken an sein »Okay« einfach in den Hintergrund. »Du musst genauer ausführen, was du mit ortsabhängig meinst.«

»So, wie es da steht«, sagte er nur.

»Wie?« Ich starrte noch einmal auf den Absatz. Las ihn mir durch, doch verstand immer noch nichts.

»Wir werden verschiedene Länder besuchen, um eine Möglichkeit zu finden, diesen Fluch von mir zu nehmen. Ich muss mit ein paar Verwandten und Freunden sprechen, die mir helfen könnten«, erklärte er, und meine Augen wurden größer. »Die meisten von ihnen leben in Europa. Da ist es gerade nachts, darum solltest du deine Termine daran anpassen.«

»Ist das dein Ernst?« Verblüfft sah ich ihn an, als er nickte. Ich hatte Amerika, geschweige denn New York noch nie verlassen. »Das wird nicht funktionieren.«

»Warum?«

»Ich kann New York nicht verlassen.« Ich starrte auf meinen leeren Teller. Ich hasste diesen Teil an mir. Dieser, der nicht normal war. Der Grund, weshalb mich die Kinder schon im Kindergarten gemieden hatten. Weshalb meine Mitschüler in der Highschool mich als Freak bezeichnet und mir ins Gesicht gehustet hatten. Wie sie nach dem Sport meine Kleidung in Eiswasser tauchten, damit ich mich erkältete. »In all den Jahren, in denen ich es versucht habe, ging immer etwas schief. Ein Hurrikan. Wintereinbruch mitten im Mai. Flughäfen, die einen plötzlichen, unerklärlichen Stromausfall hatten. Such dir was aus.«

Als ich wieder aufsah, hatte Taru die dunklen Augenbrauen zusammengezogen. Doch er wirkte zu meinem Erstaunen nicht überrascht. Eher nachdenklich. Er musterte mich einen Augenblick neugierig, so lang, dass ich den Blick abwenden wollte. Aber ich hielt ihm stand. Ich hatte schon lange keine Angst mehr vor Blicken. Worte waren viel schlimmer.

»Das wird kein Problem sein«, sagte er schließlich. »Wir reisen nicht so.«

»Wie dann?«

Ein geheimnisvolles Lächeln entstand auf seinem Gesicht, doch seine Schultern blieben weiterhin angespannt. »Magie.«

»Klar, was sonst.« Ich verdrehte die Augen, doch Taru funkelte mich nur verschmitzt an.

»Du wirst deine Skepsis noch ablegen.« Er deutete mit seinem Kopf auf den Vertrag vor mir. »Hast du sonst noch Fragen?«

»Nein, das wäre es.«

»Das heißt, du stimmst dem Vertrag zu?«

Ich sah noch einmal auf den Vertrag, dann wieder zu Taru. Er sah mich geduldig an. Keine Regung huschte über sein Gesicht.

Es wäre nur für ein paar Monate. Vielleicht sogar nur Wochen – je nachdem, wie lange diese Reise dauern würde. Danach konnte ich die ganze Sache wieder vergessen. Und vielleicht konnte ich selbst einen Vorteil daraus ziehen, indem ich die Erinnyen loswurde. Und als ich nickte, wusste ich, dass ich es nicht für das Geld tat, für die Miete oder für meine Unabhängigkeit. Ich tat es allein für den Wunsch nach Normalität.

9

Rio

Tränen der Erleichterung drückten gegen meine Augen, als ich aus meinem Apartment trat und dem üblichen New Yorker Trubel begegnete. Menschen eilten an mir vorbei, Autos hupten, und in der Ferne hörte ich Sirenen aufheulen. Aber all das brachte mich dazu, mich heute nur lebendiger zu fühlen. Irgendwie.

Gerade hatte ich meinem Vermieter breitgrinsend das Geld für die Miete entgegengestreckt, und sein überraschtes Gesicht hatte mir eine glückselige Genugtuung gegeben. Zur Feier des Tages hatte ich mich in meine schicksten Klamotten geworfen – ein helles Kostüm, das ich normalerweise zu einem Vorsprechen anziehen würde.

Der Gedanke an meinen verlorenen Job im Theater würde mich jetzt nicht runterziehen. Ich atmete tief ein und aus.

Ich war stärker als die Angst, als der permanente Druck, meine Erwartungen zu erfüllen, als dieses drückende Gefühl, nicht gut genug zu sein. Ich war besser als die Version, die ich seit dem Verschwinden meiner Mom glaubte zu sein.

Ich zog mein Handy aus der Tasche und schrieb Jake eine

Nachricht mit meinem Lieblings-Hamiltonzitat – wie immer, wenn etwas Gutes passiert war.

»I am the one thing in life I can control.«

Sofort meldete sich Jake mit einer Reihe an Herz-Emojis zurück und der Frage, wann wir uns sehen würden. Von meiner Mieterhöhung hatte ich ihm erst erzählt, als ich den Vertrag unterschrieben und das Geld sicher hatte.

Ich wollte ihm gerade zurückschreiben, als jemand meinen Namen rief. Eine Frau mit dunklem Pixie-Cut kam auf mich zugelaufen. Die Rezeptionistin des Marquand-Gebäudes. Nona Chevalier.

»Ms Kimura.« Mit einem leichten Lächeln blieb sie vor mir stehen und hielt mir ihre Hand entgegen. »Ich hätte nicht gedacht, dass ich Sie hier sehe.«

»Ich wohne hier«. Mit einem Nicken deutete ich auf das Haus hinter mir und steckte mein Handy weg, um ihre Hand zu schütteln. Ihre Augenbrauen zogen sich kurz zusammen, als sich unsere Hände lösten. »Tut mir leid, ich habe schnell schwitzige Hände«, murmelte ich peinlich berührt und versuchte, unauffällig meine Hand an meiner Jeans abzuwischen. »Und ich bin Rio, nicht Ms Kimura.«

»Nona«, erwiderte sie mit einem sanften Lächeln. »Was für ein Zufall, dass ich dich hier treffe. Ich dachte schon, du wärst eine Halluzination, als ich dich mit deiner Begleitung an der Anmeldung gesehen habe. Ich arbeite noch nicht lange im Marquand, aber er verlässt selten das Apartment. Das war seltsam.«

»Ich –« Das Vibrieren meines Handys unterbrach mich. Ich seufzte, als ich Tarus Namen aufleuchten sah. Er hatte mir diese Woche ein neues zugeschickt. Natürlich hatte er seine Nummer selbst eingespeichert. Ich hatte es wortlos angenommen und auch nicht so viel darüber nachgedacht. Immerhin war er der Grund, weshalb mein altes Telefon auf der Straße sein Ende gefunden hatte.

»Warte kurz«, sagte ich zu Nona, ehe ich den Anruf annahm. »Ja?«

»Ah gut, es funktioniert«, begrüßte mich Taru in einem äußerst gereizten Ton.

Ich verdrehte die Augen. »Ich habe auch noch ein Leben neben diesem Job, schon vergessen?«

»Ja, ja. Aber du arbeitest für mich.«

»Was gibt's?«, überging ich seinen Kommentar. Ich war nicht seine Nanny. Mein Gott. Ich kannte ihn kaum eine Woche, wie konnte er so nervig sein? Entschuldigend sah ich zu Nona, die mir geduldig zulächelte.

»Du musst mich vom Apartment abholen. Wir haben eine Reise zu besprechen.«

Plötzlich wurde ich nervös. Die Tatsache, dass ich zusammen mit Taru New York verlassen würde, um was auch immer zu tun, hatte ich erfolgreich verdrängt. Ich war immer noch nicht davon überzeugt, dass es funktionieren würde. Doch Taru war sich sicher, dass es mit dieser Magie, von der er gesprochen hatte, kein Problem wäre. Noch etwas, worüber ich gar nicht so genau Bescheid wissen wollte. »Rio? Bist du noch dran?«

»Ja«, sagte ich schnell. »Ja, ich bin da.«

»Gut. Dann sehen wir uns in zehn Minuten.«

»So schnell bin ich nicht!«, widersprach ich ihm. »Warum treffen wir uns nicht auf dem Weg dahin? Ich –«

»Hast du die Erinnyen vergessen?«, fragte er. Ich konnte die Ungeduld deutlich in seiner Stimme hören. »Wir wissen nicht, wie weit dein magischer Radius reicht. Also … Ich warte unten.«

»Taru, warte –« Doch er hatte schon aufgelegt. Verdammter Idiot. Verdammte Riesenfledermäuse. Nie im Leben konnte ich mit dem Taxi so schnell bei ihm sein.

»Ist alles okay?« Nona legte den Kopf schief und sah mich neugierig an.

»Ja. Ja, alles gut.« Genervt stopfte ich mein Handy zurück in meine Tasche und lächelte Nona an. »Ich … ich arbeite für Taru und muss ihn jetzt abholen.«

Verwirrt zog Nona die Augenbrauen zusammen. »Abholen? Er wohnt in einem der luxuriösesten Apartments in ganz Manhattan, wie –«

»Reiche Leute eben«, unterbrach ich sie schnell und winkte ein Taxi heran, das glücklicherweise gerade in die Straße einbog. Unsicherheit durchflutete meinen Körper. Nona wirkte wirklich nett, und ich wollte sie nicht gleich wieder verscheuchen – wie jeden anderen Menschen, den ich neu kennenlernte. »Ich versuch erst gar nicht, ihn zu verstehen. Willst du gleich mit?«

»Ich muss heute nicht arbeiten, danke«, sagte sie und holte nun ihr Telefon aus der Tasche. »Aber vielleicht hast du ja Lust, dich mit mir auf einen Kaffee zu treffen? Ich bin neu in der Stadt und kenne kaum jemanden …«

»Ich …«, setzte ich an und wollte ablehnen. Allerdings wusste ich nur zu gut, wie einsam man sich im hektischen Trubel von New York fühlen konnte. Einsam in einer Stadt, in der kaum mehr Menschen Platz fanden. Also nickte ich und tippte meine Nummer in ihr Handy.

Sicher konnte auch ich eine Freundin gebrauchen, und vielleicht … vielleicht hatte Jess nicht ganz unrecht gehabt. Vielleicht war meine Zeit im *Golden Years* wirklich vorbei, weil etwas Neues auf mich wartete.

Vielleicht gab es ja doch so was wie Schicksal.

Dank des Taxifahrers und Tarus Flehen, er möge doch die Ampeln ignorieren, erreichten wir den Pier 54 innerhalb einer Dreiviertelstunde. Keine Ahnung, warum Taru es so eilig hatte.

Denn schon als ich mit dem Taxi am Marquand-Gebäude ankam, hatte er sich einfach zu mir auf den Rücksitz gequetscht und dem Fahrer eine Adresse zugeworfen. Mir hatte er nur erzählt, er wollte sich unbedingt etwas ansehen, bevor es losging. Was auch immer.

»Kommst du?«, quengelte Taru und warf währenddessen dem Fahrer eine beachtliche Menge an Scheinen zu. Dieser beobachtete uns mit einem fragenden Gesichtsausdruck, doch ich zuckte nur mit den Schultern und wurde schon von Taru aus dem Wagen gezerrt.

»Was ist los?«, fragte ich, aber Taru ignorierte mich, bis wir vor dem Eingang zur Little Island standen und ich beinahe gegen ihn prallte. Dieser kleine, künstlich angelegte Park war erst vor ein paar Monaten eröffnet worden und hatte wohl für einigen Trubel gesorgt – zumindest nachdem, was ich auf Social Media mitbekommen hatte. Dennoch oder gerade deshalb tummelten sich hier die Menschen. Jeder von ihnen wollte über die angelegten Wege, mit den rotbraunen Metallresten des ehemaligen Piers als Abgrenzung, direkt über dem Hudson River entlanglaufen und vom äußersten Punkt einen Blick auf die Skyline von Manhattan werfen. Als gäbe es nicht Hunderte andere Aussichtsmöglichkeiten. »Wirklich? Dafür musste ich auf ein Mittagessen verzichten?«

»Das wollte ich schon lange sehen«, sagte er schließlich. Ich konnte die Euphorie in seiner Stimme hören.

Ich wollte wütend auf Taru sein, der als Boss eine komplette Katastrophe war. Die ganze Woche hatte er sich kaum gemeldet. Ohne das Telefon hätte ich schwören können, der unterschriebene Arbeitsvertrag wäre ein Traum gewesen. Doch dann, ohne Vorwarnung, ohne einen Termin auszumachen – wie es ein vernünftiger Vorgesetzter machen würde –, bestellte mich Taru einfach zu seinem Apartment, drängelte im Taxi, als würden wir zu einer nahenden Katastrophe eilen müssen oder vor einer fliehen, um dann ... die Aussicht zu genießen? Sein Ernst?

Empört starrte ich ihn an und legte mir in meinem Kopf schon einen Vortrag zurecht, in dem auf jeden Fall das Wort »Arbeitnehmerschutz« vorkam. Aber die Art, wie er die neuste Sensation von New York betrachtete – mit offenem Mund, großen Augen und entzücktem Blick, der über die Hinterköpfe der Menschen, das Grün der Bäume, die sich schon in prächtigen Orange- und Rottönen zeigten, huschte –, dämpfte meine Wut. Ich hatte vergessen, dass für ihn so etwas nicht alltäglich war. Dass er kaum einen Fuß aus seinem Apartment setzen konnte. Mitgefühl machte sich in mir breit, und ich konnte mir kaum vorstellen, wie er sich all die Zeit gefühlt hatte. Einsam, vielleicht.

Er nahm einen tiefen Atemzug, als der leichte Wind am Saum seines waldgrünen Mantels zupfte. »Ich kaufe dir auf der Insel etwas zu essen. Und jetzt komm, wir haben nicht so viel Zeit.«

»Du weißt schon, dass die hier bis in die Nacht geöffnet haben?« Ich eilte ihm hinterher, als er sich in Bewegung setzte. Verdammte lange Beine.

Taru drehte seinen Kopf leicht zu mir, ein aufgeregtes Funkeln in seinen hellen blauen Augen, die den Reflexen seiner Haare so glichen. »Bis dahin werden wir aber New York verlassen haben.«

10

Taru

»Ägypten?« Mit geweiteten Augen sah Rio von ihrem Sandwich auf. Soße tropfte auf die dunkelbraune Parkbank, auf die wir uns gesetzt hatten, nachdem ich Rio wie versprochen Mittagessen gekauft hatte. Hinter uns kreischten bereits Möwen, gierig darauf, etwas von dem Sandwich abzubekommen, das erneut Soße verlor. Diesmal landete sie auf Rios weißer Stoffhose und hinterließ einen orangefarbenen Fleck. Rio bemerkte es nicht, sondern starrte mich weiter fassungslos an. Dabei war es wirklich schade um diese Hose. Was auch immer sie vor unserem Treffen getan hatte, sie wirkte zu schick, um damit in der Universität gewesen zu sein. Immerhin hatte Dixie mir erzählt, dass Studenten in diesem Jahrzehnt sich kaum dazu aufraffen konnten, mit einem frischen T-Shirt in der Vorlesung zu erscheinen.

Ich nickte schließlich und versuchte, mir nicht anmerken zu lassen, dass ich selbst schon ein nervöses Ziehen in meinem Magen spürte. Es war Jahrhunderte her, seitdem ich Medusa gesehen hatte. Sie ausfindig zu machen, hatte mich einiges an Anstrengungen gekostet, aber wer konnte es ihr verübeln. An ihrer Stelle würde ich auch nicht gefunden werden wollen.

»Aber ich habe gar keinen Reisepass, und meine guten Sachen sind alle in der Wäsche. Ich muss vorher noch duschen und ...«

»Du brauchst keinen Reisepass«, unterbrach ich sie, bevor sie sich noch weiter in Rage reden konnte. Auf ihren verwirrten Blick hin musste ich schmunzeln. Unwissenheit konnte ein wahrer Segen sein. Manchmal. »Du isst, ich erkläre. Sonst landet mehr von dem Sandwich auf deiner Hose als in deinem Mund.«

»Oh, Mist.« Fluchend griff Rio nach der Serviette und versuchte, den Fleck zu beseitigen, machte es damit aber nur schlimmer. Eine zarte Röte legte sich auf ihre Wangen. Für einen Menschen war sie wirklich hübsch. Schließlich gab sie mit einem tiefen Seufzer auf und steckte sich ihre dunklen Haare hinters Ohr. »Also gut«, sagte sie und sah mich entschlossen an. »Ich esse, du erklärst.«

»Der Personaleingang des Marquand ist mit einem Portal verbunden«, begann ich. »Dadurch ist es Dixie und jetzt auch uns möglich, ohne große Zeitverluste zu einem anderen Portal zu reisen. Ich muss nur an den Ort denken, zu dem ich will, und schon eröffnet sich der Weg dahin. Allerdings muss ich zu dem Ort wenigstens den Hauch einer Verbindung oder zumindest ein genaues Bild haben, sonst würde man ins Nichts fallen.« Ich sah zu Rio, die, statt zu essen, mich mit offenem Mund ansah. Schon wieder tropfte Soße aus ihrem Sandwich. Diesmal hatte sie jedoch glücklicherweise eine Serviette auf ihren Schoß gelegt.

»Du wolltest essen, schon vergessen?«

Sie blinzelte und legte ihr Essen ab. Plötzlich wirkte sie sehr viel blasser, und das, obwohl der mittlerweile kühle Oktoberwind ihre Wangen und Nase rot färbte. »Ich glaube, das verschiebe ich lieber auf nachher.« Sorgsam faltete Rio ihre Serviette um das Sandwich und packte es in ihre Tasche, die sie neben sich auf der Holzbank platziert hatte. »Wie funktionieren diese … Portale? Ist es so was wie eine Raum-Zeit-Krümmung? Oder Ley-Linien?«

Überrascht zog ich die Augenbrauen hoch. »Du weißt, was Ley-Linien sind?«

»Sicher, ich lese Fantasyromane.« Das Rot in ihren Wangen verstärkte sich. »*Lord of Shadows* von Cassandra Clare? Magnus Bane, der oberste Hexenmeister … ach, egal, vergiss es«, unterbrach sie ihren Erklärungsversuch, und ihr Mund wurde ein dünner Strich, als würden dahinter noch unzählige Beispiele warten, die sie sich verkniff.

»Wenn das so ist, sollte ich dieses Buch lesen. Ich bin schließlich auch ein Lord of Shadows«, warf ich ein und lehnte mich auf der Bank zurück, während ihr Blick meine Bewegung verfolgte. Ihre Augenbrauen schoben sich skeptisch in die Höhe. »Aber tatsächlich hat es weniger etwas mit Ley-Linien zu tun oder einer Raum-Zeit-Krümmung«, fuhr ich fort und versuchte, mich an die Lektionen zu erinnern, die ich als Junge von meinem Vater erhalten hatte. Vielleicht hätte ich für genau solche Momente besser aufpassen sollen. »Wie genau es funktioniert, kann ich dir auch nicht erklären. Aber ich verspreche dir, dass du dir darüber keine Gedanken machen musst.«

Sie nickte, wirkte aber noch nicht ganz überzeugt. »Worüber dann? Ägypten?«

»Medusa.«

Als würde der Wind ihren Namen salbungsvoll untermalen wollen, zog eine weitere Böe auf. Sämtliche Farbe wich sofort aus Rios Wangen, ihre dunklen Haare wehten ihr ins Gesicht, aber sie machte sich keine Mühe, die losen Strähnen zu bändigen. Schließlich schrie auch noch eine Möwe im Hintergrund auf, woraufhin Rio ängstlich zusammenzuckte. Ah, die Dramatik.

»Me-medusa?«, echote sie. »*Die* Medusa?«

»Es gibt nur eine«, grinste ich über ihren erschrockenen Ausdruck. Es war amüsant, wie die Menschen in ihr nur das Monster sahen, das die Olympier aus ihr gemacht hatten.

»Aber ist sie nicht … du weißt schon.« Rio fuhr sich mit einem Finger über den Hals und verzog dabei den Mund.

»Nein, nicht ganz.«

»Was meinst du mit *nicht ganz*?«

»Sie war tot, zumindest ihr Körper. Aber ihre Seele existierte weiter, und mein Vater gab ihr die Chance, das Leben zu führen, das sie nach all den Qualen verdient hatte. Zumindest soweit es ihr möglich war.« Ich dachte an den Tag zurück, als Athene mit Medusas Kopf vor dem Eingang zum Hades stand. Tränenüberströmt, weil sie selbst Schuld am Tod ihrer Freundin trug. Ich war zu jung gewesen, und Persephone verbat mir zuzuhören, doch ich hatte mich hinter einer der blutroten Säulen im Palast versteckt. »Es ist eine lange Geschichte. Ich würde dir auch nicht empfehlen, sie danach zu fragen.«

»Wow, okay«, murmelte Rio. »Weißt du, eigentlich will ich es auch gar nicht so genau wissen. Eigentlich will ich gar nichts über diese … diese Dinge und diese Welt wissen.«

Ich legte den Kopf schief und betrachtete sie für einen Moment. Es war wirklich erstaunlich. Normalerweise waren Menschen fast genauso schrecklich neugierig wie die Götter – einer der Gründe, weshalb es so viele nervige Halbgötterbabys gab, immer mussten sie ihre Nase in fremde Angelegenheiten oder Höschen stecken. Doch auch bei den Menschen … es quoll aus ihren Poren und brachte sie in die gefährlichsten Situationen. Gerade, wenn sie etwas entdeckten, das sich so sehr von ihrem langweiligen Leben unterschied. Odysseus konnte davon ein Lied singen. Nun, nicht mehr. Er war schließlich dabei gestorben.

Rio ließ ihren Blick über den Hudson-River schweifen, der in der Herbstsonne fast schon golden schimmerte. Der Horizont wurde von der Skyline Manhattans verdeckt.

Ich folgte ihrem Beispiel.

Nie hätte ich gedacht, dass ich die Stadt aus dieser Perspektive sehen würde. Dass ich die Lebendigkeit der Menschen spüren und selbst ein Teil davon werden konnte. Wehmut erfasste mich, als ich daran dachte, wie *sie* ständig von dieser Welt gesprochen hatte. Es war unser Traum gewesen, all jene Sonnenuntergänge zu sehen. Aber ein *uns* gab es nicht mehr.

Ich räusperte mich, als ich merkte, wie nun Rio mich beobachtete. Der Blick aus ihren dunklen Augen war weich und verständnisvoll geworden. Ein sanftes Lächeln umspielte ihre Lippen, als würde sie mehr sehen, als mir lieb war.

»Manchmal vergesse ich, wie schön die Stadt ist«, begann sie und sah wieder zum Wasser. Sie verfolgte mit ihrem Blick die Spur eines kleinen Bootes zu einem der anderen Anleger. Ich hatte es auch vergessen. New York war genauso ein Gefängnis wie mein Apartment. »Neben all dem Stress in der Uni, mit den Nebenjobs und den …« Sie hielt kurz inne, doch schüttelte dann den Kopf. »Weißt du, was das Erste war, woran ich gedacht habe, als ich dich an diesem Abend vor den Erinnyen habe wegrennen sehen?« Sie warf mir nur einen kurzen Blick zu, wartete nicht auf meine Antwort. »Er kann sie auch sehen. Er kann meine Monster sehen, und wenn jemand anderes sie sehen kann, bin ich nur halb so verrückt. Und vielleicht waren dann andere Dinge, die ich gesehen habe, auch real.«

»Du bist nicht verrückt«, sagte ich und wollte nachfragen, was sie noch gesehen hatte, doch sie lächelte, und dieses Lächeln machte etwas mit mir. Es ließ mein Herz stolpern, und etwas in meinem Inneren begann aus einem langen Schlaf zu erwachen.

»Vielleicht«, gab sie zurück und wandte sich nun komplett zu mir. In ihren Augen stand wieder die gleiche Entschlossenheit wie vor einer Woche, kurz nachdem wir das Café verlassen hatten. Der Mut und der Wille, alles zu erreichen, was sie sich in den Kopf gesetzt hatte, schimmerte im dunklen Braun ihrer Iris. »Aber eines weiß ich dadurch jetzt mit Sicherheit: Ich bin nicht so allein, wie ich glaubte zu sein.« Rio erhob sich, griff nach meiner Hand und zog mich mit sich. Wärme zuckte durch meinen Körper, als sich meine Hand wie von selbst um ihre schloss. Ihre Haut war kühl und weich. Mein Herz pochte in meiner Brust. Ich konnte nichts sagen. Worte fühlten sich plötzlich zu fremd an, weil ihre so simple Berührung mich aus dem Konzept brachte. Weil ich schon so lange nicht mehr berührt wurde. So unschuldig es auch war. »Und du bist es auch nicht, Taru. Nicht mehr.«

Nachdem wir uns noch einen Kaffee gekauft hatten, ließen wir uns in einem Taxi zu Rios Apartment fahren. Sie brauchte noch einige Dinge, bevor wir aufbrechen konnten. Kurz bevor wir den Wagen verließen, sah ich auf meine rechte Hand, die sie bis zum kleinen Café auf Little Island gehalten hatte. Sie kribbelte immer noch, dort wo ich Rios Fingerkuppen auf meiner Hand gespürt hatte. Vielleicht war meine Haut ja über die Jahrhunderte besonders empfindlich geworden. Wer wusste, was diese Strafe für Nebenwirkungen hatte.

»Wehe, du sagst etwas zu meiner Wohnung«, drohte sie mir, als wir durch den schmalen Flur zu ihrem Apartment liefen. An den Wänden blätterte bereits der Putz ab, und auch das Deckenlicht schien kurz vor dem Aufgeben zu sein. Im Hintergrund hörte ich das leise Piepsen von Mäusen.

Ich fuhr mit zwei Fingern über meine Lippen und tat so, als würde ich ein Schloss verriegeln. Sie war immer noch sauer, dass ich das Gebäude, in dem sie wohnte, als abrissreif bezeichnet hatte. Dabei war das noch ein Kompliment.

Ein nach Alkohol stinkender und schmutziger Mensch trat aus einer Tür heraus. Rio reckte den Kopf und ignorierte ihn, während seine Augen einen Moment zu lang auf ihrem Körper ruhten. Seine Lippen verzogen sich zu einem ekelhaften Grinsen, als Rio die ersten Stufen der Treppe hinaufging. Widerlicher Mensch.

Ich verschmolz mit den Schatten und wurde eins mit der Dunkelheit, die sich in den dreckigen Ecken des Flures ausbreitete. In einem Wimpernschlag war ich bei dem Mann. Seine gelbverfärbten Augen weiteten sich. Was er sah, würde ihn noch eine Weile verfolgen: Augen, tiefschwarz wie die Nacht, Schatten, die um meinen Kopf und meine Arme waberten.

Der Prinz der Unterwelt. Die Furcht selbst.

Ich roch seine Angst unter dem beißenden Gestank seiner Menschlichkeit. Er stolperte einen Schritt zurück, prallte gegen den Türrahmen. Die zitternden Hände, hoch erhoben vor seinem Gesicht, hielten mich nicht davon ab, mich vorzubeugen. Er wimmerte. Es war mir egal.

»Schließe heute Nacht dein Fenster, verriegle deine Tür«, flüsterte ich drohend in sein Ohr. Er kniff die Augen zusammen. »Deine Albträume werden dich heimsuchen.«

Ich entfernte mich wieder von dem Menschen, der immer noch zitterte, und eilte Rio auf der Treppe nach. All das war so schnell geschehen, dass ihr meine Abwesenheit nicht aufgefallen war.

Rio drehte den Schlüssel, als wir ihre Wohnung erreicht hatten, und rüttelte für einen Moment an ihrer Tür. »Klemmt manchmal«, nuschelte sie und warf sich leicht mit der Schulter dagegen.

»Zumindest brauchst du dir keine Gedanken darüber machen, dass jemand bei dir einbricht«, kommentierte ich, als die

Tür ein leises Ächzen von sich gab, sich aber immer noch nicht öffnen ließ.

»Du wolltest nichts mehr sagen.«

»Hat wohl nicht funktioniert.«

Rio warf mir einen mörderischen Blick zu, den ich nur mit einem Grinsen quittierte.

Ein leises Knacken erklang, und die Tür schwang endlich auf. Sie atmete tief durch, und ich konnte ihre Aufregung beinahe auf meiner Haut spüren. Brachte sie oft Besuch hierher? Ihre Finger, die unruhig am Schlüsselbund spielten, deuteten auf das Gegenteil hin. Sie sah mit großen Augen zu mir auf, als würde sie jede meiner Regungen abschätzen wollen. Ich riss meinen Blick von ihr los und betrachtete den Raum.

Erstaunlicherweise wirkte dieser in einem weitaus besseren Zustand als das restliche Gebäude. Als hätte der Verfall vor dieser Wohnung Halt gemacht.

Ihr Zimmer war schmal, und zwei Schritte reichten aus, um von der kleinen Küchenzeile ins Bett zu fallen. Dieses war beladen mit großen orangefarbenen Kissen. Darüber waren unzählige Lichterketten gespannt. Auf dem niedrigen braunen Schrank daneben befanden sich zwei Bilderrahmen und Kerzen, die halb abgebrannt waren. Ein schmales Fenster mit dem Blick auf die Straße befand sich neben dem Bett und auf der gegenüberliegenden Seite eine rote Kommode. Darauf waren etliche kleine Schatullen mit Schmuck und Make-up, ein angelaufener Spiegel, der jedoch perfekt in das Bild des Zimmers passte. Eine kleine Tür auf der rechten Seite musste ins Bad führen.

Es war gemütlich und passte zu ihr. Irgendwie zusammengewürfelt, bunt und doch stimmig. Genauso wie ihre weiße elegante Hose, die goldenen, mittlerweile verknoteten Ketten um ihren Hals und dazu die schweren Stiefel, die sie schon bei unserem letzten Treffen getragen hatte.

Ich sah wieder zu Rio, die statt am Schlüsselbund nun an ihren Halsketten spielte, im Versuch, sie zu entwirren. Erfolglos. »Ich weiß, es ist nicht zu vergleichen mit den Apartments im Marquand –«

»Es ist schön hier«, unterbrach ich sie und setzte mich auf ihr Bett, denn es war die Wahrheit. »Es ist dein Zuhause.« Aufmerksam verfolgte sie meine Bewegung. Ihr Blick huschte über meinen Körper, langsam, als hätte sie mich vorher noch nicht richtig betrachtet. Ich richtete mich auf und begegnete ihrem intensiven Ausdruck mit Neugierde. Sie räusperte sich, ließ von ihrem Schmuck ab und strich ihre Haare zurück.

»In Ägypten ist es warm, richtig?«, sagte sie und drehte sich zu der roten Kommode. Sie zog an der ersten Schublade. »Wie lange werden wir bleiben? Ich muss am Sonntag wieder hier sein.«

»Bis dahin sind wir zurück.«

Sie zog einen schmalen Koffer hervor und warf Kleidung hinein.

»Willst du nicht gleich die ganze Kommode in deinen Koffer quetschen?« Ich deutete auf den Haufen Kleidung vor ihren Füßen. »Ich glaube, die Winterkleidung kannst du hierlassen.«

»Ich bin eben gern vorbereitet«, murmelte sie und stopfte drei dicke Pullover und ein Knäuel, das nach Socken aussah, wieder in ihre Schublade.

»Das sehe ich.« Mit einem Schmunzeln beobachtete ich, wie sie in dem angrenzenden Bad verschwand. »Was ist am Sonntag?«, fragte ich etwas lauter und griff gedankenlos nach einem Bilderrahmen auf ihrem Nachtschrank, als Rio nicht antwortete. Auf dem ersten Bild war Rio neben einem jungen Mann, ungefähr in ihrem Alter, zu sehen. Beide mit einem Absolventenhut auf dem Kopf und breit grinsend. Dixie hatte mir bereits von ihm erzählt. Ein gewöhnlicher Mensch, mit gewöhnlichen Ängsten.

Auf dem nächsten Bild war Rio jünger. Sie trug ihre dunklen Haare zu zwei Zöpfen geflochten und saß auf dem Schoß einer Frau mit einer Ausstrahlung, dass ich nur vom Anschauen eine Gänsehaut bekam. Ihr Blick war ruhig und gefasst. Als hätte sie alles unter Kontrolle. Die Hände beschützend um Rio gelegt, die mit einem Zahnlückengrinsen in die Kamera schaute. Daneben ein Mann, der zweifelsohne ihr Vater sein musste. Er hatte die gleichen dunklen Augen.

»Das sind meine Eltern.« Rio stand wieder vor mir, in dunkler Jeans und einem gestreiften Oberteil, und zog mir das Bild aus den Händen. Mit einem Finger strich sie über das Glas. Ihr Blick verharrte auf dem Gesicht ihrer Mutter. Verzweiflung, die beinahe schon zu schmecken war, lag in der Luft. »Sie hat meinen Dad und mich verlassen, als ich neun war.«

Ich erhob mich und wollte etwas tun, auch wenn ich nicht wusste, was. Doch bevor ich etwas sagen konnte, schüttelte Rio den Kopf und trat einen Schritt zurück, das Bild in ihren Händen fest umklammert.

»Kein Mitleid, bitte.«

»Kein Mitleid«, gab ich nickend zurück. Ich verstand sie nur zu gut. Mitleid fühlte sich immer falsch an, wenn man Schuld in sich trug. Vielleicht ging es Rio ähnlich. Augenblicklich erinnerte ich mich an ihre Worte, kurz bevor wir den Pier verlassen hatten. Und vielleicht war ich wirklich nicht mehr so allein.

11

Rio

Es war wie kurzes Ziehen an meiner Kleidung, als würde jemand nach mir greifen. Ein Kribbeln, das durch meinen Körper rauschte. Wirbelnde Farben und der Geschmack von Honig in meinem Mund. Mein Herz klopfte wild in meiner Brust. Das Portal, der unscheinbare Personalausgang im Marquand-Gebäude, hatte uns tatsächlich innerhalb einer Sekunde in ein fremdes Land gebracht.

Hitze schlug mir entgegen, und ein salziger Geschmack legte sich auf meine Zunge. Durch meine geschlossenen Augen schimmerte goldenes Licht.

»Willkommen in Sharm el Sheikh.«

Ich öffnete die Augen. Vor mir stand Taru, mit einem verheißungsvollen Lächeln auf dem Gesicht. Die untergehende Sonne tauchte sein Haar in ein fast schon marineblaues Schwarz.

»Es hat wirklich funktioniert«, hörte ich mich leise sagen, und die letzten Zweifel, dass das doch alles nur meiner Fantasie entsprang, wirkten in diesem Moment wie die kleinen Staubpartikel, die im warmen Sonnenlicht in der Luft glitzerten. Klein und absolut nicht beängstigend.

»Ich habe dir doch gesagt, dass das der ungefährlichste Part dieser Reise ist.« Taru steckte seine Hände in die dunkle Leinenhose und sah mich weiter eindringlich an.

Ich ließ meinen Blick wandern. Wir befanden uns in einem kleinen Abstellraum. An den Wänden waren Regale mit verschiedensten Stoffrollen in den leuchtendsten roten, orangen und türkisblauen Farben. Direkt hinter Taru war eine schmale, geöffnete Tür, die den beeindruckenden Blick auf die Stadt freigab. Ich konnte lehmfarbene Gebäude mit Schildern, auf denen arabische Schriftzeichen zu sehen waren, erkennen. Hinter den flachen Gebäuden türmte sich eine Moschee auf. Spitze Türmchen, goldene Kuppeln und Ornamente. Vereinzelt entdeckte ich die Fächer von Palmen.

Nie in meinem Leben hätte ich gedacht, New York einmal zu verlassen. Und nun war ich am anderen Ende der Welt.

»Warte«, sagte Taru und hielt mich mit seinen Händen an meinen Schultern auf, bevor ich aus dem schmalen Raum treten konnte. »Du solltest etwas über deinen Schultern und Armen tragen. Die ägyptische Sonne ist auch im Herbst schonungslos. Ich will nicht, dass du einen Hitzschlag oder eine andere Menschenkrankheit bekommst.« Er deutete auf meine Schultern. Neben einer luftigen grünen Hose trug ich nur ein weißes Top. Ein kurzer Check meiner Wetter-App hatte mir gesagt, dass es in Ägypten um die dreißig Grad sein würde. Über die Sonneneinstrahlung hatte ich mir keine Gedanken gemacht, und das, obwohl ich wusste, dass ich selbst im Winter einen Sonnenbrand bekam. Das war sehr … fürsorglich von ihm.

»Oh.« Mein Blick huschte zu meinem Koffer. Die Pullover, die ich eingepackt hatte, lagen ganz unten.

»Ich glaube, das ist keine gute Idee«, kam es von Taru. »Auch wenn es wirklich amüsant wäre, deine Kleidung aus dem Koffer platzen zu sehen, haben wir keine Zeit dafür, den kompletten Inhalt deiner Kommode wieder dort hineinzuquetschen.«

»So viel habe ich gar nicht eingepackt …«, versuchte ich mich zu verteidigen, aber ich musste zugeben, dass Taru recht hatte. Ich war vielleicht ein kleines bisschen übereifrig gewesen. Ein neckendes Grinsen erschien auf seinem Gesicht, brachte seine Augen zum Funkeln, als wüsste er ganz genau, was ich dachte, und schickte damit einen Schauer über meinen Körper.

»Ich hab aber nichts für meine Schultern.«

Taru legte den Kopf schief und ließ den Blick über meinen Kopf zu den Stoffbahnen hinter mir gleiten. Meine Augen weiteten sich, als Taru mir näherkam. Zuerst umhüllte mich sein Geruch. Wie Honig und eine seltsame süße Note. Dieser Duft war so vertraut und stellte seltsame Dinge mit meinem Herzen an. Ich hob den Kopf und schluckte. Mir war schon bei unserer ersten Begegnung aufgefallen, dass er gut aussah. Mit seinen ausgeprägten Wangenknochen, der geraden Nase, über die sich eine leichte Narbe zog, und seinem markanten Kiefer, der von einem Bartschatten verdeckt wurde. Es war unverschämt, wie das dämmrige Licht seiner hellen Haut schmeichelte und wie das schwarze Leinenhemd sich um seinen Oberkörper legte. Doch viel unverschämter war es, wie mein Herz immer weiter anschwoll, als Taru sich leicht vorbeugte. Mir wurde warm, ohne dass die Hitze Ägyptens einen Einfluss darauf hatte.

Mein Körper reagierte, als wäre ich einem Mann noch nie so nah gewesen.

Er hob seine Arme und griff nach etwas hinter mir. Tarus lockerer Ausdruck verschwand aus seinem Gesicht, als ich zittrig aus- und wieder einatmete. Ich sah, wie sich sein Kehlkopf bewegte, als er in seiner Bewegung innehielt. Sein rechter Arm war so nah an meinem Gesicht, dass ich meinen Kopf nur leicht neigen musste, um ihn zu berühren. Mit dem anderen stützte er sich auf der linken Seite an einem der Regale ab. Er war so nah, und ich fühlte mich seltsam geborgen. Fast so, als wäre er gar nicht mehr fremd.

Mein Atem beschleunigte sich, als Taru für eine Millisekunde auf meine Lippen sah. Das helle Blau seiner Iriden wirkte jetzt mehr wie der tiefe Ozean.

Ein leises Rascheln erklang. Etwas Seidiges legte sich auf meine Schultern. Ich riss meinen Blick von seinen Augen und blickte zu dem blutroten Tuch, das Taru um meine Schultern gezogen hatte.

»Das sollte reichen«, wisperte er mit samtiger Stimme.

»Danke.«

Er schluckte noch einmal. Seinen Blick fest auf meine Augen gerichtet. Als versuchte er, nicht noch einmal auf meine Lippen zu sehen. Dabei war nun ich es, die den Blick nicht von seinen abwenden konnte. Ich war mir sicher, ein Kuss von ihm würde genauso süß schmecken wie der Geruch, der ihn umgab. Obwohl etwas in mir flüsterte, dass Taru zu küssen nichts Süßes wäre. Es wäre dunkel und begierig wie Schatten, die alles vereinnahmten, sobald das Sonnenlicht verschwand. Seine Lippen öffneten sich, und wie von selbst befeuchtete ich meine eigenen. Auch wenn ich mich vor der Dunkelheit fürchtete, wirkte sie gerade seltsam einladend.

Ein lautes Hupen ließ uns zusammenfahren und durchschnitt die elektrisierte Stimmung. Als hätte man einen Schalter umgelegt, war diese Anziehung verschwunden. Nur noch das heftige Pochen meines Herzens, das sich nicht so einfach beruhigen ließ, blieb als Beweis zurück.

Taru rückte von mir ab. Er fuhr sich mit einer Hand durch sein kurzes Haar und wandte sich leicht ab, während ich das Tuch enger um meine Schultern schlang. Was war nur los mit mir? Ich kannte ihn kaum, und außerdem war er ein Gott und ich ein Mensch. Er stand für alles, was nicht normal war – alles, was ich nicht wollte.

»Lass uns gehen.« Seine Stimme klang belegt. Ich nickte nur, griff nach meinem Koffer und folgte Taru aus dem schmalen Raum. Ein leichter Schweißfilm legte sich auf meinen Rücken, als wir in die Abendsonne traten. Taru hatte recht, es war immer noch brühend heiß und ohne das Tuch über meinen Schultern hätte ich auf jeden Fall nach zehn Minuten einen fiesen Sonnenbrand.

Staunend sah ich mich um und saugte jedes Detail der Straße auf. Menschen standen an den mit Tüchern behängten Auslagen der Läden, die Gewürze, Schmuck oder wunderschön bestickte Schuhe verkauften.

»Was ist das hier?«, fragte ich und konnte nicht aufhören, die verschiedenen Menschen und Läden zu betrachten. »Ein Basar?«

»Wir sind hier in der Nähe vom Old Market, eine Art moderner Basar, ja«, erklärte Taru, als wir aus der schmalen Straße auf eine breite Hauptstraße traten. Wir hatten den traditionellen Bereich der Stadt zurückgelassen und hielten an einer Ampel an. Auf der anderen Straßenseite thronte die Moschee, die mittlerweile von dem rötlichen Licht der Abenddämmerung angestrahlt wurde. »Das ist die Al Sahaba Moschee. Dort in der Nähe wartet jemand auf uns.«

Ich zuckte zusammen, als ein lauter Gesang erklang. Die Menschen um uns herum sahen nun alle in Richtung der Moschee. Ich blickte mich verwirrt um und versuchte auszumachen, woher der Gesang kam.

Die Ampel schaltete auf Grün, und Taru beschleunigte seine Schritte, sodass ich fast schon rennen musste. Mein Koffer hüpfte hinter mir auf und ab. Sicher würde ihm gleich eine Rolle abbrechen, wenn Taru noch schneller lief.

»Was ist das für Gesang?«

»Das ist der Adhān, der islamische Gebetsruf. Das war unser Zeichen. Wir müssen uns beeilen.«

Ich nickte nur und tat mein Bestes, um mit Taru Schritt zu halten und gleichzeitig so viel wie möglich von der Stadt mitzubekommen.

Nach wenigen Minuten hatten wir eine Art Vorplatz erreicht, der mit großen Steinplatten ausgelegt war. Überall standen Touristen und fotografierten die Moschee. Zwei hohe Türme mit spitz zulaufendem Dach und drei aufeinander aufbauenden Kuppeln ließen dieses Gebäude wie ein Schloss wirken. In der Ferne erhoben sich Gebirge. Auf der linken Seite gab es einen kleinen Souvenirshop. Ich musste vor unserer Abreise unbedingt etwas für Jake und meinen Dad mitnehmen. Auch wenn ich nicht wusste, wie genau ich ihnen diesen Job beschreiben sollte. Ich hatte es ja selbst kaum verstanden.

»Ah, ein Glück.« Taru blieb neben mir stehen und deutete auf einen schwarzen Jeep mit getönten Scheiben. »Das ist unsere Fahrerin.«

»Woher weißt du, dass es der richtige Wagen ist?«

»Medusa ist sehr präzise und sorgfältig, wenn es darum geht, Besuch zu empfangen. Alles ist bis ins kleinste Detail geplant.«

Nervosität machte sich in meinem Magen breit. Richtig, wir waren hier, um Medusa zu treffen. Diesen Umstand hatte ich beinahe vergessen. Das, was Taru vorhin über den gefährlichen Teil dieser Reise gesagt hatte, kam mir in den Sinn. Er schien mein Zögern zu bemerken und sah mich das erste Mal wieder an, seitdem wir das kleine Tuchlager verlassen hatten. »Keine Sorge, Medusa wird dir nichts tun.«

»Und was ist mit dir?« Ich schob mir meine Haare über die Schultern, die mir mittlerweile schon im Nacken klebten. Die Hitze war wirklich beinahe unerträglich und das, obwohl es hier schon Abend war. Ich hätte sie mir vor unserer Abreise zusammenbinden sollen.

Taru wog leicht den Kopf hin und her und verzog sein Gesicht. »Das ist eine der unsicheren Variablen in meinem Plan.« Ungeduldig sah er über den weitläufigen Platz und setzte sich in Bewegung. »Versuch, dir nicht zu viele Gedanken zu machen. Wir müssen uns nur wirklich beeilen.«

Sofort zog ich Taru am Handgelenk zurück. Die Fahrerin musste uns entdeckt haben, sie stieg bereits aus dem Wagen. Nur schrien mich die Gedanken, die ich mir laut Taru nicht machen sollte, bereits mit einem Megafon an. »Was meinst du mit unsicheren Variablen?« Mit großen Augen sah ich zu ihm auf, wie er sich am Hinterkopf kratzte. Dass ihm etwas zustoßen konnte, verschaffte mir ein mulmiges Gefühl. Immerhin konnte ich ohne Taru nicht so einfach nach New York zurückkehren.

»Es ist schon Jahrhunderte her, dass ich Medusa zuletzt gesehen habe. Da war ich noch … jünger.«

Ich schluckte schwer und ignorierte den Fakt, dass Taru Jahrhunderte gesagt hatte. Je weniger ich wusste, desto besser.

»Ich weiß nicht, wie sie jetzt zu mir steht nach all dem … nachdem ich verbannt wurde. Ich war nicht sehr umgänglich.«

»Und das sagst du mir jetzt?«, fuhr ich ihn entgeistert an. Panik machte sich in mir breit, und ich spürte, wie die Zweifel immer lauter wurden. Ich hätte mich niemals auf diesen Job einlassen sollen. Das war absolut verrückt.

»Keine Sorge, ich war schon immer ihr Lieblingsprinz«, sagte er mit einem unschuldigen Grinsen. »Vielleicht hetzt sie nur eine ihrer Schwestern auf mich. Mit denen komme ich klar. Wassergeschöpfe vertragen sich nicht gut mit dem Hadesfeuer in meinen Adern.«

Verzweifelt schloss ich meine Augen und rieb mir über das Gesicht. Einatmen. Ausatmen. Ich bekam eine Menge Geld für diesen Job. Nur ein paar Wochen, vielleicht weniger, dann hätte ich es überstanden. *Wenn* ich es denn überstehen würde.

Als ich meine Augen wieder öffnete, warf mir Taru einen entschuldigenden Blick zu.

»Ich hätte mir einen Reisepass besorgen sollen«, murmelte ich und versuchte, mir nicht vorzustellen, was alles schiefgehen konnte. Taru wusste sicher, worauf er sich eingelassen hatte. Im Gegensatz zu mir.

Das hoffte ich zumindest.

»Was ist eigentlich meine Aufgabe?«, fragte ich, als die Gebäude in immer unregelmäßigeren Abständen auftauchten und die Wüste wuchs. Aus dem Wagenfenster konnte ich auf der linken Seite das Meer glitzern sehen. Die Nacht war bereits hereingebrochen, und Sterne leuchteten am Himmel.

»Du bleibst in meiner Nähe«, sagte Taru schlicht. Er sah ebenfalls aus dem Fenster. Seitdem er die Fahrerin auf Arabisch begrüßt hatte, hatte er nichts mehr gesagt. Ich vermutete mittlerweile, dass sein Grinsen und seine Unbeschwertheit nur eine Fassade waren. Je länger wir fuhren, desto stiller und fast schon statuenhaft ruhig wurde er.

»Das ist alles?«

»Vor zehn Minuten hast du gewirkt, als wäre das schon eine ganze Menge«, gab er zurück, seinen Blick immer noch aus dem Fenster gerichtet.

»Du hast mich ja auch nicht gerade mit Informationen über diesen Job und diese Reise überhäuft.«

»Das war auch nicht das, was du wolltest.«

Ich kniff die Lippen zusammen. Das amüsierte Funkeln kehrte wieder in seine Augen zurück.

»Touché.« Ich verschränkte die Arme vor der Brust, das rote Tuch fühlte sich trotz der Hitze immer noch kühl auf meiner

Haut an. »Zu meiner Verteidigung, man erfährt allerdings auch nicht jeden Tag, dass Götter existieren und all das andere Zeug.«

»Du hast recht«, sagte er schließlich nach einer Weile. Gebäude waren schon lange nicht mehr zu sehen, nur das mittlerweile nachtschwarze Wasser kam näher. Unsere Fahrerin rührte sich nicht mehr als nötig. Wahrscheinlich wollte sie einfach nur diskret sein. Vielleicht hielt sie uns ja auch für seltsame Touristen, die über Götter sprachen, und versuchte, sich deshalb nicht mit uns auseinanderzusetzen. Unter anderen Umständen hätte ich das Gleiche getan. Alles, was mit diesem Teil meines Lebens zu tun hatte, ignorieren. Dass Taru so offen über seine Welt sprach und es ihm egal zu sein schien, dass unsere Fahrerin ihn verstehen konnte, sollte mich beunruhigen – immerhin war es absolut nicht normal, über Medusa zu reden, als wäre sie wahrhaftig lebendig und keine alte Sage. Nur … *war* Medusa eben wahrhaftig lebendig und die Götterwelt Realität. Etwas, das ich noch immer nicht wirklich glauben konnte. »Es muss viel für dich sein. Ich hätte dich besser darauf vorbereiten sollen, oder es zumindest Dixie überlassen. Aber …« Er wandte seinen Blick vom Fenster ab und lehnte seinen Kopf gegen die Kopfstütze. »Ich bin nicht sehr geübt darin, mit anderen Menschen zusammenzuarbeiten. Schon gar nicht mit solchen, die nichts über *all das andere Zeug* wissen.« Ich lächelte leicht, als er meine Worte benutzte. »Na, schön. Was solltest du über Medusa wissen?« Er sah mich aus den Augenwinkeln an und schürzte seine Lippen, als würde er scharf nachdenken.

»Wie wäre es mit ihren Haaren?«, half ich nach. »Sind … sind das wirklich Schlangen?«

Taru nickte. Ein Schütteln erfasste mich. Ich hatte noch nie so viel für Schlangen übriggehabt. »Aber keine Angst. Sie sind ganz zahm«, beruhigte er mich. »Vor allem Nofretete. Sie ist die Schönste von allen.«

»Die Schlangen haben Namen?«

»Natürlich.« Taru hob seinen Kopf und sah mich verwundert an. Dabei war er es, der mir gerade gesagt hatte, dass Medusas lebendige Schlangenhaare Namen trugen. »Du wirst schon sehen. Die Schlangen sind das Liebreizendste an ihr.«

Erneut verzog ich meinen Mund. »Und ihr Blick?« Ich deutete mit meinen Fingern auf meine Augen. »Bei Percy Jackson –« Die Fahrerin zischte, und ihre giftgrünen Augen starrten mich im Rückspiegel an. Ich verstummte und sah ängstlich zu Taru, der etwas auf Arabisch sagte, woraufhin sie wieder auf die Straße schaute. Vielleicht ignorierte sie uns ja doch nicht, weil wir merkwürdige Touristen waren.

Er räusperte sich und beugte sich leicht zu mir. »Diese Geschichte solltest du hier vermeiden. Vor allem diesen Namen und alles, was mit *ihm* zu tun hat«, sagte er leise. Noch ein kurzer Blick zur Fahrerin, die zum Glück ganz ruhig wirkte. Ich rutschte näher an ihn heran, um ihn besser verstehen zu können. »Es ist noch nicht genug Zeit verstrichen, damit das Blut gerinnt.« Ich presste die Lippen zusammen und sah mit großen Augen zur Fahrerin, die uns wieder durch den Rückspiegel anschaute. Sofort sah ich weg. Taru lächelte mich ermutigend an und lehnte sich wieder zurück.

»Ihr Blick kann tatsächlich Sterbliche in Stein verwandeln«, setzte Taru seine Erklärungen fort und deutete bei dem Wort »Sterbliche« auf mich. »Aber keine Sorge. Medusa ist eine hochintelligente Frau. Sie hat eine Möglichkeit gefunden, wie sie diesen Fluch umgehen kann.«

»Wir sind da«, sagte die Fahrerin mit einem schweren Akzent und drehte sich nun das erste Mal komplett zu uns um. Ihre dunkle Haut stand in einem starken Kontrast zu ihren weißen Haaren und den seegrasgrünen Augen. »Meine Schwester erwartet euch.«

Schwester? Eine von Medusas Schwestern, die uns gefährlich werden konnten, hatte uns zu ihr gebracht? Erschrocken sah ich zu Taru, der mir nur zuzwinkerte. »Glück gehabt.«

Mein Hals wurde trocken, als ich aus dem Fenster zu dem majestätischen Gebäude sah, das über zwei Etagen reichte. Rundbögen reihten sich im Erdgeschoss und in der oberen Etage aneinander. Die Fassade war in der gleichen sandigen Farbe wie auch die Gebäude in der Stadt, nur vereinzelt tauchten bunte Mosaikmuster und andere Verzierungen auf. Umsäumt wurde der kleine Palast von unzähligen Palmen. Doch all dieser Schmuck war nichts im Vergleich zu der Frau, die im größten der Rundbögen auf uns wartete.

Teil 2 | Schattenprinz

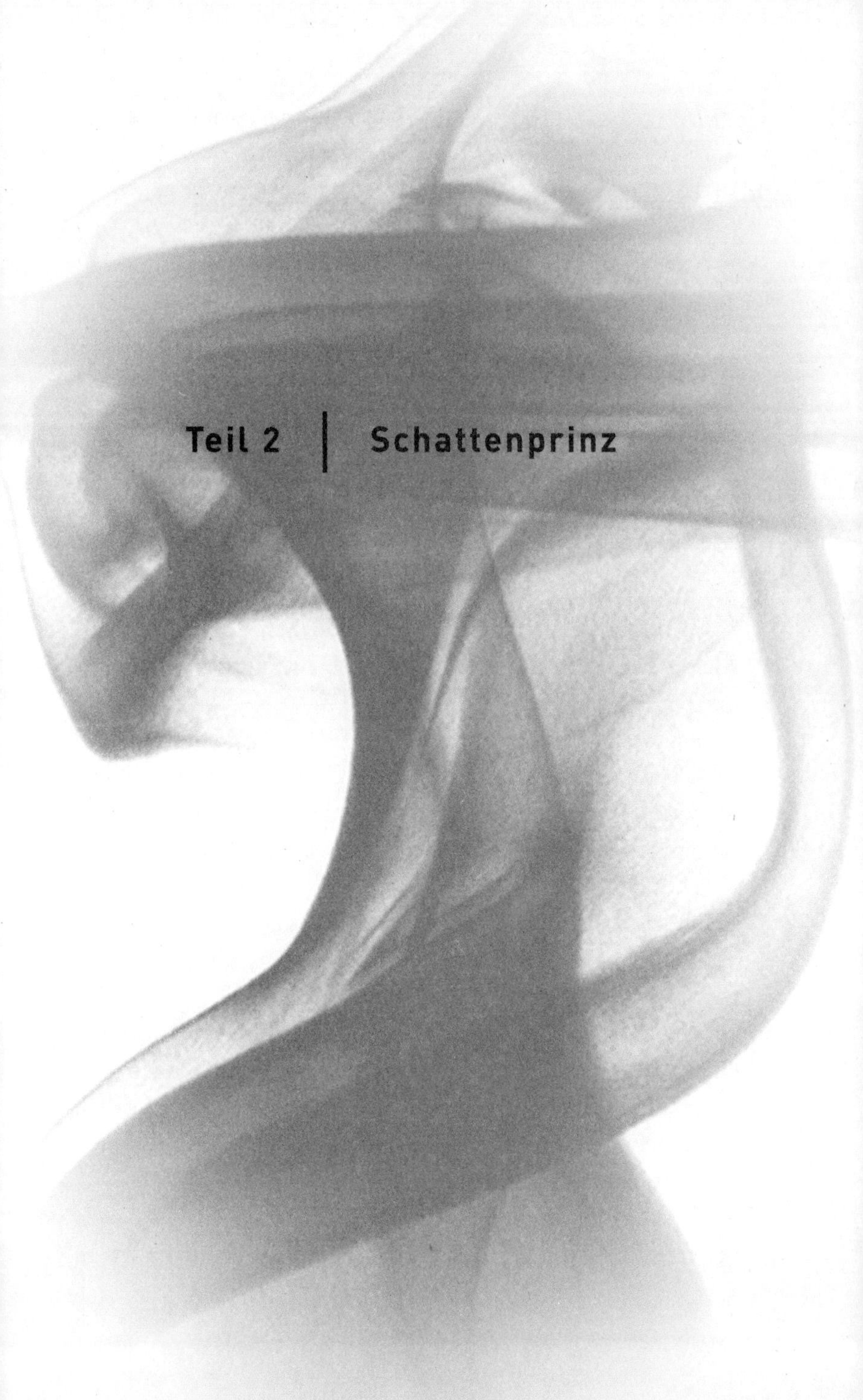

12

Rio

Sie war die schönste Frau, die ich je gesehen hatte.

Ihre braune Haut hatte einen goldenen Schimmer. Das weiße Kleid, das an den Armen und Beinen einen dünneren Stoff hatte, umspielte ihren zarten und doch kurvigen Körper. Auf ihrem ovalen Gesicht lag ein ruhiger Ausdruck, die goldene Brille auf ihrer Nase passte zu ihrer filigranen Gestalt. Doch am schönsten waren ihre Haare. Schlangen, in unendlich vielen Nuancen, schlängelten sich von ihrem Kopf bis zu ihren Hüften. Blau, Rot, Gold, Grün.

Ich hatte nicht geahnt, wie schön Schlangen sein konnten.

Mit zittrigen Beinen stieg ich aus dem Wagen. Taru hatte ihn bereits verlassen und wartete geduldig neben meiner Tür. Sofort zuckte Medusas Blick von Taru zu mir. Ihre hellen Augen verengten sich für einen Moment, als könnte sie mich nicht richtig erkennen. Taru verbeugte sich leicht und wirkte plötzlich nicht mehr ganz so locker wie seit unserer Ankunft in Ägypten.

»Tantchen, wie schön –«

Ich schrie auf, als Taru mit einem Krachen gegen den Wagen geschleudert wurde. Medusa dicht vor ihm, die Hand um seinen

Hals. »Du bist ein Verräter, Namtaru«, zischte sie mit einer betörend schönen Stimme. »Wie konntest du das zulassen? Wie konntest du ihr das antun? Du wusstest, was passieren wird.«

Statt Medusa angsterfüllt anzusehen, wie ich es tat, trat auf Tarus Gesicht ein so wütender Ausdruck, dass ich nicht wusste, vor wem ich mich in diesem Moment mehr fürchten sollte.

»Nichts wusste ich«, presste Taru hervor. »Ich wurde genauso verraten wie du.« Der Geruch von Lack und geschmolzenem Metall stieg in die Luft. Ich konnte nichts tun, als die beiden anzustarren. Medusa mit ihrem wilden Schlangenhaar und Taru, dessen Augen immer dunkler wurden, als wollten sich Schatten daraus hervorkämpfen. Doch so schnell, wie sie ihn gegen den Wagen geschmettert hatte, ließ sie von ihm ab und nickte.

»Ist das eine Lüge, wird es deine letzte sein.« Medusa trat ein paar Schritte zurück und betrachtete Taru eindringlich, der einen Moment länger brauchte, um sich zu sammeln. Seine Brust hob und senkte sich immer noch schnell. Ich schluckte. Tausend Fragen tauchten in meinem Kopf auf, während Taru immer noch schwer atmend am Auto lehnte.

Wer war *sie*, von der Medusa sprach? War sie der Grund für Tarus Strafe? Aber weshalb glaubte Medusa, er wäre ein Verräter? Wen hatte er verraten?

»Was ist das für ein Geschöpf?«, fragte sie. Eine ihrer Schlangen, golden mit einem roten Schimmer auf den Schuppen, rückte Medusas zarte Brille zurecht, die sie selbst in einer Miniaturversion auf ihrem Kopf trug. Medusa strich sanft mit einem Finger über ihren Nasenrücken. »Danke, Nofretete.«

Keine Chance, dass ich mir das hätte einbilden können.

In eleganten Schritten kam Medusa auf mich zu. Ihre Augen betrachteten mich von dem Ansatz meiner Haare bis zu meinen Zehenspitzen. Sie legte leicht den Kopf schief und gab damit eine wulstige Narbe oberhalb ihrer Kehle preis.

»Ich bin … Rio«, stellte ich mich unbeholfen vor und verbeugte mich ebenso, wie Taru es zuvor getan hatte. Ich verzichtete auf meinen Nachnamen. Immerhin schien hier eh niemand einen zu besitzen. »Ich arbeite für –«

»Sie gehört zu mir«, unterbrach mich Taru, der sich wieder ganz gefangen hatte und neben mich trat. Nur eine handgroße Delle auf dem schwarzen Lack des Wagens war von seinem Ausbruch übrig.

»Eine nachtschwarze Dunkelheit liegt auf dir, mein Kind.« Medusa verengte erneut die Augen und … schnupperte an mir. Wie Dixie es vor einer Woche in Jakes Wohnung getan hatte. »Interessant.«

»Was meinen Sie damit?« Ich trat einen Schritt zurück, weil mich ihre Nähe und ihr bohrender Blick einschüchterten. Neben mir spürte ich nun auch, wie Taru mich beobachtete. Die feinen Haare in meinem Nacken stellten sich auf, und ich wagte es nicht, wegzusehen.

»Wir sollten reingehen«, sagte sie schließlich und drehte sich um, direkt in Richtung des Eingangs. »Ihr seid zu spät. Das Dinner steht bereits auf dem Tisch, und meine Schwestern haben frischen Fisch gefangen.«

Verwirrt sah ich zu Taru, der nur mit den Schultern zuckte. Doch sein Blick wirkte ganz und gar nicht ahnungslos.

Ohne ein weiteres Wort folgten wir Medusa ins Haus, während sich dieses seltsame Kribbeln in meinem Nacken festzusetzen schien.

Das Innere des Hauses war noch prachtvoller. Überall standen Pflanzen, deren Namen ich mir niemals hätte merken können. Aufwendige Ornamente erstreckten sich über die terakottafarbenen Wände und Decken. Gemälde, so groß wie ich selbst. Hölzerne Lampen tauchten den offenen Eingangsbereich, an den sich eine Art Wohnzimmer anschloss, in ein warmes Licht. Darin befanden sich in einer Ecke breite rote Teppiche, mit unzähligen großen und kleinen Kissen übersät, von wo aus man einen wunderschönen Blick auf den offenen Garten und das Rote Meer hatte. Grillen zirpten im Hintergrund, und die Nacht zeigte sich von ihrer schönsten Seite. Seltsamerweise fühlte ich mich hier nicht von der Dunkelheit bedrängt. Durch die vielen Lichtquellen auf dem Boden, an den Wänden oder Decken war es nie wirklich finster.

Medusa führte uns in den Garten. Erst jetzt entdeckte ich, dass sie keine Schuhe trug. An ihren Knöcheln glänzten goldene, ebenfalls zarte Ketten.

Taru blieb die ganze Zeit ein paar Schritte hinter mir, als sorgte er sich darum, dass ich mich umdrehen und davonlaufen könnte. Aber ich hatte mich dazu entschieden, meine Angst zu ignorieren. Genauso wie dieses schrecklich nervende Kribbeln in meinem Nacken.

Wir betraten eine Terrasse aus großen, abgeschliffenen Steinfliesen wie jene vor der Moschee. Ringsherum standen Zitronenbäume, deren Duft sich in der Luft verteilte.

Das hier wirkte wie ein Paradies.

Ich atmete tief den salzigen Geruch des Meeres ein und genoss die Stille, nach der ich in New York vergeblich suchte. Neben mir räusperte sich Taru. Ein beinahe sanftes Lächeln umspielte seine Lippen. Er deutete mit einem Kopfnicken zu einer langen Tafel, auf der bereits Platten und Schüsseln voller Essen standen und an der unsere Fahrerin – Medusas Schwester – sowie eine weitere Frau fast schon statuenhaft still saßen. Ihre Blicke waren auf uns gerichtet, und hätten sie nicht geblinzelt, hätte ich ihre Lebendigkeit tatsächlich angezweifelt.

»Schwestern, unsere Gäste: Rio und Namtaru«, stellte Medusa uns den zwei Frauen vor, die jeweils auf der rechten und linken Seite des massiven Holztisches Platz genommen hatten. Unsere Fahrerin nickte mir leicht zu und erwachte aus der Regungslosigkeit. Die andere von ihnen hatte kurz geschorenes schwarzes Haar und eine ebenso dunkle Haut wie ihre Schwester. Nur ihre Augen hatten die Farbe von Amethysten. Sie trug, ähnlich wie Medusa, ein wallendes Kleid in einem sanften Weiß.

»Sthenno«, begrüßte Taru die Frau mit den kurz geschorenen Haaren und wandte sich dann zu unserer Fahrerin, die einen blutroten Anzug anhatte. »Euryale, danke für deine Dienste.«

»Sie galten nicht dir, Schattenprinz«, zischte Euryale und warf Taru einen kalten Blick zu. Taru schien es jedoch nicht zu überraschen. Er setzte sich ungerührt auf den Stuhl neben Sthenno, die ihn auch nicht besonders freundlich ansah.

»Nimm Platz, Rio«, wies mich Medusa an, die bereits am Kopf des Tisches saß. »Meine Diener haben Spezialitäten für unsere Gäste zubereitet.« Medusa deutete auf die große Platte, auf der sich helle Fischfilets umrahmt von Zitronen und anderen Gewürzen befanden. Ich setzte mich neben Euryale, die mich neugierig musterte, und sah mich nach den Dienern um, von denen Medusa gesprochen hatte. Das Haus wirkte beinahe geisterhaft verlassen.

Unsicher warf ich einen Blick zu Taru, der jedoch nur Medusa anstarrte. Diese schien ihn gar nicht zu beachten, sondern schenkte Euryale in einem großen Glas Wein ein.

»Nehmt euch ein paar Datteln«, sagte Medusa, die uns alle mit einem amüsierten Ausdruck betrachtete. Der Reihe nach wurde eine Schale mit frischen Datteln herumgereicht.

»Vielen Dank für deine Gastfreundschaft, Tantchen«, sagte Taru, als er es aufgab, ihre Aufmerksamkeit mit Blicken auf sich zu ziehen. Neben mir zischte Euryale leise. Sie schien Taru wirklich nicht leiden zu können. Ich nahm mir eine Dattel aus der Schale und hätte beinahe aufgestöhnt. Die Datteln in New York war nicht vergleichbar mit diesen. Es war eine Geschmacksexplosion. Süß und vollmundig.

»Spar dir die Höflichkeiten, Namtaru. Ich bin *nicht* dein Tantchen, und sag mir, weshalb du wirklich hier bist.« Medusa wandte sich zu Taru, der aussah, als würde er jeden Moment platzen. Selbst sein Lächeln wirkte eher wie eine Grimasse. Langsam hatte ich die Befürchtung, es hing mit dem Namen zusammen, den Medusa benutzte. War das sein vollständiger Name? Weshalb hatte er sich dann als Taru vorgestellt? »Geht es um die Hadeskappe, die du gestohlen hast?«

Wieder sah ich zu ihm und versuchte, aus der angespannten Stimmung schlau zu werden. Niemand außer Medusa schien sich wirklich zu entspannen. Tarus Kiefermuskeln traten deutlich hervor, auch wenn er sich weiterhin um einen freundlichen Gesichtsausdruck bemühte.

»Ich habe die Kappe nicht gestohlen«, erwiderte er mit einer honigsüßen Stimme. »Aber wie schön, dass sich dieses Gerücht bis hierher rumgesprochen hat.«

»Lügner«, knurrte Sthenno neben ihm. Taru ignorierte sie. Nur ein Zucken seiner Finger verriet ihn. »Wie konntest du dann vor den Erinnyen fliehen?«

Darauf erwiderte Taru nichts. Medusas Blick huschte zu mir. Ich versuchte, mir nichts anmerken zu lassen, da Taru offensichtlich nicht wollte, dass sie etwas davon erfuhr. Aber wie er mir bereits im Wagen gesagt hatte, war Medusa eine hochintelligente Frau, und ich sah beinahe in ihren Augen, wie sie eins und eins zusammenzählte. Ein verheißungsvolles Lächeln entstand auf ihren Lippen, als sie ihr Glas Wein zu ihren Lippen führte. Eine grünschimmernde Schlange umspielte den Rand des Glases, als würde sie auch etwas davon kosten wollen. Medusa schnappte sich die Schlange und legte sie über ihren Kopf zu den anderen Schlangen, die sich in sanften Wellen zu bewegen schienen.

»Gut, dass du die Damen ansprichst«, begann Taru und lehnte sich etwas nach vorn. Ich riss meinen Blick von Medusas Schlangen. Ich wollte nicht unhöflich wirken, indem ich ihre Haare anstarrte. »Ich frage mich, ob es einen Weg gibt, sie endgültig zu vertreiben.«

»Du musst deine Schuld begleichen.«

»Das weiß ich bereits. Nur ist das nicht so leicht möglich, in meinem Fall.«

Medusa nahm einen großen Schluck von ihrem Wein und sah zu ihren Schwestern. »Es gibt noch eine Möglichkeit«, sagte Euryale neben mir.

»Aber für das Wissen darum musst du einen Preis bezahlen«, schloss sich Sthenno an.

»Natürlich.« Taru lehnte sich auf seinem Stuhl zurück und verdrehte die Augen. Verschwunden war seine Höflichkeit. »Was wollt ihr?«

»Sie.« Medusas Blick zuckte zu mir. Ich blinzelte mehrmals und wünschte, ich könnte mich aus der Situation herauswinden. Die Augen von Medusas Schwestern, die einen viel zu gefährlichen Schimmer annahmen, hielten mich förmlich gefangen.

Sei stärker als deine Angst. Lass nicht zu, dass sie die Kontrolle übernimmt.

»Nein.« Ich erhob mich ruckartig. Geschirr klirrte auf der Tafel. »Ich bin kein Objekt, das … das man sich nehmen kann.« Endlich sah Taru zu mir. Sein Blick blieb jedoch ausdruckslos, fast schon gelangweilt.

»Du hast sie gehört«, sagte er schlicht, doch ich sah das Funkeln in seinen blauen Augen. Was war sein Plan?

»Dir würde es hier an nichts fehlen, meine Liebe«, sagte Medusa mit süßer Stimme. »Ich habe es dir sofort angesehen. Ich habe deine Wünsche geschmeckt. Du willst deinem tristen Zuhause entkommen. Du passt dort nicht hinein, nicht wahr?«

Medusa legte den Kopf schief, ein verschwörerisches Lächeln auf ihren Lippen, ihre Schlangenhaare richteten sich auf wie die Härchen auf meinen Armen. Unzählige kleine Augen sahen mich an. »Hier könntest du deinen Dämonen entkommen. Du könntest bleiben.«

»Für einen Urlaub vielleicht«, gab ich mutig zurück. Ich streckte meinen Rücken durch. Auf keinen Fall würde sie sehen, wie ich innerlich zitterte. Was ihre Worte in mir auslösten. »Mein Zuhause ist in New York.«

»Das bezweifle ich«, meinte Medusa, immer noch in einer Tonlage wie eine schnurrende Katze.

Ich reckte mein Kinn, ignorierte ihre Worte und sah zu Taru, der sich ebenfalls erhob. Er nickte mir leicht zu. Würde er wirklich einfach so aufgeben?

»War schön dich zu sehen, Medusa.«

Taru umrundete den Tisch und schob meinen Stuhl zurück. Mit einer Hand an meinem Rücken dirigierte er mich an Euryale vorbei, die ein bedrohliches Knurren ausstieß.

»Geh weiter«, raunte er mir leise zu. »Nicht umdrehen.«

»Was hast du vor?«

Als Antwort erhielt ich nur ein Augenzwinkern.

Mein Rücken war ganz starr, als wir die Rundbögen, die in das Innere des Hauses führten, erreichten. Kurz vor dem Eingang zum Wohnzimmer blieb Taru stehen. Ich sah auf. Ein zufriedener Ausdruck entstand auf seinem Gesicht.

»Was –«, setzte ich an, wurde allerdings von einem zischelnden Geräusch unterbrochen.

»Fein«, erklang Medusas Stimme hinter uns. Langsam drehten wir uns um. »Setzt euch wieder.«

Verwirrt sah ich zu Medusa, die nun nicht mehr ganz so erfreut wirkte. Sie drehte sich um und lief zurück in den Garten.

Mit einem breiten Grinsen dirigierte Taru mich nun wieder

zurück zum Tisch. Ich hatte keine Ahnung, was das eben war, doch anscheinend hatte ich etwas richtig gemacht.

Sthenno und Euryale sahen uns an. Ich glaubte sogar zu hören, wie Sthenno zischte, als Taru und ich unsere Stühle zurückzogen.

»Meine Bedingung bleibt jedoch gleich«, setzte Medusa fort, als wir uns setzten. Taru war gerade dabei, sich wieder zu erheben, als sie die Hand hob. »Bleibt sitzen, bitte.«

»Was willst du dann, Tantchen?« Mit einer Hand hob Taru sein Weinglas an und schwenkte die Flüssigkeit darin. Medusa verengte die Augen. Ihr schien die Bezeichnung *Tantchen* wirklich nicht zu gefallen. »Wie Rio es schon gesagt hat – sie ist kein Objekt. Du kannst sie nicht zu deiner Sammlung hinzufügen.«

Ich riss die Augen auf und verschluckte mich beinahe an dem Stück Brot, das ich mich getraut hatte zu essen. »Sammlung?«

Wieder sah ich zu Taru, doch er fixierte nur weiterhin Medusa. Als ich Sthennos Blick begegnete, blieb mir das Stück Brot erst recht im Hals stecken. Ihre Augen glühten. Sie sah mich an, als wollte sie lieber mich verspeisen als den Fisch, der vor uns festlich arrangiert war. Taru würde ihr Nachtisch sein. Ganz sicher.

»Meine Tante hat eine Vorliebe für besondere Geschöpfe, die sie hegt und pflegt wie ihre Kinder.« Taru hob seinen Kopf und sah sich beinahe suchend um. »Sie versteckt sie in den Schatten und glaubt, ich könnte sie nicht sehen. Angst, ich könnte jemandem verraten, was du hier tust?«

»Sie zu meiner Sammlung hinzuzufügen, war nie mein Plan, Prinz.« Medusas Stimme klang so gefährlich wie klirrendes Glas während eines Sturms. Ihre Schlangen tanzten wild um ihren Kopf. Nofretete, die Schönste, wie Taru sie im Wagen bezeichnet hatte, und die bei unserer Ankunft Medusas Brille zurechtgerückt hatte, bewegte ihren Kopf in Tarus Richtung. Ein warnendes Zischen entkam ihr. »Ich will sie untersuchen. In meinem Labor, nichts weiter.«

»Nein«, wiederholte ich im gleichen Atemzug, in dem Taru »Okay« sagte.

Was? Was sollte das? Ich ließ mich sicher nicht in ein Labor zerren wie ein verdammtes Versuchsobjekt. Tarus flehenden Blick begegnete ich mit Trotz und widmete mich meinem Teller, der mit Fisch, Auberginen, Kichererbsen und Reis bestückt war. Doch allein die Dattel und das Stück Brot wogen tonnenschwer in meinem Magen.

»Interessant«, murmelte Medusa wie bei unserer Ankunft, als sie ein Stück des Fisches auf ihrem Teller zerschnitt. Auch Sthenno und Euryale sahen neugierig zwischen Taru und mir hin und her. Der hungrige Ausdruck in ihren Augen war jedoch nicht ganz verschwunden. »Ich gebe euch bis morgen früh Zeit, euch zu entscheiden. Sollte sich Rio weigern, dann müsst ihr Sharm el Sheikh verlassen.«

»Mir ist der Appetit vergangen.« Frustriert warf Taru seine Serviette auf den Tisch und erhob sich. Auch ich legte mein Besteck beiseite und schob meinen Stuhl zurück. »Wo ist unser Zimmer?«

»Wir haben zwei Zimmer vorbereitet.« Medusa stützte ihren Kopf auf einer Hand ab, ein entzückter Ausdruck auf ihrem Gesicht. Wann hatten sie das getan? Wir waren eben erst angekommen, und ich hatte den Eindruck gehabt, sie wussten nichts von mir.

»Wir brauchen nur eins«, erklärte Taru tonlos.

Ich wollte gerade etwas erwidern, als ich verstand weshalb, und schloss meinen Mund wieder. Natürlich. Er hatte Angst, dass die Distanz zu groß wäre und mein Schutzschild nicht mehr funktionierte. Dabei wussten wir gar nicht, wie weit ich mich von ihm entfernen konnte, bis er für die Erinnyen nicht mehr unsichtbar wäre. Trotzdem hätte er auch das vorher mit mir besprechen können. Er hätte so ziemlich alles vorher mit mir besprechen sollen.

»Ich hätte nicht gedacht, dass du diese Art der Verbindung noch einmal eingehen würdest«, sagte Medusa immer noch mit einem amüsierten Lächeln.

»Tu ich nicht.« Tarus Blick zuckte zu mir, ich erwiderte ihn stumm. Mir egal, ob er wütend war. Ich war es auch. Und trotzdem ging ein Stich durch meinen Körper, als mir die Bedeutung seiner Worte bewusst wurde. Aber es war mir egal. Völlig egal. Das war nur ein Job.

Mehr nicht.

13

Taru

»Das kannst du vergessen! Ich lasse mich nicht in ein Labor schleifen«, fuhr mich Rio an, als wir unser Zimmer betraten. Schön. Wenigstens kam sie gleich auf den Punkt.

»Das sehe ich anders.« Ich schloss die Tür hinter uns. Gedämpftes Licht erhellte den Raum, der den Blick auf das Rote Meer freigab.

In wenigen Schritten war ich bei den Türen, die zum Balkon hinausführten, und verschloss sie. Medusa war wie ein Luchs, und ich wollte nicht, dass sie jedes Wort verstand. Auch wenn sie den Olympiern schon lange den Rücken zugewandt hatte – ich konnte niemandem trauen.

»Ich werde mich nicht untersuchen lassen«, setzte Rio ihre Schimpftriade fort.

»Warum?«

»Weil …« Rio baute sich vor mir auf und funkelte mich wütend an. Das rote Tuch lag immer noch über ihren Schultern, war jedoch mittlerweile leicht verrutscht. Ich trat um sie herum und lief zu der kleinen Bar, die sich glücklicherweise in diesem Raum befand. Medusa wusste, was gut war.

»Weil du nichts von der Welt wissen willst, obwohl du bereits mit beiden Beinen drinstehst?«

»Ja, genau.« Ich spürte ihren bohrenden Blick in meinem Rücken, als ich Gin fand und ihn in ein Glas füllte.

»Dafür wolltest du vorhin im Wagen ziemlich viel wissen.«

»Das stimmt nicht …«

Skeptisch zog ich eine Augenbraue hoch und sah zu ihr. »Du kannst nicht leugnen, dass du nicht neugierig bist. Dass du nicht wissen willst, wie es sich anfühlen würde, Teil davon zu sein.«

»Ich bin kein Teil davon. Ich bin ein ganz normaler Mensch.«

»Okay.« Ich prostete ihr mit meinem Glas zu, was sie noch wütender werden ließ. »Warum hast du dann so viel Angst davor?«

»Hab ich nicht.« Sie verschränkte die Arme vor der Brust, reckte ihr Kinn, wie sie es schon im Madison Square Park getan hatte. Ihre dunklen Haare lagen wie ein Schleier über ihren Schultern und hatten den gleichen Ton wie ihre Augen. Sie war wirklich, wirklich erstaunlich schön für einen Menschen. Ich sah auf mein Glas. Der Gin entfaltete wohl schon seine Wirkung. »Und was sollte das hier alles überhaupt?«, begann sie, und ich kippte den Rest des Alkohols hinunter. »Warum sagt sie, du wärst ein Verräter? Warum hat sie dich angegriffen? Was ist diese Hadeskappe? Und warum sehen dich Medusas Schwestern an, als wollten sie dich umbringen? Und …«

»Weil sie das tun würden, hätte Medusa ihnen das nicht verboten«, sagte ich schlicht und füllte das Glas erneut. Ich brauchte mehr von dem brennenden Gefühl in meinem Hals. »Du lenkst vom Thema ab«, meinte ich nur und nahm einen weiteren großen Schluck. Ah. Wir kamen der Sache näher. Der Nebel breitete sich in meinem Kopf langsam aus. Ich wusste, dass dieser Ausflug alte Wunden aufreißen würde. Dass es sich jedoch so schmerzhaft anfühlen würde, hätte ich nicht gedacht. Als ich meinen Blick nun wieder auf Rio richtete, sah sie mich nicht mehr ganz so wütend an.

»War es wirklich so schlimm, was du getan hast?« Ihre Stimme war leiser und sanfter, als sie auf mich zutrat. Ich zog ein weiteres Glas aus der Vitrine und hielt es ihr fragend entgegen. Sie schien einen Moment zu überlegen und nickte dann. Langsam füllte ich den Gin hinein.

»Taru …«, setzte sie an, und die Art, wie sie meinen Namen aussprach, jagte Schauer durch meinen Körper. »Ich weiß, ich verstehe nur die Hälfte von dem, was da gerade vor sich ging. Aber … vielleicht, wenn du jemanden zum Reden brauchst. Ich …«

Ich schüttelte den Kopf, und Rio verstummte. Ich wollte heute nicht noch einmal daran erinnert werden. Jahrhundertelang hatte ich versucht, diese Nacht zu verdrängen, sie in der hintersten Schublade meiner Gedanken zu verstecken. Dass nun ständig jemand an ihr rüttelte, um sie aufzubekommen, war nichts, was ich gebrauchen konnte.

Ich zuckte leicht zusammen, als sich eine Hand auf meinen Arm legte. Rio sah mich mit großen Augen an. Wie konnte sie nur so mutig sein? Sie hatte Medusa, einer mächtigen Gorgone, die Stirn geboten.

Was war sie nur für ein Mensch?

Doch wüsste sie, was ich getan hatte, was für ein Monster ich wirklich war, würde ihr Mut sie verlassen. Sie würde mich nicht mehr so verständnisvoll ansehen. Ihre Augen würden nie wieder so funkeln wie zuvor im Stofflager. Und dieses Braun, dieses unendlich tiefe Braun ihrer Augen, würde mit Angst gefüllt sein. Sie würde sich genauso vor mir fürchten, wie Dixie es tat. Darum nahm ich ihre Hand von meinem Arm und schob ihr das Glas entgegen.

»Es ist ein viel zu schöner Abend für die Tragödie meines

vergangenen Lebens«, sagte ich mit einem Augenzwinkern und umrundete Rio, die nur schnaubte. Mittlerweile schien sie mein Trugbild des lustigen und unbeschwerten Prinzen des Hades zu durchschauen. Ich sollte mich stärker bemühen. Dieser Taru wäre leichter bekömmlich. »Lieber sollten wir uns darüber unterhalten, wie der morgige Tag ablaufen wird. Es sei denn, dir ist nicht nach Reden.« Zweideutig zog ich eine Augenbraue hoch und warf einen Blick auf das große Doppelbett. Das einzige in diesem Raum.

»Auf jeden Fall ohne Medusas Labor«, entgegnet sie mir, ohne auf meine Anspielung einzugehen, und ließ sich auf das Bett fallen. Der Gin in ihrer Hand immer noch unangerührt. Vielleicht hätte ich mein erstes Glas nicht so schnell trinken sollen. Ich war nicht hier, um großspurige Sprüche zu klopfen und Sex mit Rio zu haben. Was unter aktuellen Umständen wahnsinnig unangebracht wäre. Ich war besser als meine Onkel und Tanten, die Menschen für körperliche Gefälligkeiten ausnutzten, um kleine, nervige Halbgötter zu produzieren.

So war ich nicht.

»Wovor hast du nur solche Angst?«, fragte ich und ignorierte genauso wie Rio meinen dummen Spruch. Ich schenkte mir noch ein Glas ein, was ich allerdings langsamer trinken sollte. An meinem ersten Abend in Freiheit war es sicher nicht das Klügste, derart zu übertreiben.

Rio lachte trocken auf, als ich ihr zuprostete. »Du darfst auf deinen Seelenstriptease verzichten, aber ich soll über meine Ängste sprechen?«

»Es war nur eine Frage«, sagte ich beschwichtigend und setzte mich zu ihr aufs Bett.

»Ich hatte auch nur eine Frage.«

»Ich erinnere mich daran, dass du ziemlich viele Fragen gestellt hast.«

Sie lehnte sich leicht zurück, damit sie mich besser ansehen konnte. Dabei rutschte ihr das Seidentuch von den Schultern. Ihre Wangen waren gerötet, und ihre dunklen Haare umrahmten ihr Gesicht. Im Licht der Nacht wirkte sie immer weniger wie ein gewöhnlicher Mensch. Wie auch im Stofflager sah ich auf ihre Lippen. Rio richtete sich auf und kam mir damit näher. Ich schluckte, als sie ihr Glas hob und es an ihren Mund führte. Es war eine Ewigkeit her, seitdem ich einer Frau oder einem Mann so nah war. Seit *ihrem* Tod hatte sich eine Klaue um mein Herz gelegt.

»Ich beantworte sie dir«, sagte ich mit belegter Stimme und erhob mich, bevor ich Dinge tat, die ich besser nicht tun sollte. Immerhin hatte ich mir vor wenigen Sekunden einen mentalen Vortrag darüber gehalten, nicht mit Rio zu schlafen. Und das mit ihr ... das stand unter einem schlechten Stern. Darum mussten wir meinen Fluch so schnell wie möglich loswerden. Je länger ich in ihrem Leben verweilte, desto mehr Unglück zog ich an. »Wenn du dich morgen von Medusa untersuchen lässt.«

»Ich bin nicht hier, um dein –«

»Du sollst es nicht für mich tun, sondern für dich«, unterbrach ich sie und lächelte leicht, als sie verwundert blinzelte. »Überleg doch mal, du könntest auch davon profitieren.«

»Ich glaube nicht.« Stur schob sie das Kinn nach vorn, worauf ich nur den restlichen Gin hinunterkippte. Sie war schlimmer als Dixie, schlimmer als ... Ich stellte das Glas auf die Theke und sah aus den Fenstern. Das Rote Meer glitzerte beinahe schwarz im Licht des Vollmondes. Ich atmete tief durch und drehte mich wieder zu Rio, die mich vom Bett aus aufmerksam beobachtete.

»Medusa ist eine sehr mächtige Gorgone«, setzte ich an und versuchte, mir keine weiteren Gedanken über die Folgen meiner nächsten Worte zu machen. Es würde sich nicht wiederholen. Rio war nur ein Mensch – was kümmerte es mich, wenn sie nicht das bekam, was sie wollte? Ihre Lebensspanne war sowieso in einem Wimpernschlag vorbei. Mitgefühl für sie zu entwickeln, war genauso unsinnig, wie eine Eintagsfliege als Haustier zu halten. Nur dass man Menschen nicht als Haustiere hielt, natürlich. »Gorgonen haben die Angewohnheit, Besonderheiten ihren Schutz zu gewähren. Sie können diesen Schutz aber auch entfernen – zum Beispiel den Schutz eines Geheimnisses.«

»Was hat das mit mir zu tun?«

Ich setzte ein Lächeln auf, von dem ich hoffte, dass es sie überzeugen würde, und nahm neben Rio auf dem Bett Platz. Ich sah, wie ihre Augenbrauen hochrutschten und ihre Wangen erröteten, als ich mich näher zu ihr beugte. Mein Plan funktionierte. »Erinnerst du dich, was Medusa bei unserer Ankunft zu dir sagte?«

Rio nickte. »Eine Dunkelheit liegt auf mir.«

»Hm, mehr ein Geheimnis, würde ich sagen. Ein Rätsel.« Rios Augen wurden groß. Sie hielt das Ginglas in ihrer Hand fest umklammert. »Erinnyen sind Rachewesen. Sie verfolgen ihre Opfer, quälen sie und haben den Hang dazu, sie in Stücke zu zerreißen. Aber dir tun sie nichts. Das ist ungewöhnlich, selbst für das, was ich bisher gesehen habe.« Rio verzog den Mund und sah weg. Von Dixie wusste ich, dass sie sich nichts sehnlicher wünschte, als normal zu sein. Ich war ein Bastard, dieses Wissen auszunutzen.

»Medusa könnte mir helfen herauszufinden, was mit mir nicht stimmt, richtig?«, fragte sie, und ich sah, wie Hoffnung in ihren Augen schimmerte. »Das ist es doch, was du mir damit sagen willst, habe ich recht?«

Ich beugte nur meinen Kopf und lächelte, weil ich wusste, dass Rio meinen Köder schluckte. Ich sah es daran, wie sie ihren Mund nicht mehr ganz so verbissen zusammenpresste. Und mit jeder Minute, die verstrich, fühlte ich mich immer mehr wie das Monster, das alle in mir sahen. Denn selbst wenn Medusa es schaffen würde herauszufinden, weshalb die Erinnyen sie nicht sahen, könnte sie niemals Rios Schuld begleichen. Sie könnte niemals die Erinnyen einfach wegzaubern. Das musste Rio ganz allein tun. Und das war selbst für Götter unmöglich.

Schuld war ein Schatten. Und Schuld, das wusste ich nur zu gut, verfolgte einen ein Leben lang.

Auf Rios Gesicht entstand ein hoffnungsvolles Lächeln. Ich schnappte mir ihr Glas und wünschte, dass der Gin auch dieses klebrige Gefühl der Schuld wegbrennen könnte.

14

Rio

»Taru?«, flüsterte ich in das vom Mond erhellte Zimmer. Seit zwei Stunden wälzte ich mich schon hin und her, starrte an die Decke und fand einfach keine Ruhe. »Bist du noch wach?«

»Hm.« Taru brummte neben mir auf dem Bett, das groß genug für fünf Personen gewesen wäre. Der einzige Grund, weshalb ich ihn nicht dazu überredet hatte, dass einer von uns auf dem Boden schlief. Dennoch spürte ich Tarus Nähe, als läge er direkt neben mir. Vielleicht wäre der Boden doch die bessere Option gewesen. »Was ist los? Kannst du nicht schlafen?«

Die Matratze bewegte sich, und die Bettdecke raschelte. Ich drehte meinen Kopf und sah, dass Taru sich auf die Seite gelegt hatte. Mit einer Hand stützte er seinen Kopf ab. Selbst im Halbdunkel schimmerten seine Augen in ihrem so intensiven Blau, dass ich für einige Sekunden nicht aufhören konnte, ihn anzusehen. Die Schatten schmeichelten und umhüllten ihn. Brachten seine Wangenknochen und seine ausgeprägte Kieferpartie stärker zum Vorschein. Seine dunklen Haare, die ihm leicht in die Stirn fielen. Seine vollen Lippen. Sein nackter Oberkörper und die Schatten, die seine Muskeln warfen.

»Rio?«, hakte er nach, und ich blinzelte. Natürlich hatte er als Gott ein Sixpack wie Captain America, was auch sonst.

Er lächelte, als ich mich räusperte und in sein Gesicht sah.

»Du hast mir noch nicht alle meine Fragen beantwortet.« Ich richtete meinen Blick wieder zur Decke. Als er nichts darauf sagte, schaute ich zu ihm. Mein Herz setzte aus. Er betrachtete mich nun genauso intensiv wie ich ihn zuvor. Unter seinem Blick wurde mir warm, sodass ich die leichte Decke mit meinen Beinen von mir strampelte.

»Du wolltest doch nichts über die Welt wissen.«

»Hm, ja«, wisperte ich. »Vielleicht wären ein paar Details doch nützlich.«

»Was willst du wissen?« Seine Stimme klang rau und dunkel. Ein Schauer fuhr über meinen Rücken, und ich schluckte schwer.

»Was ist die Hadeskappe?«, fragte ich. Es war sicher eine gute Idee, mit einfachen Fragen zu beginnen.

Taru lachte leise, ehe er sprach. »Ein Gegenstand, der dem Träger Unsichtbarkeit verleiht.« Ich drehte mich auf die Seite und rutschte damit kaum merklich näher an ihn. Neugier packte mich, und ich wollte keines seiner Worte verpassen. »Sie gehört meinem Vater. Aber sie wurde gestohlen, und die Olympier glauben, ich hätte es getan.«

»Hades ist dein Vater?« Ich sah ihn mit großen Augen an, als sein Lächeln zu einem breiten Grinsen wurde.

»War das nicht offensichtlich?«

Ich schüttelte den Kopf. »Ich wusste bis vor einer Woche noch nicht mal, dass es so was wie Götter wirklich gibt.«

»Also glaubst du mir endlich, dass das alles nicht nur in deinem Kopf ist?« Seine Frage war vorsichtig und sanft, ohne dass er meine anfänglichen Zweifel verurteilte. Mein Herz begann dabei, gefährlich zu schmelzen, wie er mich in diesem Moment ansah. Voller Verständnis.

»Hast du eine Mutter?«, fragte ich. Ich wollte nicht darüber reden, was in meinem Kopf real war und was nicht.

»Natürlich, jeder hat eine Mutter.« Es kam mit einer solchen Selbstverständlichkeit aus seinem Mund, dass ich zusammenzuckte. Sofort zog Taru die Augenbrauen zusammen. »Tut mir leid, ich …«

»Schon okay«, murmelte ich. »Ich hab ja auch eine Mutter. Nur ist sie eben nicht da. Das macht sie nicht weniger zu meiner Mom.«

Daraufhin schwieg Taru und sah mich nur an. Er überließ mir die Freiheit, ihm davon zu erzählen. Ich biss auf meine Lippe und versuchte, die Erinnerungen an diesen Abend zu verdrängen. Es waren so viele Schatten und … diese Dunkelheit. Sie war überall, hüllte mich ein. Kalt und gleichzeitig warm. Vertraut und so fremd. Ich räusperte mich und schob die Gedanken daran beiseite. So viel dazu, dass ich nicht über die Dinge in meinem Kopf reden wollte.

»Wie ist sie so?«, fragte ich daher. »Deine Mom.«

»Sie ist eine Oreade, eine Bergnymphe«, begann Taru zu erzählen. »Ich habe sie schon ewig nicht mehr gesehen. Nach meiner Geburt hat sie mich in den Hades zu meinem Vater gegeben, weil ich wie der Prinz aufwachsen sollte, der ich war. Sie konnte mir in ihrer Situation nicht das bieten, was sie sich für mich gewünscht hatte.« Ein sehnsüchtiger Ausdruck huschte über Tarus Gesicht. »Mein Vater hat mir erlaubt, sie immer zu besuchen, wann mir danach war. Aber nach den Dingen, die mich in diese Misere gebracht haben, konnte ich ihr nicht mehr unter die Augen treten. Vielleicht … vielleicht wenn dieser Fluch gebrochen ist, kann ich sie wiedersehen und um Vergebung bitten.«

»Was auch immer du getan hast, sie wird dir verzeihen«, sagte ich fest entschlossen.

»Vielleicht«, kam es leise von Taru. Mein Herz wurde schwer

bei dem Gedanken, und ich beneidete ihn in diesem Moment für diese Möglichkeit. Er wusste genau, wo seine Mom war, dass es ihr gut ging. Gleichzeitig wünschte ich mir, dass er sie so schnell wie möglich wiedersehen konnte. Hätte ich diese Chance, würde ich ebenfalls alles daransetzen, meine Mom wiederzusehen. Obwohl ich noch nicht mal wusste, ob sie mich auch sehen wollte. Oder wo sie war.

Wir verfielen in ein Schweigen, das sich wie eine warme Decke über mich legte. Doch an Schlaf war immer noch nicht zu denken.

»Ich glaube, es waren Medusas Schlangenhaare«, setzte ich an, um über leichtere Themen als unsere Mütter zu reden. »Das hätte ich mir selbst in den wildesten Träumen nicht so vorstellen können. Da wusste ich, dass es echt ist.«

»Ah«, gab er mit einem Schmunzeln zurück, und ich lächelte ebenfalls. »Natürlich waren es die Haare, und nicht das magische Portal, mit dem wir innerhalb eines Fingerschnippens um die halbe Welt gereist sind.«

Ich kicherte. »Das war auch sehr beeindruckend.«

»Das fand ich auch«, gab er ebenso leicht zurück. Er befeuchtete seine Lippen und streckte eine Hand aus, zögerte jedoch kurz. Ich hielt die Luft an, betrachtete ihn und spürte, wie sich meine Augen weiteten. Mir war nicht bewusst, wie nah wir uns mittlerweile waren. Seine Finger fuhren sanft an meinem Kiefer entlang, wanderten weiter, bis er eine Strähne hinter mein Ohr strich. Mein Herz pochte immer wilder, dabei berührte er nur mein Haar.

»Du hattest noch weitere Fragen.« Seine Stimme klang belegt. Als sein Blick über mein Gesicht huschte, wurden seine Augen merklich dunkler.

»Mhm«, murmelte ich und versuchte, mich zu konzentrieren, während mein Herz Pirouetten drehte. »Du bist also ein Prinz?«

Zustimmend brummte er. »Schattenprinz, um genau zu sein.«

Ich stieß zittrig den Atem aus und wagte es nicht, mich zu bewegen. Verdammt, was tat ich hier?

»Trägst du auch eine Krone?«, fragte ich weiter, weil ich sonst durchdrehen würde.

»Manchmal.«

»Ich wette, sie steht dir.« Meine Stimme klang fremd und rau, ich räusperte mich und riss endlich meinen Blick von seinem Gesicht los.

Taru atmete laut aus. Ob es aus Erleichterung oder Frust war, konnte ich nicht sagen. Ich drehte mich auf den Rücken zurück und starrte gegen die Decke. Verzweifelt presste ich die Lippen zusammen, um nicht mehr an seine denken zu müssen. Ich hatte diesen Job nicht aus diesem Grund angenommen. Ich wollte Normalität. Mich auf Taru einzulassen, wäre das genaue Gegenteil davon.

»Sie ist unsagbar hässlich«, antwortete er schließlich so trocken, dass ich ihn wieder breit grinsend ansah. Auch er hatte sich auf den Rücken gedreht, sein Gesicht zeigte aber weiter in meine Richtung. Das Lächeln auf seinen Lippen brachte seine Augen zum Leuchten. »Aber sie steht mir trotzdem.«

»Natürlich.« Ich lachte laut auf und hörte auch ihn kichern. Er strich sich die Haare aus der Stirn und sah mich weiter an, was mein Herz kurz durcheinanderbrachte.

»Warum nennt dich Medusa Namtaru?« Sein Lächeln erlosch, und sofort bereute ich, dass ich gefragt hatte. Immerhin hatte ich schon bemerkt, wie sehr ihn dieser Name reizte. Er schaute wieder zu der Decke und verschränkte die Arme hinter seinem Kopf. Ich glaubte schon, er würde mir nicht mehr antworten, als er Luft holte.

»Das ist der Name, den mir mein Vater gab«, sagte er ausdruckslos, doch ich hörte das leichte Zittern darin, das er nicht unterdrücken konnte.

»Hast du kein gutes Verhältnis zu ihm?«, fragte ich vorsichtig. Ich wusste nicht, wann ich eine Grenze überschreiten würde, aber ich wollte ihn verstehen. Diese seltsame Vertrautheit zwischen uns brachte mich dazu, mehr über ihn erfahren zu wollen. Ich wollte wissen, weshalb er über sein Leben als Tragödie sprach.

Taru hatte mit dem, was er vorhin zu mir gesagt hatte, völlig recht. Ich war neugierig, wie es sein würde, Teil dieser Welt zu sein. Aber genau das machte mir eine Heidenangst.

Doch hier, in Ägypten, in einem mondlichtdurchfluteten Zimmer mit geflüsterten Worten, fühlte sich die Angst nicht ganz so mächtig an.

»Es war nicht mein Vater, der diesen Namen verflucht hat.« Taru zog die Hände hinter seinem Kopf hervor und warf mir einen eindeutigen Blick zu, der mir sagte, dass ich die Grenze erreicht hatte. »Wir sollten schlafen.«

Ohne ein weiteres Wort drehte er sich um, und ich tat es ihm gleich, auch wenn sich durch dieses Gespräch nur noch mehr Fragen aufgetan hatten. Doch zuerst musste ich herausfinden, ob ich bereit war, die Antworten darauf hören zu wollen. Denn je mehr ich über diese Welt herausfand, in der Taru lebte, desto mehr wollte ich auch wissen und desto größer war die Gefahr, dass ich doch ein Teil davon wurde.

Und das … das war nicht mein Plan.

15

Rio

Meine Nervosität am nächsten Morgen war kaum auszuhalten.

Während Taru sich seit gefühlten drei Stunden im Bad verschanzte, hockte ich auf dem Bett und versuchte, einen normalen Atemrhythmus zu finden.

Fehlanzeige. Jeder Atemzug fühlte sich falsch und mein Hals viel zu eng an, als dass dort Luft durchpassen sollte.

Ich fuhr mit meinen Händen über das Gesicht und verbot mir daran zu denken, dass ich wirklich zugestimmt hatte, mich in Medusas Labor bringen zu lassen. Ich musste wahnsinnig sein. Na ja, vielleicht auch eher übermütig. Aber die Vorstellung, Medusa könnte herausfinden, was mit mir nicht stimmte, gab mir Hoffnung, endlich ein normales Leben führen zu können.

Das war es ja auch schließlich, weshalb ich diesen Job angenommen hatte. Normalität. Und sicher keine leisen Mitternachtsgespräche mit einem Gott über seinen Vater, den Herrscher der Unterwelt, und seine Mutter, eine Nymphe.

Ich musste wirklich von allen guten Geistern verlassen sein. Dieses Gespräch, Tarus schöne Augen und das, was seine Nähe mit mir machte, sollte dringend aus meinem Kopf verschwinden.

Apropos verschwinden. Das sollte Taru auch langsam mal aus dem Bad. Er war nicht der Einzige, der sich noch frisch machen musste. Und außerdem würde uns Medusa rauswerfen, sollten wir nicht rechtzeitig zum Frühstück erscheinen und ihr unsere Entscheidung mitteilen.

Ich erhob mich vom Bett, lief zum angrenzenden Bad und klopfte an die Tür. Als sich nichts regte, und ich nur das Rauschen des Wassers hörte, bekam ich es ein bisschen mit der Angst zu tun. Konnten Götter ausrutschen und hinfallen und sich dabei etwas tun? Oder duschte Taru einfach nur extrem lang? Was, wenn er vergessen hatte, dass Medusa uns ein Zeitlimit gesetzt hatte?

Ich klopfte energischer und rief seinen Namen, während mein Herzschlag sein Tempo erhöhte.

Bevor ich noch stärker gegen die Tür hämmern konnte, wurde sie schwungvoll aufgerissen. Meine Faust stoppte vor Tarus nackter und nasser Brust.

Ich konnte nichts dagegen tun, dass mein Blick von seiner Brust über seinen Bauch bis zum Handtuch, das er um seine Hüfte geschlungen hatte, wanderte.

Mein Herz stolperte, und unser Mitternachtsgespräch machte sich in meinen Gedanken breit. Wie er mein Haar berührt hatte, wie er mich angesehen hatte. Und all das, was er über seinen Vater und seine Mutter erzählt hatte, über die andere Person, die seinen richtigen Namen verflucht hatte. Ich wollte wissen, wer sie war. Ich wollte wissen, was der Grund war, weshalb er diesen Namen nicht mehr hören konnte und …

Daran sollte ich nicht denken. Daran sollte ich definitiv nicht denken. Diese Gedanken waren nicht gut und zogen mich nur noch mehr in diese Welt hinein, die ich bald wieder verlassen würde. Taru und meine Wege würden sich trennen, und das war gut so.

»Bist du denn jetzt fertig?«, fragte ich, um mich wieder aufs Wesentliche zu konzentrieren. Auch wenn meine Stimme verräterisch nach dem genauen Gegenteil klang. Taru entlarvte mich anscheinend ebenfalls. Sein breites Grinsen und das wissende Funkeln in seinen Augen machten es nicht einfacher. Und definitiv nicht besser.

»Sicher«, meinte er nur und trat einen Schritt zur Seite. Doch sein Blick brannte auf mir, genauso wie meine Wangen, die in Flammen stehen mussten.

Ich drängte mich ohne ein weiteres Wort an ihm vorbei und atmete erst tief aus, als ich die Badtür hinter mir schloss.

Ich hätte diesen Job nicht annehmen sollen. Was hatte ich mir nur dabei gedacht?

Die Luft wurde immer kühler, je tiefer wir Medusa in ihren Keller folgten. Gänsehaut breitete sich auf meinen Oberarmen aus. LED-Bänder waren um das eiserne Geländer der schmalen Treppe gebunden, sodass die Schatten der rohen und abgeschlagenen Sandsteinwände keine verzerrten Schatten formten. Zum Glück. Mir war schon schlecht geworden, als Medusa uns beim Frühstück gesagt hatte, wo sich ihr Labor befand. Normalerweise wäre das der Anfang eines Horrorfilms.

Aber Taru hatte zufrieden, wenn auch ein wenig gereizt, genickt. Es schien ihm nicht zu gefallen, dass Medusa ihm nicht mehr Aufmerksamkeit schenkte. Mir auch nicht. Ihr wacher Blick hatte mich keine Sekunde aus den Augen gelassen, und ich fühlte mich immer mehr wie ein Versuchsobjekt. Ob es eine wirklich kluge Entscheidung war, mich von ihr untersuchen zu lassen, wusste ich auch nicht.

Nach gefühlt hundert Metern erreichten wir eine große Metalltür, die aussah wie der Eingang zu einem Safe. Medusa legte ihre Hand auf eine kleine Aussparung, und ein Klicken erklang.

Hinter der Tür öffnete sich ein Labor, auf das mit Sicherheit einige Forschungszentren in den USA neidisch wären.

Der weiße Linoleumboden glänzte im grellen Licht der Deckenbeleuchtung. An den Wänden befanden sich Arbeitsflächen, unter denen unzählige weiße Schubladenschränke zu sehen waren, darüber Hängeschränke. Auf der weißen Marmorarbeitsplatte standen Reagenzgläser, Mikroskope, Bunsenbrenner und andere Dinge, die mich an meinen Chemieunterricht in der Highschool erinnerten. Andere wiederum konnte ich gar nicht benennen. Am Ende des Raumes war eine große Fensterfront eingelassen. Dahinter erkannte ich ein gigantisches Gerät mit einer Liege.

»Ein MRT«, erklärte Medusa stolz, als sie meinen verwirrten Blick bemerkte. »Für einige Untersuchungen unerlässlich. Aber keine Sorge, bei dir reicht ein Tropfen deines Blutes.« Sie verschwand hinter einer schmalen Tür, die mir zuvor gar nicht aufgefallen war.

»Taru, ich weiß nicht, ob das eine gute Idee ist«, sagte ich leise, während Angst in mir emporkroch.

»Medusa ist eine leidenschaftliche Forscherin«, raunte er mir zu. »Hab keine Angst.« Ich sah ihm einen Moment prüfend ins Gesicht. Taru lächelte mir aufmunternd zu, doch etwas flackerte in seinen Augen auf, das den Knoten in meinem Magen nur enger werden ließ. Er versuchte, ruhig zu wirken. Aber ich hatte gesehen, wie seine Hand leicht zu zittern begonnen und er sie in den Taschen seiner schiefergrauen Anzughose hatte verschwinden lassen, als Medusa unter dem gefilterten Licht der Zitronenbäume erneut seltsame Dinge gesagt hatte, die mehr wie eine Prophezeiung klangen.

»Ein Schattenprinz, der vor seinen Schatten fliehen will«, hatte sie mit verschwörerischer Stimme gesagt. »Und eine junge Frau, die von Dunkelheit umgeben ist. Euch verbindet ein Schicksal.

Gleich im Ursprung, aber ihr wandelt auf verschiedenen Pfaden.« Schon wieder bekam ich eine Gänsehaut.

Ich wollte weder wissen, weshalb Medusa glaubte, mein Schicksal wäre mit Taru verbunden, noch auf welchem Pfad ich ihrer Meinung nach wandelte. Eigentlich wollte ich in diesem Moment nichts mehr als raus aus dem Labor. Zittrig atmete ich ein und aus.

Verstecke deine Angst. Lache ihr ins Gesicht.

»Es ist so seltsam«, setzte ich an und versuchte, meine Gedanken umzulenken, mich nicht auf meine Angst zu fixieren, sondern auf das, was ich sah. Die sterilen Tische, mit sauber aufgereihten Instrumenten, glatte Wände, glänzender Boden, das kühle Neonlicht, in dem die blauen Reflexe in Tarus Haaren fast schon königsblau schimmerten. Tarus Augen, die einige Nuancen dunkler wirkten als sonst. Ich glaubte, darin Sorge zu entdecken, diese schien jedoch zu verschwinden, je länger wir uns ansahen. Genauso wie das drückende Gefühl auf meiner Brust, das etwas Leichterem wich. Etwas, das sich vertraut anfühlte, fast wie …

»Es ist seltsam, dass …?«, fragte er und zog meine Gedanken zurück ins Labor.

»Was?« Ich blinzelte und brauchte einen Moment, um mich an das zu erinnern, was ich eigentlich sagen wollte, bevor ich Taru angestarrt hatte.

»Du sagtest, es ist seltsam, und dann …«

»Dieser Ort«, erklärte ich schnell, bevor er noch ausführen konnte, was danach passiert war. »Ich meine, sie ist Medusa und hat hier ein Labor, mit einer besseren Ausstattung als einige Krankenhäuser in den USA. Ich weiß nicht … sollte sie nicht einen Garten aus Steinfiguren haben?«

»Warum sollte sie das tun?« Verwirrt sah Taru zu mir.

»Keine Ahnung, weil sie …«

»Ein Monster ist?«, schoss er mit einem undurchschaubaren Blick zurück.

»Na ja, sie ist Medusa, oder?« Ich wedelte um meine Haare herum. »Ihre Haare bestehen aus Schlangen, und ihr Blick verwandelt Menschen in Stein, das klingt für mich nach dem Inbegriff eines Monsters.« Taru verzog den Mund und wollte gerade antworten, als Medusa in einem weißen Kittel den Raum betrat.

»Es waren nicht meine Babys, die mich zu einem Monster in den Legenden machten«, sagte sie und fuhr in einer zarten Bewegung über den Kopf einer ihrer Schlangen. »Ich hatte nichts mehr zu verlieren, nachdem mir alles genommen wurde. Meine Schönheit, mein Stolz, meine … Unschuld.« Ich schluckte, als Medusa aufsah. Ihr Blick war abgeklärt, doch um ihren Mund entstand ein bitterer Zug. »Die Götter fürchten sich vor denen, die trotz all der Schande und der Grausamkeit nicht aufgeben. Weil selbst der Tod uns nichts antun konnte.« Sie sah zu Taru, als wüsste er genau, wovon sie sprach. Wieder einmal fragte ich mich, was geschehen war, um ihn in eine solche Situation zu bringen. »Wenn du also das nächste Mal vor einem Monster stehst, fürchte dich nicht vor ihm, sondern vor denjenigen, die es zu einem machten.«

»Was ist dann geschehen?«, fragte ich so leise, dass sie mich kaum verstehen konnte. »Wenn du nicht das Monster in der Geschichte bist, wie wurdest du dann zu einem?«

»Du bist mutig, Kindchen«, meinte Medusa nur. Ich unterdrückte ein Zittern, als ihre Schlangen zischten. »Hoffen wir, dass es dir nicht zum Verhängnis wird.« Medusa betrachtete mich mit einem letzten, intensiven Blick, unter dem sich meine Nackenhaare aufstellten, ehe sie sich abwandte. Erst da merkte ich, dass ich die ganze Zeit die Luft angehalten hatte.

Medusa wies mich an, auf einem Hocker Platz zu nehmen.

Ihre Schlangenhaare hatten sich entspannt über ihren Rücken gelegt und wirkten nun, als würden sie schlafen.

»Ich werde dir jetzt etwas Blut abnehmen«, erklärte sie und zog sich Handschuhe über. Mit einem Finger tastete sie in meiner Armbeuge nach Venen und nickte, als sie fündig wurde. Sofort beschleunigte sich mein Puls, und die Angst hatte mich wieder fest in ihrem eisernen Griff. Sie zog eine Spritze aus dem Schubfach neben ihr.

Ehe sie mir jedoch mit der Nadel zu nahe kommen konnte, legte Taru eine Hand auf meinen Arm und verdeckte meine Venen. »Erst erfüllst du deinen Teil der Abmachung.«

Medusa sah ihn mit einem vernichtenden Blick an. »Traust du mir nicht?«

»Alte Gewohnheiten kann man schlecht ablegen, nicht wahr, Tantchen?«, erwiderte er mit einem höflichen Lächeln. Medusa verengte die Augen. Eine ihrer Schlangen zischte. »Sag mir, wie ich die Erinnyen loswerden kann.«

Medusa sah ihn einen Moment länger gereizt an, als überlege sie, ihm die Spritze ins Gesicht zu rammen. Aber dann – zu meinem und Tarus Glück – seufzte sie und ließ die Spritze sinken. »Du kannst die Erinnyen nicht loswerden«, setzte sie an, doch hob die Hand, da Taru bereits Luft holte. »Die Erscheinung der Erinnyen ist immer an eine Bedingung geknüpft. An ein Gesetz, wenn du es so willst. Du musst diese Bedingung loswerden – nicht die Erinnyen.«

»Das weiß ich doch längst«, fuhr Taru Medusa genervt an, die nur unbeeindruckt zur Spritze sah. »Wie genau soll das funktionieren? Woher soll ich wissen, was sich Zeus dabei gedacht hat, als er mich verflucht hat?«

Zeus hatte ihn verflucht? Der Typ, der ganz oben in der Hierarchie der griechischen Götter stand?

»Das kann ich dir leider nicht sagen –«

»Du hast mich mit leeren Versprechungen hergelockt«, knurrte er nun, und unter seiner Handfläche wurde es gefährlich warm. Ich hatte schon vermutet, dass diese … Fähigkeit mit seinen Gefühlen zusammenhing.

»Das habe ich nicht, kleiner Schattenprinz. Würdest du mich nur ausreden lassen, bevor du deiner Wut Luft machst«, sagte Medusa mit einem maliziösen Lächeln.

»Okay, na schön. Wie kann ich dann diese Bedingung loswerden, von der ich nichts weiß?« Tarus Kiefer war so angespannt, dass ich fürchtete, ihm würden seine Zähne brechen.

»Du musst Pandora finden.«

»Witzig.« Taru lachte trocken auf.

Medusa zog nur die Augenbrauen hoch. Ich sah mich zu Taru um, der plötzlich unheimlich blass wirkte. Das war wohl kein Witz gewesen.

Seine Augen weiteten sich. Er trat einen Schritt zurück. Seine Hand rutschte von meinem Arm.

»Eine andere Möglichkeit gibt es nicht«, sagte Medusa schließlich. »Du willst ein Gesetz Zeus' umgehen. Das funktioniert nur mit etwas noch Mächtigerem als den Göttern selbst.«

Verwirrt sah ich zwischen Medusa und Taru hin und her. Wenn möglich, war noch mehr Farbe aus seinem Gesicht gewichen. »Wie kann Pandora mächtiger sein? Hat sie nicht nur eine Büchse?«

Medusa lachte leise und besprühte währenddessen meine Armbeuge mit Desinfektionsmittel. Ich versuchte, mich abzulenken, um nicht weiter darüber nachzudenken, dass sie gleich eine Spritze in meinem Arm versenken würde, und konzentrierte mich auf Pandora. Über sie hatte ich kaum etwas gelesen. »Es ist nicht einfach nur eine Büchse. Es ist der mächtigste Gegenstand unserer Existenz«, erklärte Medusa ruhig.

»Pandoras Büchse enthält Alles und Nichts, Schatten und

Licht, all das Böse und Gute auf der Welt«, sprach nun Taru weiter, der sich wieder gefangen hatte und auf meinen Arm schaute. Ich spürte den Stich kaum, doch mein Herz raste wie verrückt in meiner Brust. Ich sollte mich entspannen. An etwas anders denken. Mir würde nichts geschehen. Ich war hier die Normalste von uns dreien. Niemand würde mich ansehen wie meine Mitschüler. Tarus Stimme half mir, mich im Hier und Jetzt zu halten. Wieder war Taru mein Anker und bewahrte mich davor, von der Angst davongetrieben zu werden. »Die Büchse enthält aber auch das, wovor sich selbst die Götter fürchten.«

»Die Wahrheit«, ergänzte Medusa und stellte meine Blutproben in eine Halterung, ehe sie ein Pflaster auf meine Einstichstelle klebte. Ich versuchte, ruhig durch die Nase zu atmen, mir nicht anmerken zu lassen, wie sehr ich gerade versuchte, die Kontrolle zu bewahren.

»Hoffnung«, raunte Taru leise, sein Blick glasig, als wäre er gerade nicht in diesem Keller. Er blinzelte schnell und kehrte wieder in den kühlen Raum zurück. Meinem fragenden Blick wich er aus.

»Ich verstehe das nicht. Wie soll dir das helfen?«

»Wahrheit befreit von Schuld und entlarvt den wahren Schuldigen.« Medusa sah zu Taru, dessen Mund nur ein dünner Strich war. Seine Hände waren zu Fäusten geballt. Ich unterdrückte den Wunsch danach, ihm beruhigend über den Arm zu streichen. Mittlerweile war mir klar, dass etwas Grauenvolles geschehen sein musste. Etwas, woran Taru sich selbst die Schuld gab, und er glaubte, er würde nie wieder frei davon sein. Ich kannte dieses Gefühl. Dieser unvergängliche Druck auf den Schultern, der einen immer tiefer hinabdrückte, bis man keine Luft mehr bekam.

Bevor ich mir weiter darüber den Kopf zerbrechen konnte,

entfuhr Medusa ein überraschtes Geräusch. Ich drehte mich von Taru weg und zog meine Hand auf meinen Schoß zurück. Medusa beugte sich über ein Mikroskop und drehte an den Rädchen. Selbst aus der Position konnte ich sehen, dass sie etwas beunruhigte. Meine Hände wurden nass.

»Was ist los?«, fragte Taru. Aus dem Augenwinkel sah ich, dass er die Arme vor der Brust verschränkte.

Medusa murmelte etwas in einer Sprache, die ich nicht verstand, als sie vom Mikroskop abließ und eine Schublade herauszog, aus der kalter Dampf quoll. Daraus zog sie eine Phiole mit Blut und beträufelte damit das gläserne Plättchen, auf dem sich mein Blut befand.

Ein Blick zu Taru verriet mir, dass es nichts Gutes bedeutete. Kalter Schweiß entstand auf meinem Rücken, und ich verfluchte mich dafür, dem Ganzen zugestimmt zu haben. Jeder Versuch, meine Gefühle und meine Angst zurückzudrängen, verrauchte allein bei dem Gedanken daran. Ein Druck legte sich auf meine Brust. Wie eine alte Freundin schlich sich die Panikattacke an, als Medusa aufsah. Ihr verwirrter Blick auf mir verstärkte das Rasen meines Herzens. Der Raum begann sich zu drehen. Ich versuchte, mich auf das Mikroskop zu fokussieren. Diesmal konnte ich der Angst nicht entkommen.

Erinnerungen, Rufe und all die verabscheuenden Blicke prasselten auf mich ein.

Freak.

Abnormal.

Du gehörst nicht hierher.

Bring dich um.

Ich konnte es nicht ausblenden. Mein gesamter Körper zitterte. Allein meine vor Angst verkrampften Muskeln hielten mich auf dem Stuhl aufrecht. Weil ich wusste, was nun kommen würde. Weil ich genau aus diesem Grund Arztbesuche mied. Weil schon die Schulkrankenschwester mich mit diesem Blick betrachtet hatte. Nur diesmal kannte jemand die Antwort.

Dann ging alles ganz schnell. Medusa zog ihre Brille von der Nase. Giftgrüne, leuchtende Augen starrten mir entgegen. Mein Herzschlag setzte aus.

Taru schoss hinter mir hervor. Er packte Medusa und schleuderte sie gegen die Scheibe zum MRT-Gerät. Medusa fauchte, die Brille zerbrach auf dem Boden. Und ich saß immer noch wie festgefroren auf dem schmalen Hocker, während es um Taru immer dunkler wurde. Bevor ich es richtig erkennen konnte, stieß Medusa ihn von sich.

»Sie lebt«, sagte sie erstaunlich ruhig, dafür, dass Taru sie gerade angegriffen hatte. »Schau hin. Sie lebt.«

Tarus Kopf zuckte zu mir. Zuerst entdeckte ich Angst in seinen Augen, vielleicht eine Spur Sorge. Doch dann veränderte sich sein Blick. Verwirrung. Staunen. Sein Mund öffnete sich leicht. Er sah mich an, als wäre ich nicht normal.

Und dann wusste ich es. Meine schlimmsten Befürchtungen wurden Realität.

Durch das panische Rauschen meines Blutes im Ohr hörte ich Medusa nur sagen: »Ihr Blut … es hat göttliche Spuren. Dass Rio meinen Blick überlebt hat, ist nur ein weiterer Beweis dafür.«

16

Taru

Rios Körper zitterte. Ihre Finger krampften sich ineinander. Ihre Augen weit aufgerissen, während sich blanke Panik in ihrem Blick abbildete.

Ein Schauer glitt über meinen Körper in dem Augenblick, in dem Rio zusammenbrach. Sie sackte zusammen, als hätte man ihre Seele entzogen.

»Rio!« Im letzten Moment fing ich sie auf. Ich legte einen Arm um ihren Oberkörper, den anderen schob ich unter ihre Beine. Vorsichtig bettete ich ihren Kopf an meine Brust. Mein Herz raste in meiner Brust. Zu sehr erinnerte mich diese Situation an das, was vor Jahrhunderten geschehen war.

Aber sie atmete noch. Sie war lebendig und weich und menschlich. Medusas verfluchter Blick hatte ihr nichts anhaben können ... was Rio nicht wirklich menschlich machte. Hatte ich recht gehabt? War sie tatsächlich eine Halbgöttin? War es das, weshalb die Erinnyen sie nicht sehen konnten? Doch ihr Geruch ... das konnte nicht sein.

Wütend starrte ich zu Medusa, die immer noch gegen die Wand gelehnt stand, gegen die ich sie vor wenigen Sekunden geschleudert hatte. Ihre Schlangen waren aus dem Schlaf erwacht und zischten mich aggressiv an. Vorsichtig erhob ich mich. »Hast du völlig den Verstand verloren?«

»Ich habe nichts getan.« Medusa trat einen Schritt nach vorn. Aus Reflex wandte ich mich schützend ab, den Blick immer noch fest auf meine Tante gerichtet. Sofort schossen Medusas Augenbrauen in die Höhe. »Du weißt, dass ich einer Schwester nie etwas antun könnte. Ich will nur sehen, ob ihr Puls normal geht.«

»Du hast deine Brille abgenommen. Das hätte sie töten können.« Widerwillig drehte ich mich wieder so zu ihr, dass sie Rio begutachten konnte. Medusa nahm Rios Arm und legte zwei Finger auf ihr Handgelenk.

»Sie lebt noch. Ihr göttliches Blut hat sie geschützt.« Behutsam legte sie ihren Arm zurück, doch der Blick, mit dem sie Rio bedachte, gefiel mir nun noch weniger. Am liebsten hätte ich Medusa einen weiteren Schlag verpasst. Sie konnte sich nicht sicher gewesen sein, dass die göttlichen Spuren in Rios Blut stark genug waren, um Rio vor ihrem Blick abzuschirmen. Die Wut in meinen Venen war noch nicht verraucht. Ich musste sie zügeln, um Rio nicht zu verletzen. »Sie ist nur bewusstlos. Das wird wieder.«

»Wie kann das sein?«

»Ich vermute eine Panikattacke. Bei Menschen nicht ungewöhnlich«, gab Medusa achselzuckend zurück und wandte sich wieder zu ihrem Mikroskop. »So wie sie gezittert hat, als sie dieses Labor betreten hat, kein Wunder.«

»Und dann hat es nicht gereicht, ihr einfach Blut abzunehmen? Musstest du sie noch mit deinem Blick schocken?« Wieder zuckte sie nur mit den Schultern. Genervt atmete ich aus. Dieser Besuch verlangte Unmögliches von meiner Geduld. »Aber das meinte ich nicht«, sagte ich. »Wie kann ihr Blut göttlich sein? Ich hatte zwar schon die Vermutung gehabt, dass sie etwas Göttliches an sich haben muss, aber … sie riecht zu sehr wie ein Mensch.« Ich betrachtete Rios Gesicht. Auf ihren blassen Wangen und ihrer Stirn lag eine leichte Röte, als hätte sie die Sonne dort für einen Moment zu lang berührt. Ihre Lippen waren leicht geöffnet, und ihre Brust hob und senkte sich sanft. Sie sah friedlich aus.

»Ich weiß es nicht. Ihr Geruch und ihre Aura sind menschlich, ja. Aber sie wird von einer Dunkelheit umhüllt. Als wäre ihr Schatten immer einige Nuancen dunkler.« Medusa klang unglücklich, als sie sich wieder dem Blut zuwandte. »Es ist, als läge ein Schleier auf ihr.«

»Ein Fluch?«

»Vielleicht.« Sie legte den Kopf schief und beugte sich wieder über ihr Mikroskop. »Vielleicht ist sie auch eine Halbgöttin, mit einem sehr geringen Anteil an Göttlichkeit. Vielleicht ist es auch etwas ganz anderes. Ihre Blutkörperchen haben sich seltsam verhalten. Als wollten sie sich wehren.« Medusa hob ihren Blick. »Das ist nicht normal.«

»Und du kannst ihn nicht brechen? Dein Blut ist doch dazu in der Lage, Flüche zu umgehen.«

»Wenn es so einfach wäre. Aber das hier ist älter als ich.«

Ich sah zu Rio, und ein seltsam bedrückendes Gefühl erfasste mich. Natürlich war sie kein gewöhnlicher Mensch. Aber was, wenn es dadurch nur gefährlicher für sie werden würde? Ein weiterer Grund, weshalb das, was zwischen uns in der letzten Nacht geschehen war, sich nicht noch einmal wiederholen durfte. Die Berührungen, die Nähe, dieses … Gefühl.

Denn wenn sie wirklich eine Halbgöttin war, würde irgendwann, früher oder später, eine Gottheit Anspruch auf sie erheben. Dafür wollte und *konnte* ich nicht verantwortlich sein. Nicht schon wieder. »Was sollen wir tun?«

»Findet Pandora. Sie wird nicht nur dir helfen können.« Hinter uns wurde die Tür geöffnet. Sthenno betrat das Labor. Wie auch gestern betrachtete sie mich mit einem finsteren Blick.

»Es ist alles für die Abfahrt vorbereitet.«

»Du wirfst uns raus?«

Medusa nickte. »Du hast deine Antwort erhalten.«

»Was wirst du mit ihrem Blut machen? Es für deine weiteren Experimente benutzen?«

Ein abschätziges Zischen entkam Sthenno neben mir, dabei wusste so gut wie jeder, dass Medusa schon seit Jahrhunderten versuchte, auch ihrem Fluch zu entkommen. Jeder Gefangene hasste seine Zelle.

»Das war die Abmachung. Und jetzt geh, ehe du den Olymp auf mich hetzt.«

»Sie können mich nicht verfolgen«, gab ich zurück und deutete mit dem Kopf auf Rio. Die Erinnyen wären längst erschienen, sollte Rios Schutz nicht funktionieren, sobald sie nicht mehr bei Bewusstsein war.

Ein finsteres Lächeln huschte über Medusas Gesicht. »Glaub mir, Schattenprinz, der Olymp lässt sich nicht so leicht täuschen. Dein Hochmut hat dir schon einmal alles genommen.«

»Diesmal bin ich besser vorbereitet.« Ein ungläubiges Schnauben kam von Sthenno, und ein amüsiertes Funkeln entstand in Medusas Augen. Noch ein weiterer Tag mit den Gorgonen, und ich würde mehr als nur meine Geduld verlieren.

»Auf Wiedersehen, Medusa.«

»Hoffentlich nicht allzu bald, Schattenprinz.«

Mit einem großen Schritt trat ich aus dem Portal in den kühlen Flur des Marquands. Wir waren wieder in New York angekommen, und Rio war immer noch bewusstlos. Mittlerweile bereitete es mir Sorgen. War das normal für Menschen? Obwohl … ein Mensch war sie ja nicht. Nicht so ganz jedenfalls.

»Wow, ich hätte gedacht, sie würde länger durchhalten.« Dixie erschien in einem Kleid aus purpurnem Samtstoff. »Was sagen wir ihrer Familie?«

»Sie ist nicht tot, Dixie.« Mit einem Bein gab ich der Tür einen Stoß, und sie schlug hinter mir ins Schloss.

»Du kannst mir nicht sagen, dass es nicht eine Möglichkeit gewesen wäre. Menschen sind furchtbar zerbrechlich.« Grinsend kam Dixie auf mich zu und bot an, mir Rio abzunehmen. Ich schüttelte nur den Kopf. »Oder … sag nicht, du hast dein Keuschheitsgelübde gebrochen, und sie ist deshalb so erschöpft.«

Ich kniff die Lippen zusammen und bedachte Dixie mit einem Blick, der sie nur noch breiter grinsen ließ. »Ich habe so ein Gelübde nie abgelegt.«

»Das ist keine eindeutige Antwort.«

»Es geht dich auch nichts an«, gab ich etwas zu schroff zurück, sodass Dixies Augenbrauen ungläubig in die Höhe schossen. Im Grunde hatte sie recht. Seit dem größten Fehler meines Lebens hatte ich keine andere Frau mehr angerührt. Männliche Wesen waren dabei eine Ausnahme gewesen, um nicht an sie erinnert zu werden. Aber irgendwann hatte ich auch das aufgegeben. Nicht, weil ich glaubte, ich wäre es ihr schuldig, sondern weil ich diese Art von Nähe nicht verdiente. Meine Gedanken wanderten zum Stofflager in Sharm el Sheikh zurück. Dort hatte es sich anders angefühlt. »Sie ist kein Mensch«, sagte ich, während wir auf den Fahrstuhl zusteuerten. »Medusa hat ihr Blut abgezapft und sie dann ohne ihre Schutzbrille angesehen.«

»Diese alte Vampirin liebt immer noch das Risiko.« Dixie schüttelte lächelnd den Kopf. Bevor die Götter ihre grausamen Späße an Dixie und Medusa ausgelebt hatten, waren die beiden gute Freundinnen gewesen. Sie betätigte den Knopf für das Penthouse, als wir den Fahrstuhl betraten. »Versucht sie immer noch, eine Lösung für das Schlangenproblem zu finden? Dabei finde ich, dass diese kleinen Babys ihr ausgezeichnet stehen.«

»Sag ihr das bloß nicht, mir ist sie schon bei der Begrüßung an die Gurgel gegangen«, schnaubte ich und sah verwundert zu Rio, von der nun ein leises Schnarchen erklang.

»Du magst sie.« Mit einem Kopfnicken deutete sie auf Rio, und ich erkannte die Sorge in ihrem Blick.

Ich erwiderte nichts darauf, sondern starrte gegen die Aufzugtür. Es wäre sinnlos, sie zu mögen, auch wenn ich nicht leugnen konnte, mich körperlich zu ihr hingezogen zu fühlen. Aber mehr … selbst daran zu denken, war es nicht wert. Sobald wir bei Pandora waren, mussten sich unsere Wege trennen. Sollte auch nur einer der Olympier sie zu Gesicht bekommen, würde sie ausgeweidet werden. Sie würden sie benutzen und danach wegwerfen wie alle anderen Sterblichen und Halbsterblichen vor ihr. Selbst keiner der olympischen Helden war je wirklich glücklich.

»Egal, wie viel Leid man dir zugefügt hat, dein Herz konnte man nie in Stein verwandeln.«

»Weil man es mir rausgerissen hat.«

Das *Ping* des Aufzugs erklang, doch übertönte Dixies »Wie dramatisch« nicht so sehr, wie ich es mir wünschte. Mit zügigen Schritten durchquerte ich den Eingangsbereich und lief die dunkle Treppe hinauf, Rio immer noch in den Armen, um sie in eines der Gästezimmer zu bringen.

»Was? Willst du sie hierlassen?«

»Was soll ich sonst machen? Ich kann sie ja schlecht auf der Madison Avenue ablegen.« Ich warf Dixie einen strengen Blick zu, als sie nur mit den Schultern zuckte. Manchmal fragte ich mich, ob nicht ihr Herz aus Stein wäre.

»Sie wird so lange hierbleiben, bis sie wieder bei Bewusstsein ist«, sagte ich bestimmt. Dixie eilte mir voraus und öffnete die Tür zu einem der Gästezimmer. Von hier aus würde Rio am Morgen einen fast so perfekten Blick auf den Central Park haben wie aus meinem Schlafzimmer. Dieses Zimmer war in mitternächtlichen Blautönen gehalten, mit einem Kingsize-Bett mit ebenso dunklen Bezügen. »In Ägypten hatte sie eine Panikattacke, und auch die Zeitumstellung muss ihr zu schaffen machen.« In New York war es gerade mitten in der Nacht, während wir Ägypten bereits am Morgen verlassen hatten.

Vorsichtig legte ich Rio auf das weiche Bett und zog ihr die Schuhe aus. Ihr entwich ein leichtes Seufzen. Ein Lächeln huschte über mein Gesicht, als sich ihre Züge entspannten.

»Nicht menschlich also?« Dixie stand hinter mir und betrachtete Rio, als wäre sie weit mehr als nicht menschlich. Ich nickte nur und dirigierte sie in Richtung Ausgang.

»Medusa sagte etwas davon, dass sie eine Dunkelheit umgibt und dass ihr Blut göttliche Spuren aufweist. Außerdem ist sie nicht zu Stein geworden«, erklärte ich und schloss leise die Tür hinter mir. Dixies Augenbrauen zogen sich nachdenklich zusammen. »Hast du davon schon mal was gehört?«

»Außer Halbgötter, meinst du?«

Ich nickte. »Daran habe ich auch schon gedacht, aber sie riecht nicht danach.«

»Du hast also schon an ihr gerochen?« Abwehrend hob Dixie, immer noch breit grinsend, die Hände, als ich sie böse anfunkelte. »Ich weiß, ich weiß. Ich hab auch schon an ihr geschnuppert. Ihr Duft ist menschlich, nichts, was auf göttliche Spuren hinweisen könnte. Halbgötter stinken nach falschem Olymp, das hätte ich sofort gemerkt.«

Ich verzog den Mund, als ich daran dachte, wie scheußlich Herkules gestunken hatte, und erzählte ihr alles Weitere, was sich auf unserem Ausflug abgespielt hatte. Nur die Situation im Stofflager ließ ich aus genauso wie die Fragen, die Rio mir in der Nacht gestellt hatte und dass ich immer noch glaubte, ihr weiches Haar unter meinen Fingern zu spüren. Oder wie sie mich in Medusas Labor angesehen hatte, bevor ihr das Blut abgenommen wurde.

Ich schüttelte den Kopf. Ich sollte mich konzentrieren. Dass Rio göttliches Blut in sich trug, änderte nichts daran, dass ich Pandora finden musste. Es war vielleicht sogar noch ein besserer Antrieb für Rio. Immerhin konnte Pandora auch ihre Fragen beantworten. Und ich konnte mich weniger schuldig dafür fühlen, ihr falsche Versprechungen gemacht zu haben.

Nur wie sollte ich Pandora finden? Jene Frau, die unauffindbar war.

»Worüber denkst du nach?« Dixie und ich hatten wieder den Eingangsbereich erreicht. Mein Blick fiel auf die Tür neben meinem Büro. Diesen Raum hatte ich schon zu lange nicht mehr betreten.

»Ich werde mit meinem Vater sprechen.« Ich wandte mich zu Dixie, deren Augenbrauen beinahe unter ihrem Haaransatz verschwanden.

»Ich schätze ja deinen neu erwachten Sinn für Familie, aber meinst du nicht, dass der Moment gerade sehr unpassend dafür ist, Forderungen zu stellen?«

»Ich will keine Forderungen stellen. Nur Fragen.«

Dixie legte den Kopf schief und sah mich ungläubig an. »Beim letzten Gespräch hat er gedroht, dir deinen Kopf abzureißen und ihn falsch herum anzunähen. Auch da wolltest du nur Fragen stellen.« Ich schnaubte. Mein Vater hatte an diesem Tag überreagiert. Er wusste genau, dass ich keinen Fuß in den Olymp setzen würde, egal welcher der Götter das verlangte. Das bisschen Freiheit, das mir geblieben war, würde ich mir nicht nehmen lassen. Von niemandem. Auch nicht vom Herrscher der Unterwelt.

»Hat sich schon etwas wegen der Hadeskappe geklärt?«, fragte ich stattdessen und lief auf die bodentiefen Fenster im Wohnbereich zu. New York lag im nächtlichen Glanz vor mir. Funkelnde Lichter und pulsierendes Leben. In Sharm el Sheikh hatte ich das erste Mal seit meiner Strafe wieder einen Tropfen von diesem Leben schmecken können. Ich würde alles dafür tun, dass ich schon bald nicht mehr nur nach einem Tropfen lechzen musste.

»Nein, sie ist immer noch verschwunden, und niemand weiß, wohin oder wer sie gestohlen hat«, sagte Dixie und klang dabei genauso frustriert, wie ich mich fühlte. Solange der wahre Täter noch nicht gefasst war, würden die Götter mir die Schuld geben. Dieses Mal konnte ich es ihnen bei Weitem nicht verübeln. Ich hatte das beste Motiv dafür. »Aber auf dieses Thema solltest du vielleicht verzichten. Rhada erzählte mir, er wäre schon seit Tagen außer sich vor Wut.«

»Rhada war hier?« Langsam drehte ich mich zu Dixie. Unauffällig spielte sie mit den Spitzen ihrer kastanienfarbenen Haare. »Dixie, was hat er hier zu suchen, wenn ich nicht da bin? Weißt du, welchem Risiko du uns damit aussetzt?«

»Er war nicht wegen dir hier«, platzte es aus ihr raus. Ich zog die Augenbrauen zusammen. Wurde Dixie gerade etwa rot?

»Du weißt schon, dass er dich lieber in einem Sumpf oder sonst wo sehen würde als in einer so hohen Stellung im Hades?«

»Es geht dich nichts an, Taru«, wiederholte sie meine Worte von vorhin und durchbohrte mich mit ihrem Blick, hinter dem ich den Anflug von Schmerz sehen konnte. »Du bist nicht unbedingt jemand, der Beziehungstipps verteilen sollte. Würdest du deinen Stolz herunterschlucken, würdest du sehen, dass Rhada sich wirklich bemüht, ein guter Bruder zu sein.«

»Er ist *nicht* mein Bruder.«

»Das gleiche Blut macht noch keine Familie. Du solltest es

am besten wissen.« Dixie warf sich ihre Haare über die Schulter und starrte mich wütend an. »Aber schmoll nur weiter wie ein kleiner Junge. Sicher wird das all deine Probleme lösen.«

Es gefiel mir nicht, dass Rhada ohne meine Anwesenheit hier im Apartment war. Seitdem er wieder Zugang zum Olymp hatte, konnte ich ihm nicht mehr trauen. Doch bevor ich noch etwas sagen konnte, verschwand Dixie und ließ mich im dunklen Apartment zurück.

17

Taru

Mit geradem Rücken und im dunkelgrünen Gewand saß ich auf dem massiven Steinthron. Kalt und in einem tiefen Blutrot, war er das einzige Möbelstück, das mich an den Hades erinnerte. Die Unterwelt, die so lange mein Zuhause gewesen war und gleichzeitig der Grund, weshalb ich mich nie wirklich zu Hause gefühlt hatte.

Die Wände in diesem Raum waren aus schwarzem Vulkangestein ebenso wie der Boden. Dieser war jedoch glatt geschliffen und reflektierte das flackernde Licht der Fackeln in den goldenen Halterungen. Es gab keine Fenster. Auch Elektrizität funktionierte hier nicht. Es gab nichts, das auch nur daran erinnern könnte, dass man in der Menschenwelt war.

Dieser Raum war Teil des Hades. Anders als im Portal, das von der Kraft des Olymps lebte, spürte ich hier mit jedem Atemzug die Unterwelt. Das heiße Feuer, das den Palast meines Vaters umgab. Die sanfte Brise, die vom Fluss Styx auf die Terrassen des ersten Stocks wehte. Der Duft des Elysions, der beinahe schon hämisch in meiner Nase gedrungen war, nur um mir zu zeigen, dass ich nie dieses Paradies betreten würde. Die vier weiteren Flüsse, die durch den Hades flossen. Nur über sie gelangte man in die Unterwelt. Ich erinnerte mich noch genau daran, wie ich aus Langeweile die Seelen gezählt hatte, die durch die Flüsse in den Hades schwebten. Später, bevor meine Strafe verhängt wurde, hatte ich gehofft, auch ihre Seele dort zu sehen. Ich hatte mir ausgemalt, sie einfach herauszureißen. Ungeachtet der Konsequenzen. Aber ihre Seele war nie erschienen. Ihre Seele hatte nie eine Chance gehabt.

»Bereit?« Dixie stellte gerade die goldene Schale mit Feuerstein auf das Podest direkt vor mir und holte mich aus den Erinnerungen zurück.

Genervt zog ich eine Augenbraue hoch. Dixies ständige Fragen, wie auch heute Morgen beim Frühstück, ließen meine Schultern nur noch mehr verkrampfen.

»Ist ja gut«, murmelte sie auf mein Schnauben. »Ich meine ja nur … letztes Mal.«

»Mein Kopf ist immer noch in seiner richtigen Position, oder?«

»Das heißt nicht, dass dein Vater seine Drohung nicht noch wahr machen kann.«

Ich schüttelte den Kopf. »Ich halte mich an unseren Plan. Freundlich sein, deine Grüße bestellen und nach Pandora fragen. Ganz einfach.«

»Du wirst es versauen.« Dixie seufzte und beäugte ein letztes Mal die Schale mit Feuerstein.

»Na, vielen Dank auch.«

»Bin ich bei dir, um dir Honig ums Maul zu schmieren oder um dir stattdessen schonungslos die Wahrheit zu servieren?«

»Los, verschwinde«, murrte ich und scheuchte sie mit einer Handbewegung davon. »Und sieh nach, ob es unserem Gast gut geht.«

»Du meinst, weil sich ihr Zustand nach den hundert Malen, die du nachgesehen hast, geändert haben könnte?«

»Raus jetzt«, knurrte ich nun und warf Dixie einen wütenden Blick zu. Sie jedoch lachte nur, verließ dann aber glücklicherweise den Raum.

Ich atmete tief ein und versuchte, meine Schultern zu entspannen. Es war Jahre her, dass ich Hades das letzte Mal gesprochen hatte.

Ich legte eine Hand auf die kühlen Steine. Nur wenige Sekunden später spürte ich die Hitze. Purpur- und blauchangierende Flammen züngelten vor mir empor. Ein Knistern, als würde man Wasser in Feuer sprühen, zeigte mir, dass mein Vater bald in Erscheinung treten würde.

»Namtaru«, begrüßte mich seine tiefe Stimme. Er erschien als Projektion in dem flackernden Schein des Feuers vor mir. Er sah immer noch so aus wie früher. Dunkles Haar, das sich in dichten Locken auf seine Schultern legte. Hohe, spitze Wangenknochen, die in einen vollen Bart mündeten. Eine Nase wie der Schnabel eines Falken. Seine Augen leuchteten selbst durch das leicht verschwommene Bild voller Macht und Stärke, im gleichen hellen Blau wie meine.

Ich schluckte und streckte meinen Rücken durch. Neigte leicht meinen Kopf, um ihm Respekt zu zollen. »Vater.«

»Wie ich sehe, hast du die Etikette trotz deiner jahrhundertelangen Abstinenz nicht ganz verlernt.« Ich kniff die Lippen zusammen. *Nicht ganz.* Natürlich konnte er sich diesen Seitenhieb nicht verkneifen. »Aber was kann ich für dich tun? Aus reinem Interesse nach meinem Wohlbefinden meldest du dich sicher nicht.«

»Da hast du recht, Vater«, sagte ich. »Aber Jahrhunderte ist wohl etwas übertrieben. Wenn ich mich recht daran erinnere …«

»Namtaru?« Eine Stimme wie Glockenklang unterbrach mich. Mein Vater seufzte, als Persephone sich auf seinen Schoß schob. »Taru, mein Liebster. Ich bin so froh, dich zu sehen! Rhada hat mir erzählt, du seist dünn geworden. Isst du genug?«

Mein Vater strich die blonden Haare, die sich wie ein Vorhang vor sein Gesicht geschoben hatten, über Persephones Schulter. Sehnsucht presste mein Herz leicht zusammen. Auch wenn Persephone nicht meine leibliche Mutter war, so hatte sie alles getan, um mich mit ihrer Liebe zu besänftigen. Ich hatte sie schon so lange nicht mehr gesehen und spürte nun, wie schmerzlich ich sie vermisst hatte.

Ihr aufmerksamer Blick glitt über mein Gesicht, um ja nichts zu verpassen. Die rubinrote Toga verschmolz mit der Farbe des Feuers. »Du siehst wunderschön aus, Persephone«, begrüßte ich sie mit einem zarten Lächeln, das sie umso breiter erwiderte. »Ist die Toga neu?«

»Wenigstens einer, dem es auffällt.« Mit einem Kopfnicken deutete sie auf Hades.

»Du hast fünfzig von diesen Stoffen!«, verteidigte sich mein Vater, und ich sah die Leichtigkeit über sein Gesicht huschen, die vor dem ganzen Chaos, das ich angerichtet hatte, keine Seltenheit gewesen war. Liebevoll schüttelte er den Kopf und rutschte auf seinem Thron ein Stück zur Seite, um Persephone Platz zu machen.

»Also, Taru, mein Herz, weshalb rufst du an?«, setzte Persephone an. »Dein Vater hat gestern Nacht kaum ein Auge zubekommen. Er konnte es kaum erwarten, dich zu sprechen.«

»Aus Zorn, wohlgemerkt«, fügte Hades hinzu, während Persephone nur leicht mit dem Kopf schüttelte. Das leicht betretene Zusammenkneifen seiner Lippen strafte ihn Lügen. Ich verkniff mir ein Lächeln. Persephone war wohl die einzige Person, die sich nicht vor Hades fürchtete. Sie war auch die Einzige, die den Mann hinter dem Herrscher der Unterwelt kannte. »Wo ist die Hadeskappe, Namtaru?«

»Nicht in meinem Besitz«, erwiderte ich schlicht. Es war mir klar gewesen, dass er danach fragen würde, und trotzdem schmerzte sein Misstrauen. »Und ich habe sie auch nicht gestohlen, falls du darauf aus bist.«

Hades nickte nur, doch wirkte nicht überzeugt. Persephone hatte neben ihm sorgenvoll die Lippen geschürzt. »Weshalb sagt man sich dann, du wärst für die Erinnyen unauffindbar?«, fragte mein Vater.

»Weshalb hörst gerade du auf das, was man sich sagt?«, schoss ich sofort zurück. Ich konnte beinahe hören, wie die Zähne meines Vaters knirschten. Dabei war er derjenige gewesen, der mir in meiner Kindheit immer wieder versichert hatte, dass es egal wäre, was die Olympier von uns dachten. Dass meine Schatten mich nicht zu einem Monster machten.

»Weil sie schon einmal recht behalten haben, Namtaru. Ich denke nicht, dass ich dich an diese Tragödie erinnern muss.« Hades lehnte sich vor, und ich konnte das lodernde Feuer in seinen Pupillen sehen. Persephone legte beruhigend eine Hand auf sein Knie. Trauer spiegelte sich auf ihrem Gesicht wider. Auch sie hatte an diesem Tag eine Freundin verloren.

»Nein, Vater«, presste ich hervor. Der dicke Kloß in meinem Hals ließ mich kaum atmen. »Ich erinnere mich selbst jeden Tag daran, wenn ich in den Spiegel schaue.«

»Taru …«, erklang Persephones sanfte Stimme.

»So soll es sein«, sagte Hades. »Erinnerungen halten dich davon ab, den gleichen Fehler noch einmal zu begehen.« Beschämt senkte ich meinen Kopf. »Und ich rate dir, dich an die Forderungen meines Bruders zu halten. Noch einmal kann ich nicht meinen Kopf für dich riskieren.«

»Ich weiß«, sagte ich leise und richtete mich wieder auf. »Aber seine Anschuldigungen sind falsch.«

»Taru, bitte.«

»Nein«, unterbrach ich Persephone und erntete sofort einen strengen Blick von meinem Vater. »Ich bin es leid, als alleiniger Schuldiger dargestellt zu werden. Ich habe sie vielleicht in den Tod geführt, aber er hat zum letzten Stoß angesetzt. Zeus war es, der das einzig Gute an diesem vergifteten Ort ins Nichts geworfen hat. Sie hatte …« Meine Stimme brach, und ich nahm ein, zwei, drei tiefe Atemzüge, bis ich weitersprechen konnte. »… sie hatte noch nicht einmal die Chance darauf, in das Jenseits zu gelangen. Selbst diese Entscheidung haben sie ihr genommen.« Die Erinnerungen daran ließen mein Herz schmerzhaft zusammenziehen. Mit einer Hand rieb ich über meine Brust, dort, wo sich der Schmerz sammelte, und starrte auf das flammende Bild meines Vaters und Persephones. Schock huschte über Persephones Gesicht wegen meiner Anschuldigungen. Mein Vater hingegen kochte vor Wut.

»Willst du damit sagen, dass mein Bruder, der Herrscher des Olymps, ein Lügner ist?«

»Ja, und du bist so dumm, ihm jede davon zu glauben.«

»Es reicht«, herrschte mich mein Vater an, doch ich hatte eben erst begonnen und warf all die Freundlichkeit über Bord.

»Das hättest du beim Tribunal sagen sollen, dann wäre der ganze Scheiß nie passiert!«

Plötzlich erhob sich mein Vater. Persephone neben ihm gab ein erschrockenes Geräusch von sich. »Du wirst mir nicht die Schuld an deinem Versagen geben, Namtaru. Du ahnst gar nicht, was ich alles für dich getan habe. Für euch.«

»Nichts!«, brüllte ich nun und erhob mich ebenfalls. Wut und der bittere Geschmack der verzehrenden Schuld fraßen sich durch meine Venen. »Nichts hast du getan. Du hast wie jeder andere nur zugesehen, wie sie starb, während –«

»Es reicht, Taru«, unterbrach uns Persephone.

Ich schloss meinen Mund, blickte mit rasendem Herzen in

das wutverzerrte Gesicht meines Vaters. Wie ein Spiegelbild starrten wir uns an, unfähig nachzugeben.

»Was auch immer du wolltest, Sohn, du wirst es dir woanders beschaffen müssen«, presste er hervor. »Dieses Gespräch ist beendet.«

Mit einem letzten Knistern erlosch das Feuer, und ich sah auf die schwarze Vulkansteinwand.

Ich ließ mich auf den kalten, steinernen Thron fallen und vergrub mein Gesicht in meinen Händen. Wie hatte das nur so eskalieren können? Ich kniff die Augen zusammen. Der Plan war so einfach, und ich hatte es wieder einmal versaut. Ich richtete mich auf und fuhr mir noch einmal übers Gesicht, als das bereits erloschene Feuer noch einmal zu knistern begann. Kleine, fast schon zarte Flammen kämpften sich empor.

»Taru?« Persephones Gesicht erschien schwach vor mir. »Dein Vater ist gerade raus, aber die Glut ist noch nicht ganz verbraucht.«

»Es tut mir leid«, murmelte ich leise und nahm die Schale mit dem glühenden Nachtgestein in die Hände. Ich ignorierte das Brennen auf meinen Handflächen.

»Ich weiß, mein Herz. Ich weiß.« Sie seufzte. »Du und dein Vater, ihr seid euch so ähnlich. So dickköpfig und stur und mit einem Herzen, das darauf wartet, geliebt zu werden.«

Was aber, wenn mein Herz nicht für Liebe gemacht war? Wenn es Liebe nicht verdiente? Ich sagte nichts, sondern presste nur die Lippen zusammen.

»Du hast aus einem bestimmten Grund angerufen, nicht wahr?«, fragte Persephone leise, als hätte sie Angst, belauscht zu werden. »Und dieser Grund hat mit den Erinnyen zu tun, die dich nicht mehr wahrnehmen können.«

»Ich habe einen Weg gefunden, unsichtbar zu bleiben«, gestand ich ebenso leise. »Nicht die Hadeskappe«, setzte ich schnell hinterher. »Etwas viel Wertvolleres. Ich will mich von diesem Fluch befreien, Persephone, und ich brauche deine Hilfe, wenn mein Vater sich weigert.«

»Er will, Taru. Nur ist er sehr verletzt.«

»Ich weiß …«

»Was kann ich für dich tun?« Ein Knistern erklang. Uns ging die Zeit aus.

Ich räusperte mich. »Ich muss Pandora finden.«

Stille. Ich sah in die Schale. Die Flammen lebten noch. »Persephone?«

»Weshalb willst du sie finden?« Ihre Stimme klang kälter, distanzierter.

»Ich will ihr nichts tun. Nur mit ihr reden«, sagte ich beschwichtigend. Pandoras Aufenthaltsort war noch besser gehütet als Medusas Unterkunft. Viele machtgierige Helden hatten sich über die Zeiten schon auf die Suche nach ihr gemacht. Niemand hatte es überlebt. »Medusa sagte mir, sie sei die Einzige, die mir und … Rio helfen kann.«

»Rio? Wer ist das?«

»Sie ist ein Mensch mit einer besonderen Fähigkeit, und … ich will ihr helfen.« Ich schloss die Augen und hoffte, dass es Persephone überzeugte. Sie hatte eine Schwäche für Menschen, ähnlich wie mein Vater. Und offensichtlich schien sie zu wissen, wo ich Pandora finden könnte. Scheinbar waren die Frauen unserer Welt enger verbunden und mächtiger, als wir glaubten.

»Ich weiß nicht, wo Pandora ist«, sagte Persephone, deren Stimme immer abgehackter klang. Die Flammen waren beinahe erloschen. »Aber die Sphinx. Sie wird Antworten haben.«

»Danke«, sagte ich, als die letzte Flamme zu einem Rauchschwaden wurde.

18

Rio

Ich war nicht mehr in Sharm el Sheikh. Und auch nicht in meiner Wohnung oder bei Jake.

Mit einem Ruck setzte ich mich auf, verfluchte mich jedoch gleich wieder dafür. Ich kniff die Augen zusammen. Mein Kopf fühlte sich an, als wäre ein Lastwagen drübergefahren. Vorsichtig massierte ich meine Schläfen und atmete gegen den Schmerz an.

Als es einigermaßen erträglich war, öffnete ich meine Augen und sah mich um.

»O mein Gott«, raunte ich und stolperte aus dem Bett auf die Fensterfront zu, die einen unglaublich phänomenalen Blick auf den Central Park bot. Die Herbstsonne spiegelte sich in den Hochhäusern, die die New Yorker Oase umrahmten. Die ersten Menschen eilten über Kreuzungen und vermischten sich mit dem Berufsverkehr auf der Madison Avenue.

»Daran kann man sich gewöhnen, nicht wahr?«

Erschrocken fuhr ich herum, als Dixie im Türrahmen stand. Sie trug einen schwarzen Lederrock und dazu einen Pullover mit V-Ausschnitt. Ihre vollen Haare lagen in großen Wellen über ihren Schultern, und ihr roter Mund verzog sich zu einem amüsierten Lächeln.

»Wie bin ich hierhergekommen?«, fragte ich und fuhr mir durch meine Haare, die ein komplettes Chaos sein mussten.

»Du erinnerst dich nicht?« Dixie legte den Kopf schief und kam in den Raum. In einer geschmeidigen Bewegung setzte sie sich auf einen hellen Stoffsessel in Form einer geöffneten Hand. Ich schüttelte den Kopf.

»Ich weiß nur noch, wie wir in Medusas Labor gegangen sind und –« Ich stockte, als die Erinnerungen wieder aufholten. Die Spritze. Das Blut. Medusas verwunderter Blick, als sie meine Probe untersuchte. Wie sie ihre Brille absetzte und ich eigentlich zu Stein hätte werden müssen. Aber nichts war geschehen, weil ich nicht menschlich war. Nicht normal. Danach wurde alles schwarz. Mein Körper hatte in den Schutzmodus gewechselt. »Wo ist Taru?«

»Beschäftigt.« Dixie überschlug ihre Beine und musterte mich immer noch neugierig. »Du wirkst so menschlich.«

»Weil ich es bin«, entgegnete ich ihr sofort. Leugnen war gerade die beste Taktik, um nicht wieder durchzudrehen.

Vor dem Bett entdeckte ich meine weißen Chucks, die ich in Ägypten getragen hatte. Schnell zog ich sie mir an, einfach nur, damit ich Dixies Blick entkam.

»Wenn du meinst.« Dixie starrte mich weiter an.

»Kannst du vielleicht aufhören, mich so anzuschauen?«, fragte ich und hätte schwören können, dass Dixies Augen glühten.

»Wir werden großartige Freundinnen«, sagte sie schließlich, und ihre Augen wirkten zum Glück wieder normaler. Als mein Bauch lautstark knurrte, entstand ein breites Grinsen auf ihrem Gesicht. »Starten wir damit, dass ich dir etwas zu essen mache.«

Ich nickte nur und ließ mich von ihr durch einen Flur mit glatt geschliffenen Betonwänden und glänzendem Fußboden eine dunkle Treppe hinabführen. Dixie hielt vor einer offenen Küche mit weißen Marmorsteinplatten und dunklem Holz. Ich sah mich mit offenem Mund um. Dieses Penthouse war genauso luxuriös, wie ich es mir vorgestellt hatte. Doch das wirklich Besondere waren die kleinen Details, die in jeder Ecke verstreut waren. Gemälde alter Künstler, Vasen und Skulpturen, die ich so nur in Museen bestaunt hatte.

»Wie kommen all diese Gegenstände her?«, fragte ich daher und nahm, immer noch staunend, auf einem der Barhocker am Küchentresen Platz.

»Ich habe sie gesammelt.« Mit großen Augen sah ich zu Dixie. Es musste Jahrzehnte gedauert haben, eine solche Sammlung aufzubauen.

»Bist du auch eine Göttin?«, platzte es aus mir heraus. Sie kicherte, als meine Wangen heiß wurden. »Tut mir leid, ich weiß nicht, ob die Frage …«

»Schon okay, ich fühle mich sehr geschmeichelt«, sagte sie und steuerte auf einen Kühlschrank zu, in dem meine gesamten Klamotten Platz finden könnten. »Aber ich bin eine Dryade – Baumnymphe, würdet ihr sagen –, und ich kann die tiefsten Ängste von Menschen schmecken.« Ich schluckte, als sie mit einem verschmitzten Funkeln in den Augen und einer großen Karaffe Orangensaft auf mich zukam und diese vor mir auf den Tresen stellte. »Keine Sorge, deine Geheimnisse sind bei mir sicher.«

»Dann … dann kannst du Gedanken lesen?« Ich füllte Dixie und mir den Saft in zwei Gläser, die sie aus einem der Schränke geholt hatte.

»Nein, aber das wäre wirklich nützlich. Vor allem bei Männern, oder Frauen, je nachdem, worauf man so steht.« Sie zwinkerte mir zu und schob mir eine Schüssel Milch und Lucky Charms entgegen. Ich schob mir den ersten Löffel Cornflakes in den Mund. Das wäre tatsächlich sehr hilfreich. Zu gern hätte ich nach der Nacht in Sharm el Sheikh in Tarus Kopf geschaut. Ob er diese Verbindung auch gespürt hatte. Dieses Knistern und die Gänsehaut, wenn er mich ansah. Schnell nahm ich noch einen Löffel meines Frühstücks.

»Er gefällt dir«, sagte Dixie nach einer Weile. Sie stand am anderen Ende der Theke und lehnte sich lässig dagegen.

»Wer?«

»Taru, natürlich.«

Hitze kroch meinen Hals hinauf, und meine Gedanken sprangen zu dem Moment im Stofflager zurück. Zu seinem glühenden Blick, der jeden Zentimeter von mir in Brand stecken konnte. Ich versuchte, möglichst ungerührt meine Lucky Charms zu kauen, während mein Gesicht wahrscheinlich in Flammen stand. »Ich kenne ihn kaum.«

»Danach habe ich auch nicht gefragt«, schnurrte Dixie breit grinsend. »Ich sprach von körperlicher Anziehung. Haut auf Haut, und Atem, der sich vermischt.«

Ich verschluckte mich wegen der Bilder, die in meinem Kopf entstanden, und trank einen so großen Schluck von meinem Orangensaft, dass mir die Augen brannten. »Er ist mein Boss. Ich bin nicht so jemand, der einfach … Dinge tut.« Obwohl ich genau diese Dinge in Ägypten getan hätte, wenn es sich ergeben hätte.

»Dinge wie –?« Laute Rufe erklangen, und Dixie verstummte sofort. Ihre lockere Haltung verschwand. Sie richtete sich auf. In wenigen Schritten lief sie um die Theke.

»Was war das?« Ich drehte mich um und sah zur Treppe.

»Warte hier«, wies Dixie mich streng an und verschwand mit diesen Worten aus der Küche.

Nachdem Dixie nicht wiederkam und ich in meine leere Schüssel starrte, entschied ich mich dazu, nicht mehr länger zu warten. Ich lief zurück zu dem Raum, in dem ich geschlafen hatte.

Auch hier war es edler als alles, was ich bisher gesehen hatte. Die dunkelblau gestrichenen Wände, verziert mit Stuckleisten, und das Bett aus einem schmeichelhaft dunklen Holz, auf dessen Matratze ich mich wie auf einer Wolke gefühlt hatte. Schon allein der Boden, schwarz-braun marmorierter Stein, war wahrscheinlich teurer gewesen als das Haus, in dem mein Dad wohnte.

Mitten im Raum erstarrte ich. Mein Dad, verflucht. Welcher Tag war heute? Ich hatte den Überblick verloren.

Sonntag. Es musste Sonntag sein, verdammt.

Ich stürzte zu dem kleinen Nachtisch, auf dem ich mein Handy entdeckte. Panisch tippte ich auf den schwarzen Bildschirm. Leer. Natürlich. Ich stöhnte auf und hechtete zu meinem Koffer, den ich vor den Einbauschranktüren entdeckte. Taru musste ihn zusammengepackt haben, als ich in Ägypten ohnmächtig geworden war. Ich hievte ihn auf das Bett. Hitze breitete sich auf meinen Wangen aus, als ich sah, wie fein säuberlich er alles zusammengelegt hatte. Selbst meine Unterwäsche war gefaltet. Mit den Händen fuhr ich über mein Gesicht. Ich würde jetzt nicht darüber nachdenken, worüber Dixie in der Küche mit mir gesprochen hatte.

Zwischen meiner Kosmetiktasche und meinen BHs entdeckte ich mein Ladekabel. Hastig zog ich es heraus und schob den linken Nachttisch beiseite in der Hoffnung, dort eine Steckdose zu finden. Erleichtert atmete ich aus, als ich mein Telefon endlich mit dem Strom verbinden konnte.

Ich setzte mich auf den Boden und lehnte mich gegen das Bett. Ungeduldig starrte ich auf mein Handy, bis es zum Leben erwachte.

Fünf verpasste Anrufe von meinem Dad. Neun von Jake, plus

unzählige Nachrichten. Ich hätte vor zwei Stunden in New Jersey sein sollen.

Ohne nachzudenken, wählte ich Dads Nummer. Schon nach dem ersten Klingeln nahm er ab.

»Rio, mein Gott! Geht es dir gut? Wo bist du?« Ich hörte ihn tief durchatmen. Die Erleichterung in seiner Stimme legte sich wie eine Schlinge um meinen Hals. Er sollte wütend sein, nicht besorgt.

»Tut mir leid, Dad«, sagte ich und versuchte, so neutral wie möglich zu klingen, dabei quollen mir schon dicke Tränen aus den Augen. »Ich hab verschlafen. Der neue Job … ich musste lange arbeiten. Ich komme so schnell ich kann, okay?«

»Alles gut, mein Schatz. Ich bin einfach froh, dass es dir gut geht.« Im Hintergrund hörte ich, wie Jake meinen Namen sagte. Er war schon da. »Ruh dich aus. Wir holen das nach, und dann erzählst du mir von deinem Job, ja?«

»Tut mir leid …«, murmelte ich und kniff die Lippen zusammen. Ich hatte sein Verständnis nicht verdient. Ich hatte seinen Geburtstagsmorgen verpasst, unsere Tradition.

»Das muss es nicht, wirklich. Es ist alles okay, Rio.« Ich nickte, obwohl er es nicht sehen konnte. Vor meinem inneren Auge sah ich ihn, wie er in seinem schicksten Hemd an dem großen Esstisch saß. Geduldig lächelnd und seine warmen Augen voller Zuneigung. Den Tisch bereits mit dem guten Porzellan gedeckt. Mit Tassen, die nicht zu den Untersetzern passten, weil wir das seit Jahren so machten. Weil es Mom immer verrückt gemacht hatte. Die idyllische Vorstellung meines Dads gab mir den Rest. Wie konnte er überhaupt noch mit mir sprechen? Nur wegen mir war Mom verschwunden. Nur wegen mir war er an seinem Geburtstag allein. Und ich hatte ihn ausgerechnet heute versetzt und ihm Sorgen bereitet, obwohl ich mir geschworen hatte, ihm nie wieder zur Last zu fallen. Ich hatte versagt.

»Ich beeile mich«, sagte ich, bevor wir uns verabschiedeten und Dad mir noch einmal versicherte, dass alles okay war. »Happy Birthday, Dad«, flüsterte ich noch zum schwarzen Display.

Als ich mein Handy wieder auf den Nachttisch legte, presste ich meine Handballen gegen meine geschlossenen Augen, bis ich helle Flecken sah.

Die Ereignisse der letzten Tage schlugen auf mich ein. Unaufhaltsam und viel zu schnell. Ich kniff die Augen zusammen, in der Hoffnung, die lästigen Tränen zu unterdrücken.

Als das erste Schluchzen meinen Mund verließ, legte ich meine Hände auf die Ohren. Ich wollte es nicht hören. Ich wollte nicht hören, wie ich weinte, obwohl ich wusste, dass es eh nichts ändern würde. Die Tränen erinnerten mich nur daran, was für ein furchtbarer Mensch ich war.

Hatte ich in Ägypten wirklich geglaubt, dass es eine Lösung für mein Problem geben würde? Hatte ich mir denn nicht langsam oft genug bewiesen, dass *ich* das eigentliche Problem war? Nicht die Erinnyen, nicht die Dunkelheit. Ich war es, vor der meine Mom geflohen war – früher oder später hätte sie mich sowieso verlassen. Und ich war es auch, die meinen Dad enttäuschte.

Die Wut auf die Entscheidungen, die ich getroffen hatte, befeuerte meinen Selbsthass. Ich hatte Taru in mein Leben gelassen. Hatte zugelassen, dass er mir den Spiegel vorgehalten hatte, in den ich nie schauen wollte. Und das, was ich darin sah, war das Damoklesschwert meiner eigenen Verfehlungen. Nicht mehr lange, und es würde mit voller Geschwindigkeit auf mich herabrasen. Es gab nur eine einzige Möglichkeit, dem Ganzen zu entkommen, bevor es zu spät war.

19

Taru

Verzweiflung pochte in meinen Adern. Mit jedem zitternden Atemzug, den sie tat, zitterte auch mein Körper. Bei jedem Wimmern zuckte ich zusammen, als würde sie mich mit Messern bewerfen.

Ich wollte … Ich wollte – so richtig wusste ich es selbst nicht.

Darum lehnte ich mit geschlossenen Augen an der Wand neben Rios offener Zimmertür und lauschte ihren Schluchzern wie ein verfluchter Stalker.

Ich hatte das Gespräch mit ihrem Vater gehört. Hatte eins und eins zusammengezählt. Er schien ein sanfter Mensch zu sein, hatte ihr keine Vorwürfe gemacht, dass sie ihn versetzt hatte. Er hatte ihr zugesprochen.

Wann war es passiert, dass sich ihr Schmerz wie mein eigener anfühlte?

Ich öffnete meine Augen und entdeckte Dixie, die mir gegenüberstand und mich beobachtete.

Lautlos formte ich mit den Lippen: »Sag nichts.«

Sie zog nur die Augenbrauen hoch, starrte mir noch einige Sekunden in die Augen, ehe sie sich leise zurückzog. Ich wusste, was sie denken würde. Aber sie hatte unrecht. Solche Gefühle empfand ich nicht. Nicht mehr.

»Taru?« Ich stieß mich von der Wand ab, als Rio mit roter Nase und noch nassen Wimpern im Türrahmen erschien. Ihre Augen glänzten, und für einen Moment glaubte ich, Erleichterung zu sehen, ehe sich ein dunkler Schatten über ihr Gesicht legte. »Was tust du hier? Warst du die ganze Zeit hier?«

Unauffällig versuchte sie, sich eine letzte Träne aus dem Augenwinkel zu wischen. Sie reckte ihr Kinn nach oben. Das tat sie oft. Es war ihre Art zu zeigen, dass sie nicht schwach war. Aber sie war alles andere als das. Das hatte ich mittlerweile verstanden.

»Nein, ich hatte bis eben noch zu tun«, log ich und stellte mich vor sie. »Wir sollten über Ägypten sprechen und die nächste Reise planen.«

Sie kniff leicht die Lippen zusammen und betrachtete mich mit einem kühlen Blick. Ich konnte förmlich sehen, wie sie all ihre Gefühle in einen mentalen Raum sperrte, der mir nur allzu bekannt vorkam. »Ich kündige.«

»Wie bitte?«

»Ich kündige«, wiederholte sie so eisern und unerschütterlich, als wäre sie eine Nachkommin von Athene, die allein einer ganzen Kriegerschar gegenüberstand.

»Das geht nicht.« Ich verschränkte die Arme vor der Brust. Panik durchflutete mich. Wenn Rio kündigen würde, wäre die ganze Mission hinüber. Die Hoffnung, meiner Strafe zu entkommen, erstarb mit ihrem entschlossenen Blick und ihrem gepackten Koffer zu ihrer linken. »Weshalb willst du davonlaufen? Ich dachte, in Ägypten hätten wir –« Ich stoppte. Ich wusste ja selbst nicht, was wir seit Ägypten waren. Es war nichts passiert. Nicht im Stofflager. Nicht in dieser verdammten Nacht mit den geflüsterten Worten und ihrem weichen Haar.

Rios Augen weiteten sich, und ein Schimmer wie flüssige Schokolade entstand für einen Moment in ihnen, als würde sie selbst daran denken. An das Nichts, das wir hatten. Sie schüttelte den Kopf.

»Ich laufe nicht davon«, fuhr sie mich unwirsch an und trat einen Schritt auf mich zu, um zur Treppe zu gelangen. Ich versperrte ihr den Weg. Wütend funkelte sie mich an. »Geh beiseite, Taru. Ich hab genug.«

»Wovon?«, fragte ich möglichst ruhig, obwohl mein Blut schon zu kochen begann. Diesmal nicht vor Wut. Es war Verzweiflung, weil mir in diesem einen verfluchten Augenblick klar wurde, dass meine Zukunft an Rio hing. Ohne sie würde ich diesem Leben hier nie entkommen können. »Genug davon, der Wahrheit ins Gesicht zu sehen? Genug davon, zu erkennen, wer du wirklich bist? Wovon hast du wirklich genug, Rio?«

Wir standen uns so nah gegenüber, dass ihr süßer Geruch von Pfirsich mir in die Nase stieg. Ich hielt den Atem an, um ihr nicht noch mehr zu verfallen.

»Wovon, Rio?«, hauchte ich. Unsicherheit und Sehnsucht flackerten in ihren Augen auf, als ihr Blick sich mit meinem verknotete, wurden jedoch sofort wieder vom unerschütterlichen Willen beiseitegeschoben.

»Du hast keine Ahnung«, presste sie hervor. »Und jetzt lass mich vorbei.«

»Wir haben einen Arbeitsvertrag.« Ich machte ihr Platz, damit sie gehen konnte. Sie würde zurückkommen. Meine nächsten Worte, die sich bereits in meinem Mund formten, würden sie dazu bringen. Weil ich mich wie der Bastard verhalten würde, der ich war. Weil ich ihre Schwäche kannte und sie ausnutzen würde. Ich konnte nicht riskieren, dass mein Plan scheitern würde. Das würde ich nicht überleben. Nicht, wenn ich einmal in meinem elendig endlosen Leben die Chance hatte, meine

Zukunft selbst in der Hand zu haben. »Wenn du jetzt gehst, bekommst du keinen Penny. Kannst du dir das wirklich leisten?«

Ihre Schultern versteiften sich. Ihr Mund wurde zu einem dünnen Strich, und ich sah, wie mein Pfeil einen Treffer landete. Direkt in ihr Herz.

Ihre Fassade bröckelte. Tränen stiegen ihr in die Augen. Es fühlte sich an, als würden sie mich mit voller Wucht treffen. Aber mein Gesicht blieb ausdruckslos. Kein Muskel regte sich, damit sie nicht sah, dass ich mir mit jedem Wort selbst den Pfeil in die Brust rammte.

Rio starrte mich nur an. Ihre Lippen öffneten sich, doch es kam kein Laut raus. Ich konnte beinahe sehen, wie das Vertrauen, das sie zu mir aufgebaut hatte, in tausend Stücke zerbrach.

»Was?«, fragte ich weiter, ohne mir anmerken zu lassen, welche Kraft mich jedes meiner folgenden Worte kostete. »Hast du gedacht, es geht um mehr?« Für die extra Portion Salz in der Wunde verzog ich sogar spöttisch meinen Mund. Sie zuckte zusammen, als ich auflachte. »Hast du ernsthaft geglaubt, dass ich es für eine Sekunde zugelassen hätte, keine Antworten zu bekommen? Du bist zwar kein Mensch, Rio. Aber ich bin ein Gott.« Ich lächelte so breit, dass sie meine Zähne sehen musste. »Und ich habe dir schon gesagt, wie skrupellos wir Götter sind.«

Ich sah, wie der Schock aus ihrem Gesicht wich. Wie sich ihre Wangen röteten, nicht aus Scham oder von ihren Tränen. Es war Wut. Rasende, alles vernichtende Wut, die ihre dunklen Augen beinahe schwarz werden ließ. Genau so sollte sie mich ansehen. Sie sollte mich hassen, mich verachten, denn das würde nicht nur diese seltsamen Gefühle auslöschen, die in Ägypten entstanden waren, es würde auch den Schmerz überlagern, den sie zuvor gespürt hatte. Wut war wie ein Feuer, das alles verbrannte, was einen vernichten konnte.

»Ja«, sagte sie schließlich mit zittriger Stimme. »Ich habe gedacht, dass es um mehr geht.« Ich konnte es nicht verhindern, dass mein Herz bei diesem Satz schneller schlug. Bilder pflanzten sich in meinen Kopf, die mich meine Worte nur noch mehr bereuen ließen. »Ich habe gedacht, es geht wirklich darum, dass du deiner Strafe entkommen willst, die du nicht verdient hast – was auch immer du getan hast. Ich habe daran geglaubt, dass du eine zweite Chance verdient hast.« Sie schüttelte den Kopf und wischte sich mit den Händen über die Wangen, die von neuen Tränen benetzt wurden. »Aber du verdienst das alles.« Sie schnappte sich ihren Koffer und wollte gerade in Richtung Treppe gehen, als sie sich noch einmal umdrehte. »Das, was ich vor der Reise zu dir am Pier gesagt habe – dass du nicht mehr allein bist. Ich habe mich geirrt.« Ihr brennender Blick bohrte sich mit voller Macht in meine Brust. »Du bist allein, Taru. Und du wirst es für immer sein.«

Nun war ich es, der zusammenzuckte. Ich trat einen Schritt nach vorn, wollte sie aufhalten, weil die Angst meinen Körper übernommen hatte. Weil ich mich davor fürchtete, Rio würde nicht mehr zurückkommen. Weil ich mich davor fürchtete, dass sie recht behalten würde.

»Bleib, wo du bist«, zischte sie so wütend, dass ich zurücktrat. Für einen Augenblick, so schnell, dass ich mich getäuscht haben konnte, wurden ihre Augen komplett schwarz. Ich blinzelte, doch da war es schon verschwunden. Vielleicht war es eine Lichtspiegelung gewesen. »Ich werde jetzt gehen«, sagte sie so klar, dass ich jedes ihrer Worte auf meiner Zunge schmecken konnte. »Und wenn du mich aufhältst, dann trete ich dir dorthin, wo es scheißegal ist, ob du ein Gott bist oder nicht.«

»Morgen Abend bist du wieder hier, sonst brichst du den Vertrag.«

Ohne ein weiteres Wort drehte sich Rio um und lief die

Treppe hinunter. Mit jedem Meter, den sie sich von mir entfernte, wurde mir kälter. Ich schloss die Augen und lehnte mich erschöpft gegen die Wand, als das *Ping* des Fahrstuhls erklang. Sie war fort.

Ich presste meine Finger gegen meine Nasenwurzel. Versuchte, gegen den Schmerz in meinem Inneren zu atmen. Ich wollte vergessen, was ich zu ihr gesagt hatte, wie auch ihren verletzten Ausdruck, als sie erkannt hatte, wie falsch es war, mir zu vertrauen. Doch ihre letzten Worte echoten unaufhörlich und erbarmungslos durch meinen Geist.

Du bist allein und wirst es für immer sein.

»Musste das sein?« Dixie erschien auf der Treppe. Ich richtete mich auf und fuhr mir übers Gesicht.

»Ich weiß nicht, was du meinst.«

»Dir liegt etwas an Rio. Weshalb verhältst du dich wie einer deiner Onkel und Tanten?«

»Sie bedeutet mir nichts«, sagte ich und wiederholte das, was ich mir seit diesem verfluchten Trip nach Sharm el Sheikh einredete. Was ich mir verflucht noch mal einreden sollte. Es sollte nur um unsere Zusammenarbeit gehen. Um mehr nicht. »Sie ist nur ein Mittel zum Zweck.«

»Hör auf damit«, zischte sie, als ich an ihr vorbei die Treppe hinunterlief. »Belüg von mir aus deinen Vater und Persephone, belüg Rhada. Scheiße, selbst mich kannst du belügen, aber hör auf, dich immer wieder selbst zu belügen und zu verletzen. Nicht, nachdem du das erste Mal seit Jahrhunderten so etwas wie deinen Lebensgeist wiederentdeckt hast.« Dixie atmete tief ein. »Ich lasse nicht zu, dass du noch einmal zu diesem lethargischen Totenrichter wirst, dem es egal ist, ob er lebt oder nicht. Obwohl selbst der Tod lebendiger war als du.« Ich hielt mitten auf der Treppe inne, wandte mich zu Dixie um. »Hör auf, diejenigen von dir zu stoßen, die dich lebendig fühlen lassen.«

Ich wollte mich schnell wieder umdrehen und einfach verschwinden, doch Dixie hielt mich am Arm zurück. Ihre Augen schimmerten von Mitgefühl. Ich verzog den Mund. Das hatte ich nicht verdient. Nicht, nachdem ich genauso war wie die verfluchten Götter. Manipulativ. Egoistisch. Ein Monster.

»Wiederhol nicht die gleichen Fehler, nur weil du glaubst, du seist es nach all dem nicht wert, geliebt zu werden. Atropos …«

»Wage es nicht, ihren Namen zu sagen!«, fauchte ich und riss meinen Arm aus Dixies Griff. Auf dem metallenen Geländer war bereits der Abdruck meiner Hand zu sehen. »Sie hat mit dem Ganzen nichts zu tun, und jetzt verschwinde, bevor ich hier das ganze Penthouse abfackle.«

»Du bist ein verfluchtes Arschloch, Taru, aber ich werde dir nicht die Genugtuung geben, dass du dich selbst mit Einsamkeit bestrafst.«

Ich ließ sie stehen, ohne etwas zu sagen, und ignorierte den brennenden Blick auf meinem Rücken.

Einsamkeit war das Einzige, was ich verdiente.

20

Rio

Blind vor Tränen stürzte ich aus dem Marquand-Gebäude, auf die Madison Avenue und direkt in das erste Taxi, das ich finden konnte.

Die Fahrerin betrachtete mich mit einem sorgenvollen Blick, sagte zum Glück aber nichts, als ich ihr mit bebender Stimme meine Adresse nannte.

Während Manhattans Gebäude an mir vorbeizogen, versuchte ich, meine Gefühle wieder unter Kontrolle zu bekommen. Das Telefonat mit Dad hatte mir den Boden unter den Füßen weggezogen. Doch es waren Tarus Worte, die mir jegliche Möglichkeit nahmen, mich aus dem Abgrund wieder hervorzukämpfen.

Ich hatte begonnen, ihm zu vertrauen. So dumm, so unsagbar dumm. Natürlich ging es ihm nur darum, an sein Ziel zu kommen. Was hatte ich mir auch dabei gedacht? In diesem kargen Flur hatte ich doch gesehen, wer er wirklich war. In seinem dunkelgrünen Smoking hatte er wie ein verdammter Prinz der Hölle ausgesehen.

War das, wie er wirklich war? Kalt und berechnend? Weshalb

wurde ich dann das Gefühl nicht los, dass es nur eine weitere Fassade war? Dass ihm jedes Wort nur schwer über die Lippen kam, weil er genauso vor etwas davonlief wie ich?

Aber was wusste ich schon. Wie Taru gesagt hatte, er war kein Mensch. Ich hätte ihm von Anfang an nicht vertrauen sollen.

Doch wie menschlich war ich wirklich?

Grob wischte ich mir über die Wangen, als das Taxi vor meinem Wohnhaus hielt. Ich schob die Gedanken daran ganz weit nach hinten.

Ich gab der Fahrerin einen Schein, mit viel zu viel Trinkgeld, und stürmte in mein Wohnhaus. Mit schnellen Schritten eilte ich durch den Flur, ignorierte den ekelhaften Alkoholgeruch aus dem Apartment meines Vermieters und die Schatten, die sich wie unheimliche Wesen in den Ecken kräuselten. Schwer atmend, von der Enge in meiner Brust, erreichte ich die Treppe und nahm zwei Stufen auf einmal. Ich brauchte einen Moment in meinem Apartment, ein Stück meiner Normalität, bevor ich zu Dad fahren konnte. Keine Götter, kein Taru, keine Dixie und nichts Übernatürliches.

In meiner Etage angekommen, schrieb ich mit zittrigen Händen Jake eine Nachricht, dass ich mich gleich auf den Weg machen würde, um wenigstens noch einen halben Tag mit Dad zu verbringen.

Ich schloss meine Wohnungstür auf.

Das Erste, was mir entgegenschlug, war dieser Geruch. Dann sah ich das Chaos. Meine Matratze lag auf dem Boden. Die Schubladen meiner roten Kommode waren herausgezogen und deren Inhalt im gesamten Raum verteilt. Mein Schreibtisch war zerwühlt und Zettel lagen verstreut darauf. Selbst meine Vorhänge waren abgerissen.

Mein Blick blieb an einem Adler hängen. Mitten in meinem Zimmer.

Ein Adler mit herausgerissenen Flügeln, in einer tiefroten Blutlache. Vor meinem Bett. Sein mächtiger Schnabel war zertrümmert. Die Federn, die ihm gerupft wurden, verteilt auf dem Boden. Über meinem Bett stand etwas in einer Sprache geschrieben, die ich nicht verstand.

In meinem Zimmer lag ein totes Tier.

In meinem Zimmer lag ein totes Tier.

Die entsetzliche Realität, dieses Schreckensszenario vor meinen Augen, haute mich um wie eine Abrisskugel. Ich stolperte zurück, blieb an meiner Tür hängen und landete auf dem Boden im Flur.

Der Geschmack von Galle legte sich in meinen Mund, und ich konnte die Übelkeit nicht mehr wegatmen. Im letzten Moment krabbelte ich auf allen vieren weiter von meiner Zimmertür weg und erbrach mich auf dem Flur, bis mein Hals brannte. Tränen liefen über meine Wangen.

Ich drehte mich um, den Rücken gegen die Wand gelehnt, vor mir mein verwüstetes Zimmer, und ich konnte nicht aufhören, auf den Adler zu starren.

Panik schnürte mir den Hals zu. Ich presste eine Hand auf meine Brust und zwang mich, ruhiger zu atmen. Schnell rutschte ich etwas nach links, damit mich die toten Augen des Tieres nicht weiter anstarren konnten, und betete, dass keiner meiner Nachbarn zu Hause war. Es war noch vormittags. Sicher waren die meisten arbeiten, und Ms Jones, die in der Wohnung am Ende des Flures lebte, hörte eh schwer.

Ich rappelte mich auf. Irgendetwas musste ich tun. Wieder konnte ich die Polizei nicht anrufen. Was sollte ich ihnen erzählen? Wie sollte ich das irgendjemandem erklären? Was war das für ein kranker Scheiß?

Ich fuhr mir mit der Hand über mein Gesicht, in der anderen hielt ich immer noch mein Handy umklammert. Die Nachricht an Jake hatte ich noch nicht abgeschickt. Ich löschte das, was ich geschrieben hatte, und schluckte meinen Stolz und die Wut auf Taru herunter. Nach nur wenigen Sekunden nahm er ab, doch nicht seine Stimme erklang, sondern Dixies.

»Rio, was ist los?«

Ihre Stimme klang alarmiert, als hätte sie geahnt, dass etwas nicht stimmte. Ich warf einen kurzen Blick zum Adler. Vielleicht hatte ich ihn mir ja auch nur eingebildet. Aber er lag immer noch so leblos und verstümmelt da wie vor wenigen Minuten. Ich sah weg und konzentrierte mich auf die braunen Flecken auf der Tapete im Flur. »Dixie, ich …«

Bevor ich Dixie die Situation auch nur schildern konnte, hörte ich, wie ihr das Telefon aus der Hand genommen wurde.

»Was ist passiert? Geht es dir gut?« Tarus Stimme klang angespannt, und ich verfluchte mein dummes Herz dafür, dass ich mich bei seinem sorgenvollen Ton leichter fühlte, weil ich ihm die Wahrheit darüber sagen konnte, was passiert war. Weil er mich nicht für verrückt halten würde. Aber ich durfte nicht vergessen, dass es nicht darum ging. Keine Freundschaft und auch nicht mehr. Er hatte mich für seine Zwecke benutzt. Ich bedeutete ihm nichts. Das hatte er selbst gesagt. Er war ein Gott und ich ein Mensch.

»Jemand ist in mein Apartment eingebrochen«, sagte ich und presste eine Hand auf meine Stirn. Ablenken. Nicht darüber nachdenken, nicht an das viele Blut denken. »Ein Adler … er –« Ich musste atmen, weil mir schon wieder Galle emporstieg. »Er liegt mitten in meinem Raum, und es ist … so viel …« Atmen. Einfach, atmen. »Es steht auch etwas an meiner Wand, aber ich … ich kann es nicht lesen.«

Taru fluchte und und bellte Dixie Anweisungen zu, ehe er wieder zu mir sprach. »Dixie ist sofort bei dir. Warte unten auf der Straße, versuch, in der Nähe von anderen Menschen zu bleiben.«

»Taru, was –«

»Dir wird nichts passieren, okay?«, sagte er bestimmt, und ich nickte, auch wenn er es nicht sehen konnte. »Gehst du schon nach unten?«

»Ja«, log ich, ich konnte mich nicht bewegen. Der Schock hatte mich an diesen Flur gefesselt, und ich wollte nicht an meiner Tür vorbei. Selbst aus dem Augenwinkel wollte ich das tote Tier nicht sehen.

»Geht es dir gut?«, fragte er, und ich glaubte Unsicherheit aufflackern zu hören.

»Nein.« Ich lehnte meinen Kopf gegen die Wand und schloss die Augen. »Ist etwas viel.«

»Es tut mir leid«, antwortete er ebenso leise.

Ich sagte nichts, öffnete die Augen und starrte gegen die fleckige Tapete, weil ich nicht wusste, was oder worauf sich seine Entschuldigung bezog. Und trotzdem spürte ich, wie sich mein Herzschlag beschleunigte. Wie ich mir wünschte, dass er sich dafür entschuldigte, was er im Apartment gesagt hatte, und dass er es nicht nur tat, damit ich weiterhin für ihn arbeitete.

»Dixie ist gleich bei dir. So lange bleibe ich am Telefon. Wir müssen auch nicht reden, wenn du nicht willst.« Er räusperte sich. Im Hintergrund hörte ich das Rauschen der Stadt. Sirenen heulten auf, Autofahrer hupten. Er musste auf der Dachterrasse sein, die ich von der Küche aus gesehen hatte.

»Ich habe den Geburtstag meines Dads verpasst«, erzählte ich ihm, um mich abzulenken. Ich durfte nicht an das denken, was in meinem Apartment lag. »Es ist unsere Tradition, dass wir ihn zusammen feiern, und er war noch nicht einmal wütend.« Ich blinzelte, als mir Tränen in die Augen stiegen. Taru schien wieder in sein Apartment zu gehen, das Rauschen wurde leiser.

»Du kannst nichts dafür«, sagte Taru, aber ich schüttelte vehement den Kopf.

»Doch. Ich bin es ihm schuldig, eine gute Tochter zu sein.«

»Warum?« Tarus Stimme war ruhig. Ich wusste nicht, weshalb, aber plötzlich hatte ich das Bedürfnis, ihm mehr zu erzählen. Vielleicht, weil ich in Ägypten das Gefühl gehabt hatte, dass er meinen Schmerz und die Schuld verstehen würde. Vielleicht hatte ich ihm aus diesem Grund zu schnell vertraut. Und wollte es immer noch.

»Es ist meine Schuld, dass Mom uns verlassen hat«, begann ich und starrte auf die Chucks an meinen Füßen, sah jedoch schnell weg, als ich Blut an der weißen Sohle entdeckte.

»Du warst neun«, entgegnete mir Taru. »Wie sollte das deine Schuld gewesen sein?«

Ich streckte meinen Rücken durch. »Woher weißt du das?«

»Du hast es mir gesagt. Vor unserer Reise nach Ägypten.«

»Ich –« Das hatte ich tatsächlich. Kurz bevor wir mein Apartment verlassen hatten und Taru das Bild mit meiner Mom, Dad und mir angesehen hatte. »Ich hätte nicht gedacht, dass du dir das gemerkt hast.«

»Ich bin nicht immer ein egoistischer Arsch.« Auch wenn ich ihn nicht sehen konnte, war ich mir sicher, dass Taru dieses lässige und furchtbar charmante Grinsen aufgesetzt hatte, mit dem er auch Medusa begegnet war. »Eine dramatische Enthüllung, ich weiß. Erzähl es niemandem. Ist schlecht für meinen Ruf.«

Ich spürte, wie ein leichtes Lächeln an meinen Mundwinkeln zupfte, doch als Taru Luft holte und sein Ton ernster wurde, verschwand es sofort. »Du warst ein Kind, Rio. Dir kann man nichts vorwerfen.«

»Doch.« Ich nickte, auch wenn er es nicht sehen konnte, und ehe ich mich selbst aufhalten konnte, begannen die Worte förmlich aus mir herauszufallen. »Wir waren an meinem Geburtstag im Zoo im Central Park, weil ich es mir so sehr gewünscht habe. Und dann … dann habe ich es dort gehasst, weil ich nicht verstanden habe, weshalb die Tiere dort eingesperrt leben müssen. Wieso man überhaupt jemanden ankettet oder ihn seiner Freiheit beraubt. Ich habe geschrien wie am Spieß. Selbst mit einem Eis konnten mich meine Eltern nicht beruhigen.«

Taru schnaubte leise auf, als könnte er meine Reaktion nur zu gut verstehen.

»Wir sind wieder nach Hause gefahren, und meine Eltern haben alles getan, um den Tag irgendwie zu retten. Natürlich haben sie das geschafft, und ich habe aufgehört zu weinen, denn ich wollte ja auch, dass sie glücklich waren. Es war nie leicht mit mir.« Ich atmete tief durch. »Die … die anderen Kinder waren schon im Kindergarten gemein zu mir. Auch in der Schule. Ich weiß nicht, warum, aber sie hatten Angst vor mir. Machten einen Bogen um mich. Ich glaube, sie haben es schon damals gespürt. Dass ich nicht normal bin, meine ich. Irgendwann hatte ich Angst davor, zur Schule zu gehen.« Ich schloss die Augen und atmete tief durch, weil die Bilder sich schwer auf meine Brust legten. »Die Kinder … einige von ihnen wollten das Böse aus mir austreiben. Sie haben mich an die Tische gebunden, mich mit Stiften und … und Kugeln aus Alufolie beworfen. Einer von ihnen hatte einen Film mit einer Hexe gesehen, und sie wollten mich steinigen. Und als meine Mom abends in mein Zimmer kam, um mir zu erzählen, dass sie eine Beschwerdemail an den Zoo geschrieben hat, konnte ich das, was am Tag davor in der Schule passiert ist, nicht mehr geheim halten.«

Ich wischte über meine Wangen und lauschte Tarus Atem, bis sich mein Herz wieder beruhigt hatte. Noch nie hatte ich jemandem davon erzählt. Jake wusste nur vereinzelt, was in der Highschool mit mir gemacht wurde. Er war nicht immer da gewesen, um auf mich aufzupassen. Und irgendwann wollte ich auch nicht mehr, dass er sich für mich prügelte und die anderen Kinder zurechtwies. Ich wollte meine Kämpfe selbst ausfechten, auch wenn es bedeutete, es stumm auszuhalten. Vielleicht war das der Grund, weshalb ich Taru nun davon erzählte. Ich hatte lange genug geschwiegen und den toten Adler zu sehen, die Gewalt, die dahintersteckte, hatte diese gut verschlossene Tür in meinen Gedanken geöffnet.

»Meine Mom ist natürlich ausgerastet«, fuhr ich also fort, weil ich, jetzt, wo ich es einmal ausgesprochen hatte, nicht mehr aufhören konnte. »Sie hat die Eltern der Kinder angerufen, nachdem sie die Namen aus mir herausbekommen hat. Ab diesem Tag hat man nicht nur mich in der Stadt seltsam angesehen. Auch meinen Dad, meine Mom, jeden, der mit mir befreundet war. Und als sie wenige Wochen später verschwand, wusste ich … ich meine, ich weiß nicht, ob sie wirklich –« Ich stockte, weil die Worte plötzlich nur schwer über meine Lippen kamen. Ich lehnte den Kopf gegen die Wand und wartete, bis der Kloß in meinem Hals verschwunden war. »Sie ist meinetwegen verschwunden. Es war mir klar, dass auch sie irgendwann genug von mir haben musste.«

»Rio«, sagte Taru so sanft, voller Mitgefühl, dass ich mich wieder fragte, ob seine Worte vorhin wirklich ehrlich waren. »Du bist nicht …«

»O Mann«, unterbrach ich ihn schnell, damit er mich nicht noch mehr durcheinanderbringen konnte. Ich hatte ihm von Mom erzählt. Ich hatte ihm von meinem drückenden Schuldgefühl erzählt. Was das über mich aussagte, dass ich ihm so sehr vertraute, wollte ich gar nicht wissen. »Ich weiß gar nicht, warum ich dir das überhaupt erzähle. Eigentlich hasse ich dich noch.«

Ich hörte ihn am anderen Ende leise lachen, und auch auf meine Lippen stahl sich erneut der Anflug eines Lächelns. Wie konnte es nur so leicht mit ihm sein? Das … das war nicht okay.

»Ein *noch* bedeutet, dass du mir verzeihen kannst, oder?«, meinte er schließlich wieder ernster. »Ich … ich brauche …«

Ich umklammerte mein Telefon fester und wusste nicht, worauf ich wartete oder was ich hören wollte. Ich war so unfassbar verletzt, so wütend. So schnell konnte ich ihm nicht verzeihen, oder? Was würde geschehen, wenn ich es tun würde? Konnte ich riskieren, es herauszufinden? Es ging ihm nur um diesen Job. Natürlich tat es das, für mich sollte das Gleiche gelten.

»Ohne dich kann ich weder die Sphinx noch Pandora finden. Du weißt schon, wegen der Erinnyen.« Seine Worte waren leise und klangen nicht nach dem, was er eigentlich sagen wollte. Wahrscheinlich sollte es mich noch mehr aus der Fassung bringen, dass wir als Nächstes tatsächlich die Sphinx sehen würden. Dass das der nächste Stopp auf unserer Reise wäre. Doch der Schock wegen des toten Adlers saß noch zu tief, und die Info über unser nächstes Ziel prallte einfach an mir ab. Es ging eh nur um diesen Job. Also schwieg ich, redete mir ein, ich hätte mir nicht erhofft, dass Taru mich für etwas anderes in seiner Nähe haben wollte als meine Fähigkeit, ihm die Erinnyen vom Hals zu halten, und starrte weiter auf die dreckige Wand vor mir.

Natürlich ging es nur um Pandora. Taru brauchte sie, um seinen Fluch loszuwerden. Was hatte ich auch erwartet.

Als ich aus dem Augenwinkel eine Bewegung wahrnahm, zuckte ich erschrocken zusammen.

»Rio?«

»Dixie ist da«, erklärte ich Taru und erhob mich vom Boden. Dixie kam auf mich zu und streckte ihre Hand aus, um mir aufzuhelfen.

»Du hast im Flur gewartet, oder?«, fragte er mich mahnend, doch ich hörte das Schmunzeln in seiner Stimme.

»Ich lege jetzt auf«, sagte ich und spürte die bittere Enttäuschung in meinem Magen. Ich hatte so viel von mir preisgegeben, und ihm ging es um diesen beschissenen Job.

Großartig, jetzt war ich nicht nur wütend auf ihn, sondern auch auf mich.

Dixie legte sanft eine Hand auf meinen Arm und sah mich besorgt an, als ich das Gespräch mit Taru beendete.

»Alles okay bei dir?«

»Es geht.« Ich zuckte mit den Schultern, zeigte dann auf meine offene Apartmenttür. »Was hat das zu bedeuten?«

»Fuck.« Dixie starrte mit aufgerissenen Augen in meine Wohnung. Ihr Gesicht wurde blass.

»Was ist los? Was steht an meiner Wand?«

»Eine Warnung«, sagte Dixie unheilvoll. Sie zog ihr Handy aus ihrer schwarzen Lederjacke und schritt durch die Tür. »Jemandem gefällt es ganz und gar nicht, dass Taru sich unter dem Radar der Erinnyen bewegt. Und scheinbar hat dieser Jemand herausgefunden, wie er das macht«, erklärte sie, nachdem sie einige Fotos gemacht hatte. »Es wäre besser, du würdest wieder mit zu uns kommen, Rio.«

»Das geht nicht. Ich muss zu meinem Dad.« Mein Handy vibrierte in meiner Hand. Jake. Ich drückte ihn weg und sah zu Dixie. Sie verschränkte die Arme vor der Brust. »Ich kann bei Jake wohnen, bis … bis sich das geklärt hat.«

»Rio, ich weiß, du und Taru habt euch gestritten. Ihr habt euch unfreundliche Dinge an den Kopf geworfen, aber glaub mir, wenn ich sage, dass es für dich und deine Familie das Sicherste ist, wenn du bei uns bleibst.«

Ich presste die Lippen zusammen und starrte auf mein Display. Eine Nachricht von Jake leuchtete auf, er fragte, was los sei.

»Hör zu.« Dixie stellte sich näher vor mich und sah mich eindringlich an. »Wenn sie herausgefunden haben, wo du lebst, ist es ein Leichtes für sie herauszufinden, wo du als Nächstes sein wirst. Bring deine Familie nicht in Gefahr, nur um einem Konflikt aus dem Weg zu gehen.«

»Na gut«, gab ich nach weiterem Zögern schließlich auf. Ich wollte fragen, wer genau *sie* waren, doch stoppte mich. Vielleicht war es nicht gut, wenn ich es wusste. Mit Namen und Gesicht wurde es nur realer.

Als wir Murray Hill hinter uns ließen, vibrierte mein Telefon in der Hand. Ich seufzte. Noch einmal Wegdrücken konnte ich Jake nicht. Dixie warf mir einen fragenden Blick zu, aber ich schüttelte den Kopf und nahm den Anruf an.

»Jake, ich habe –«

»Wie ist das Wetter bei dir?«, unterbrach er mich sofort, und mein Herz wurde schwer. Er benutzte unseren Code. Wir hatten ihn für den Notfall überlegt, falls der andere in eine Situation geriet, in der er nicht frei sprechen konnte. So konnten wir uns gegenseitig verständigen, dass es uns gut ging.

»Die Sonne scheint«, sagte ich ruhig und hörte, wie Jake geräuschvoll ausatmete. »Es ist keine Wolke am Himmel.« Dixie beugte sich leicht nach vorn und beäugte verwirrt den bewölkten Himmel aus der Frontscheibe des Wagens.

»Verdammt, Rio!«, rief Jake nun erleichtert in den Hörer. »Was ist los bei dir? Ich bin fast gestorben vor Sorge.«

»Alles gut, Jake. Ich … dieser Job, er ist sehr zeitintensiv. Ich habe es einfach nicht geschafft.«

»Das hat mit diesem Typen zu tun, den du nachts getroffen hast, richtig?« Sorge schwang in Jakes Stimme mit. Ich konnte es ihm nicht verübeln. An seiner Stelle würde ich mir ebenso Gedanken machen. »Ich habe versucht, ihn zu googlen. Es gab keine Treffer, Rio. Das ist nicht möglich. Google weiß immer alles. Also, geht es dir wirklich gut?«

Ich musste bei dem Gedanken grinsen, wie Jake das Internet durchsuchte, um Antworten zu finden, genauso, wie ich es getan hatte. »Es ist wirklich alles gut, Jake. Taru ist …« Ich stockte und sah zu Dixie, die plötzlich hochkonzentriert auf die Straße schaute. Das neugierige Funkeln in ihren Augen entging mir jedoch nicht. »Er ist ein guter Boss. Ich werde auch für ein paar Tage bei ihm einziehen. Wir –«

»Was?!«, rief Jake dazwischen. »Warte, wiederhol das bitte oder … läuft da was zwischen euch? Ist es das, weshalb du heute nicht kommen konntest?«

Ich atmete tief durch. »Jake, bitte. So ist es nicht«, erklärte ich und warf Dixie einen warnenden Blick zu, die neben mir zu husten begann. »Er hat nur viele Geschäftsreisen geplant, und ich soll ihn begleiten. Da ist es einfach, wenn ich vor Ort bin.«

Ich hörte, wie Jake schnaubte. Er wirkte nicht überzeugt, dabei war ich schon näher an der Wahrheit, als es eigentlich gut war.

»Hey, du warst es doch, der mich überzeugt hat, diesen Job anzunehmen, oder?«

Jake grummelte daraufhin irgendetwas Umständliches, atmete dann noch einmal lautstark aus. »Pass auf dich auf, ja?«

»Natürlich«, versprach ich ihm aufrichtig. »Sehen wir uns morgen? Ich habe vormittags Schicht im *Celestial* und danach Zeit für einen Kaffee.« Auch wenn ich Jake erst vor drei Tagen das letzte Mal gesehen hatte, vermisste ich ihn.

»Auf jeden Fall! Du musst mir schließlich alles von deinem heißen Boss erzählen.« Er kicherte, als ich schimpfte. Ich räusperte mich schließlich und spielte an einem losen Faden meines Kleides.

»Geht es Dad gut?«, fragte ich leise. »Ich fühle mich furchtbar, weil ich seinen Geburtstag verpasst habe und –«

»Mach dir keine Gedanken, Rio«, beruhigte Jake mich sofort. »Ich hab ihm einen Vortrag darüber gehalten, warum er nicht nur Krimis lesen und sich stattdessen an Liebesromanen versuchen sollte. Schließlich ist so viel Aufregung nicht gut für sein Herz, und in seinem …« Jake stoppte sich. Er musste mich nicht sehen, um zu wissen, dass mich das eben nur noch mehr verunsicherte. »Sorry, Rio. Aber wirklich. Mach dir keine Sorgen. Dein Dad ist glücklich, wenn du es bist.«

Mein Dad ist glücklich, dass du ein besserer Sohn bist als ich eine Tochter, dachte ich. Doch ich sagte nichts weiter, sondern hörte Jake mit vereinzelten zustimmenden Geräuschen dabei zu, wie er mir von Dads Reaktion auf sein Geschenk erzählte. Während ich mich daran erinnerte, dass ich ihnen noch nicht einmal was aus Ägypten mitgebracht hatte. Die Schuld und das schlechte Gewissen wogen immer schwerer. Bevor wir uns verabschiedeten, versprach Jake mir, meinem Dad Grüße zu bestellen.

Ich schloss die Augen und lehnte meinen Kopf gegen die Lehne des Sitzes. Obwohl ich vor wenigen Stunden erst aufgestanden war, erfasste mich eine unsagbare Müdigkeit.

»Wir sind da.« Dixie berührte mich sanft an der Schulter, während ich mich verwirrt umsah. Wir befanden uns in einer Parkgarage mit teuren, glänzenden Autos um uns herum. Ich wollte gerade aussteigen, als Dixie mich an der Hand zurückhielt.

»Rio, bevor wir wieder ins Penthouse gehen, solltest du wissen, dass Taru manchmal Dinge sagt, die er nicht so meint.«

»Sollte er mir das nicht selbst sagen?« Skeptisch zog ich meine Augenbrauen hoch, als Dixie den Kopf schüttelte. Sie sah mich mitfühlend an.

»Taru hat vor Jahrhunderten etwas erlebt, das ihn verändert hat. Er glaubt, er verdient das alles.« Sie nahm ihre Hand von mir und wirkte so traurig, als würde sie über ihre eigene Vergangenheit sprechen. »Es waren verdammt harte Jahre, und ich wusste nicht, ob er es überleben würde. Aber seitdem er dich getroffen hat, habe ich so etwas wie Hoffnung in ihm entdeckt.«

Ich schluckte schwer. In Ägypten hatte ich genau so etwas vermutet. Wie gereizt er war bei jedem Wort, das Medusa an ihn richtete. Diese seltsame Begrüßung zwischen den beiden und die Trauer in seinen Augen, als er von seinem Leben als Tragödie sprach. »Das entschuldigt nicht, dass er mich benutzt hat«, sagte ich dennoch. »Ich weiß, es ist nur ein Job, aber er kann trotzdem nicht so mit mir umgehen. Nicht, wenn …« Ich stoppte, obwohl ich sicher eine Freundin gebrauchen könnte, mit der ich darüber sprechen konnte. Doch ich vertraute Dixie noch nicht genug, um sie in meine seltsamen Gefühle einzuweihen. Also räusperte ich mich. »Hätte er mir alles erklärt, dann hätte ich vielleicht darüber nachgedacht, ihm zu helfen, ohne dass er mich manipulieren musste.«

»Aber hättest du es getan? Hättest du dich dann von Medusa untersuchen lassen, wenn du gewusst hättest, was dich danach erwartet?«

Ich öffnete den Mund, schloss ihn aber gleich wieder.

Dixie bedachte mich mit einem wissenden Blick. »Und sag mir, Rio. Ist es wirklich etwas, was du nicht schon vorher wusstest? War dir nicht schon vor Medusa klar, dass du nicht normal sein kannst?«

»Darum geht es doch gar nicht«, entgegnete ich ihr eine Spur zu gereizt. Ob ich es wahrhaben wollte oder nicht, Dixie hatte recht.

»Versteh mich nicht falsch«, setzte Dixie wieder an. »Taru hat sich aufgeführt wie ein kompletter Idiot. Lass ihn dafür ruhig noch ein paar Tage im Hades schmoren. Aber gib ihn nicht so schnell auf, okay?«

21

Taru

Ich schloss die Tür hinter mir ab, als ich das *Ping* des Fahrstuhls hörte. Niemand, noch nicht einmal Dixie, sollte sehen, was ich mit einem der Gästezimmer angestellt hatte, nachdem Rio aufgelegt hatte. Sogar das Fenster hatte ich geöffnet, damit man nicht den verkohlten Geruch wahrnahm.

Ich war ausgerastet. So sehr wie schon lange nicht mehr. Meine Gefühle waren übergelaufen. Dass ich untätig hier herumsitzen musste, weil ich immer noch an dieses Gebäude gefesselt war, hatte sämtliche Rationalität über den Haufen geworfen. Wenn es nach mir gegangen wäre, hätte ich am liebsten das gesamte Gebäude abgefackelt. Doch meinen Frust an diesem Zimmer auszulassen, besänftigte mein loderndes Feuer wenigstens für den Moment. Auch wenn Dixie mir versichert hatte, Rio würde es gut gehen … allein der Gedanke daran hatte mich beinahe umgebracht. Vielleicht hatte Dixie recht, und ich belog nur mich selbst.

Mit großen Schritten erreichte ich den Fahrstuhl und blieb ruckartig stehen, als ich Rio sah. Tiefe Schatten lagen unter ihren Augen, ihre Haare waren zerzaust, und selbst das rote Kleid, das sie immer noch trug, wirkte verblasst. An den weißen Sohlen ihrer Chucks klebte Blut so grell wie eine der Reklamen am Times Square. Sie sah so unendlich müde aus, als würde sie gleich im Stehen einschlafen.

Unsere Blicke trafen sich, und mein Herz zuckte zusammen. Schuld bohrte sich tief in meinen Magen. Der Drang, sie in den Arm zu nehmen, war so übermächtig, dass ich meine Hände zu Fäusten ballte. Ich hatte ihre Nähe nicht verdient. Nicht, nachdem ich mich wie die Götter verhalten hatte, die ich am meisten hasste. Schmerz flackerte in ihren Augen auf, und ich glaubte, meine Entschlossenheit würde jeden Moment entzweibrechen. Doch dann reckte sie ihr Kinn, streckte ihren Rücken durch und kam mit festen Schritten auf mich zu.

Sie blieb so nah vor mir stehen, dass ich ihren süßen Geruch wahrnahm. Obwohl ich sie deutlich überragte, wirkte sie in diesem Moment drei Köpfe größer als ich.

»Ich bin nicht wegen dir hier oder weil ich dir verzeihe, sondern weil ich nirgendwo anders hinkann, also bilde dir darauf nichts ein. Verstanden?« Ich nickte, als sie die Augen verengte. Sie warf mir einen vernichtenden Blick zu, wollte sich gerade zum Gehen wenden, hielt jedoch noch einmal inne. »Wenn du mich noch einmal manipulierst, ist es mir egal, ob die Erinnyen dich zerfetzen oder nicht.« Sie sah mir fest in die Augen und straffte ihre Schultern. »Nur, falls das noch nicht klar war.« Mit diesen Worten verschwand sie die Treppe hinauf. Erst als ich hörte, wie sie die Tür ihres Zimmers zuschlug, wagte ich es zu atmen.

»Na ja, immerhin ist sie ehrlich«, sagte Dixie. Ich hatte sie gar nicht bemerkt. Sie legte mir eine Hand auf die Schulter und sah mich vorwurfsvoll an. »Und recht hat sie auch.«

Ich atmete tief aus und fuhr mir mit der Hand durchs Haar. Natürlich hatte Rio recht. Das wusste ich selbst.

»Kommst du?«, rief Dixie, die bereits auf dem Weg in die Bibliothek war, über die Schulter.

Mit einem Seufzen folgte ich ihr.

Wütend feuerte ich Dixies Telefon auf einen der gelben Sessel. Ich stützte meine Ellenbogen auf meine Knie und vergrub das Gesicht in meinen Händen.

»Was sollen wir jetzt tun?«, fragte Dixie, und ich sah auf. Sie wischte noch einmal über das Display und sah sich die Bilder an.

Dein Schicksal verfolgt dich.

Das hatte in Altgriechisch auf Rios Wand gestanden. Es war keine Warnung, mehr eine Drohung. Und ich wusste auch genau, von wem sie kam. Der Adler war sein Zeichen und die Aussicht darauf, was mich erwarten würde.

»Taru?«

»Ich weiß es nicht, verdammt.« Stöhnend sank ich tiefer in den Sessel und schloss die Augen. Mein Kopf dröhnte von all den Möglichkeiten, den Vermutungen, wie er sie hatte finden können. Wie er herausfinden konnte, dass sie mit mir im Zusammenhang stand. Zeus war kein Dummkopf, aber Menschen interessierten ihn auch nicht so sehr, dass er sich selbst darum kümmern würde. Vielleicht hatte er einen seiner Söhne geschickt. Sie taten alles, was Daddy sagte. Doch hätten Hermes oder Apollon den Olymp verlassen, hätte Rhada es mir gesagt. Oder Persephone. Sie hätten mir eine Warnung zukommen lassen.

»Schließ mich nicht aus deinen Überlegungen aus, Taru«, flehte Dixie. Ich öffnete die Augen. Sie hatte sich zu mir auf die Lehne gesetzt und sah sorgenvoll auf mich herab. »Was denkst du?«

»Dass es Zeus ist, ist offensichtlich.« Ich erhob mich und tigerte um die gelbe Sitzgruppe herum, bis ich vor dem Aquarium hielt, aus dem Jutta mich aufmerksam ansah. Auch Bartholomäus und François kamen an die Scheibe geschwommen. Ihre fluoreszierenden Körper pulsierten im leeren Tank. »Aber er würde sich nie selbst darum kümmern, das hat er schon damals nicht. Wäre einer seiner Söhne auf die Erde gekommen, hätten wir es bemerkt.«

»Es sei denn, dieser Jemand ist für den Olymp nicht von allzu großer Bedeutung«, überlegte Dixie und stellte sich zu mir an das Glas. Sie wackelte mit ihren Fingern und lenkte François' und Juttas Aufmerksamkeit auf sich. »Kleines Biest«, murmelte sie, als Jutta nach ihr schnappte, doch kurz vor der Glasplatte anhielt. Obwohl sie wusste, dass sie direkt hindurchschwimmen konnte, blieb sie immer in ihrem Aquarium. Soweit es Jutta aus ihren toten Augen möglich war, warf sie Dixie einen warnenden Blick zu und verschwand dann wieder ins Nichts.

»Oder unsichtbar«, kam es mir plötzlich in den Sinn, und ich drehte mich zu Dixie. »Was ist mit der Hadeskappe? Es kann ja wohl kein Zufall sein, dass sie gestohlen wurde und kurz darauf jemand in Rios Apartment einbricht.«

Dixie nickte langsam. »Wobei dann immer noch die Frage offen ist, wie sie den Zusammenhang zwischen dir und Rio herausfinden konnten. Geschweige denn, wo sie wohnt.«

»Medusa könnte …«, setzte ich an, doch wurde von Dixie mit einem Knuff in die Seite unterbrochen. »Was?«

»Du glaubst ja wohl nicht, dass Medusa dich verraten würde, du verzogener Prinz«, sagte Dixie. »Sie hasst den Olymp ja wohl genauso sehr wie du. Außerdem, hast du nicht gesagt, sie hätte ebenfalls Interesse an Rio? Weshalb sollte sie sie dann verraten?«

»Ich hab kein –« Ein Räuspern unterbrach uns. Gleichzeitig drehten wir uns zum Geräusch. Rio hatte sich umgezogen und trug ein großes T-Shirt mit Sonnenaufdruck und eine weite

Hose. Ihre Haare hatte sie zu einem unordentlichen Zopf zusammengebunden.

»Alles okay? Brauchst du etwas?«, fragte ich und ignorierte Dixie, die nur unzufrieden schnaubte.

»Ich wollte etwas kochen, aber … der Kühlschrank und all eure Schränke sind komplett leer.« Sie verschränkte die Arme vor der Brust, aber das Knurren ihres Magens ließ sich davon nicht beeindrucken. Eine zarte Röte legte sich auf ihre Wangen.

»Ich besorg uns was zu essen«, meldete sich Dixie zu Wort und setzte sich in Bewegung. »Kann ja nicht sein, dass du ständig hungerst, wenn du bei uns bist, Süße.«

Dixie betrachtete sie mit einem mitfühlenden Lächeln, das Rio breit erwiderte. Scheinbar hatten sie sich seit ihrem letzten Zusammentreffen verschwistert und sich dabei gegen mich verschworen. Großartig.

»Hat jemand etwas gegen Italienisch einzuwenden?« Fragend sah Dixie zu Rio und zu mir. Wir beide wechselten einen kurzen Blick und schüttelten den Kopf. »Na gut«, murmelte Dixie. »Wenn ich wieder da bin, habt ihr euren Streit geklärt, okay? Ich will in Ruhe essen.«

Ohne auf eine Antwort zu warten, verschwand Dixie aus der Bibliothek und ließ Rio und mich stehen.

»Ich geh dann –«

»Willst du –«, setzten wir gleichzeitig an.

»Du zuerst«, sagte Rio.

»Willst du dich hier umsehen, solange Dixie weg ist? Oder soll ich dir etwas über die Sphinx erzählen? Oder …« Unsicher sah ich auf. »Ich kann auch verschwinden.«

»Nein, bleib ruhig«, sagte sie, und das Rot auf ihren Wangen wurde intensiver. Ein Lächeln zuckte an meinen Mundwinkeln. Es war unangebracht, das wusste ich. Aber ich war einfach zu erleichtert, dass es ihr gut ging. Dass sie immer noch erröten konnte, weil sie – anders als der Adler – noch lebendig war. Mein Lächeln erlosch. »Muss ich mir Sorgen um meine Familie machen?«

»Dir wird nichts passieren«, versprach ich ihr und trat einen Schritt nach vorn. Doch sie schüttelte nur den Kopf, und ich blieb stehen. »Diese Drohung galt nicht dir –«

»Danach habe ich nicht gefragt«, unterbrach sie mich forsch. »Ich … ich will nicht wissen, weshalb der Adler in meiner Wohnung lag oder was an meiner Wand geschrieben stand. Ich will nur wissen, ob mein Dad und Jake in Sicherheit sind.«

»Das kann ich dir nicht versprechen«, antwortete ich wahrheitsgemäß und sah, wie sich ihre Augen mit Tränen füllten. Sie blinzelte und zwang die Tränen zurück.

»Ich gehe.« Rio streckte ihren Rücken durch und verließ den Raum.

Ich fiel auf den Sessel zurück. Eine Bewegung in meinem Augenwinkel lenkte meine Aufmerksamkeit auf das Aquarium. Jutta war wieder erschienen. Das Maul mit den spitzen Zahnreihen war weit aufgerissen, als wollte sie mich verhöhnen.

»Du brauchst es mir nicht so unter die Nase reiben«, stöhnte ich und rutschte tiefer in den Sessel hinein. »Ich weiß, dass ich es verdient habe, okay?«

22

Rio

Die nächsten Tage verliefen zu meinem Glück ereignisloser. Ich ging Taru, so gut es ging, aus dem Weg, traf mich mit Jake und meinem Dad und verbrachte im Penthouse die meiste Zeit mit Dixie. Wenn ich nicht arbeiten war, schaute ich gemeinsam mit ihr Serien, bei denen wir über die Darsteller schwärmten und so laut kicherten, dass Taru einmal genervt seinen Kopf in das Heimkino des Apartments hineinsteckte. Doch sobald er mich sah, wurde sein Gesicht glatt, und ein undefinierbarer Ausdruck entstand in seinen Augen.

Unser Telefonat vor meinem Apartment – das, was ich ihm erzählt hatte, und wie er mir zugehört hatte, hing mir noch die ganze Zeit nach. Ebenso dieser Blick, kurz bevor ich die Bibliothek verlassen hatte, als wollte er noch mehr sagen. Als wäre er nicht nur verzweifelt, weil er ohne mich die Sphinx und Pandora nicht finden konnte. Seltsamerweise konnte ich ihn verstehen. Immerhin hatte meine eigene Verzweiflung mich genau in diese Situation gebracht. Und vielleicht versuchte Taru ja auch, vor Dingen wegzulaufen, die ihm Angst machten. Nur hatte er eine andere Richtung eingeschlagen.

Ich war gerade von meiner Schicht im *Celestial* zurück und ließ mich aufs Bett fallen, um den Sonnenuntergang über dem Central Park zu genießen, als ein Klopfen den beginnenden Gedankenstrudel unterbrach.

Ich erhob mich und wandte dem phänomenalen Ausblick den Rücken zu.

»Hey«, begrüßte mich Dixie, als ich die Tür öffnete. Erleichtert seufzte ich auf, auch wenn ich heimlich gehofft hatte, es wäre Taru. Dummes, dummes Herz. »Darf ich reinkommen?«

»Hi. Ja, natürlich.« Ich trat ein paar Schritte zurück und ließ sie in meinen Raum. Was hatte ich erwartet? Ich hatte Taru deutlich genug zu verstehen gegeben, dass er mich in Ruhe lassen sollte. Trotzdem konnte ich die Momente nicht vergessen, in denen wir uns in den Fluren, in der Küche und auf der Treppe begegnet waren. Wie die Stimmung sich auflud, als seine Augen auf meinem Gesicht ruhten, weil er darauf wartete, dass ich den ersten Schritt machte. Mein Herz, das bereits auf ihn zurannte, weil ich ihm ja doch schon verziehen hatte, hielt ich zurück. Mein Kopf weigerte sich.

»Wie geht es dir?«, fragte Dixie und setzte sich im Schneidersitz auf mein Bett. Sie trug eine kurze Hose, die ihre elendig langen Beine nur noch länger wirken ließen, und ein Crop-Top in einem tiefen Orange. Ihre Haare hatte sie zu einem dicken Zopf geflochten, und in diesem Moment wirkte sie nicht wie eine Nymphe, sondern wie eine ganz normale Zwanzigjährige, die tatsächlich meine Freundin werden konnte.

Ich setzte mich zu ihr auf mein Bett und zog die Beine an die Brust. Unschlüssig zuckte ich mit den Schultern. »Keine Ahnung«, sagte ich leise und starrte auf die dunkelblaue Bettwäsche. »Um ehrlich zu sein, fühle ich mich … ich weiß nicht, wie ich mich fühlen soll. Ich sollte eigentlich schreiend im Kreis rennen, oder?«

Als ich wieder aufsah, lächelte Dixie. »Deine Psyche passt gerade auf, dass du nicht durchdrehst mit all diesen neuen Infos. Das ist normal.«

Ich lachte. »Seltsam, oder? Wie kann das das einzig Normale an mir sein?«

»Auch der Rest ist normal an dir, Süße. Nur weil du vielleicht nicht in die Schublade eurer Menschenwelt hineinpasst, bedeutet es nicht, dass du nicht normal bist.« Dixie legte eine Hand auf meinen Arm, ihre Augen voller Mitgefühl. »Und mal ehrlich: Wer wird schon gern in eine Schublade gepresst? Du gehörst jetzt zu uns. Hier gibt es unendlich viel Platz.«

Ich verzog das Gesicht und wischte mir über meine Wangen. Dummerweise liefen mir Tränen aus den Augen. Und als ein Schluchzen aus mir herausbrach, zog Dixie mich in eine Umarmung. Ihre Worte hatten etwas in mir gelöst, das ich die restlichen Tage gewaltsam zurückgehalten hatte. Einen fiesen Knoten, der mir Übelkeit verursachte. Ich hatte noch nie irgendwo dazugehört. Nicht auf der Highschool, selbst bei Jakes anderen Freunden, zu denen er mich manchmal mitgeschleppt hatte, fühlte ich mich immer wie ein Eindringling. Wenn sie den vierten Juli in den Häusern ihrer Eltern in Ohio oder Michigan feierten, blieb ich in New York. Immerhin war es mir nicht möglich, diesen Staat zu verlassen. Während Jake mit seinen Freunden gemeinsame Erinnerungen sammelte und sie mir schließlich davon erzählten, fühlte ich mich immer fremder. Ich geriet weiter in den Hintergrund, bei Partys in New York, zu denen sie mich aus Mitleid einluden. Ich verstand ihre Insider nicht mehr, bis ich nur noch zu Jakes Freundin wurde, die nichts sagte.

Es war, als würde ich ihnen von außen beim Leben zusehen, nur um zu erkennen, dass ich nie Teil davon werden würde. Auch hier, wo es so unendlich viel Platz gab, wie Dixie sagte, würde es nicht anders werden. Nicht, nachdem Taru mir genau das mit seinen Worten vermittelt hatte. Und ich glaubte zu verstehen, weshalb mich Tarus Verhalten wirklich so verletzt hatte. Nicht, weil er mich manipuliert hatte. Ich hatte mir Hoffnungen gemacht, endlich dazuzugehören. Einen Platz gefunden zu haben. Und dieses warme Gefühl hatte er mir genommen. Er hatte Zweifel in mir gesät, die ich immer wieder spürte, wenn ich neue Menschen kennenlernte.

Die Gefühle überrollten mich wie eine unaufhaltsame Lawine, und ich klammerte mich an Dixies Schultern, während sie mir immer wieder beruhigend über den Rücken strich.

»Taru ist so ein Arsch«, schluchzte ich.

»Das ist er«, stimmte mir Dixie zu und drückte mich sanft von sich. Sie strich über meine Haare, als wollte sie sie ordnen. »Er ist der größte Mistkerl, den ich in den letzten Jahrhunderten getroffen habe, und glaub mir, ich wollte ihn mehr als einmal umbringen.«

Ich lachte auf und wischte mir wieder über die Wangen. Dixie griff zu meinem Nachtschrank und hielt mir eine Taschentuchbox entgegen. »Danke.«

»Aber hinter dieser Mistkerl-Fassade steckt ein unglaublich verletzter Mann, der glaubt, nicht geliebt werden zu können.« Sie reichte mir noch ein Taschentuch.

»Es ist wegen dem Grund für seine Bestrafung, oder?«, fragte ich und schnäuzte noch einmal geräuschvoll. Dixie kniff die Lippen zusammen und ließ ihren Blick zum Fenster wandern.

»Ja«, sagte sie nach einer Weile und sah mich wieder an. »Er wird dir davon erzählen, wenn er bereit dazu ist.«

»Warum sollte er das tun?« Ich knüllte das Taschentuch zusammen, bis es ganz winzig war. »Ich glaube nicht, dass er mir dafür genug vertraut. Ich bin nur für diesen Job hier.«

Verwundert hob ich meinen Kopf, als Dixie lachte. »Oh, das

meinst du ernst?« Ich nickte, worauf sie nur meine Hände nahm und sie leicht drückte. »Süße, du bist definitiv nicht nur hier, weil Taru dank dir für die Erinnyen unsichtbar ist.« Immer noch verwirrt sah ich Dixie nur weiter stumm an, woraufhin sie mit den Augen rollte. »Beim Hades, ihr solltet langsam wirklich miteinander reden.«

»Es gibt nichts zu besprechen«, setzte ich an, doch Dixie schnaubte nur. Okay, vielleicht hatte sie recht. Es wäre langsam wirklich an der Zeit, ihm nicht mehr aus dem Weg zu gehen.

»Dann schlaft halt miteinander. Nach dem Sex lässt sich eh am besten reden.«

Röte schoss in meine Wangen, als Bilder in meinem Kopf entstanden. Taru in Ägypten, nur mit einem Handtuch bekleidet. Wassertropfen, die über seine muskulöse Brust liefen und sich am Knoten des Handtuchs sammelten. Wie unfassbar gut sich seine Berührung in der Nacht davor angefühlt hatte. Ich schluckte schwer.

Das würde ich nicht tun. Ich wollte gerade etwas erwidern, als Dixie sich aufgebracht erhob. Sie verschränkte die Arme vor der Brust und betrachtete mich mit einem strengen Blick. »Ernsthaft, Rio. Tut irgendetwas. Aber egal was, diese verstohlenen Blicke und euer Rumschleichen sind einfach nur nervig. Und lösen keine Probleme.«

»Ich glaube nicht, dass Sex dabei helfen würde …«

»Aha!«, entkam es Dixie laut und mit einem breiten Grinsen. »Du hast also auch schon daran gedacht, mit ihm zu schlafen.«

»Nein, ich habe –«

»Du willst ihn, hab ich recht?« Dixie grinste immer breiter. »Du willst ihn schmecken, ihn in dir spüren und – oh – ich wette, du willst auf ihm reit–«

Mit einem Hechtsprung vom Bett war ich bei ihr und hielt ihr den Mund zu. Ich hatte zu viel Schwung genommen. Sie verlor den Halt, und mit einem lauten Knall landeten Dixie und ich auf dem Boden.

Plötzlich wurde die Tür aufgestoßen. Taru sah mit großen Augen zu uns, wie ich Dixie, die lauthals lachte, den Mund zuhielt, während ich mit hochrotem Kopf auf ihr lag. Wenn es möglich war, wurde mein Gesicht nur noch heißer.

»Tut mir leid, ich dachte, es wäre etwas passiert.«

»Nein«, gab ich schnell zurück, was Dixie unter mir nur noch mehr lachen ließ. Mittlerweile liefen ihr Tränen aus den Augen.

»Okay, dann …«, setzte Taru an und war schon halb aus dem Raum, als Dixie meine Hand von ihrem Mund zog. Sie streckte den Hals, um zu Taru aufzusehen.

»Wir sprachen gerade über Rios liebste Sexposition, du wärst über–«

Schnell presste ich meine andere Hand auf ihren Mund, um Tarus Lippen zuckte es bereits. Er hob eine Augenbraue. »Interessante Gespräche, die ihr führt.«

»Geh einfach wieder, Taru«, flehte ich, während mein Gesicht in Flammen stand. »Bitte.«

Tarus Lippen verzogen sich zu einem breiten Grinsen, ehe er leise die Tür hinter sich zuzog.

Mit einem wütenden Blick sah ich zu Dixie und rutschte von ihr. »Ich hasse dich.«

»Hass und Liebe sind schnell zu verwechseln, Süße«, erwiderte sie nur mit einem schelmischen Lächeln. Ich schnappte mir ein Kissen vom Bett und warf es ihr gegen den Kopf, was sie nur wieder lachen ließ.

Ich hasste sie. Alle beide. Aus tiefsten Herzen, und ich wollte definitiv nicht mit Taru schlafen. Absolut gar nicht.

23

Rio

Am nächsten Tag trat ich mit einer Kiste, in der sich noch einige Sachen aus meinem Apartment befanden, auf die Straße. Ich hatte meinen freien Tag heute genutzt, um auch noch die letzten Dinge, die nicht zerstört wurden, aus meiner Wohnung zu holen, um sie bei Taru einzulagern. Dixie hatte es seit meinem Einzug im Penthouse irgendwie geschafft, den Adler und sämtliches Blut beseitigen zu lassen. Nur noch meine heruntergerissenen Vorhänge erinnerten daran, dass jemand eingebrochen war.

Sicher, ich sollte die Wohnung wahrscheinlich kündigen. Wohlfühlen könnte ich mich dort bestimmt nicht mehr, ganz zu schweigen davon, dass jemand Göttliches nun wusste, wo ich wohnte. Aber mein Apartment aufzugeben, fühlte sich einfach noch nicht richtig an. Jedenfalls nicht, bis ich ein neues in Aussicht hatte. Dieses bisschen Unabhängigkeit wollte ich mir bewahren.

Umständlich zog ich mein Handy aus meiner Jacke, als es vibrierte. Seit heute Morgen regnete es ununterbrochen. Der Herbst hatte New York nun voll im Griff und ließ die Temperaturen immer weiter sinken.

»Hi«, begrüßte ich Dixie und stellte mich unter einen Baum, der noch nicht alle Blätter verloren hatte, um mich und meine Kiste vor der Nässe zu schützen. »Was ist los?«

»Bist du noch in deiner Wohnung?«

»Nein, ich bin gerade aus dem Haus raus. Ist was passiert?« Ich schob mir die Kapuze über mein Gesicht. Der Baum war kein so guter Schutz wie gedacht.

»Wir haben den Aufenthaltsort der Sphinx gefunden«, erklärte sie. »Besorg dir Winterklamotten, es geht nach Alaska.«

Aufregung rauschte durch meinen Körper. Ich umklammerte den Karton fester und machte mich auf den Weg zurück in mein Apartment, nachdem Dixie aufgelegt hatte.

Gerade als ich die Tür vor mir aufschließen wollte, hörte ich jemanden meinen Namen rufen.

Verwundert drehte ich mich um und entdeckte, wie Nona mit schnellen Schritten auf mich zugelaufen kam. Sie trug einen roten Mantel und ein zartes Tuch um den Hals. Ihre kurzen Haare lagen perfekt, als würde der Herbstwind einen Bogen darum machen.

»Hi, Rio«, begrüßte sie mich freudestrahlend, als ich die Kiste abstellte. Ein leises schlechtes Gewissen machte sich in mir breit. Ich hatte mich immer noch nicht bei ihr gemeldet, dabei hatten wir einen Kaffee trinken gehen wollen. »Ziehst du um?«

»Hey. Nein, ich wohne nur vorübergehend im Marquand, es gab hier eine …«, mit einem kurzen Blick sah ich zu dem Wohnhaus hinter mir, »… Ungezieferplage.«

Nona verzog angewidert das Gesicht. »Das tut mir leid! Genau davor hatte ich Angst, als ich vor paar Wochen nach New York gezogen bin. Es soll in der Stadt ja nur so vor Ratten wimmeln. Aber … heißt das, du wohnst jetzt bei deinem Boss?«

Hitze breitete sich in meinen Wangen aus. Ich wusste, wie das klang, und Nonas wissendem Lächeln nach vermutete sie genau das Gleiche. »Nein, also … ja, aber es ist nicht so, wie du denkst. Wir … wir reisen viel, und deshalb ist es einfacher, gleich bei ihm zu sein.«

»Schon okay, Rio. Ich versteh das, glaub mir«, kicherte sie und machte eine wegwerfende Handbewegung, während ich nur den Mund verzog. »Wohin reist ihr denn so?«

»Europa und … so«, sagte ich ausweichend und setzte mich in Bewegung. Ich wusste nicht, wie viel ich über unsere Reisen verraten sollte. Ich konnte ihr immerhin nicht die wahren Gründe für unsere Reise nennen, und ich wollte nicht, dass sie mich für noch verrückter hielt. Nona schien wirklich nett zu sein, und vielleicht konnten wir tatsächlich Freundinnen werden. Geschichten über Medusa und die Sphinx wären dabei sicherlich nicht vorteilhaft. »Es tut mir leid, Nona, aber ich muss jetzt los. Vielleicht können wir uns nächste Woche sehen?«

»Natürlich!«, antwortete sie sofort. »Mach dir keinen Stress. Ich werde noch eine Weile in New York bleiben.« Sie legte eine Hand auf meinen Oberarm. Ein Funkeln entstand in Nonas Augen, fast so, als würden ihre Iriden die Farbe wechseln. Doch sicher hatte ich es mir eingebildet, nach einem Augenaufschlag war alles wieder normal. Ich hatte einfach schon zu viel Zeit mit Dixie und Taru verbracht.

Eine Dreiviertelstunde später befand ich mich vor dem gleichen Portal wie vor vier Tagen. Diesmal hatte ich jedoch nur einen Rucksack auf meinem Rücken und trug die dickste Winterjacke, die ich in meinem Apartment hatte finden können, samt dunkelblauer Mütze und Handschuhen. Bereit, mich der Kälte Alaskas zu stellen. Laut meinen notdürftigen Recherchen war es dort bereits so kalt, dass an einigen Orten meterhoher Schnee lag.

Und das Mitte Oktober.

Nur Taru neben mir wirkte, als wäre er alles andere als bereit. Auch er hatte sich in dicke kälteresistente Klamotten geworfen. Eine schwarze Schneejacke, dunkle Hose und Boots, mit denen er sicher auch den Mount Everest besteigen könnte. Zu meinem Übel schaffte er es dabei sogar, nicht wie ein Michelinmännchen auszusehen. Eher wie ein Model für Wintermode.

Nur sein Gesichtsausdruck wirkte, als würde er am liebsten umkehren, weil er zu viel Chili gegessen und es nicht vertragen hatte.

»Alles okay?«, flüsterte ich, als wir weitere Sekunden nur auf die Portaltür starrten und Dixie mit ihren Nägeln schon ungeduldig auf deren Holzrahmen klopfte.

»Aber sicher.« Taru schluckte, wich jedoch meinem Blick weiter aus. Unsicher drehte ich mich zu Dixie, die nur mit den Augen rollte.

»Beim Hades, Taru, stell dich nicht so an«, schimpfte sie und öffnete die Tür.

»Was ist los?«, fragte ich noch einmal und sah von Dixie zu Taru, der mit seinem Kiefer Steine zermahlen konnte.

»Dixie …«, knurrte er warnend, doch Dixie stieß sich von der Tür ab und kam auf uns zugeschlendert.

»Er hat Flugangst und verhält sich, als wäre er nicht der verdammte Prinz des Hades, sondern ein kleiner, bedeutungsloser Mensch.« Dixie sah kurz zu mir. »Nichts für ungut, Rio.« Ich nickte nur. Für eine Nymphe mit ihren Fähigkeiten und Taru, als Prinz des Hades, mussten die Menschen sicher ziemlich bedeutungslos wirken. »Du kannst nicht sterben. Jedenfalls nicht so.« Mein Kopf zuckte zu Taru, der jeden Moment blasser wurde.

»Flugangst?«, fragte ich verwirrt. »Wir fliegen?«

»Du garstige Nymphe, ich –«

»Dir wird nichts passieren, Taru. Ich habe den Helikopter bestimmt hundertmal prüfen lassen«, unterbrach sie ihn und rollte erneut mit den Augen.

»Vielleicht kann ich nicht sterben, aber fallen. Und das ziemlich tief«, fuhr er sie ebenso genervt an, worauf Dixie nur schnaubte. »Und schmerzhaft.«

»Helikopter?« Meine Verwirrung steigerte sich jeden Moment mehr. Ebenso wie die Aufregung. Ich war noch nie geflogen.

»Das Portal befindet sich in Anchorage, ihr müsst aber nach Newhalen. Das liegt quasi mitten im Nichts und ist nur mit dem Helikopter zu erreichen«, erklärte Dixie.

»Oh«, meinte ich nur und sah wieder zu Taru, der mit seinem Blick Dixie gerade vierteilen könnte. Ohne darüber nachzudenken, dass ich eigentlich immer noch wütend auf ihn war, griff ich nach seiner Hand. Immerhin würden wir ohne den Helikopter noch nicht mal in die Nähe der Sphinx gelangen. Und ich war hier für einen Job. Wenn es also mein Job war, Taru zu beruhigen, um die nächste Aufgabe zu bewältigen, indem ich seine Hand hielt, dann tat ich das. Aus keinem anderen Grund.

Er sah mich an. Seine Augen weiteten sich, und ich fürchtete schon, er würde seine Hand zurückziehen. Doch seine Finger schlossen sich fester um meine. Wärme umhüllte mich, als die Angst in seinem Blick etwas anderem wich. Etwas, vor dem ich selbst in den letzten Tagen davongelaufen war. Ich verlor mich im hellen Blau seiner Iriden und sah darin die Sehnsucht aufblitzen, die mein Herz fest umschlossen hielt. Sanft strich sein Daumen über meinen Handrücken. Unausgesprochene Worte hingen zwischen uns und ließen die Luft um uns herum knistern. Ich sah in seinem Blick, wie sehr er seine Worte bereute.

Und ich musste mir – ob ich es wollte oder nicht – wohl eingestehen, dass ich auch aus anderen Gründen seine Hand hielt.

Ich lächelte ihn zaghaft an. Erleichterung huschte über sein Gesicht und ließ mein Herz umso schneller schlagen.

»Seid ihr so weit?« Dixie trat an die Tür und sah uns erwartungsvoll an.

»Du kommst nicht mit?«, fragte ich, woraufhin Dixie mit dem Kopf schüttelte.

»Ich babysitte das Apartment und habe ein Date.«

Ich grinste sie an. »Ein Date? Mit wem?«

Dixie wackelte nur verschwörerisch mit den Augenbrauen. »Das, Süße, erzähle ich dir, wenn ihr wieder da seid. Also: Bereit?«

»Ja«, kam es nun von Taru, seinen Blick auf mich gerichtet, der mir eine Gänsehaut am gesamten Körper bescherte. Dixie räusperte sich neben uns. Ich blinzelte schnell und sah weg, während sich unsere Hände immer noch aneinanderklammerten. »Jetzt schon.«

Der Geruch von Honig und diese unverkennbare Süße, die auch Taru und Dixie immer umgab, schlugen mir entgegen, als wir uns dem Portal näherten. Wie auch vor Ägypten schloss Taru die Augen. Sicherlich, um sich das andere Ende des Portals vorzustellen. Zumindest glaubte ich, dass er das gerade tat.

Als ich den ersten kalten Windhauch auf meinem Gesicht spürte, öffnete Taru die Augen und nickte mir zu. Mit einem großen Schritt traten wir durch die Tür. Ein Zerren an meiner Kleidung, Winde, die um meinen Kopf wirbelten. Ich schloss die Augen, weil mir von den unzähligen Farben schwindelig wurde.

»Rio, mach die Augen auf. Wir sind da.«

Taru stand wie auch in Ägypten vor mir, mit einem leichten Lächeln auf den Lippen. Der Raum war ähnlich schmal wie das Stofflager in Sharm el Sheikh, doch bei Weitem nicht so eindrucksvoll. Ein Klicken erklang, und grelles Neonlicht erleuchtete über uns den Raum. Dosen mit Karotten, Mais und konserviertem Fleisch stapelten sich hinter Tarus Rücken.

»Geht es dir gut?« Taru neigte leicht den Kopf und musterte mich sorgsam.

»Warum sind es immer Abstellräume?«, fragte ich und schob eine der Dosen zurück, die durch unser Eintreffen aus der Reihe gerückt wurde. »Ich hatte gedacht, magische Portale wären immer an besondere Orte gebunden.«

»Nur weil etwas auf den ersten Blick nicht besonders ist, bedeutet es nicht, dass es nicht wertvoll ist«, erwiderte er leichthin und zog über meinem Kopf eine Packung Sardinen hervor. Als ich den Mund verzog, grinste er nur und zupfte an meiner Mütze, bis sie mir über die Augen rutschte.

»Hey!«, schimpfte ich, woraufhin Taru nur noch breiter grinste.

»Komm, wir haben einen straffen Zeitplan.«

»Natürlich haben wir den«, murmelte ich und schob mit meiner freien Hand meine Mütze zurecht. Ich atmete tief aus und versuchte, mich mental auf das vorzubereiten, was mich gleich erwarten würde. »Sonst noch was, das ich wissen sollte? Mörderische Schwestern? Killerrobben? Oder sonst irgendein Gott, der Tiere opfert?«

»Nichts davon, aber …« Taru stoppte, sein Blick wurde weicher, als ich schluckte. Das *aber* klang ganz und gar nicht gut. »Rio, es tut –«

»Ja, ja, schon verstanden«, unterbrach ich ihn rasch. Ich war nicht bereit, mich weder dem *aber* noch unserem Streit zu stellen. Darum stieß ich die Tür auf und mied Tarus Blick. »Na los, wir haben schließlich keine Zeit, oder nicht?«

24

Taru

Wir verließen das kleine Lager, und in meiner Brust tobte ein Kampf zwischen Erleichterung und Angst.

Erleichterung, weil Rio wieder mit mir sprach, auch wenn die Stimmung zwischen uns immer noch leicht angespannt war. Aber ich hoffte, dass sie mir irgendwie verzeihen konnte. Auch wenn mir diese Hoffnung sicher später noch zum Verhängnis werden würde. Immerhin wusste ich doch, dass diese … Art der Beziehung nicht funktionieren würde. Selbst eine Freundschaft war für sie gefährlich genug.

Aber ich war süchtig nach diesem giftigen, hoffnungsvollen Gefühl.

Doch gerade war auch noch ein großer, eisiger Klumpen Angst in meiner Brust, weil ich mich geradewegs auf den Weg in meinen Tod machte. Zumindest fühlte es sich so an. Ich vertraute weder Menschen noch von Menschen erschaffenen Maschinen. Dass mich beides an mein Ziel bringen sollte, gefiel mir gar nicht. Da ich allerdings nicht einer der Lieblingssöhne von Zeus war, war mir kein geflügeltes Pferd vergönnt, womit wir stattdessen hätten reisen können.

Der kleine Laden, in dessen Lager wir gelandet waren, wirkte wie ausgestorben. Obwohl es gerade mal mittags war. Nur eine alte Lady studierte aufmerksam eine der zwei Bohnendosensorten und bemerkte nicht, wie wir uns aus dem Lager schlichen. Ich warf einen kurzen Blick zu Rio, die sich, trotz der Einfachheit der Regale und der Lebensmittel, staunend umsah. Ich konnte mir das Lächeln nicht verkneifen, wie sie die Augen verengte, um die Aufschriften auf den Lebensmitteln zu lesen.

»Willst du dir einen Snack mitnehmen?«, fragte ich und deutete mit dem Kopf auf ein Regal, in dem sich Dosensuppen, eingeweckter Mais und Tüten mit Lachs-Jerky befanden.

»Das sieht interessant aus, oder?« Zögerlich blieb sie stehen und begutachtete die Verpackung genauso intensiv wie die alte Dame zuvor die Dosenbohnen.

Ich trat näher an sie heran und schaute über ihre Schulter. »Sicher, wenn du danach auf eine medizinische Behandlung scharf bist.«

»Der Fisch ist gedörrt, da wird wohl kaum etwas passieren.« Sie drehte sich zu mir um und verengte die Augen. »Aber interessant, dass du dich jetzt um mein Wohlergehen sorgst.«

Ich trat einen Schritt zurück. »Rio, ich habe mich schon vorher um dich gesorgt und –«

»Stimmt.« Sie nickte übertrieben, und ich sah Wut in ihren Augen aufblitzen. »Deshalb hast du mir auch erzählt, dass Medusas Schwestern dich hätten umbringen können. Oder dass es dir egal war, dass Medusa selbst aus mir ein Versuchskaninchen macht, damit du an die Informationen kommst, die du brauchst.« Rio schnappte sich eine weitere Tüte von dem gedörrten Lachs. »Ach, und nicht zu vergessen, der tote Adler in meinem Apartment. Sicher, du warst ja so besorgt.«

Ich ballte die Hände zu Fäusten, allein daran erinnert zu werden, dass ich unfähig in meinem Penthouse festgesessen hatte, während Rio einer Gefahr ausgesetzt war, ließ lodernd heißes Hadesfeuer durch meine Venen jagen. Natürlich hatte sie mit allem recht. Und ich wusste, ich sollte mich entschuldigen. Es war das Mindeste, das ich tun konnte. Nur, würde ich es tun, dann würde sie mir vielleicht verzeihen, und das würde dieses seltsame Band zwischen uns nur verstärken. Etwas, das ich unter allen Umständen vermeiden sollte, wenn ich Rio nicht in noch mehr Gefahr bringen wollte. Also sah ich lediglich auf die Päckchen Lachs-Jerky, die Rio fest umklammert hielt. »Du brauchst sie nicht mitnehmen. Stell sie zurück.«

»Ich glaube, dafür ist es zu spät«, meinte sie nur und setzte sich in Bewegung. Ich schüttelte den Kopf, als wir zur Kasse liefen.

Der untersetzte Mann mit schmalen Augen und rabenschwarzem Haar sah überrascht auf und wandte sich dem kleinen Bildschirm zu seiner Linken zu, auf dem die Überwachungskamera den Eingangsbereich zeigte.

»Langer Tag?«, fragte ich mit schmeichelndem Ton und pflanzte ihm damit die perfekte Ausrede in den Kopf, weshalb er uns beim Betreten seines Ladens nicht bemerkt hatte. Ich spürte Rios neugierigen Blick auf meinem Rücken, als sie die zwei Packungen auf das kurze Kassenband legte.

»Bin seit sechs Uhr morgens auf den Beinen«, antwortete der Kassierer schließlich, wirkte jedoch noch nicht ganz so überzeugt. »Das erste Mal in Anchorage?« Mit einem Piepen scannte er die Ware ein. »Das macht zwanzig Dollar.«

»Taru«, beschwerte sich Rio, als ich ihm Scheine entgegenhielt.

»Ich lade dich ein, okay?« Ich wartete auf ihr Nicken und bezahlte dann schließlich den gedörrten Fisch. »Könnten Sie uns ein Taxi rufen? Wir müssen zum Flughafen«, richtete ich mich schließlich an den Mann und schob ihm noch einen Fünfzig-

Dollar-Schein entgegen, als er zögerte. »Wir sind nur auf der Durchreise und haben wenig Zeit.«

Der Kassierer wirkte ein wenig überfordert, als er das Geld entgegennahm und durch die Tür hinter ihm verschwand. Jedoch nicht, ohne uns ein letztes Mal zu mustern.

»Musstest du ihm Geld zustecken?«, flüsterte Rio und packte währenddessen ihren Fisch in den Rucksack. »Er denkt jetzt bestimmt, wir wären irgendwelche Kriminellen oder hätten ihn bestohlen. Hast du gesehen, wie er dich angesehen hat?«

Ich zuckte nur mit den Schultern. »Ihr Menschen tut das doch in Filmen auch ständig.«

»Ja«, erwiderte sie. »Weil es *Filme* sind und jede Szene einen wichtigen Effekt hat und …« Sie holte tief Luft und fuhr sich mit der Hand über die Stirn. »Warum erzähle ich es dir überhaupt?«

»Weil …«

»Rhetorische Frage«, unterbrach sie mich und funkelte mich an. Ob es neckisch oder argwöhnisch war, konnte ich in diesem Moment kaum sagen.

Ich verschränkte die Arme vor der Brust. »Ah, und deine zwei Tüten Lachs-Jerky waren unauffälliger?«

Verständnislos sah Rio mich an, woraufhin ich die Augen verdrehte und die Packung aus ihrem noch geöffneten Rucksack zog. »Dieses Produkt enthält Chemikalien, die beim übermäßigen Verzehr, laut dem Staat Kalifornien, Krebs oder Geburtsfehler oder andere Fortpflanzungsschäden verursachen können«, las ich die Warnung auf der Rückseite der Tüte vor. Rio schnappte sich die Verpackung und starrte auf den Text. »Welcher Mensch sollte sich so etwas kaufen?«

»Warum hast du es dann überhaupt bezahlt?«, schimpfte sie und stopfte die zwei Packungen missmutig in ihren Rucksack zurück.

»Du hast es dir so konzentriert durchgelesen, ich dachte, du wüsstest, worauf du dich einlässt.« Ich konnte mir das Kichern nicht verkneifen, als Rio mit den Augen rollte und die Arme vor der Brust verschränkte.

Bevor sie noch etwas sagen konnte, erschien der Kassierer aus seinem kleinen Büro, immer noch mit einem vorsichtigen Blick. »Das Taxi ist da. Mein Cousin fährt euch, er ist der schnellste Taxifahrer in Alaska.«

»Vielen Dank.« Ich verbeugte mich leicht und zog Rio dann aus dem Laden, ehe sie noch weitere gefährliche Lebensmittel kaufen konnte.

»Siehst du, es hat funktioniert«, sagte ich, als wir uns auf die Rückbank des Taxis schoben. »Zum Flughafen, bitte«, informierte ich den Taxifahrer, ehe er so gewaltig Gas gab, dass Rio sich an der Tür festhalten musste.

»Wenn du meinst, dass wir schon auf dem Weg zum Flughafen sterben, damit du nicht in den Helikopter steigen musst, dann: JA!« Rio kniff die Augen zusammen, als der Taxifahrer in einem Tempo, das weit über die Geschwindigkeitsbegrenzung hinaus ging, um die Kurven flog. Der Kassierer hatte nicht gelogen. Sein Cousin war wirklich der schnellste Taxifahrer von Alaska. Ich lachte nur und konnte nichts gegen das Gefühl machen, das sich in meiner Brust festsetzte. Hier in diesem Taxi, dessen Motor sich anhörte, als würde er es nicht mehr bis zur nächsten Ampel schaffen, mit Rio, die sich vor der Geschwindigkeit fürchtete, spürte ich es. Das, was ich weder auf dem Olymp noch im Hades erlebt hatte. Es war pures Leben, das in diesem Moment durch meine Adern floss. Das Gefühl von Freiheit, das in all seiner Schönheit um mich herum zu flimmern begann. Die Sonne brach durch die Wolkendecke und tauchte die schmalen Häuser um uns in warmes Licht. Die leichte Schneedecke funkelte wie Tausende Diamanten.

Als wir um die nächste Kurve bogen, eröffnete sich ein unglaublicher Blick auf die schneebedeckten Gebirgsketten. Rio klammerte sich immer noch an die Tür, die Augen fest geschlossen.

»Rio«, sagte ich leise und zog vorsichtig ihre Hand vom Türgriff. »Sieh hin. Sieh, wie schön es ist.«

Rios ängstlicher Ausdruck verschwand, sobald sie die Augen öffnete. Ihr Blick wurde weich, und ihre Finger, die bereits in dicken Handschuhen steckten, verschränkten sich schon automatisch mit meinen.

Die nächste Kurve nahm der Taxifahrer so schnell, dass Rio gegen mich prallte. Reflexartig schlossen sich meine Arme um ihre Schultern, und ich zog sie automatisch näher. Ihre freie Hand ruhte auf meiner Brust. Mein Herz geriet aus dem Takt. Ihr Blick glitt über mein Gesicht, ehe sich ihre Lippen zu einem so breiten Grinsen verzogen, dass kleine Grübchen auf ihren Wangen entstanden.

»Du hast recht«, sagte sie und wandte ihren Kopf zur Frontscheibe, durch die sich ein atemberaubender Blick auf Anchorage eröffnete. »Es ist wunderschön.«

Staunend neigte sie den Kopf und rückte ein Stück ab, um so viel wie möglich von der vorbeiziehenden Stadt bestaunen zu können, blieb aber immer noch so nah, dass sich unsere Schultern berührten.

Doch die Schönheit der Landschaft nahm ich kaum noch wahr.

Denn alles, was ich sah, war sie.

Die gesamte Euphorie der Taxifahrt verschwand mit einem Schlag. Der Helikopter war neu, und der Pilot, Jordan, hatte uns versichert, dass er noch nie einen Absturz erlebt hatte.

Besser machte es die Situation jedoch nicht.

Meine Finger waren eiskalt, als ich mir das Headset aufsetzte, mit dem wir in den nächsten zwei Stunden Flug miteinander kommunizieren konnten. Doch gerade fürchtete ich mich davor, den Mund zu öffnen. Mir war unsagbar schlecht.

»Los geht's«, hörte ich die Stimme des Piloten durch die Kopfhörer. »Klarer Himmel, und Schneefall wird erst am Abend erwartet. Der Wettergott meint es gut mit uns.« Er lachte, doch ich konnte nur daran denken, wie ich aus dieser dämonischen Maschine entkommen konnte.

Außerdem gab es so etwas wie einen Wettergott nicht. Einfältiger Mensch.

Mit einem Ruck erhob sich der Helikopter in die Luft. Ich kniff die Augen zusammen und versuchte, ruhig zu atmen.

Der Pilot plapperte weiter, aber ich schenkte seinen Worten über Höhenmeter und Geschwindigkeiten keine Beachtung. Mir würde nichts geschehen. Selbst wenn wir fallen würden, würde ich es überleben. Vielleicht würde ich mir sämtliche Knochen brechen, aber ich würde leben. Obwohl in dieser Hinsicht der Tod sicher die bessere Alternative wäre. Aber –

Ich zuckte zusammen, als Rio nach meiner Hand griff. Mittlerweile hatte sie ihre Handschuhe ausgezogen und auf ihren Schoß gelegt. Nur noch die schneebedeckten Berge am Horizont erinnerten an die eisige Kälte, die außerhalb des Helikopters herrschte. Sanft drückte sie ihre Finger in meine Handfläche und schenkte mir ein ermutigendes Lächeln. Der Druck auf meiner Brust wurde leichter, nur indem ich in ihre tiefbraunen Augen sah.

»Erzähl mir von der Sphinx«, verlangte sie ruhig. Jordan warf uns einen verwunderten Blick zu, aber was er von uns hielt, war das Letzte, worum ich mich sorgte. »Wie ist sie so?«

Ich atmete noch einmal tief ein und aus. Konzentrierte mich auf den Druck ihrer Hand, auf die feinen Spitzen ihrer Finger.

»Die Sphinx war eigentlich eine Schutzdämonin und bewachte die größten Schätze der Götter. Nur wenn man ihre Rätsel lösen konnte, gelangte man an die Kostbarkeiten. In ihrer Ursprungsform ist sie eine Mischform aus Katze und Vogel, aber unter den Menschen passt sie sich an. Das macht es schwieriger, sie zu finden.«

Rios Augen weiteten sich, und ich sah, wie die Informationen zu ihr durchdrangen. Wie sie erkannte, dass die Geschichten, die sie gehört haben musste, Realität wurden.

Ein Rütteln erfasste die Maschine. Panik kämpfte sich in meiner Brust empor, doch Rios Händedruck ließ sie kaum an die Oberfläche treten. »Das war sicher nur ein Luftloch«, sagte sie beruhigend. Ich nickte und konzentriere mich wieder nur auf sie. Ihre schmale Nase, auf der seit Ägypten einige Sommersprossen zu sehen waren. Das sanfte Lächeln auf ihren Lippen und ihre Augen, deren Iriden so dunkel waren, dass sie in einigen Momenten beinahe schwarz wirkten. Wenn sie wütend war oder traurig. Jetzt leuchtete das Braun in einem warmen Schokoladenton.

Natürlich hatte sie göttliches Blut in sich. Kein gewöhnlicher Mensch konnte so schön sein. »Taru?«

»Seid ihr Schauspieler?«, grätschte auf einmal der Pilot dazwischen. Ich riss meinen Blick von Rio los.

»Ja«, sagte ich schlicht, damit er uns nicht die nächsten Stunden mit weiteren Fragen löchern würde. Ich wandte mich wieder zu Rio, doch die Stimme des Piloten knackste erneut durch die Kopfhörer.

»Wahnsinn. Ich habe selbst an der Highschool geschauspielert. Wusste gar nicht, dass in einem so kleinen Kaff wie Newhalen ein Film gedreht wird.« Er zeigte uns einen erhobenen Daumen. »Wer sind die anderen Darsteller? Kennt man einige von ihnen? Ist vielleicht Angelina Jolie dabei?«

Ich verdrehte die Augen und lehnte mich auf meinen Sitz zurück. Rio biss sich auf die Lippe, um das Grinsen zu unterdrücken.

»Ah, schon klar«, kam es von vorn, als wir nicht darauf reagierten. »Schweigevereinbarung und so. Ihr dürft nichts sagen.« Wieder zeigte er seinen Daumen. »Hab nichts gehört.«

Das Thema rund um die Sphinx hatte sich also erledigt, stattdessen bombardierte mich Rio mit den seltsamsten Fragen, die mir je gestellt wurden.

»Isst du Erdnussbutter-Toast mit Banane oder ohne?«

»Ohne, sonst schmeckt es nur nach Banane.«

Und: »Würdest du lieber ein Wal sein oder eine Giraffe?«

»Ein Wal.«

»Warum?«

»Weniger Feinde.«

Und: »Kannst du deine Nasenflügel bewegen?«

»Nein.«

»Dann gehörst du zu der Mehrheit der Menschen.«

»Ich bin kein Mensch.«

»Egal.«

Irgendwann hatte sie das Fragestellen wohl ausgelaugt. Nach einer Dreiviertelstunde, die wir in diesem Tartarosding verbracht hatten, waren ihr die Augen zugefallen. Ich hatte ihren Kopf vorsichtig auf meine Schulter gebettet, woraufhin unser Pilot mir nur einen anerkennenden Blick zugeworfen hatte.

Ich wusste nicht, weshalb, aber heute trieben mich die Menschen auf eine ganz besondere Art an den Rand des Wahnsinns.

Allerdings hatte Rio mit ihrer Fragerei wohl ihr Ziel erreicht. Meine Nervosität hatte sich bis aufs Minimum verflüchtigt. Nur ein kleiner Klumpen kullerte in meinem Magen umher, wenn wir wieder in ein Luftloch gerieten oder der Helikopter durch Wolken flog.

Die ganze Zeit über hielt sie meine Hand. Selbst als ich versuchte, meine von ihrer zu lösen, damit sie sich bequemer an mich lehnen konnte, hatte sie im Schlaf leise gebrummt und ihren Griff nur verstärkt.

Sanft strich ich ihr eine Strähne aus dem Gesicht. Ein Lächeln zupfte an meinen Mundwinkeln, als sie ihren Kopf fester an meine Schulter schmiegte. Ich wusste, dass ich mich auf gefährliches Terrain begab, indem ich es zuließ. Ich sollte lieber auf Distanz bleiben, immerhin waren die Götter schon auf sie aufmerksam geworden. Etwas, das sich unter keinen Umständen wiederholen sollte.

Aber für diesen kurzen Moment, wo uns Tausende Meter von der Erde trennten, konnte ich nicht anders, als mir vorzustellen, wie es wäre, wenn die Götter es nicht auf mich abgesehen hätten. Wenn ich frei von all der Last meiner Vergangenheit wäre und nur das Jetzt von Bedeutung wäre.

Die Vorstellung brach mir das Herz, denn ich wusste, dass mich die Vergangenheit immer verfolgen würde. Vor ihr gab es kein Entkommen, egal, wie sehr Rio meine Hand hielt, um mich davor zu beschützen.

Am Ende würde ich fallen und sie mitreißen, sollte ich nicht rechtzeitig loslassen.

25

Rio

Ein leichtes Rütteln an der Schulter ließ mich wach werden. Hitze kroch meinen Hals hinauf, als Taru mich sanft anlächelte.

»Wir sind da.«

Ich setzte mich auf und versuchte, nicht zu sehr darüber nachzudenken, dass ich beinahe den gesamten Flug tatsächlich an seiner Schulter geschlafen hatte.

Nachdem Taru den Helikopter verlassen hatte, half er mir raus, und ich schulterte meinen Rucksack. Wir verabschiedeten uns von unserem Piloten, der uns morgen Mittag wieder hier erwarten würde. So viel Zeit hatten wir, um die Sphinx zu finden.

Frische, kalte Luft wehte mir entgegen, und ich sah mich das erste Mal wirklich um.

Die Landschaft um uns hatte sich verändert. Während in Anchorage nur vereinzelt Schnee gelegen hatte, war hier alles von einer dicken weißen Schicht überzogen. Selbst das Licht wirkte anders, kalt und blau. Die tief stehende Sonne zeichnete lange Schatten auf den vereisten Boden, obwohl es gerade einmal Mittag sein musste. Vereinzelt entdeckte ich kleine Nadelbäume, die sich über das flache Land bis zum Horizont wie grüne Farbtupfer verteilten. In der Ferne erhob sich eine Gebirgskette mit weißen Spitzen.

»Beeindruckt?«, fragte Taru, der plötzlich neben mir auftauchte. Seine Nähe ließ mich zusammenzucken. Nicht weil es mir unangenehm war, sondern weil ich seit dieser Taxifahrt alles viel intensiver zu spüren schien, obwohl ich eigentlich noch wütend auf ihn war. Doch mein Herz polterte, allein wenn ich ihm in die Augen sah, und die feinen Härchen in meinem Nacken stellten sich auf, sobald ich nur daran dachte, wie ich die ganze Zeit seine Hand gehalten hatte. Sein Blick hatte mir den Rest gegeben. Als wäre alles um ihn herum egal, nur ich nicht. Als hätte es diesen dummen Streit in New York und auch hier, vor dem Regal mit dem getrockneten Fisch, zwischen uns nie gegeben.

Ich schluckte und nickte nur. Ein leichtes Lächeln umspielte seine Lippen. Wir liefen über den Flugplatz zu einem großen Geländewagen mit Schneeketten an den Reifen.

»Dixie hat wohl an alles gedacht«, murmelte ich. Taru fischte einen Schlüssel aus seiner Tasche, woher auch immer er diesen hatte.

»Das ist ihr Job.« Er öffnete den Kofferraum und warf seine Tasche hinein. Ich tat es ihm gleich.

»Tatsächlich?«, fragte ich und lief um den Wagen. »Ich dachte, ihr wärt nur Mitbewohner.«

»Anfangs ja«, sagte Taru und begleitete mich zur Beifahrertür. »Nachdem ich an das Apartment gekettet wurde und weder den Olymp noch den Hades betreten wollte, schickte mein Vater sie als Aufpasserin. Damit … ich nichts Dummes tat.«

»Was meinst du damit?«, fragte ich, doch die böse Vorahnung zog bereits als Gänsehaut Spuren über meinen Körper.

»Wenn man das verliert, was man am meisten liebt, was macht

das Leben dann lebenswert?« Ein trauriges Lächeln umspielte seine Lippen, und ich griff nach seiner Hand, mit der er sich an der geöffneten Tür des Wagens abstützte. Sein Blick zuckte kurz zu unseren Händen, ehe er mir wieder ins Gesicht sah.

Meine Kehle wurde eng, und die Gänsehaut verwandelte sich in einen eisigen Schauer. Nie hätte ich gedacht, dass Taru über so etwas nachgedacht hatte. Er wirkte stets so gut gelaunt, als würde für ihn all das ein Spaß sein. Vermutlich war diese Leichtigkeit nur eine weitere Fassade.

»Du«, sagte ich leise und sah ihm fest in die Augen. Verwirrt zog er die Augenbrauen zusammen. »Du machst dein Leben lebenswert.« Noch einmal drückte ich seine Hand und legte all meine Entschlossenheit in meinen Blick, damit er sah, wie ernst ich die nächsten Worte meinte. »Ich weiß nicht, was passiert ist und wofür du dir genau die Schuld gibst und weshalb du denkst, dein Leben wäre nicht wertvoll genug. Aber …« Ich holte tief Luft und streckte meinen Rücken durch. »Aber wenn ich etwas gelernt habe, nachdem meine Mom verschwand und die Highschool der so ziemlich schlimmste Albtraum war, den ich mir vorstellen konnte, dann, dass es weitergeht. Immer weiter. Darum messe dein Leben nicht an deiner Vergangenheit, wenn du die Zukunft noch nicht kennst.«

Ich wusste nicht, was ich erwartete, nachdem ich ihm diesen Kalenderspruch um die Ohren gehauen hatte. Denn auch wenn es vielleicht pathetisch war, dieser Satz und diese Gedanken hatten mir geholfen, mehr als nur die Highschool zu überleben.

»Ich weiß, so etwas sagt sich immer leicht, aber ich …« Ich nahm all meinen Mut zusammen und schob die Ärmel meiner Jacke leicht nach oben, bis meine Handgelenke zu sehen waren. Ohne weiter darüber nachzudenken, hielt ich sie Taru entgegen, sodass er die feinen, längst verblassten Narben sehen konnte. Seine Augenbrauen zogen sich zusammen, doch bevor er etwas sagen konnte, fuhr ich fort. »Ich weiß, was Schmerz mit einem anrichten kann, und ich will unseren Schmerz auch gar nicht miteinander vergleichen – das … das ist unmöglich und macht überhaupt keinen Sinn. Nur …« Ich schob die Ärmel wieder zurück und wollte meine Hände in meine Jackentaschen vergraben, doch Taru griff nach ihnen. Er hielt sie fest und sah mich an, als verstünde er jedes meiner Worte. Bevor er jedoch etwas sagen konnte, sprach ich weiter. »Diese Verzweiflung nach Moms Verschwinden, weil mir jeder erzählte, dass das, was ich gesehen hatte, nicht der Realität entsprach, dass sie uns einfach nur verlassen hatte und … und der Gedanke, dass ich vielleicht schuld daran war …« Ich schluckte. »Der Schmerz, von dem ich glaubte, dass ich ihn verdiente, musste irgendwann raus. Jake hat mich dabei erwischt, wie ich mich auf dem Mädchenklo schnitt. Er sagte mir, dass es nicht darum geht, ob wir Schmerz verdienten und wie wir in abschalten können. Es geht darum, wie wir lernen, damit zu leben.«

»Rio, es ist nicht –«

»Und auch du verdienst diesen Schmerz nicht«, fuhr ich unbeirrt fort und schüttelte heftig den Kopf. »Ich weiß nicht, was damals geschehen ist, dass du dich so sehr dafür hasst. Aber ich weiß, wer du jetzt bist. Und das ist alles, was zählt.«

Taru stand immer noch neben der Wagentür, meine Hände fest in seinen, mit diesem seltsamen Ausdruck im Gesicht und sah mich einfach nur an. Mein Herzschlag beschleunigte sich, und die Sorge, ich hätte eine Grenze überschritten, ließ mich meinen Blick abwenden. Ich entzog ihm meine Hände, setzte mich auf den Beifahrersitz und starrte durch die Frontscheibe. Hatte ich etwas Falsches gesagt? War ich zu viel gewesen? Ich verschränkte die Finger ineinander, konzentrierte mich auf den Druck, um die Zweifel in meinem Kopf leiser werden zu lassen.

»Du sitzt auf der falschen Seite.«

»Was?« Ich drehte meinen Kopf zu Taru.

»Ich kann nicht fahren«, kommentierte er meine Verwunderung und nickte zum Fahrersitz. »In deinem Arbeitsvertrag hast du angegeben, dass du es kannst. Warum schaust du so?«

»Ich habe es gelernt, aber ich kann es nicht wirklich«, gab ich kleinlaut zu.

Entzückt verschränkte Taru die Arme vor der Brust. Leise Erleichterung rauschte durch meinen Körper, dass trotz des ernsten Gespräches die leichte Stimmung zwischen uns nicht verfolgen war. Dass ihn mein kurzer Vortrag nicht verschreckt hatte. Ich wusste nur zu gut, dass Ratschläge in den falschen Momenten einen gegenteiligen Effekt haben konnten. »Rio, hast du in deinem Bewerbungsgespräch gelogen?«

Schuldbewusst zuckte ich mit den Schultern. »Ich konnte ja nicht ahnen, dass du von mir verlangen wirst, durch Alaska zu fahren.«

»Aber du hast es irgendwann gelernt.«

»Ja, aber das ist …«

»Rio«, unterbrach er mich und zog mich mit einer geschmeidigen Bewegung vom Sitz. Binnen eines Wimpernschlages saß er auf der Beifahrerseite. Wir waren auf Augenhöhe. Das Blau in seinen Augen wurden von dem arktischen Licht verstärkt und wirkte nun so, als würde es leuchten. »Du schaffst das. Ich glaube an dich.« Er nahm meine Hand, und zarte Schauer huschten augenblicklich durch meinen Körper. Was allein diese Berührung mit mir machte … »Außerdem kommen wir hier anders nicht weg. Ich weiß noch nicht mal, wie so ein Ding angeht.« Er drückte noch einmal meine Hand, ehe er mich aufbauend ansah. »Wir fahren schon nicht gegen einen Baum. Und selbst wenn, sind die Bäume so klein, dass eher sie einen Schaden nehmen als wir.«

»Okay.« Geschlagen schüttelte ich den Kopf und stapfte um

das Ungetüm von Auto. »Und er nennt sich einen Gott«, murmelte ich leise. Als ich mich auf den Fahrersitz schob, sah Taru mich mit hochgezogener Augenbraue an.

»Hast du meine Göttlichkeit infrage gestellt?«

»Das würde ich nie tun, mein Prinz.«

»Es gefällt mir, wie du mein Prinz sagst – aber warte: Warum klingt es, als würdest du mich beleidigen?« Skeptisch sah er mich an.

Ich zog die Augenbrauen hoch. Taru öffnete empört den Mund und legte eine Hand auf seine Brust. »Mein Herz liegt in Scherben.«

»Also hast du doch eins«, sagte ich nur und startete ohne ein weiteres Wort den Motor.

Nach neun Minuten Fahrt, die ich wie durch ein Wunder ohne einen Unfall meisterte, erreichten wir Newhalen. Das Dorf war noch kleiner, als ich es mir vorgestellt hatte. Es gab genau vier Straßen. Schmale Häuser standen in kurzen Abständen nebeneinander. Vereinzelt waren einige Dächer notdürftig mit Planen geflickt.

»Bist du dir sicher, dass die Sphinx hier ist?«, fragte ich und beugte mich über das Lenkrad, während ich das Auto langsam durch das Dorf rollen ließ. »Wie habt ihr ihren Aufenthaltsort überhaupt gefunden?«

»Dixie hat viele Freunde, die ihr allesamt einen Gefallen schulden.« Auch Taru lehnte sich leicht nach vorn und betrachtete die schmalen Gebäude. »Außerdem hinterlassen so mächtige Wesen wie die Sphinx oder Medusa immer Spuren. Nur sind sie nicht für jeden sichtbar.«

»Und für dich schon?«

»Nein«, antwortete Taru. »Nur für die Frauen. Es hat einen Grund, weshalb Medusa und auch die Sphinx so abgeschieden leben. Sie wollen nicht von den Göttern gefunden werden, die sie für ihre Zwecke schon viel zu oft missbraucht haben.«

Ich verzog den Mund und stoppte den Wagen vor einem größeren Gebäude, das wirkte, als wäre es so etwas wie ein Gemeindehaus. »Was ist mit der Sphinx geschehen?«

»Man schnitt ihr die Flügel ab.« Taru richtete sich auf und sah mir fest in die Augen. »Besser gesagt, Zeus tat es.«

»Was?« Geschockt hielt ich in meiner Bewegung inne, als Taru nur nickte.

»Es ist keine Untertreibung, wenn ich sage, dass die Götter grausam sind.« Über Tarus Gesicht huschte der gleiche Schmerz wie auch in Ägypten. »Und es tut mir leid, dass ich sie auf dich aufmerksam gemacht habe. Das … kann ich mir nicht verzeihen.«

»Sie haben dir auch etwas genommen«, sagte ich, obwohl es mehr nach einer Frage klang. »Außer deiner Freiheit, meine ich.«

Taru wandte den Blick ab, doch ich konnte sehen, wie sich das Blau in seinen Augen verdunkelte. Er ballte seine Hände zu Fäusten und blickte aus der Frontscheibe, ohne einen bestimmten Punkt zu fixieren. »Alles«, sagte er so bitter, dass ich eine Gänsehaut bekam. »Sie nahmen mir alles, was mir je etwas bedeutet hat.«

»Du hast jemanden geliebt.« Ich brauchte nicht mehr länger überlegen, was ihm widerfahren war. Ich wusste es. Ich hatte es schon eine Weile geahnt. Nach dem Gespräch mit Dixie wurde meine Vermutung immer klarer. Dass es nun der Wahrheit entsprach, ließ mein Herz stocken. Die gleiche Trauer in seinem Blick, die ich auch spürte, wann immer ich an Mom dachte. Die Wut, weil ich nicht verstand, was in dieser Nacht geschehen war. Diese Schuld … diesen Schmerz spürte man nur, wenn man jemandem verlor, den man liebte. Weil er sich tief in das Herz fraß und eine Leere hinterließ, die nie wieder gefüllt werden konnte. »Dafür gibst du dir die Schuld.«

»Ja«, hauchte er. »Ich habe sie geliebt. Mehr als ich glaubte, je jemanden lieben zu können.« Seine Stirn legte sich in Falten. Er drehte sich zu mir und strich über meine Wange. Verwundert blinzelte ich und merkte erst jetzt, dass ich weinte.

»Nicht weinen«, murmelte er leise. »Bitte. Das hab ich nicht verdient.«

»Taru …«

»Ich weiß, dass ich nach vorn schauen sollte«, sagte er. »Ich habe dich verstanden. Und ich habe diese Gedanken nicht mehr, da kannst du dir sicher sein. Aber ich kann meine Vergangenheit nicht so einfach loslassen, solange sie immer noch meine Zukunft bestimmt.«

»Es tut mir so leid.« Meine Stimme war nur ein Flüstern, während Taru immer mehr Tränen von meinen Wangen wischte. Ich wusste nicht, weshalb ich so heftig auf diese Erkenntnis reagierte. Aber sein trauriges Lächeln brach mir erneut das Herz. Darum wollte er die Erinnyen so dringend loswerden. Nicht nur, weil sie ihn einsperrten, sondern weil sie ihn immer wieder an das erinnerten, was er verloren hatte.

»Es ist okay. Es ist schon so lange her.« Er strich ein letztes Mal über meine Wange, ehe er sich räusperte und den Gurt löste. Ich glaubte ihm nicht. Zeit konnte eine solche Wunde nicht heilen. Dieser Schmerz war unendlich. Hatte ich seine dunklen Gedanken schon vorher verstanden, so verstand ich sie nun noch besser. »Komm, wir haben nicht mehr viel Zeit, bevor es dunkel wird.«

Frustriert fuhr Taru sich durch sein Haar, als wir von dem letzten Bewohner aus Newhalen nichts Brauchbares herausfinden konnten.

Die Sonne war untergegangen, und die Kälte brannte sich durch meine Hose samt Thermoleggins. Wir hatten jedes bewohnte Haus in diesem Dorf abgeklappert, doch niemand konnte uns sagen, ob er eine Katze gesehen hatte. Das, so hatte Taru es mir erklärt, sei das Codewort, um die Sphinx zu finden. Doch statt Antworten hatten wir nur seltsame Blicke erhalten, die uns immer noch verfolgten.

»Vielleicht waren Dixies Informationen falsch?«, fragte ich vorsichtig und rieb mit den Händen über meine Oberschenkel.

»Dixies Informationen sind nie falsch«, erwiderte er sichtlich gereizt. Als er seinen Blick wieder auf mich richtete, wurde sein Ausdruck sanfter. »Lass uns etwas essen gehen und uns aufwärmen. Wir brauchen außerdem noch einen Schlafplatz.«

Ich nickte nur, weil meine Zähne mittlerweile zu sehr klapperten. Die Kälte schien Taru nichts auszumachen, nur seine Wangen und Nase waren leicht gerötet.

Nach wenigen Minuten erreichten wir ein kleines und wohl das einzige Restaurant. Das Gebäude war kaum größer als die restlichen im Dorf. Es hatte noch nicht einmal einen auffälligen Namen, und sicher hätten wir es übersehen, wenn nicht eine große hölzerne Fischfigur vor dem Eingang mit einem eingebrannten »Restaurant«-Schriftzug davorgestanden hätte.

Sofort entspannten sich meine Oberschenkelmuskeln, als wir in das warme Innere traten. Jetzt erklärte sich auch, weshalb die Hälfte der Häuser leer stand. Beinahe das gesamte Dorf schien hier zu Abend zu essen.

Augenblicklich verstummte das Raunen der Gäste. Die Blicke richteten sich auf uns, und wie schon während unseres Auskundschaftens hatte ich das Gefühl, wir wurden bereits seit unserer Ankunft beobachtet.

Am liebsten wäre ich umgedreht und hätte woanders nach etwas Essbarem gesucht, doch Taru lief bereits selbstbewusst auf die Bar zu, hinter der sich ein Mann, doppelt so breit wie er, befand.

Schnell eilte ich ihm nach und versuchte, die Blicke der Gäste zu ignorieren.

»Weißt du noch, wie du mich nach den mörderischen Schwestern oder Killerrobben gefragt hast?«, raunte er mir zu, als wir uns der Bar näherten. Ich schluckte, wollte es eigentlich gar nicht wissen und ihm sagen, dass das ein wirklich blöder Witz war, aber er sprach schon weiter. »Wie wäre es mit Killermarionetten getarnt als Dorfbewohner?«

Das meinte er nicht ernst. »Du willst mich auf den Arm nehmen.«

Wut vermischte sich mit Angst in meiner Brust, und ich wusste nicht, ob ich lieber umdrehen und wegrennen oder Taru gegen sein Schienbein treten sollte. Er hatte es schon wieder getan. Er hatte mir schon wieder nicht gesagt, was genau uns erwarten würde.

Und das Einzige, was er tat, war, mir ein entschuldigendes Lächeln zuzuwerfen. Er meinte es ernst. Er meinte es wirklich ernst, und es war viel zu spät, um schreiend vor den Menschen, die sich bereits um uns versammelten, davonzulaufen.

Verdammt, Taru.

»Ihr seid nicht von hier«, war das Erste, was der Mann sagte, als wir die Bar erreichten und glücklicherweise noch nicht abgestochen worden waren. Sein Blick huschte von Taru zu mir. Ich beneidete Taru dafür, wie er einen so ruhigen Gesichtsausdruck wahren konnte. Ich musste wahrscheinlich wirken, als bräuchte ich eine Papiertüte zum Atmen.

»Da liegst du richtig«, sagte Taru beschwingt, dessen Stimmung sich gerade deutlich verbessert hatte. Aufmerksam verfolgt der Mann jede seiner Bewegungen. Ein Schauer nach dem anderen huschte über meinen Rücken, und alles in mir schrie mich an, bitte, bitte, so schnell wie möglich die Beine in die Hand zu nehmen.

»Ihr schleicht auch schon den ganzen Tag in unserem Dorf umher und stellt seltsame Fragen«, fuhr er fort. Seine Augen verengten sich leicht. Ich warf einen kurzen Blick über die Schulter und sah, wie die Menschen näher kamen und uns immer weiter umkreisten. Ich wollte nicht sterben, nicht so. Nicht in einem kleinen Dorf mitten im Nirgendwo.

Doch Taru rührte sich nicht, immer noch trug er diesen freundlichen Ausdruck im Gesicht. Nur sein Rücken, der sich kaum merklich anspannte, zeigte, dass ihm die Bewegungen im hinteren Teil des Restaurants bewusst waren.

»Du scheinst über eine ausgeprägte Auffassungsgabe zu verfügen.« Leichtfüßig schob sich Taru auf einen der Hocker an der Bar und warf mir einen kurzen Seitenblick zu. Ich erkannte Zuversicht darin. Also versuchte ich, mir weiterhin nichts anmerken zu lassen oder besser gesagt: nicht zu kollabieren.

»Was wollt ihr hier?« Der Ton des Barkeepers wurde immer drohender. Mein Fluchtinstinkt schrie mich mittlerweile mit einem Megaphon an.

»Etwas zu essen und einen Schlafplatz für die Nacht.« Auf Tarus Gesicht erschien ein Grinsen, und er beugte sich leicht nach vorn. Ganz leise, sodass ich es kaum richtig verstand, raunte er: »Oder müssen wir dafür erst ein Rätsel lösen, Kätzchen?«

Ich riss die Augen auf. Die Iriden des Barkeepers leuchteten violett auf. Um ihn herum begann die Luft zu flimmern. Er veränderte sich. Seine Statur wurde kleiner, seine Schultern schmaler. Die Haare auf seinem kahlen Kopf begannen zu wachsen. Ich traute meinen Augen nicht, als innerhalb von wenigen Sekunden eine Frau mit hüftlangen, grauweißen Haaren vor uns stand. Ihre katzenhaften Augen leuchteten ein letztes Mal auf. Ihre gebräunte Haut war makellos.

»Ihr könnt euch setzen«, sagte sie, doch meinte damit nicht uns. Ich zuckte zusammen. Hinter uns hatten sich die gesamten Gäste des Restaurants aufgestellt, so nah, dass ich sie hätte berühren können. Sie setzten sich wieder an ihre Tische, als wäre gerade eben nichts Ungewöhnliches vorgefallen. Mit großen Augen sah ich zu Taru, der immer noch nicht beeindruckt wirkte.

Sie fischte unter dem Tresen einen großen, abgewetzten Hut hervor und setzte ihn auf ihren Kopf, ehe sie Taru mit einem gelangweilten Blick betrachtete. »Es ist nur der Sohn des Hades.«

»Lange nicht gesehen, Sphinx.«

26

Taru

Die Sphinx musterte mich aus ihren violetten Augen voller Gleichgültigkeit. Ihre Verkleidung war gut gewesen, doch ihr Geruch, der trotz des strengen Fischgestanks des Restaurants nicht zu überdecken war, hatte sie enttarnt. Pures Gold und Ambrosia. Mehr Göttlichkeit war kaum möglich.

Allerdings hätte sie ihre Untertanen besser unter Kontrolle haben können. Während wir durch das Dorf gelaufen waren, hatte ich nur gehofft, irgendwo ihren Geruch zu entdecken. Dass sie in einem Fischrestaurant arbeitete, zeigte ihren ausgefeilten Humor.

»Was willst du, Schattenprinz?« Sie polierte weiterhin die Gläser mit einem löchrigen Tuch. Aber mir entging nicht, wie ihr Blick dabei immer wieder zu Rio zuckte. Selbst eine so mächtige Gestalt wie die Sphinx schien ihre Besonderheit zu bemerken.

»Etwas zu essen und einen Schlafplatz«, wiederholte ich meine Worte von vorhin.

»Ja, aber was willst du wirklich?«, fragte sie eindringlich und nickte dann zu Rio. »Wer ist das? Ich wusste nicht, dass sich der

Prinz des Hades neuerdings mit Menschen abgibt, wo sie doch sein Untergang waren.«

Ich drehte mich nun vollständig zu Rio um und nickte ihr zu, versuchte, den Seitenhieb der Sphinx zu ignorieren. Die Gefahr war vorüber. Vorerst. Die Sphinx hatte durch den Abzug ihrer Marionetten gezeigt, dass sie uns nicht zerfleischen würde. Zum Glück hatte Rio verstanden, als ich sie stumm darum gebeten hatte, sich nicht zu rühren. Jetzt trat sie einen Schritt auf uns zu und setzte sich vorsichtig auf den Hocker neben mich.

»Mein Name ist Rio«, stellte sie sich mit einem knappen Nicken vor, was die Sphinx nur mit einem Zucken ihrer Augenbrauen quittierte. Es war bemerkenswert, wie ruhig sie wirkte. Sie zeigte nicht die Spur von Furcht, obwohl vor ihr eines der mächtigsten Wesen im Universum stand. Nur ihre Hände, die sie flach auf ihre Oberschenkel presste, verrieten sie.

»Sie ist meine Begleitung«, fügte ich hinzu und markierte sie damit, wie auch schon bei Medusa, als unantastbar. »Aber der eigentliche Grund, weshalb wir dich aufgesucht haben, ist Pandora. Persephone sagte mir, nur du wüsstest, wo sie sich befindet.«

»Formulier die Frage richtig, Schattenprinz, sonst erhältst du keine Antwort.« Das Violett ihrer Augen leuchtete gierig auf. Wie lange war es wohl her, dass der Sphinx eine Frage gestellt wurde? So wie sie mich ansah, war ich mir sicher, dass es Jahrhunderte her sein musste, seitdem sie das letzte Mal göttliches Fleisch gekostet hatte. »Du weißt, wie es funktioniert.«

Ich nickte. »Ich weiß auch, an welche Bedingungen deine Antworten geknüpft sind. Zuerst muss ich mir sicher sein, dass du überhaupt welche besitzt.«

»Es gibt nichts, was ich nicht weiß, nur teile ich mein Wissen allein mit denen, die es sich verdienen.«

Aus dem Augenwinkel sah ich, wie Rio verwirrt zwischen der

Sphinx und mir hin und her sah. Ich warf ihr ein kurzes Lächeln zu. Persephone hatte recht gehabt, die Sphinx wusste tatsächlich, wo wir Pandora finden würden. Doch bevor ich mich auf die eigentliche Prüfung einließ, brauchte ich noch etwas Vorbereitungszeit. Die Frage musste gut formuliert sein, damit mich die Sphinx nicht täuschen konnte.

Also zog ich die Speisekarte hervor und reichte Rio ebenfalls eine. »Such dir etwas zu essen aus. Ich habe gehört, dass man in Alaska sehr gastfreundlich ist.«

Die Sphinx verengte die Augen und musterte mich einen Moment, als warte sie begierig darauf, mir eines ihrer Rätsel stellen zu können.

»Ich nehme den Lachs«, sagte ich stattdessen und sah zu Rio, die sich ein Zanderfilet bestellte.

»Wie ihr wollt«, murrte die Sphinx. »Einen Schlafplatz findet ihr bei Betty.« Sie zeigte auf eine untersetzte Dame mit großen schwarzen Locken. Sofort sah sie auf und kam herüber, als hätte sie gespürt, dass die Sphinx sie gerade brauchte. »Die beiden brauchen einen Schlafplatz für die Nacht. Ist bei dir noch etwas frei?«

»Mein Neffe ist heute zu Besuch, darum gibt es nur ein Bett«, sagte Betty, ohne den Blick von der Sphinx abzuwenden.

»Das sollte reichen«, meinte diese nur mit einem breiten Grinsen und richtete ihren Blick wieder auf mich. »Oder nicht, Prinz?«

Ich wandte mich zu Rio, die das Geschehen mit großen Augen verfolgte. Zum Glück hatte sie aufgehört, vor Kälte zu zittern. Stattdessen sah sie mich wütend an, als sie nickte. »Es ist okay.«

Mit einem wissenden Funkeln in den Augen verschwand die Sphinx durch eine Schwingtür in die Küche des Restaurants.

Gerade als ich Rio fragen wollte, ob es wirklich okay war, atmete sie erleichtert aus. Sie stützte sich mit den Händen am

Tresen ab und schüttelte den Kopf. Ein leises Flackern schoss durch meinen Körper bei dem Gedanken daran, dass sie ihre Angst vor mir nicht versteckte. Obwohl – gerade war es mehr Wut als Panik, die auf ihrem Gesicht geschrieben stand.

Sie hob den Kopf, und ich hatte das Gefühl, sie feuerte brennende Dolche auf mich ab.

»Wenn du mich das nächste Mal vorwarnen willst, Taru«, presste sie hervor, »dann mach das doch bitte, *bevor* wir in eine Situation geraten, die mich möglicherweise umbringen könnte.«

»Es ist nichts passiert«, versuchte ich, sie zu beruhigen, was sie nur noch rasender machte. Zwischen ihren zusammengepressten Lippen könnte sie Diamanten formen. »Ich hatte alles unter Kontrolle.«

»Vielleicht könntest du mir auch das das nächste Mal eher signalisieren?« Sie rutschte nervös auf dem Hocker hin und her, immer noch mit einem tödlichen Blick in meine Richtung. »Ernsthaft. Ich dachte, jemand rammt uns gleich ein Messer in den Rücken.«

»Na ja …«, setzte ich an, denn wirklich unwahrscheinlich wäre es nicht gewesen. Nur ein Zeichen von der Sphinx, und wir hätten diesen Ort nicht lebend verlassen. Aber so, wie Rio sofort sämtliche Farbe aus dem Gesicht verlor, allein bei meinem *Na ja*, sollte ich das vielleicht lieber für mich behalten. »Ich hatte die Situation unter Kontrolle«, wiederholte ich und griff über den Tresen nach einer Flasche Wasser und zwei Gläsern, die die Sphinx abgetrocknet hatte. Fragend hielt ich eines davon Rio hin. Sie nickte und leerte es in einem Zug, nachdem ich ihr das Wasser eingeschenkt hatte.

»Großartig«, murmelte sie gereizt. Ich lächelte sie entschuldigend an. »Aber was ist das mit den Leuten hier? Sind sie überhaupt Menschen?« Zaghaft drehte Rio sich um. Die Gäste verhielten sich wieder ganz natürlich.

»Ja, sie sind immer noch menschlich. Die Sphinx hat sich an diesen Ort gebunden, darum beschützt sie ihn mit aller Macht«, erklärte ich. »Sie ist eine Verbindung mit den Menschen hier eingegangen, und sie tun alles, damit niemand der Sphinx zu nahe kommt. Dafür führen sie ein glückliches Leben. Normalerweise werden Eindringlinge sofort vernichtet, weswegen es auch so schwer war, diesen Ort hier zu finden. Wir hatten Glück –«

Bei meinen letzten Worten verschluckte sich Rio und begann fürchterlich zu husten. Besorgt klopfte ich ihr auf den Rücken.

»Wir hatten Glück?«, fuhr sie mich an und zog ihre blaue Mütze vom Kopf. Ich hätte mir das mit dem Glück verkneifen sollen. Aber ich war zu unkonzentriert, nicht nur wegen der Sphinx und ihren Marionetten. Seit dieser verfluchten Taxifahrt – ach was, seit dem Lebensmittellager konnte ich nur noch an Rio denken und daran, wie etwas in mir in ihrer Nähe zum Leben erwachte. Wie *ich* zum Leben erwacht war. »Von wegen du hattest alles unter Kontrolle! Weißt du was? Erzähl mir am besten gar nichts mehr über das alles hier. Ich will nichts mehr wissen. Nicht, was uns umbringen könnte, nicht, was wir tun müssen. Ich will einfach …«

»Rio, es tut mir leid. Ich –«

»Vergiss es«, unterbrach sie mich und blinzelte heftig, als müsste sie Tränen zurückhalten. »Ich habe mich ja selbst darauf eingelassen. Es war meine Entscheidung, also muss ich damit jetzt auch klarkommen. Außerdem können wir beide so die Erinnyen loswerden.«

»Du wusstest aber nicht, was dich erwarten würde«, erwiderte ich und griff nach ihrer Hand, damit sie mich ansah. Ihr Kopf zuckte zu mir, und ich wollte sie in den Arm nehmen. Ich wollte sie von all dem Übel fernhalten, aber dennoch … brauchte ich sie. Ich war egoistisch und selbstsüchtig, und ich brauchte Rio. Nur für die Erinnyen. Nur, um meinem Fluch zu entkommen. Für nichts anderes. Sobald ich das bekommen hatte, was ich wollte – meine Freiheit – würde ich aus ihrem Leben verschwinden.

»Nein«, sagte sie. Die Wut war aus ihrer Stimme gewichen, stattdessen klang sie nun rau und leise. »Das wusste ich wirklich nicht.« Rio schluckte, sah konzentriert auf unsere Hände. Ihre Finger verschränkten sich mit meinen, und sämtliche Bemühungen, mir einzureden, dass ich Rio nicht nur wegen des Fluches in meiner Nähe haben wollte, gerieten immer weiter in den Hintergrund. Ich sah auf ihre Lippen, sah wie sie sie befeuchtete. Mir wurde heiß, und mein Herz hämmerte gegen meinen Brustkorb, als ich den Blick hob. In ihren Augen glänzte etwas, das tief in mir selbst brodelte. Automatisch beugte ich mich weiter zu ihr, bis ich ihren süßen Pfirsichgeruch wahrnahm. Sie zog ihre Augenbrauen zusammen, schüttelte mit dem Kopf, nickte dann, als führe sie in ihrem Kopf eine Debatte. Ihr Atem beschleunigte sich, meiner folgte. »Du bist ein Gott, Taru, und ich –«

Ich zuckte zusammen, als die Sphinx zwei Teller vor uns platzierte, und rückte von Rio ab. Ihre Augen weiteten sich, als hätte sie die Sphinx komplett vergessen. Sie zog ihre Hand aus meiner und starrte auf den Fisch vor sich. Auch mir wurde in diesem Moment bewusst, wie unaufmerksam ich gewesen war. Die Sphinx war eine gefährliche Kreatur, und ich … ich war *abgelenkt*.

Rio hatte recht. Ich hatte nichts unter Kontrolle, und das … das durfte ich mir nicht erlauben.

Also begann ich stumm zu essen, während ich die vielsagenden Blicke der Sphinx ignorierte. Genauso wie mein polterndes Herz, das ich beinahe auf meiner Zungenspitze spürte.

Der restliche Abend im Restaurant verlief glücklicherweise ohne große Probleme und ohne verwirrende Gefühle, Blicke oder Berührungen zwischen Rio und mir. Was wohl daran lag, dass wir uns kaum ansahen und nur das Nötigste besprachen. Wir hatten es beide gespürt. Diese Anziehung und das Knistern, das die Luft zwischen uns elektrisierte. Nichts, was wir gebrauchen konnten … was ich gebrauchen konnte.

Die Sphinx und ihre Bewohner ließen uns in Ruhe, bis wir uns verabschiedeten und zu unserer Unterkunft aufbrechen wollten. Betty hatte uns einen Schlüssel gegeben, als sie uns erklärte, wie wir zu ihrem Haus gelangten. Besonders schwer war es nicht, bei vierunddreißig Haushalten in diesem Dorf.

»Morgen früh stellst du deine Frage, Schattenprinz«, sagte die Sphinx mit einem drohenden Unterton. »Sonst ist es mir egal, wer dein Vater ist.«

»Wie äußerst gnädig von dir«, schnurrte ich und verbeugte mich leicht, bevor ich mit Rio das Restaurant endgültig verließ.

Sobald uns die arktische Luft traf, schrie Rio auf: »O mein Gott!«

Sofort wirbelte ich herum. Hitze schoss durch meine Venen, Schatten kräuselten sich unter meiner Haut, um mich gegen einen möglichen Angriff zu wappnen. Als ich niemanden entdeckte, drehte ich mich verwirrt zu Rio. »Was ist los?«

»Polarlichter.« Ehrfürchtig zeigte sie mit einem Finger zum Himmel. Tatsächlich zogen in diesem Moment zarte grünliche Lichter über den nachtschwarzen Himmel. Sie waren schwach. Sicher würden sie in den nächsten Monaten noch heller scheinen. »Ich hätte nie gedacht, dass ich sie sehen werde«, flüsterte Rio und starrte immer noch nach oben. Ihre Augen waren so groß, dass ich fürchtete, sie würden ihr jeden Moment herausfallen. Mein Herz setzte einen Schlag aus, als sich ihr Blick auf mich richtete. Sie wirkte gelöst. Ihr ganzes Gesicht strahlte vor Glück.

»Komm«, sagte sie euphorisch und griff nach meiner Hand. »Wir müssen einen dunkleren Ort finden.«

Ohne dass ich etwas einwenden könnte, zog sie mich mit sich. Wir eilten durch den tiefen Schnee. Immer weiter, bis wir beinahe am Rande des Dorfes angekommen waren, wo die Straßenbeleuchtung nur noch für ein schummriges Licht sorgte. Die Polarlichter über uns wurden mit jeder Minute intensiver.

»Es ist so unglaublich schön«, murmelte sie und fischte ihr Handy aus der Jackentasche. »Ich muss das unbedingt Jake und meinem Dad zeigen. Das glauben die beiden mir niemals«, erzählte sie aufgeregt weiter, während ich sie nur bewundernd anschauen konnte. Wie konnte sie nur so unerschrocken sein? Ihr Leben hatte in den letzten Wochen eine komplette Wendung genommen, und doch stand sie hier, glücklich und aufgeregt, als hätte sie keine Drohung und kein totes Tier in ihrem Zuhause gefunden. »Jake und ich haben einmal davon geträumt, eine Weltreise zu machen. Einer der Stopps war der Nordpol. Irgendwie ein bisschen unrealistisch, oder?« Sie lachte und schoss weiter Fotos vom Himmel. »Aber wir wollten unbedingt Polarlichter sehen. Dass man die auch in Alaska sehen kann – daran haben wir gar nicht gedacht. O mein Gott, Jake wird platzen vor Neid!« Mit einem breiten Lächeln sah sie sich die Fotos auf ihrem Display an und wirkte zufrieden.

»Du solltest auch Fotos machen, Taru«, sagte sie. »Schöne Erinnerungen müssen festgehalten und gespeichert werden, damit man sie in schlechten Zeiten wieder ausgraben kann.«

»Ich weiß nicht …«, murmelte ich und konnte mich kaum rühren.

Rio sah auf und zog die Augenbrauen zusammen. »Was ist los?«

»Ich habe niemanden, mit dem ich diese Erinnerungen teilen könnte«, gab ich zu und schämte mich in diesem Moment dafür. Warum, wusste ich selbst nicht. Vielleicht, weil ich tausende Jahre Zeit dafür gehabt hätte, jemanden zu finden? Weil ich hätte weitergehen können, doch mich stattdessen in den schlechten Erinnerungen und in meinem Schmerz gesuhlt hatte? Selbst Dixie hatte ich immer auf Abstand gehalten. Ich hatte ihr nie wirklich gezeigt, wie ich mich fühlte.

»Warum schickst du es nicht Dixie? Sie ist doch deine Freundin, oder?«

Ich sah betreten auf den Boden. »Dixie … wir … also –«

»Weißt du was?«, unterbrach sie mein Gestammel. »Schick mir die Fotos. Ich bin jetzt dafür da, dass du schöne Erinnerungen mit jemandem teilen kannst.«

»Bist du dir sicher?«, fragte ich zweifelnd. »Immerhin meintest du –«

»Ich weiß.« Sie steckte ihr Handy in die Jackentasche und reckte ihr Kinn. »Vielleicht habe ich die Dinge, die ich zu dir gesagt habe, nicht ernst gemeint. Ich … ich glaube nicht, dass du für immer allein sein wirst, weil du es gar nicht bist. Du hast Dixie an deiner Seite, und auch wenn ich nur für dich arbeite, wenn … wenn ich nicht mehr bin als das für dich …« Nun war sie es, die betreten auf den Boden sah. Mit ihren Schuhen kratzte sie im Schnee. »Ich bin an deiner Seite, Taru. So lange, wie du mich lässt.«

In diesem Moment rückte alles in den Hintergrund. Der Fluch, die Aufgabe, Pandora zu finden. Selbst, dass Rio nach dieser Reise aus meinem Leben verschwinden würde und dass dieses Etwas zwischen uns sowieso unter einem schlechten Stern stand, dass ich sie durch meine dämlichen Gefühle in Gefahr brachte – all das spielte keine Rolle.

Denn trotz allem, was ihr bis jetzt in meiner Gegenwart widerfahren war, war sie geblieben. Sie hatte mich angeschrien, war abgehauen, aber sie war wiedergekehrt. Sie hatte mich nicht verlassen. Und in diesem Moment wusste ich, dass, wenn sie es irgendwann täte, ich es nicht überleben würde.

»Du bist mehr für mich«, hörte ich mich sagen. Rio hob ihren Kopf. Ihre großen, dunklen Augen weiteten sich. »Und ich wäre auch gern an deiner Seite. So lange, wie du mich lässt.«

Mein Herz schlug so schnell, als würde es jeden verfluchten Augenblick aus meinem Hals springen und davonlaufen, weil es diesen Wirbelsturm an Gefühlen nicht mehr aushielt. Ich bildete mir ein, die Erdrotation zu spüren.

»Taru …« Rios Augen wurden noch größer, als ich innerhalb einer Sekunde so nah vor ihr stand, dass ich ihren süßen Pfirsichgeruch wahrnahm. Ich verlor mich in ihrem Blick. Mein Kopf war leer und gleichzeitig voll von ihr.

Rio. Rio. Rio. Ihr Name erklang wie ein nie endendes Echo in meinem Kopf. Füllte mich aus und umhüllte mich wie ein Kokon aus Hoffnung und Wärme. Ich konnte nicht mehr länger dagegen ankämpfen und gab auf. Ich ließ all die Sorgen und die Ängste für einen Moment fallen. Auch wenn ich wusste, dass es danach kein Zurück mehr geben würde.

»Scheiß drauf.« Ich umschloss ihr Gesicht mit meinen Händen und tat das, was ich schon seit Sharm el Sheikh tun wollte.

Ich küsste sie.

27

Rio

Seine Lippen trafen auf meine, und mein Herz explodierte. Endorphine jagten durch meine Venen. Die Welt blieb stehen, und unter dem grünen Schimmer der Polarlichter mit weichem Schnee unter den Füßen schmolz ich dahin.

Ich krallte mich in seine Jacke, hielt mich fest, weil mich meine Beine sonst nicht mehr halten würden. Sein erster Kuss war hart und voller Verlangen. Mir wurde heiß unter dem festen Griff seiner Hände. Doch als er dann seine Hände in meinem Haar vergrub, wurden seine Lippen weich. Sanft zog er mich näher. So nah, dass ich nicht wusste, wo er begann und ich aufhörte.

Ich seufzte leise, als seine Lippen sich teilten. Ich konnte mich nicht erinnern, jemals so geküsst worden zu sein. Voller Ehrfurcht und Verlangen. Mit einer solchen Sanftheit, wie er meine Zunge umspielte. Er hielt sich an meiner Taille fest, und ich drängte mich ihm entgegen. So sehr, dass er ins Straucheln geriet. Taru konnte das Gleichgewicht nicht mehr halten und zog mich mit sich in den Schnee.

Sein leises Lachen jagte Schauer durch meinen Körper, als

ich mich von ihm löste und in sein Gesicht sah. Ich strich ihm eine der dunklen Strähnen aus der Stirn, wie ich es schon im Stofflager in Ägypten tun wollte. Sie waren so weich. Wie Seide. Das Blau seiner Augen war dunkel, seine Lippen so sinnlich. Ich konnte nicht anders, als ihn noch einmal zu küssen.

»Du bist so schön.« Er streckte sich mir entgegen, sodass meine Beine neben seine Hüfte rutschten und ich nun auf ihm saß. Ich bewegte vorsichtig meine Hüfte, um eine bequemere Position zu finden, ein tiefes Stöhnen entkam Taru. Ich spürte selbst durch meine dicke Hose, weshalb. Gänsehaut jagte über meinen Körper und setzte ein tiefes Verlangen in mir frei. Ich bewegte meine Hüfte, um diesem Gefühl nachzukommen.

»Rio, Rio«, raunte er zwischen den Küssen und murmelte meinen Namen wie ein Gebet. Ich legte meine Stirn an seine und schloss die Augen, um die Welt um mich herum zum Stehen zu bringen. Mein Atem ging schnell. Den Schnee um uns herum nahm ich kaum wahr, weil alles an mir in Flammen stand.

»Wir sollten hier weg.« Taru lehnte sich ein Stück von mir weg, um mir in die Augen zu sehen. Das Blau leuchtete beinahe auf, so sehr funkelten sie. Die Polarlichter waren dagegen nur ein schwacher Schimmer. Seine Hand immer noch in meinem Nacken, während er mit seinem Daumen über meine Wange strich. »Ist alles okay?«

Ich nickte und erhob mich langsam, weil ich meinen Beinen noch nicht ganz vertraute. Taru stand ebenfalls auf, hielt mich an den Händen, an den Hüften, und ich wünschte, er würde mich nie wieder loslassen. Ich legte meine Handflächen auf seine Brust und stahl mir noch einen Kuss. Ich hatte nicht gewusst, wie sehr ich das gebraucht hatte.

»Lass uns gehen, Rio«, raunte er gegen meine Lippen. »Sonst lag der Schnee hier die längste Zeit.«

Ich kicherte und erschauderte gleichzeitig, als er mir ein letztes Mal einen heißen Kuss auf die Lippen drückte, bevor er mich mit sich zog.

Den ganzen Weg bis zur Unterkunft hielten wir zwischendurch immer wieder an, um uns zu küssen, und ich wusste, ich würde nie genug davon bekommen. Als wir das schmale Haus erreichten, schafften wir es gerade bis zur Tür, als Taru mich dagegen presste und mich erneut küsste. Ich klammerte mich an seinen Nacken und vergrub meine Hände in seinen Haaren. Alles in mir stand in Flammen, und das nur wegen eines Kusses. Ich wollte mir gar nicht vorstellen, wie es sich anfühlte, sollte er mich auch an anderen Stellen küssen.

Sofort beschleunigte sich mein Herz und brachte die Vernunft zum Verstummen, die in meinen Gedanken leise an die Hintertür klopfte. Ich wusste, welche Fragen sie stellen würde. Sie würde mich daran erinnern, dass ich ihn kaum kannte und er mir erst vor Kurzem gesagt hatte, dass er mich nur benutzt hatte. Vielleicht würde ich es morgen bereuen, nicht auf sie gehört zu haben. Aber gerade … gerade verschloss ich die Tür zu ihrem Raum und schob noch extra einen Stuhl davor.

Mit geschwollenen Lippen ließ Taru von mir ab und fischte den Schlüssel aus seiner Tasche. Er brauchte zwei Anläufe, ehe er den Stift in das Loch führte, und warf mir einen gespielt genervten Blick zu, als ich kicherte.

»Endlich«, seufzte er erleichtert, als die Tür aufsprang und wir in den engen Flur traten. Betty hatte uns erklärt, dass wir das hinterste Zimmer auf der linken Seite nehmen sollten. Mit leisen Schritten führte Taru mich durch die Dunkelheit, die mir in diesem Moment kaum etwas ausmachte. Vielleicht lag es daran, dass Taru selbst ein Teil dieser Dunkelheit war, oder daran, dass die Endorphine mir jeglichen Verstand raubten.

Unser Zimmer war klein. Noch kleiner als mein Apartment in New York, und das Bett so schmal, dass uns gar keine andere

Möglichkeit blieb, als uns zu berühren. Daneben stand eine altmodische Stehlampe. Auf der gegenüberliegenden Seite eine hohe Kommode. Darüber ein Bild, das ich nicht richtig erkennen konnte. Nur das sanft grün schimmernde Licht der Polarlichter und der weiche Schein des Mondes erhellten den kleinen Raum.

Ein nervöses Flattern entstand in meinem Magen, als Taru die Tür hinter uns schloss. Sein warmer Atem streifte meinen Nacken, und ich wagte es nicht, mich umzudrehen. Mit pochendem Herzen starrte ich auf die dunkle Wand, während Taru mit seinen Händen über meine Arme fuhr. Selbst durch die dicke Winterjacke spürte ich jede seiner Bewegungen.

Zittrig stieß ich den Atem aus, als er meine Wange küsste.

»Darf ich deine Jacke ausziehen?« Seine Stimme war so weich wie Samt. Gänsehaut rauschte über meinen Körper. Ich nickte nur. Beim Geräusch des Reißverschlusses schloss ich die Augen und versuchte, mein rasendes Herz zu beruhigen. Sanft zog Taru die Jacke über meine Schultern. Jede Berührung schickte Schauer über meine Haut. Die Jacke fiel auf den Boden, und ich öffnete die Augen, als Taru meine Haare über eine Schulter schob. Seine warmen Lippen legten sich auf meinen Hals, genau auf die Stelle, wo mein Puls unnachgiebig gegen meine Haut pochte.

Ich lehnte den Kopf nach hinten. Ein leises Seufzen entfuhr mir, als Taru seine Hand auf meinen Bauch legte.

»Rio«, raunte er, und ich hob meinen Kopf, drehte mich langsam zu ihm um. Im silbrigen Mondlicht, das durch das schmale Fenster fiel, sah ich, wie seine Augen vor Verlangen funkelten. Die schwarzen Haare waren ihm in die Stirn gefallen. Ich stellte mich auf die Zehenspitzen.

»Du solltest auch aus den nassen Klamotten raus«, hauchte ich gegen seine Lippen. Vorsichtig öffnete ich seine Jacke, ohne ihn dabei auch nur einen Moment aus den Augen zu lassen. Ich wusste nicht, weshalb, doch in diesem Moment waren meine Hände so ruhig wie noch nie. Kein Zittern. Selbst nicht, als ich ihm die Jacke über die Schulter schob.

»Rio.« Tarus Stimme klang heiser. Seine Hände legten sich an meine Hüften, mit seinem Daumen strich er wieder über meinen Bauch. Ich schluckte. »Du weißt nicht, worauf du dich einlässt.«

»Es ist mir egal«, gab ich zurück und kickte meine Schuhe von den Füßen. Kurz darauf folgte meine Hose. Tarus Blick folgte jeder meiner Bewegungen, er nahm jeden Zentimeter meines Körpers wahr, und ich spürte, wie sich der Druck seiner Finger erhöhte.

»Das sollte es nicht«, sagte er, als ich seine Hände von meinen Hüften nahm. Er schluckte und sah mir in die Augen. Er glaubte, ich hätte genug. Erstaunen huschte über sein Gesicht, als ich mir den Pullover samt Top über den Kopf zog. Meine Haare, deren Spitzen nass vom Schnee waren, fielen auf meinen Rücken. Gänsehaut kroch über meine Haut, während Tarus Blick sie zum Glühen brachte.

»Vielleicht. Aber ist das in diesem Moment so wichtig?« Ich war selbst überrascht, wie fest meine Stimme klang, wo doch alles in meinem Inneren zitterte. Ich streckte den Rücken durch, trat einen Schritt auf Taru zu. Legte meine Hand auf seine Brust, unter der ich sein Herz genauso schnell schlagen spürte wie mein eigenes. »Wovor fürchtest du dich?«

»Ich werde dich verletzen«, murmelte er, und die Verzweiflung in seiner Stimme brach mir das Herz. »Ich bringe nur Unglück. Alle, die ich liebe, geraten in Gefahr, und ich … ich bin der Grund dafür. Ich hätte nie …« Er schloss die Augen und trat einen Schritt zurück. Meine Hand rutschte von seiner Brust. Und ich verstand. Als er die Augen öffnete, sah ich die

Zerrissenheit darin. Er fuhr sich über sein Gesicht und schaffte eine immer größere Distanz zwischen uns. Ich dachte an seine Worte aus dem Wagen zurück: Er hatte jemanden verloren, den er liebte. Eine Frau. Vielleicht liebte er sie immer noch. Ich war so dumm. So, so dumm. »Ich hätte dich nicht küssen dürfen. Es tut mir leid. Es …«

Sage es nicht, dachte ich. *Bitte, sag nicht, dass es ein Fehler war.*

»Es war ein Fehler.«

Ich zuckte zusammen und schlang die Arme um meinen Körper. Plötzlich war mir unsagbar kalt.

»Es tut mir leid«, murmelte er noch einmal. Er stolperte, als er einen weiteren Schritt zurücktrat, und verließ den Raum. Diesmal entfachte das leise Klicken der Türklinke kein nervöses Flattern, sondern heiße, lodernde Scham.

Mit zitternden Händen klaubte ich meine Sachen auf dem Boden vor mir zusammen und presste sie an meine Brust.

Es ist alles okay.

Ich zog mir mein Top und meinen Pullover über den Kopf, meine Thermoleggins über die Beine. Konzentriert und langsam.

Es ist alles okay.

Ich stieg in das Bett, schloss die Augen und kämpfte gegen diese dummen Tränen an.

Es ist alles okay.

Alaskas eisige Kälte schlug mir entgegen, als ich am nächsten Morgen die Tür des kleinen Häuschens hinter mir zuzog. Ich versuchte, nicht daran zu denken, dass Taru und ich uns wenige Stunden zuvor hier noch geküsst hatten. Dass alles in mir gekribbelt hatte und warm und leicht gewesen war. Aber jetzt … jetzt waren da Wut und Scham und Kälte, die nichts mit den Polarwinden zu tun hatte.

Ich entdeckte Taru wenige Meter vor dem Haus und wäre am

liebsten umgedreht. Ein fieser Stich ging durch meinen ganzen Körper. Meine Hände, die ich schon in meine Jackentasche gerammt hatte, formten sich zu Fäusten.

Und Taru … er stand einfach da, mit seinen blau schimmernden Haaren, seiner dicken Winterjacke und seinen hellen Augen und sah mich an, als hätte ich nicht nur in Unterwäsche vor ihm gestanden. Als wäre er daraufhin nicht abgehauen und nicht wieder zurückgekehrt, während ich die halbe Nacht kein Auge zugetan hatte. Nicht nur wegen des Kusses, der ja ein Fehler war, sondern weil ich keine verfluchte Ahnung hatte, wo Taru abgeblieben war. Sicher, ganz so weit weg konnte er nicht gewesen sein, sonst würde er nicht unverletzt vor mir stehen. Die Erinnyen würden ihn schließlich überall finden. Aber trotzdem. Er hätte mir wenigstens Bescheid geben können. Ich hatte mir Sorgen gemacht.

Ein weiterer Grund, weshalb ich am liebsten meine Sachen packen und verschwinden wollte. Aber das ging ja nicht. Nicht ohne Taru.

Ich sagte nichts, als ich neben ihn trat, und schwieg weiter, als wir uns in Bewegung setzten.

Neben all der Sorge, die ich in der Nacht empfunden hatte, war ich nun unfassbar wütend. Auf den Kuss. Auf ihn. Auf mich.

Ganz besonders auf mich. Nicht, weil ich mich vor ihm ausgezogen und dann einen Korb bekommen hatte, sondern dass mich genau dieser Umstand so wütend machte.

Er hatte mir nichts versprochen.

Ich hatte ihm nichts versprochen.

Und trotzdem schämte ich mich. So sollte es nicht sein. Nicht nach so einem Kuss.

Vor allem aber auch, weil wir ganz andere Dinge im Kopf haben sollten. Wie wir Pandora finden würden, zum Beispiel.

Oder das Rätsel, das uns die Sphinx geben würde und dass wir dabei nicht starben.

Aber meine Gedanken kreisten nur um das Gefühl von seinen Lippen auf meinen. Wie mein gesamter Körper unter seinen Berührungen förmlich geschmolzen war. Wie sicher ich mir war, er würde es auch wollen.

Es war ein Fehler.

Natürlich war es ein Fehler. Aber wenn er es nach dem Kuss gewusst hatte, hätte er das auch nicht schon davor wissen können?

»Heute ist es ein bisschen wärmer«, kam es plötzlich von Taru, als wir zum Fischrestaurant liefen. Mein Blick schnellte zu ihm. Er lächelte leicht, doch ich sah die Vorsicht in seinen Augen. Wollte er jetzt Small Talk halten? So tun, als wäre nichts gewesen? Ernsthaft?

Ich verengte die Augen und sah wieder weg. Idiot.

»Wir sollten Dixie noch ein Souvenir mitbringen«, sprach er im Plauderton weiter. »Vielleicht könnten wir ihr ja den Hut der Sphinx klauen. Ich bin mir sicher, er würde ihr stehen. Allerdings könnte das gefährlicher werden als das Rätsel selbst.« Er atmete tief aus. »Doch keine so gute Idee.«

Ich sagte nichts und blickte starr auf den zugeschneiten Weg. Das Schild des Restaurants konnte ich schon ausmachen. Dann würde er sich mit der Sphinx unterhalten, und ich könnte im Hintergrund bleiben, hoffen, dass wir mit allen Gliedmaßen, mit denen wir Alaska betreten hatte, dieses Land auch wieder verlassen würden. Gott, ich hoffte, es würde nichts schiefgehen. Dann könnte ich Taru in New York wieder aus dem Weg gehen bis zur nächsten Reise. Ich müsste mir einfach Scheuklappen anlegen und ihn ignorieren. Von wegen mit Sex regelten sich die Dinge. Wir hatten uns gerade mal geküsst, wie schlimm musste es dann erst werden, wenn wir miteinander schlafen würden? Was wir nicht tun würden.

»Wir könnten auch in Anchorage noch mehr Lachs-Jerky kaufen. Und vielleicht etwas anderes, das nicht unbedingt krebserregend ist. Ich bin mir sicher, es gibt doch auch andere großartige Fischprodukte.« Ich spürte seinen bohrenden Blick. Er sah mich an. Starrte und starrte, und ich biss mir auf die Innenseite meiner Wange, damit ich ihn nicht ansehen musste. »Wir könnten den Verkäufer noch mehr verwirren, indem wir einfach das gesamte Sortiment leerkaufen. Wir könnten ihn aber auch in das Taxi stecken, von dem du glaubtest, es wäre schlimmer als die Sphinx. Was meinst du?«

Schweigen. Ich würde jetzt ganz sicher nicht an diesen Moment im Taxi denken. Als seine Augen voller Glück geleuchtet hatten. An sein Lachen und die blauen Reflexe in seinen unverschämt schönen und unendlich weichen Haaren. Sie waren wirklich weich. Ob er einen speziellen Conditioner benutzte? Vielleicht war es aber auch nur so ein Götterding.

»Okay, ich hab's kapiert«, brummte Taru neben mir. »Aber willst du jetzt gar nicht mehr mit mir reden? Es ist auf Dauer sehr mühsam, den Alleinunterhalter zu spielen.«

»Dabei kannst du das so gut«, gab ich kalt zurück.

»Beim Hades, war das ein Wort? Sogar ein ganzer Satz?« Ich hörte das Lächeln in seiner Stimme. Am liebsten hätte ich ihm eine Portion Schnee hineingedrückt. »Ein Fortschritt.«

Wütend schnaubte ich und schob meine Hände tiefer in die Taschen meiner Jacke. Ich sollte ihm definitiv Schnee ins Gesicht drücken. Bis es rot war.

»Rio.« Taru griff sanft nach meinem Handgelenk, ich stoppte und drehte mich zu ihm. »Sieh mich wenigstens an. Bitte.« Ich wagte es nicht, ihn anzuschauen. Wusste ich doch, dass ein Blick in seine Augen genügte, und mein Herz würde wieder auf dumme Gedanken kommen. Mein Herz gehörte eingesperrt, nicht meine Vernunft. »Es tut mir leid. Ich hätte nicht …«

»Das hast du mir doch gestern schon erklärt, oder nicht?« Ich hätte das Zittern in meiner Stimme in diesem Moment verfluchen können, doch ich sprach trotzdem weiter. Ich war stärker. Stärker als dieses dumpfe Gefühl in meinem Herzen. »Und eigentlich hast du es mir auch schon in New York gesagt.« Ich schluckte und sah ihn an. Sein Kiefer war angespannt. Er rang mit sich, nur wusste ich nicht, worum es in diesem Kampf ging. »Hör zu, wir haben uns gestern geküsst, und dann hast du gemerkt, dass es nicht funktioniert. Das ist okay für mich, wirklich. Für mich funktioniert es auch nicht.« Lüge. Verdammt fette Lüge, denn ich wollte, dass es funktionierte, weil es so unglaublich perfekt war. Weil ich dachte, dass sich etwas zwischen uns verändert hatte. Aber es war besser so, es zu leugnen. Mein Leben würde nicht normaler werden, wenn Taru Teil davon sein würde. Diese Erkenntnis traf mich mit einem Schlag. Ich starrte auf den Schnee zu unseren Füßen, um mich nicht wieder in seinen Augen zu verlieren. »Lass es uns vergessen und so tun, als wäre nichts passiert. Wir können Freunde sein, für die Zeit, in der wir zusammenarbeiten – aber mehr nicht. Alles andere würde nur … es würde nur kompliziert werden.«

»Es ist wirklich okay für dich?« Seine raue Stimme brachte mich dazu aufzusehen. Ich stockte für einen Moment. In seinen Augen lag ein Schimmer, den ich nicht deuten konnte. Er hatte seine Hände in die Taschen seiner Jacke gesteckt und bildete damit ein absurdes Spiegelbild meiner Haltung. Und ich fragte mich in diesem Moment, ob es wirklich ein Fehler für ihn gewesen war. Aber auch das war jetzt nicht wichtig, darum nickte ich.

»Sicher.« Ich zwang mir ein Lächeln auf, das anscheinend genauso überzeugend war, wie es sich anfühlte. Taru schob die Augenbrauen zusammen. »Nur, hör auf damit, Dinge zu sagen, die du nicht so meinst. Das … das ist einfach nur nervig.«

»Es tut mir leid, dass ich gestern gegangen bin«, entfuhr es ihm. »Der Kuss war kein Fehler. Ich wünschte, ich könnte es ungeschehen machen. Dieser Kuss«, er atmete tief aus und sah zum Himmel, der in einem kalten Blau erstrahlte. »Dieser Kuss war perfekt, und ich … alles, was ich davor zu dir gesagt habe, war die Wahrheit. Ich hab Panik bekommen, weil mich alles an diese verdammte Sache erinnert hat und –«

»Hör auf«, fuhr ich dazwischen und brachte Abstand zwischen uns. Dass er bei unserem Kuss an diese Frau, die er verloren hatte, gedacht hatte, fühlte sich an, als würde er mich mit Scherben bewerfen. Das Schlimmste daran war jedoch, dass ich es geahnt hatte. Schon wieder hatte ich mir Hoffnung gemacht, nur damit Taru sie zertrampeln konnte. »Wenn du mich küsst und dabei an die Frau denkst, die du immer noch liebst, solltest du mich nicht küssen, Taru.«

Tarus Blick wurde steinhart. Ich wusste, dass ich den Ursprung seiner Angst erkannt hatte. Er machte dicht, verbarg all seine Gefühle hinter einer dicken Mauer. Ich wusste es, weil ich gerade exakt das Gleiche tat, indem ich die Tränen, die sich hinter meinen Augen sammelten, mit aller Macht zurückdrängte. Ich hatte genug davon, mich scheiße zu fühlen. Aber vor allem hatte ich genug davon, noch einen Tag länger in Tarus Nähe zu sein. Ich hatte genug davon, dass mein Leben ein einziges Chaos war. Ich hatte genug davon, nicht zu wissen, was mit mir los war, und mit jedem Tag mehr zu dem Freak zu werden, der ich nicht sein wollte. Ich hatte genug davon, dass ein Gott einen toten Adler verstümmelt in mein Apartment gelegt und es dann verwüstet hatte. Ich hatte genug von dieser Welt. Ich hatte genug davon, jemanden immer noch küssen zu wollen, obwohl er an eine andere Frau gedacht hatte.

Ich hatte genug, und ich wollte zurück. Ich wollte mein altes Leben zurück, denn das hier … das war ein Albtraum.

Aber das war unmöglich. Ich konnte nicht mehr zurück. Selbst wenn ich Taru hier und jetzt in Alaska stehen lassen würde, würden mich die Erinnerungen daran verfolgen. Sie würden für immer ein Beweis dafür sein, was für ein verfluchter Freak ich war.

Diese Erkenntnis war noch schlimmer als der Kuss, bei dem Taru an jemand anderen gedacht hatte. Mein Atem beschleunigte sich, und die vertraute Panik kündigte sich mit einem breiten Grinsen an.

»Rio, was –«, setzte Taru an, als hätte er gemerkt, dass etwas in mir passierte, dass meine Gefühle überliefen und ich sie nicht länger unterdrücken konnte.

»Ich wünschte, du könntest es wirklich ungeschehen machen«, presste ich hervor und schluckte hart, weil dieses bittere Gefühl meinen Hals verengte und mein Herz in meiner Brust zu zerspringen drohte. Weil mein Ziel, normal zu werden – ein gewöhnlicher Mensch zu sein –, in unendliche Ferne rückte. Ich verlor den Kampf gegen meine Tränen und drehte mich weg. Ich wollte nicht, dass Taru sah, wie sehr mich all das verletzte. Wie furchtbar ich mich fühlte, wie hilflos und ohnmächtig.

Sei stärker als deine Angst. Du hast die Kontrolle, hörte ich die Stimme in meinem Kopf, doch sie war zu leise und die Panik zu laut. Es war, als wäre ich wieder neun Jahre und müsste dabei zusehen, wie meine Mutter in dieser Dunkelheit verschwand. Als würde alles über mich hereinbrechen und die Schwärze mich umhüllen. Nur mein leises Weinen war zu hören und das Flügelschlagen der Erinnyen, die kurz darauf in unserem Wohnzimmer aufgetaucht waren.

Eine Hand legte sich auf meine Schulter. Ich zuckte zusammen, doch wurde zurück in die Realität geholt. Ruppig wischte ich die Tränen von meinen Wangen und starrte der kargen Landschaft Alaskas entgegen, die sich hinter den flachen Häusern erhob. »Ich wünschte einfach, das alles wäre nie passiert«, sagte ich mehr zu mir selbst als zu Taru hinter mir.

Ich hörte, wie er schwer ausatmete.

»Diesen Wunsch kann ich dir nicht erfüllen.« Tarus Stimme war so sanft, so zart, als hätte er Angst, dass nur ein weiteres Wort mich zerspringen lassen würde. Als könnte er bereits die Risse sehen, die sich durch meinen Körper zogen wie auf einer uralten Vase. »Aber Pandora.«

Ich drehte mich zu ihm um, seine Hand rutschte von meiner Schulter und hing schlaff neben ihm. Zögerlich sah ich zu ihm auf, während Hoffnung in mir aufzukeimen begann. »Wirklich?«

Taru nickte, ein verletzter Ausdruck huschte über sein Gesicht.

»Das ist kein Versuch mich zu überreden, nicht alles abzubrechen?«, hakte ich nach, weil es noch nie einfach war, das zu bekommen, was man wirklich wollte. »Du denkst dir das nicht wieder aus wie bei Medusa, damit ich dir helfe?«

»Nein«, sagte er, und ich spürte, wie der Silberstreif am Horizont meine Tränen und die Ohnmacht davonscheuchte. Selbst meine Panik zog sich leise zurück. »Sie ist das mächtigste Wesen im Universum. Mächtiger als mein Vater, mächtiger als Zeus. Sie hat die Macht, Unmögliches zu tun. Und …« Nun war es Taru, der schluckte, als haderte er, die nächsten Worte auszusprechen. »Und wenn es das ist, was du willst – was du brauchst, um glücklich zu sein, wird sie dir helfen können. Du kannst alles vergessen, was du vergessen willst. Den toten Adler, dein verwüstetes Apartment, die Erinnyen und …« Er stoppte, aber ich hörte sein unausgesprochenes *mich* dennoch. Ich würde Taru vergessen. Dixie. Alles, was mit ihrem Leben zu tun hatte. Alles, was mit der Götterwelt zu tun hatte. Dieser Gedanke sollte sich nicht seltsam anfühlen, er sollte auch definitiv nicht wehtun. Und doch war es so. »Aber dafür müssen wir sie erst finden«, fuhr er fort. »Ohne deine Hilfe finde ich sie nicht.«

Ich sah ihn einen Moment an, versuchte zu erkennen, ob es wieder ein leeres Versprechen war oder ob er es ernst meinte. Ob es ihm leichtfallen würde, wenn ich ihn vergaß, oder ob es ihm etwas ausmachte. Aber sein Gesicht war eine glatte, emotionslose Maske. Nur sein angespannter Kiefer verriet, dass er diesen Vorschlag nicht leichtfertig über die Lippen bekommen hatte.

Schließlich nickte ich. Es war genau das, was ich wollte. Ich würde diese lästigen göttlichen Spuren loswerden und die Erinnerung an die Götterwelt. Ich würde ein komplett normaler Mensch sein.

»Wenn das ein Trick ist, werde ich meinen Koffer packen und verschwinden«, drohte ich Taru, streckte den Rücken durch und ließ ihn stehen. Entweder er würde sich mir anschließen oder herausfinden, wie lange die Erinnyen von New York bis Alaska brauchten.

Es wäre mir egal.

28

Taru

Ihre Worte bohrten sich wie Messer in mein Herz. Ich konnte kaum atmen und hatte keine Ahnung, wie ich es schaffte, ihr hinterherzueilen, damit die Erinnyen mich nicht erwischten. Diese verfluchten Erinnyen, die mich immer wieder daran erinnerten, was für ein Versager ich war.

Sie würde mich vergessen. Rio würde mich vergessen und danach verlassen. Es war besser so. Denn sie hatte recht. Natürlich hatte sie recht, sie war viel zu klug, viel zu aufmerksam, um es nicht zu verstehen.

Doch die Panik, die mir die Luft abgedrückt hatte, als *ihr* Gesicht vor meinem inneren Auge erschienen war, hatte mir den Boden unter den Füßen weggerissen. Seit Jahrhunderten erlaubte ich es mir nicht mehr, an sie zu denken, geschweige denn, mir ihr Gesicht auch nur ansatzweise vorzustellen. Und in dem Moment, in dem ich Rio küsste – Rio, die so gar nichts mit ihr gemein hatte – hätte ich schwören können, nicht in braune, sondern graue Augen zu sehen.

Vielleicht hätte ich Rio wirklich nicht küssen sollen. Vielleicht war ich immer noch nicht darüber hinweg.

Aber ich war genauso egoistisch wie vor Jahrhunderten auf dem Olymp. Auch da hätte ich *sie* nicht küssen sollen. Ich hätte ihr nicht sagen sollen, wie schön sie war. Dass sie ein besseres Leben verdient hätte, als gefangen zu sein, auf ewig dazu verdammt, Leben zu beenden.

Aber Rio war anders. Es war noch nicht zu spät, und vermutlich rettete sie ihr Leben, indem sie meiner Welt und mir den Rücken zukehrte. Und doch entfachte allein der Gedanke daran ein brennendes Gefühl, das viel zu heiß durch meinen Körper schoss. Ich hatte mich besser unter Kontrolle als damals. Ich hatte dazugelernt und würde nicht denselben Fehler wiederholen.

Die Erinnerung daran, was geschehen war, war eine Warnung.

So unglaublich gut dieser Kuss auch gewesen war. Sie hatte nach purer Lebendigkeit geschmeckt. Nach Versuchung und … Vertrauen. Ein tückisches Gefühl, und ich wusste nicht, ob ich nicht bereits süchtig danach war.

Beim Hades, sie hatte so recht. Ich war ein jämmerlicher Heuchler. Als sie vor mir gestanden hatte, nur in Unterwäsche, schöner als eine verdammte Göttin, hatte ich mir für eine Sekunde vorgestellt, wie es wäre, auf sie zuzugehen. Sie zu küssen. Nicht nur auf ihre vollen Lippen. Ich wäre an ihrem Hals hinabgewandert. Hätte die Träger ihres BHs heruntergeschoben, nur um mich dann vollends ihren Brüsten zu widmen. Ich hätte sie auf das Bett gelegt und sie von dem restlichen Stoff befreit. Ich hätte sie mit meinem Mund gehuldigt, geehrt und dabei gehofft, dass sie meinen Namen stöhnen würde.

Dieser Kuss … Rio, das war definitiv kein Fehler.

Ich kniff mir an die Nasenwurzel und verscheuchte die Gedanken daran – von wegen ich hatte dazugelernt. Ich hatte eine Aufgabe zu erfüllen. Dafür musste ich die Gefühle, die Rio in mir auslöste, loslassen. In ihrer Nähe durfte ich mich nicht so gehen lassen. Denn ich brauchte ihre Nähe aus einem ganz anderen Grund. Die Erinnyen hatte ich nicht vergessen. Auch nicht gestern, als ich aus dem Raum gestürmt war.

Kurz vor dem Fischrestaurant trat ich wieder an ihre Seite. Ihr Augen waren noch immer leicht gerötet, und ich hasste mich selbst so sehr dafür, dass ich es war, der sie schon wieder zum Weinen gebracht hatte. Ein weiterer Beweis dafür, dass es richtig war, dass sie mich vergessen würde.

»Bereit?«, fragte ich Rio leise, kurz bevor wir das Restaurant betraten.

»Ja.« Sie streckte ihren Rücken durch und mied meinen Blick. Alles in mir schrie danach, sie zu küssen, zu umarmen und zu berühren. Ihr zu sagen, dass ich nur noch an sie denken konnte, dass sie mich nicht vergessen sollte und – scheiße. Das war falsch, so, so falsch. Sie war immer noch ein Mensch mit göttlichen Spuren, die sie loswerden wollte. Sie wollte dieses Leben nicht, und ich musste mich verflucht noch mal konzentrieren. Die Gefühle verbannen. Nur ein falscher Schritt, ein falsches Wort, und die Sphinx würde uns beide töten.

Wie auch gestern richteten sich alle Blicke auf uns, als wir das Restaurant betraten. Die Bewohner betrachteten uns argwöhnisch, die Tische, an denen sie saßen, waren leer. Es brauchte lediglich ein Zeichen, ein Kopfnicken der Sphinx, und sie würden sich auf uns stürzen wie Hyänen. Die Sphinx selbst wartete bereits hinter der Bar auf uns. Wieder trug sie diesen fürchterlichen Hut. Ich fragte mich, ob er überhaupt Nähte besaß, die ihn zusammenhielten. Ihre langen grauen Haare gingen ihr bis zur Hüfte. Ihre Kleidung war ihr einige Nummern zu groß und löchrig. Nur ihre katzenhaften Augen enttarnten ihre Göttlichkeit. Wenn es möglich war, stank es hier sogar noch schlimmer nach Fisch als gestern.

»Habt ihr eure Frage weise gewählt?«, begrüßte sie uns nüchtern, als ihr aufmerksamer Blick zwischen uns hin- und herzuckte. »Meine Wächter berichteten mir von geschmolzenem Schnee. Hier schmilzt kein Schnee zu dieser Zeit.«

Mein Blick flackerte zu Rio, deren Wangen einen dunklen Rotton annahmen. Ich räusperte mich.

Mit einem Kopfnicken deutete ich auf die Tür hinter ihr. »Ich würde dann gern.«

»Sicher. Folgt mir.«

Die Sphinx führte uns durch die schmale Küche, in der das Küchenpersonal augenblicklich innehielt. Auch ihre Blicke verfolgten uns, bis wir durch eine weitere Tür traten. Das, was uns dort erwartete, hatte nichts mehr mit Alaska zu tun.

Göttlichkeit schwirrte durch die Luft, füllte meine Lungen, und der Geschmack von Honig legte sich auf meine Zunge. Ein Raum aus grauem Stein, bewachsen mit Efeu und Moos, erstreckte sich vor uns. In der Mitte befand sich eine Säule mit breitem Steinaufsatz wie der einer Statue. Nur Kerzen erhellten den Raum.

Mit einer geschmeidigen Bewegung sprang die Sphinx auf das Podest.

»O mein Gott«, hauchte Rio neben mir, als die Sphinx sich veränderte. Ihre menschlichen Züge verschwanden. Ihre zuvor zarte Nase wurde breiter und flacher. Ihre Augen schräger, mit einem violetten Schimmer. Das graue Haar wurde zu einer Mähne und ihr Körper massiger, bis ihre Hände zu Tatzen wurden und sie in ihrer wahren Gestalt auf uns hinabsah. Sie war gewaltig und so mächtig, dass ich das Bedürfnis hatte, mich zu verbeugen. Als sie sich setzte, wankte sie leicht. Ihre Flügel. Dort, wo sie sich befinden sollten, konnte man ihre helle Haut unter dem grauen Fell erkennen. Ihr Gleichgewicht musste immer noch darunter leiden.

»Taru, bist du dir sicher …«

»Nicht«, unterbrach ich Rio sofort. »Keine Fragen.« Rios Augen weiteten sich noch mehr, als sie sich wieder zur Sphinx drehte. Diese sah geduldig auf uns herab. »Wir können diesen Raum erst wieder verlassen, wenn wir ihr eine Frage gestellt haben. Sonst wird sie uns …«

»Töten«, schloss Rio und nickte nur. »Versteh schon.«

»Stellt eure Frage mit Bedacht, und eine Antwort wird euch erbracht«, begann die Sphinx ihren Gesang. »Bevor ihr Antwort erhaltet, ein Rätsel wird euch bereitet. Sprecht ihr falsch, so wisst, dass der Tod euch sein wird gewiss.«

Ich schluckte. Gänsehaut rieselte über meinen Körper. Ich hatte schon in vielen Büchern der Hadesbibliothek darüber gelesen, wie mächtig die Sphinx sei, doch nie hatte ich glauben können, dass ihre Macht so greifbar wäre.

Als ich vortrat, neigte die Sphinx ihren Kopf. »Stell deine Frage, Schattenprinz.«

Ich holte ein letztes Mal tief Luft. Während Rio in der Nacht geschlafen hatte, war ich sämtliche Möglichkeiten durchgegangen, wie ich diese Frage formulieren könnte. Besonders verworren, besonders präzise oder lose. All das war mir jedoch zu riskant erschienen, und ich glaubte, mich daran zu erinnern, wie mir mein Vater einst sagte, dass es die ehrlichsten Fragen waren, die die ehrlichsten Antworten herausfordern würden. Damals hatte er es in einem anderen Kontext verwendet. Doch die Lehre blieb die Gleiche. Ehrlichkeit war der Schlüssel zum Ziel. Darum warf ich all meine Sorgen, die Sphinx könnte uns verraten, über Bord. Ich verschleierte nicht mein Ziel, versuchte nicht, zu verstecken, was ich wirklich wollte. Wenn sie uns verraten wollte, dann hätte sie es schon längst getan.

»Wo finden wir Pandora?«

Ein Schmunzeln huschte über das Gesicht der Sphinx, ehe sie nickte. Sie richtete sich auf.

»In meinen Adern fließt kein Blut, und doch führen sie zu meinem Herzen. Schnell findest du hinein, ist der Weg zurück noch so verworren. Trage Pech bei dir statt Glück, sonst breche ich dein Genick.« Mit einem gierigen Funkeln beugte sie sich weiter nach vorn. »Was bin ich?«

»Was zum …«, flüsterte Rio neben mir, während mich nackte Panik durchflutete.

Meine Gedanken begannen sich zu drehen. Ich durchdachte jede Lektion, die ich als Junge erhalten hatte. Jedes Gedicht, das mich Persephone hatte auswendig lernen lassen. Jede Diskussion mit meinem Vater, welche Bedeutung die Erzählungen der Helden aus einer anderen Perspektive eingenommen hätten.

In meinen Adern fließt kein Blut, und doch führen sie zu meinem Herzen. Ein Fluss? Im Fluss Styx floss kein Blut. Nur Seelen, auf dem Weg zu ihrer letzten Ruhestätte. Hieß das, Pandora war im Hades? War sie vielleicht bei meinem Vater? Verdammt, warum mischte er sich überall ein? Aber weshalb das Pech? Weil der Hades von allen Göttern als pechbringender Ort bezeichnet wurde?

Ich fuhr mir durch die Haare. Begann im Kreis zu laufen. Wieso sollte Pandora im Hades sein? Sie wäre auf dem Präsentierteller, direkt vor der Nase der Götter. Sie würden sie spüren und hätten sie längst für ihre Zwecke benutzt. Der Geruch des Hades war nicht ansatzweise stark genug, um ihre Göttlichkeit zu überlagern. Aber alles andere machte keinen Sinn.

Wo floss sonst kein Blut zu einem Herzen? Was übersah ich? Was?

»Hast du eine Lösung, Schattenprinz?«, fragte die Sphinx und stieg geschmeidig von ihrem Podest. In langen, leisen Schritten lief sie auf uns zu. Wie eine Raubkatze kurz bevor sie ihre Beute schnappte.

»Deine Fragen waren noch nie zeitlich begrenzt«, sagte ich

so selbstbewusst wie möglich. Was könnte die Lösung sein? War es wirklich der Hades? Doch weshalb fühlte es sich so falsch an?

»Nein, nein«, schnurrte sie und begann uns zu umkreisen. Ob sie meine Unsicherheit roch? Ob sie schon überlegte, wie sie mich umbringen würde? Ob sie Rio am Leben lassen würde? Mein Blick zuckte zu ihr. Ihre dunklen Augenbrauen waren zusammengezogen. Ihre Lippen bewegten sich, als würde sie etwas vor sich her murmeln, doch ich verstand kein Wort.

Die Sphinx zog immer engere Kreise. Ich trat näher an Rio heran, berührte sie leicht am Arm. Sie sah auf, und in ihren Augen blitzte Erkenntnis auf. »Ich weiß die Lösung.«

»Du kannst es nicht wissen«, gab ich schlicht zurück. Sie verzog getroffen den Mund, doch es war die Wahrheit. Woher sollte sie, jemand, der noch nicht einmal wahrhaben wollte, dass sie mehr war als ein gewöhnlicher Mensch, das Rätsel der Sphinx lösen?

»Doch, ich kann«, entgegnet sie mir und reckte ihr Kinn nach vorn. Ihre Augen leuchteten entschlossen auf.

Ich presste die Lippen zusammen. Der hungrige Blick der Sphinx brannte sich in meinen Rücken. »Ich …«

»Vertrau mir, Taru.«

»Eine falsche Antwort bedeutet meinen Tod.« Ich warf einen kurzen Blick über meine Schulter. »Deinen vielleicht auch.«

»Ich weiß.« Ein schelmisches Lächeln huschte über ihr Gesicht. »Verdient hättest du es vielleicht.«

Dieser Seitenhieb war fair. Ich lachte kurz auf, wurde dann jedoch wieder ernst. Noch einmal sah ich ihr in die Augen und versuchte, einen Funken Unsicherheit darin zu finden. Doch alles, was ich sah, waren Entschlossenheit und Mut. In diesem Moment fühlte ich mich Jahrhunderte zurückversetzt. Als würde ich *ihr* gegenüberstehen. Mein Herz fühlte sich unglaublich schwer an. Eine Schlinge legte sich um meinen Hals. Ich hatte ihr vertraut. Und es hatte sie das Leben gekostet.

Sie ist nicht Atropos. Atropos ist tot.

»Okay«, hörte ich mich sagen, während ich ihr weiter unnachgiebig in die Augen starrte. »Ich vertraue dir.« Für einen kurzen Augenblick erzitterte die Entschlossenheit in Rios Blick. Etwas anderes trat an die Oberfläche und ließ mein schweres Herz in meiner Brust fliegen. »Ich vertraue dir«, sagte ich noch einmal und meinte damit mehr als nur die Lösung zum Rätsel der Sphinx.

Ich wandte den Blick ab und unterbrach die Verbindung zwischen uns, die mich tiefer berührte, als ich es zugeben wollte.

Gefühle waren für die Schwachen gemacht, und in diesem Moment durfte ich nicht schwach sein. Ich würde nie wieder schwach sein.

»Habt ihr eure Antwort?«, säuselte die Sphinx nun und war uns mittlerweile so nah, dass ihr weiches Fell unsere Kleidung berührte.

»Ja«, kam es von Rio.

»Dann sprich, kleine Göttin.«

Ich stutzte und sah schnell zur Sphinx. Auch über Rios Gesicht flackerte einen Moment Verwirrung. Die Sphinx grinste und zeigte eine Reihe scharfer, spitzer Zähne. Mir blieb kaum ein Moment, um weiter darüber nachzudenken, als Rio ihren Rücken durchstreckte und mit klarem Blick sprach.

»Labyrinth«, sagte Rio. »Die Antwort ist Labyrinth.«

Das Lächeln der Sphinx erlosch.

Meine Muskeln spannten sich an. Wir würden fliehen müssen. Hinter uns war die Tür. Sicher hatte sie sie verriegelt. Doch wenn ich genug Hadesfeuer durch meine Venen jagen könnte, würde ich sie vielleicht aufbrechen können. Davor würde ich mit meinen Schatten den Raum in Dunkelheit hüllen.

Egal, wen von uns sie zuerst angreifen würde, ich würde alles dafür tun, dass Rio es hier lebend rausschaffte.

Ich trat einen Schritt auf Rio zu, als die Sphinx ihre menschliche Gestalt annahm. Ihre breite Nase wurde schmaler, ihre ganze Gestalt kleiner, als würde sie schrumpfen. Die volle Mähne wurde zu dem langen weißen Haar, und ihre breiten Tatzen zu feinen Händen. Nur ihre violett leuchtenden Augen blieben zurück.

»Fein«, knurrte sie, sichtlich verärgert. »Ich werde euch sagen, wo ihr Pandora findet.«

29

Rio

»Wenn du das Glas noch länger polierst, verschwindet es in deiner Hand.«

Überrascht sah ich auf meine Hände. Ich hatte das Cocktailglas komplett vergessen. Jake grinste mich an, trat um den Tresen herum und schnappte es mir aus der Hand. »Gedankenwolken?«, fragte er, und das Grinsen wich einem besorgten Ausdruck, der mich seit heute Morgen, als ich vor seiner Tür aufgetaucht war, verfolgte. Nachdem wir vor einer Woche wieder in New York gelandet waren, hatte ich mich in meinem Zimmer im Marquand verschanzt. Ich war Taru aus dem Weg gegangen, bis ich es in den vier Wänden nicht mehr aushielt. Schließlich hatte ich mich tagsüber bei Jake einquartiert oder hatte extra Schichten im *Celestial* genommen. Alles nur, um Taru so wenig wie möglich zu sehen oder an ihn zu denken.

Letzteres ließ sich eher suboptimal umsetzen. Die meiste Zeit wich ich Jakes Fragen zu Taru und diesem Job aus oder wurde von Jake daran erinnert, ihm zuzuhören, wenn er gerade nicht nach Taru fragte, ich aber an ihn dachte. Ich war unfassbar unkonzentriert. Meine Gedankenwolken, wie Jake es nannte, hingen immer noch in Alaska fest. Bei dem Kuss – den ich einfach nicht vergessen konnte, sosehr ich es auch wollte – und der neuen Option, die mir Taru offenbart hatte. Ich würde ihn vergessen. Alles, was mit ihm zu tun hatte, und es sollte mich glücklich und vorfreudig stimmen, oder? Ich sollte erleichtert darüber sein, dass ich das bekommen würde, was ich wollte. Aber stattdessen lag in meiner Brust ein schwerer Stein, nur wenn ich daran dachte, wie es wäre, nichts mehr von alldem zu wissen.

»Rio?«, holte Jake mich zurück aus meiner Gedankenwolke. »Bist du noch hier?«

»Nein. Ja, ich meine, ja. Ich bin da.« Ich fuhr mir mit der Hand über die Stirn und seufzte. »Tut mir leid. Ich bin eine miese Freundin.«

»Bist du nicht.« Jake knuffte mir in die Seite. »Du versteckst dich nur wieder vor mir.«

Verwirrt zog ich die Augenbrauen zusammen und stellte mich mit dem Rücken zum Gästebereich des *Celestial*, in dem kaum etwas los war. An einem Dienstagabend gingen die wenigsten Leute aus. Normalerweise wäre ich froh darüber gewesen, ein bisschen hinter dem Tresen verschnaufen zu können. Aber aktuell brauchte ich jede Ablenkung, die ich bekommen konnte, denn sonst … sonst wanderten meine Gedanken nur zu Taru und seinen schimmernden Augen, als er mich geküsst hatte. Und an seinen angespannten Kiefer, als ich ihm sagte, dass ich ihn vergessen wollte.

Ah, und natürlich war da noch das Labyrinth des verfluchten Minotaurus, das als Nächstes auf dem Reiseplan stand. Dort, im Zentrum des Irrgartens, sollte sich der Eingang zu Pandoras Versteck befinden – so hatte es uns die Sphinx gesagt, nachdem ich ihr Rätsel gelöst hatte. Wie auch immer ich das geschafft hatte. Eine weitere Sache, worüber ich mir so wenig Gedanken wie möglich machen wollte. Ich hatte nur gewusst, dass es ein Labyrinth sein musste. Etwas in mir drin, eine unbändige Gewissheit, hatte mir die Antwort förmlich zugeschrien.

»Siehst du«, kommentierte Jake meine schon wieder abschweifenden Gedanken, »du versteckst dich hier drin.« Er tippte mit einem Finger auf meine Stirn, was ich mit einem »Hey!« quittierte, und ich versuchte, seine Hand mit meiner zu erwischen, aber Jake hatte sie blitzschnell zurückgezogen und grinste mich breit an. »Aber das ist okay, irgendwann kommst du da raus und redest mit mir. Und erzählst mir, warum du wirklich bei deinem Boss eingezogen bist.«

»Jake …«, setzte ich an, während das schlechte Gewissen mir seine Klauen in den Rücken schlug. Ich war wirklich eine miese Freundin, egal was Jake sagte. Aber ich konnte ihm schlecht sagen, dass ich nur bei Taru wohnte, weil jemand – ein griechischer Gott – einen toten Adler in meinem Apartment platziert und meine Wohnung obendrein verwüstet hatte. Immerhin hatte ich es mittlerweile geschafft, sie zu kündigen. Es war höchste Zeit gewesen. Dorthin zurück würden mich sicher keine zehn Pferde schaffen.

»Rio, hör zu.« Jake stellte das auf Hochglanz polierte Glas weg, schmiss sich das Geschirrhandtuch über die Schulter und sah mich mit vor der Brust verschränkten Armen ernst an. »Ich verstehe, dass du mir nicht alles sagen kannst und willst, was zwischen dir und diesem Taru passiert ist –« Er hob die Hände, als ich widersprechen wollte. »Du brauchst mir gar nicht damit kommen, dass nichts passiert ist. Ich weiß, dass es so war, sonst würdest du nicht wie ein Geist hier rumlaufen. Hast du überhaupt mitbekommen, dass während deiner Schicht heute eine Frau ihrer Partnerin einen Antrag gemacht hat?« Das hatte ich tatsächlich nicht. Und Jakes Blick, der »Siehst du«, sagte, rieb es mir noch einmal unter die Nase. »Ich weiß, dass es dir schwerfällt, jemanden an dich ranzulassen, obwohl dieser jemand seit sechs Jahren dein allerallerbester Freund ist und eine Lebensmittelvergiftung mit dir durchgestanden hat.«

Ich verdrehte die Augen, aber Jake blickte mir nur weiterhin unerbittlich entgegen. Die drei Tage, in denen ich würgend auf Jakes Couch gelungert hatte, dank einer Melone, die wir im *Celestial* eigentlich hätten wegschmeißen sollen, würde ich nie vergessen. Jake hatte damals stündlich mit meinem Dad telefoniert, weil ich kaum etwas in mir behalten konnte. Aber dann, nach drei Tagen, war alles weg und mir ging es großartig, als hätte ich nicht mein ganzes Inneres in Jakes Popcornschüssel verteilt.

»Du musst da nicht allein durch, okay?«, fuhr Jake seinen Vortrag über unsere Freundschaft fort. »Und du musst auch nicht so tun, als wäre alles super, obwohl es offensichtlich nicht so ist.«

»Es ist su–«

»Rede dir das nur weiter ein, wenn es dich glücklich macht.« Jake umfasste meine Schultern, und sein Blick bohrte sich förmlich in meinen Kopf, was mich noch schlechter fühlen ließ. Aber ich *konnte* ihm einfach nicht davon erzählen. »Egal, was es ist, Rio. Ich verschwinde nicht. Ich bin nicht deine Mom oder eines dieser blöden Kids, die dich damals als Freak bezeichnet haben. So bin ich nicht, und das weißt du.«

Ich schluckte, einmal, zweimal. Das schlechte Gewissen, Jake anzulügen und ihm nicht die Wahrheit sagen zu können, verengte meinen Hals. Doch alles in mir sträubte sich dagegen, ihm von all dem zu erzählen. Von der Sphinx, von Medusa und den göttlichen Spuren in meinem Blut. Von Taru und dem Kuss und wie ich immer noch nicht aufhören konnte, daran zu denken.

Aber Jake darin einzuweihen … das würde auch gleichzeitig bedeuten, dass ich es nicht länger verdrängen konnte. Dass Jake mit dem Wissen darüber automatisch Teil dieser Welt wurde, die ich so sehr hinter mir lassen wollte … und musste. Und wenn ich wollte, dass Pandora mich vergessen ließ, durfte niemand weiteres von der Götterwelt erfahren. Darum zog ich Jake in eine Umarmung, damit er nicht sah, wie ich gegen die nervigen Tränen ankämpfte. »Danke«, murmelte ich leise. »Für alles.«

»Okay, Knuddelbär.« Beruhigend strich Jake über meinen Rücken und löste sich von mir. »Wir reden, wenn du bereit bist. Ich muss jetzt los, mein Date wartet.«

»Timothy oder Vivianne?«, fragte ich, erleichtert und unendlich dankbar, Jake als Freund zu haben, auch wenn ich immer noch mit fiesen Schuldgefühlen kämpfte. »Oder … beide?« Ich zwang mir ein Lächeln auf, das nicht sonderlich überzeugend wirken musste. Jake verdrehte bereits die Augen.

»Wenn es nach mir ginge …« Jake wackelte verschwörerisch mit den Augenbrauen, was mich diesmal wirklich zum Kichern brachte. Jake umarmte mich noch einmal, ehe er sich verabschiedete und aus dem *Celestial* verschwand.

Ich hörte, wie die Tür sich öffnete, als ich gerade Milchpackungen sortierte und dachte, Jake hätte etwas vergessen. Verwundert hob ich meinen Kopf. Nicht Jake war ins *Celestial* gekommen. Ich zog mich am Tresen hoch.

»Nona, hi!«, begrüßte ich sie verwirrt. Mit ihr hatte ich absolut nicht gerechnet. »Was machst du hier?«

Sie lächelte verhalten und trat an den Tresen. Ihre kurzen Haare lagen wieder perfekt, um ihren Hals hatte sie ein Seidentuch gebunden, das sie mehr wie eine französische Regisseurin als eine Rezeptionistin aussehen ließ. »Wir wollten uns heute treffen.«

»Oh, Mist!«, fluchte ich. »Verdammt, das hab ich total vergessen, tut mir leid. Ich muss noch zwei Stunden arbeiten und –«

»Kein Problem!«, unterbrach sie mich und setzte sich auf einen Barhocker. In ihren dunklen Augen schimmerte Verständnis. »Ich kann auch hierbleiben und dir helfen. Oder lieber nur zuschauen. Besser für die Gläser, denke ich.«

Ich lächelte, obwohl ich nicht glaubte, dass Nona tollpatschig war. Alles an ihr wirkte elegant und so, als wäre jede Bewegung und jedes Wort wohlüberlegt. »Ist das wirklich in Ordnung?«

»Klar! Ich verbringe gern Zeit mit dir, Rio.«

»Okay«, sagte ich und freute mich wirklich darüber, dass sie hier war. In der letzten Woche hatte ich mich ein paarmal mit Nona getroffen. Zuerst immer nur zufällig im Foyer des Marquands, aber dann hatte ich sie auf einen Kaffee eingeladen, den ich ihr vor der Reise nach Alaska versprochen hatte. »Willst du was trinken? Café oder Cocktail oder …«

Sie überlegte kurz und sah auf die schiefergraue Tafel über mir, auf der die Getränke geschrieben waren. »Ein Espresso wäre nett, danke.«

»Kommt sofort.« Ich drehte mich zur Kaffeemaschine und schaltete sie ein, während ich darauf wartete, dass die Bohnen gemahlen wurden.

»Also …«, setzte Nona an, als ich gerade den Kaffee presste und in die Siebträgermaschine schob. »Ist alles gut bei dir und deinem Boss?«

Für einen Moment verharrte ich in meiner Bewegung. Nona fragte kaum nach Taru, was eine echte Hilfe war, um nicht an ihn zu denken, aber wenn sie es tat, dann bekam ich jedes Mal ein seltsames Gefühl. Nicht, als würde sie über mich urteilen, dass ich bei ihm wohnte, eher so, als würde in ihrem Ton eine warnende Note mitschwingen.

»Ja, klar«, antwortete ich ein bisschen verspätet und stellte ihr den Espresso auf den Tresen. »Weshalb fragst du?«

»Du verbringst weniger Zeit im Gebäude«, erklärte sie ein bisschen befangen. »Nicht, dass ich dich stalke. Aber am Empfang bekommt man eben einiges mit. Du gehst früh und kommst spät, und als deine Freundin ...« Sie zuckte mit den Schultern und sah auf. »Da mache ich mir eben Sorgen.«

»Das ist lieb von dir«, gab ich ausweichend zurück. »Aber es ist wirklich alles gut. Die vielen Reisen sind nur anstrengend, und vieles bleibt auf der Strecke, das ich dann in der Freizeit erledigen muss.«

Verständnisvoll nickte Nona und nahm einen Schluck von ihrem Kaffee. »Ich habe mich gefragt ... Warum? Also, weshalb die Reisen? Du bist Schauspielerin, nicht wahr? Weshalb begleitest du ihn? Welchen Zweck hatte das?«

»Das ist schwer zu erklären«, sagte ich ausweichend und versuchte, mir nicht anmerken zu lassen, wie ihre Fragen mich nur wieder daran erinnerten, dass ich eben nur ein Mittel zum Zweck war. Dass Taru mich nur benutzt hatte, um die Erinnyen loszuwerden. Es ging nie um mehr. Dieser verdammte Kuss hatte es mir doch gezeigt.

Nona griff über den Tresen nach meiner Hand. »Ich bin mir sicher, dass ich es verstehe.«

Ich sah sie einen Moment an und fragte mich, ob ich es nicht einfach wagen könnte, zumindest einen Teil der Wahrheit zu erzählen. Doch wenn ich Taru wirklich hinter mir lassen wollte, durfte ich das nicht. Schlimm genug, dass Jake und Nona überhaupt von diesem Job wussten. Ich hoffte, Pandoras Zauber würde auch ihr Gedächtnis von Taru befreien. Dann wäre es so, als hätte er nie existiert. Ich biss die Zähne zusammen und konzentrierte mich darauf, wie furchtbar ich mich nach dem Kuss gefühlt hatte und dass es das war, was ich wollte. Ihn vergessen. Er war immerhin ein Gott und ich ein Mensch. Es war doch von Anfang an klar, dass das mit uns nichts werden würde.

»Ich will dich nicht drängen, Rio, nur ...«

»Es ist total blöd. Ich weiß auch nicht genau, warum ich ihn begleite«, erklärte ich schließlich und zuckte mit den Schultern, um die Unbedeutsamkeit meines Jobs zu verstärken. »Wir reisen ständig nur durch die Weltgeschichte. Ich denke, er ist einfach ungern allein. Mehr nicht.«

»Ja. Wahrscheinlich ist es das«, murmelte Nona und wirkte seltsam enttäuscht über meine Antwort, was sofort Zweifel in mir aufkommen ließ. War es zu kryptisch gewesen? Hielt sie mich schon für einen Freak? Welcher normale Mensch wohnte auch schon mit seinem Boss zusammen.

»Weißt du was?«, lenkte ich das Thema um, um meine Zweifel zu ersticken und Nona auf andere Gedanken zu bringen. »Ich glaube, es kommt eh niemand mehr. Ich schließ den Laden ab, und dann … dann können wir vielleicht noch ein bisschen was unternehmen?«

»Das wäre großartig, aber …« Nona schaute auf ihre schmale Armbanduhr. »Ich hab leider noch etwas zu erledigen. Tut mir leid. Vielleicht können wir uns morgen sehen? *Hamilton* wird am Broadway aufgeführt. Du meintest doch, das sei dein Lieblingsmusical.«

»Ich glaube nicht, dass du für morgen Abend noch Karten bekommst.« Ich lächelte und versuchte, mir nicht anmerken zu lassen, wie unangenehm es sich anfühlte, dass sie so plötzlich losmusste. Die Gedanken, dass es an mir und an dem, was ich gesagt hatte, lag, wurden ohrenbetäubend laut. Ich hatte es vermasselt und sie verschreckt. Wie immer.

»Lass das mal meine Sorge sein«, meinte Nona mit einem verheißungsvollen Lächeln, das meine Zweifel ein bisschen leiser drehte. »Ich schreibe dir, ja? Es war wirklich schön, Rio. Ich hoffe, wir können mehr Zeit miteinander verbringen, ich … ich könnte eine Freundin wie dich gebrauchen.«

Ich sah Nona hinterher, wie sie aus dem *Celestial* verschwand, und die Sorge, ich hätte sie durch meine kryptischen Antworten verschrecken können, verflüchtigte sich ein wenig. Auch, wenn mich dieses Gefühl, das mich schon seit der Highschool verfolgte, nicht losließ.

Aber auch ich könnte eine Freundin gebrauchen, die nichts von meiner Vergangenheit wusste. Sofort sprang mein Kopfkino an. Ich stellte mir vor, wie wir gemeinsam mit Jake ausgehen würden. Wie wir ein großartiges Dreierteam werden würden, wie die Schuyler-Schwestern aus *Hamilton*. Nur ohne dass sich jemand in den Partner des anderen verlieben würde und Jake ein Mann war. Aber es ging ums Prinzip: Wir könnten normale Freunde sein, in einer normalen, absolut nicht übernatürlichen Welt.

Sobald wir Pandora gefunden hatten, würde ich all das bekommen. An diesen Gedanken musste ich mich klammern, sobald die nächste Reise mit Taru anstehen würde.

Ich drehte mich zur Kaffeemaschine um, damit ich sie endlich einmal wirklich tiefenreinigen konnte. Normalerweise blieb dafür im hektischen Tagesgeschäft kaum Zeit. Aber jetzt, wo kein einziger Gast hier war und ich auch keinen wirklich triftigen Grund hatte, das Café früher zu schließen, wäre es die perfekte Gelegenheit. Doch gerade, als ich das Reinigungsprogramm starten wollte, vibrierte mein Telefon. Manchmal glaubte ich, dass Taru in meinen Kopf schauen konnte und wusste, wann ich am dringendsten nicht an ihn denken wollte. In der einsilbigen Nachricht, die er mir geschrieben hatte, verlangte er, dass ich sofort zum Marquand kommen sollte.

Nur noch ein bisschen, sagte ich mir in Gedanken. *Ich muss nur noch ein wenig durchhalten.*

30

Rio

»Das ist ein absolutes Selbstmordkommando.«

»Dixie …«, brummte Taru sichtlich genervt und sank in den gelben Sessel, in dem er Dixie und mir gegenübersaß. Dixie hatte mich sofort nach meiner Ankunft im Penthouse in die beeindruckende Bibliothek mit ihren deckenhohen Bücherregalen und dem schummrigen Licht gezerrt und mich in einen der vier Sessel gedrückt. Dass ich komplett durchnässt war, schien ihr egal gewesen zu sein. Und nun diskutierten die beiden seit einer Stunde darüber, weshalb Taru und ich nicht allein zum Labyrinth des Minotaurus reisen sollten. Dafür hatte ich das *Celestial* früher zugeschlossen und war durch die regnerische New Yorker Nacht geeilt. Großartig. Die Kaffeemaschine zu reinigen, wäre definitiv spaßiger gewesen, als jetzt Dixie und Taru beim Streiten zuzuhören. »Das war die Reise zur Sphinx auch. Selbst Medusa hätte uns umbringen können, wenn sie gewollt hätte.«

»Lass mich mitkommen«, wiederholte sich Dixie zum … fünften Mal? Ich war mir nicht sicher, da ich zwischendurch eingenickt war. Wenigstens hatte ich eine Decke bekommen, nachdem ich dank meiner nassen Klamotten zu zittern begonnen hatte. Dixie wollte, dass ich dabei war, wenn sie und Taru die nächste Reise besprachen. Über ihre Hintergedanken dabei dachte ich lieber erst gar nicht nach. Taru hatte nur mit den Schultern gezuckt und die gleiche unbeteiligte Miene aufgesetzt wie auch die letzte Woche immer, wenn wir in einem Raum waren. Als wäre ihm meine Anwesenheit völlig egal. Es sollte mich nicht interessieren, aber trotzdem tat es weh. Wie das leichte Stechen eines Splitters, der aber zu fein war, um ihn zu sehen, und der irgendwann von selbst rauswachsen würde. Nervig und penetrant. Genauso wie die Stimmung zwischen Taru und mir. Denn obwohl wir beide uns bemühten, den anderen zu ignorieren, war es seltsam. Als wäre die Luft um uns herum dicker und aufgeladen. Nur ein kleiner Funke würde genügen, und alles stände in Flammen.

Ich begegnete Tarus Blick, gerade als er wegsah. Zu meinem Glück bemerkte Dixie nichts davon, sondern stürzte sich wie ein Falke auf die Tatsache, dass wir uns gegenüber dem Minotaurus behaupten mussten. Anscheinend allein, wenn es nach Taru ging. Schon bei der Vorstellung bekam ich eine Gänsehaut.

»Taru, du weißt nicht, was dort auf euch wartet …«

»Und du schon?«, presste er hervor. Er erhob sich, lief um einen der Sessel und holte aus einer Truhe, die wirkte, als wäre sie älter als New York City, eine weitere flauschige Decke. Ohne mich anzusehen, hielt er sie mir entgegen. Stumm nahm ich sie an und ignorierte die Wärme, die mich dabei durchflutete. Das lag sicher nur an dem flauschigen Stoff, der bereits ungewöhnlich warm war. Verwundert sah ich auf Tarus Hände, als er sich wieder in seinen Sessel setzte. Hatte er … »Du magst New York in den letzten Jahrhunderten verlassen haben«, fuhr Taru immer noch genervt fort. »Aber auch du hast seit … seit dem Vorfall keine einzige göttliche Stätte besucht. Du wärst genauso untrainiert wie ich. Ich bin der Sohn des …«

»Ach, steck dir deinen dummen Titel sonst wo hin, ohne ihn bist du genauso verletzbar wie ich«, fuhr Dixie ihn wütend an und verschränkte die Arme vor der Brust. »Der Minotaurus ist nicht auf die leichte Schulter zu nehmen. Seitdem Ariadne ihn ausgetrickst hat, hat er kein Fleisch mehr bekommen. Der Kerl ist ausgehungert und wartet nur darauf, dass sich jemand in seinem Labyrinth verirrt.« Dixie beugte sich vor und sah Taru und mich bedeutungsschwer an. »Ihr solltet den Irrgarten wirklich nicht allein betreten.«

Ich warf einen kurzen Blick zu Taru, dessen Kiefer wieder zu mahlen begonnen hatte. Er fuhr sich durch sein blauschwarzes Haar und atmete schwer ein und aus.

»Meine Entscheidung steht. Du bleibst hier.«

Dixie knurrte. Ihre Augen leuchteten grün auf, und ich glaubte, das Muster von Baumrinde auf ihrer Wange zu erkennen. Ich richtete mich etwas auf. Es war so leicht zu vergessen, dass Dixie und Taru keine gewöhnlichen Menschen waren.

»Wer ist Ariadne?«, fragte ich leise, um die Spannung zwischen den beiden zu lösen. »Und warum soll uns Dixie nicht begleiten? Sechs Augen sehen immerhin mehr – gerade in einem Labyrinth stelle ich mir das sehr nützlich vor.«

»Ariadne war die Tochter von König Minos, der auch der Vater des Minotaurus ist, und von Pasiphaë«, begann Taru zu erzählen. Es war heute das erste Mal, dass er etwas zu mir sagte. »Sie ist der Grund, weshalb nach Jahrzehnten Mütter und Väter auf Kreta nicht mehr um ihre Kinder bangen mussten. Ariadne half Theseus, ihren Halbbruder zu besiegen, indem sie einen Faden spann, der ihn aus dem Labyrinth zurückführte.«

»Ariadne half nicht einfach nur Theseus, einen Faden zu spinnen«, warf Dixie ein. »Sie war es, die den Minotaurus in einen sehr tiefen und sehr langen Schlaf gelegt hat. Theseus hat am Ende schlichtweg den ganzen Ruhm eingeheimst. Ohne ihr

Zutun wäre er allein jämmerlich krepiert, und ganz Kreta hätte weiterhin seine Kinder opfern müssen, um den Minotaurus zu füttern.« Dixie drehte sich nun zu Taru, um ihn direkt anzusehen. »Euch würde das Gleiche geschehen. Außerdem würdet ihr ihn aufwecken, sobald ihr das Labyrinth betretet, und den Fluch erneut loslösen.«

»Dann sind wir einfach besonders leise«, konterte Taru mit einem Zwinkern, was Dixie nur noch wütender werden ließ.

»Wartet … der Minotaurus ist der Halbbruder von Ariadne? Hab ich das richtig verstanden?«, fragte ich, nun neugieriger, als ich zugeben wollte, und sah zu Dixie und Taru, die nickten. Glücklicherweise hörte Dixie nun auch auf, Taru anzustarren, als würde sie ihm gleich den Kopf abreißen. »Okay. Gut. Was ist mit Ariadne und Theseus geschehen, nachdem sie ihren Halbbruder schlafen gelegt hatte?« Interessiert schaute ich zu beiden. All ihre Erzählungen klangen wie Geschichten. Dass diese echt sein sollten, konnte ich mir immer noch schwer vorstellen. Genauso, dass es so was wie den Minotaurus wirklich gab und dass er Ariadnes Halbbruder war. Seltsame Vorstellung.

»Sie ist gestorben.« Dixie sagte es mit einer solchen Endgültigkeit und einer Kälte in der Stimme, dass ich zusammenzuckte.

»Genau genommen«, setzte Taru um einiges sanfter an, »lebt sie noch.«

»Das ist kein Leben.«

Verwundert sah ich zwischen Taru und Dixie hin und her.

»Sie verliebte sich in Theseus, Theseus verliebte sich in sie«, erklärte Taru. »Nachdem Ariadne den Minotaurus in einen ewigen Schlaf geschickt hatte, wollten sie heiraten. Aber die Götter hatten andere Pläne mit ihr. Sie töteten Theseus, und Ariadne wurde an Dionysos übergeben.«

»Dieser dreckige Bastard …«, murmelte Dixie und sah aus,

als wollte sie in diesem Moment Dionysos höchstpersönlich erstechen.

»Warum?«, fragte ich nur und verstand rein gar nichts. Taru hatte mir erzählt, wie grausam die Götter seien. Doch die Ausmaße dessen hatte ich mir in diesem Moment bei Weitem nicht vorstellen können.

»Auf Kreta wurde Ariadne als Fruchtbarkeitsgöttin verehrt. Nicht nur, weil sie wunderschön war. Sie hatte ein gewisses Gespür dafür, was Pflanzen benötigen, damit sie besonders gut gedeihen. Anscheinend sah Dionysos das als Begründung dafür, sie sich einfach zu nehmen.« Taru schüttelte den Kopf. »Die Götter … sie setzen sich über alles hinweg, was ihr Menschen Moral nennt. Sie leben in ihrer Welt aus Prunk und Ewigkeit und haben dabei jegliches Gefühl für richtig und falsch verloren.«

»Aber du bist doch auch ein Gott?« Ich runzelte die Stirn. Mein Kopf rauchte bei all diesen neuen Informationen. Dabei sollten es doch gerade Götter besser wissen als Menschen, oder? Immerhin sahen sie doch anhand unserer Geschichte, wie wir uns gegenseitig auslöschen würden.

»Halbgott. Durch seine Venen fließt auch ein Teil Nymphenblut«, verbesserte mich Dixie mit einem Zwinkern, worauf Taru nur schnaubte. Überrascht sah ich zu Taru. Das war neu.

»Das Nymphenblut macht mich, wenn, dann zu einem Dreiviertelgott«, murmelte Taru leicht beleidigt mit einem Blick zu Dixie, was ihr Grinsen nur breiter werden ließ.

»Okay, aber ich meine, dein Vater ist Hades …«

»Mein Vater ist anders.« Taru lehnte sich in seinem Sessel zurück und nestelte an einem unsichtbaren Faden herum. »Er ist weitaus gütiger, als man es ihm zuschreibt. Auch wenn er aussieht, als würde er Menschen zum Frühstück verspeisen, was nicht unwahrscheinlich wäre bei dem, was ihm vorgeworfen wird.« Ein leichtes Lächeln zupfte an Tarus Lippen, ehe er sich wieder dem Stoff des Sessels widmete. »Mein Vater lebt nicht auf dem Olymp und meidet seine Brüder und Schwestern. Er hat ihre Grausamkeit gesehen und sich entschieden, kein Teil davon zu sein.«

»Nicht zu vergessen, dass er es war, der Medusa wiederbelebte, nachdem Athene und dieser kleine Bastard von Perseus ihr den Kopf abschlugen«, warf Dixie ein. »Selbst deiner Mutter verhalf er ins Exil.« Schatten huschten über Tarus Gesicht. Er nahm seine Hände von dem Stoff, auf dem nun schwarze Flecken zu sehen waren. Taru hatte seine Mutter nur kurz erwähnt. Ich wusste lediglich, dass sie eine Nymphe war und dass er sie vermisste. Dass sie im Exil lebte, wusste ich nicht.

»Ich fand diese Sessel schon immer furchtbar«, kommentierte Taru seinen kurzen Gefühlsausbruch und verschränkte die Arme. »Da wir meinem Vater nun genug gehuldigt haben, könnten wir wieder zum eigentlichen Thema kommen?«

»Wenn du damit meinst, dass ich euch begleiten werde – sehr gern.« Dixies Grinsen wirkte mittlerweile eher wie eine Warnung.

»Und ich habe dir schon gesagt, dass du das nicht tun wirst.«

»Du hast mir nichts zu sagen.«

»Du führst dich auf wie ein bockiges Kind.«

»Und du bist eines.«

»Dixie …«, brummte Taru wie auch schon vor zehn Minuten.

»Was ist, wenn wir uns an Ariadne ein Beispiel nehmen?«, schlug ich vor, bevor sich die beiden an den Haaren ziehen würden. Beide fuhren zu mir herum, herausgerissen aus ihrem Wortgefecht. »Immerhin hat sie es auch geschafft. Wenn wir uns von ihr inspirieren lassen …« Ich zuckte mit den Schultern. Nervosität breitete sich in mir aus, während die beiden mich immer noch unverwandt ansahen. Fast schon aufgeregt hibbelten sie auf ihrem jeweiligen Sessel, als Dixie und Taru sich wieder ansahen.

»Der Ariadnefaden«, kam es von beiden zugleich. Breit grinsend wandte sich Dixie zu mir, auch Taru warf mir einen kurzen Blick zu, in dem Anerkennung funkelte.

»Du überraschst mich, Süße«, sagte Dixie. »Dafür, dass du kaum etwas über unsere Welt weißt, hast du ein gutes Gespür für das Wesentliche.«

Taru nickte. Ein Lächeln, das das Blau in seinen Augen beinahe leuchten ließ, huschte über sein Gesicht. Augenblicklich beschleunigte sich mein Herz. Dummes, dummes Herz.

Wie auch in Alaska spürte ich diese Anziehung, je länger wir uns ansahen. Als würden sich unsere Herzen verbinden und sich alles andere in einem Hintergrundrauschen verlieren. In diesem Moment gab es nur Taru und mich, umgeben von unzähligen Büchern auf zwei gelben Sesseln. Ein tiefes Vertrauen erhob sich in mir, von dem ich nicht wusste, wann und wie es in dieser kurzen Zeit hatte entstehen können. Sicher steigerte ich mich hinein. In die Anerkennung, in das Gefühl, ein Teil von etwas zu sein, obwohl ich mich so sehr dagegen wehrte. Ich schluckte und zog mich mit aller Gewalt zurück, bevor ich mich noch ganz in seinem Blick verlor und vergaß, dass ich mich nach der Reise an nichts hiervon erinnern würde.

Sein Lächeln erlosch, als hätte auch er diese Verbindung gespürt und wäre sich jetzt erst der Realität wieder bewusst geworden.

»Okay, dann …« Ich räusperte mich und sah zu Dixie. »Das heißt, mit dem Ariadnefaden gelangen wir ohne Probleme durch das Labyrinth, richtig?«

»Hm, nicht ganz. Leider.« Dixie verzog das Gesicht. »Ihr würdet hinein- und wieder hinausfinden, aber es wartet immer noch der Minotaurus auf euch, weswegen ihr das Labyrinth nicht allein betreten solltet.« Dixie wandte ihren Kopf in Tarus Richtung. »Und damit meine ich ganz explizit dich, Taru. Du weißt, dass du dort –«

»Ich komme klar, Dixie«, knurrte Taru, und ich sank tiefer in den Sessel, mental bereit, mir zum hundertsten Mal ihr Streitgespräch anzuhören. »Wir werden uns einfach leise durch das Labyrinth bewegen, den Minotaurus nicht wecken, und dann wird sich der Weg zu Pandora öffnen.«

»Du meinst das wirklich ernst.« Ungläubig schüttelte Dixie den Kopf.

Taru nickte und ertappte mich dabei, wie ich ihn ansah. Sein Blick wurde augenblicklich weicher. »Außerdem habe ich Rio an meiner Seite. Sie hat das Rätsel der Sphinx gelöst. Es ist alles möglich.«

Wärme stieg in meine Wangen, und ich konnte nichts gegen das Lächeln tun, das auf meinen Lippen entstand. Auch Taru lächelte.

»Also gut.« Dixie klatschte in Hände und verscheuchte damit jeglichen Zauber aus der Luft. Nur mein wummerndes Herz ließ sich damit nicht so leicht vertreiben. »Dann heißt es wohl als nächstes *Aloha*?«

Verwirrt sah ich zu Dixie. »Ich dachte, das Labyrinth sei auf Kreta?«

»Ariadne hat ihren Faden versteckt, bevor sie auf den Olymp kam«, erklärte Dixie mit einem aufgeregten Funkeln in den Augen.

»Und wo hat sie ihn versteckt?«

Dixie nickte zu Taru, der sich mit dem Ellenbogen auf die Sessellehne abstützte und mich schon beinahe entzückt ansah. »Bist du bereit, meine Mutter kennenzulernen?«

Skeptisch beäugte ich den blauen Bikini, den mir Dixie heute Morgen entgegengeworfen hatte. Sie hatte mir zugezwinkert und gemeint, dass ich auf Hawaii nicht mit Jeans und T-Shirt rumlaufen konnte. Dass sie damit nicht nur die hohen Temperaturen meinte, hatte ich geflissentlich ignoriert. Wie immer, wenn sie eine Bemerkung wie diese machte. Und obwohl ich mittlerweile alles, was mit dem Kuss zu tun hatte, einigermaßen gut verdrängen konnte, schlichen sich die Gedanken auf leisen Sohlen an. Vor allem nach gestern Abend, als wir die Reise nach Hawaii besprochen hatten. Es war eine Woche her, seitdem Taru und ich uns so lange in einem Raum aufgehalten hatten. Sein Blick ging mir immer noch unter die Haut, und seine Worte, die ich so gut verdrängt hatte, begannen die Zweifel beiseitezuschubsen.

Der Kuss war kein Fehler. Dieser Kuss war perfekt.

Mein Herz sprang auf und ab, und ich verfluchte es dafür. Es würde nicht funktionieren. Taru und ich kamen aus völlig unterschiedlichen Welten. Nach dieser Reise würde ich in meine zurückkehren, ihn vergessen und das normale Leben führen, das ich mir schon immer gewünscht hatte. Ohne Erinnyen. Ohne dass andere seltsame Dinge passieren würden, sobald ich New York ohne Magie verlassen konnte. Vielleicht konnten Jake und ich doch unsere Weltreise machen. Europa sehen. Südamerika.

Und obwohl ich dabei eigentlich Vorfreude empfinden sollte, spürte ich einen leichten Stich. Taru und Dixie würden nicht mehr existieren. Es würde so sein, als hätte es sie nie gegeben.

Der Gedanke daran fühlte sich seltsam falsch an.

Frustriert warf ich den Bikini in den Rucksack. Verfluchte Gefühle.

»Hat dich der Bikini beleidigt?«

Ich schrie auf, als Taru plötzlich im Türrahmen stand.

»Schon mal was von anklopfen gehört?«, fuhr ich ihn wütend

an und presste eine Hand auf meine Brust. »Ich hätte sonst was tun können.«

»Ach ja?« Mit einem anzüglichen Grinsen hob er eine Augenbraue, blieb aber im Türrahmen stehen. Erst jetzt verstand ich, wie mein Satz für ihn geklungen haben musste.

»Ich meinte damit, dass ich aus der Dusche hätte kommen können«, warf ich mit brennenden Wangen hinterher. Doch Tarus Grinsen wurde nur breiter. Ich verdrehte die Augen und versuchte, das nun einsetzende Kopfkino zu verdrängen. Großartig. *Daran* wollte ich nicht denken.

»Was willst du?«, fragte ich möglichst unbeteiligt und widmete mich wieder meinem Rucksack, in den ich nun den Bikini und andere Klamotten reinstopfte. Ich musste mich ablenken, damit die Bilder, die Taru allein mit seinem »Ach ja« hervorgerufen hatte, verschwanden.

»Ich wollte sehen, ob es dir gut geht«, sagte er. Mein Blick hob sich wie von selbst. Taru hatte sich vom Türrahmen abgestoßen. Er trug wieder einen Hoodie, diesmal in Schwarz, und eine lockere Jeans. Ihn in so normaler Kleidung zu sehen, ließ ihn wie Mitte zwanzig wirken und nicht wie einen Jahrhunderte alten Dreiviertelgott. Seine blauen Augen funkelten voller ernsthafter Sorge, und mein dummes, dummes Herz sprintete in vollem Tempo direkt auf ihn zu.

Ich räusperte mich und unterbrach den Blickkontakt, bevor ich ihn weiter anschwieg und anstarrte. Meine Wangen wurden sekündlich heißer.

»Die letzten Wochen waren … nervenaufreibend, und wir reisen morgen nach Hawaii. Wenn du eine Pause brauchst …« Ich sah wieder auf. Taru zuckte schon beinahe unbeholfen mit den Schultern. »Wir könnten vor der nächsten Abreise vielleicht etwas unternehmen. Hier gibt es ein Heimkino, wir könnten –«

»Nein«, unterbrach ich ihn. Seine Augenbrauen schossen nach oben, und ein verletzter Ausdruck huschte über sein Gesicht. »Ich meinte eigentlich, dass ich das schon kenne«, schob ich schnell hinterher, bevor er gehen konnte. Ich räusperte mich noch einmal. Meine Stimme klang viel zu dünn. »Aber mir geht es okay. Sobald wir Pandora gefunden haben, wird sich alles wieder normalisieren.« Ich presste die Lippen zusammen und schob meine Haare hinters Ohr. Taru nickte nur, seine Emotionen verschwanden hinter der gleichen Maske, die er seit Alaska trug.

»Okay, dann ...«, er deutete mit einem Kopfnicken auf meinen Rucksack, »bis morgen und schlaf gut.«

Ich lächelte ihm leicht zu, bevor er aus der Tür in den Flur trat. Verwirrt starrte ich auf meinen halb gepackten Rucksack und setzte mich in Bewegung. Ich wusste selbst nicht, wieso ich es tat, doch als ich meine Tür erreicht hatte, rief ich seinen Namen. Er stoppte kurz vor der Treppe, als er sich umdrehte und seinen Kopf leicht schief legte.

Ich lief los, im selben Moment, in dem er auch auf mich zukam. Wir stoppten, kurz bevor sich unsere Schuhspitzen berührten. Ich stand so dicht vor ihm, dass ich seinen berauschenden Duft nach Honig und dieser anderen speziellen süßen Note wahrnahm.

»Warst du schon mal eislaufen?«, fragte ich außer Atem. Wo dieser hin war, wusste ich selbst nicht.

Verwundert schob Taru die dunklen Augenbrauen zusammen und schüttelte leicht den Kopf. »Nein, für eine Eislaufbahn ist dieses Apartment nicht wirklich ausgelegt.«

Beschämt verzog ich den Mund. Wie sollte er auch eislaufen gehen, wenn er erst seit wenigen Wochen das Apartment überhaupt verlassen konnte. Im Hades gab es sicherlich auch nicht die Möglichkeit, eine Schlittschuhbahn zu erbauen. »Tut mir leid, ich hab vergessen –«

»Schon okay«, grinste er nun, hielt mich jedoch immer noch mit seinem neugierigen Blick gefangen. »Also, eislaufen?«

Ich nickte. »Die Bahn hat seit ein paar Wochen geöffnet. Vielleicht wäre eine Abwechslung von all dem übernatürlichen Zeug doch nicht schlecht. Wir könnten dort zusammen hin … als Arbeitskollegen.«

»Du weißt aber schon, dass ich dieses übernatürliche Zeug quasi *bin*?«, neckte er mich und lachte leise auf. Sofort stellten sich meine feinen Härchen an meinen Armen auf. »Vielleicht solltest du dir dafür lieber einen anderen Partner suchen.«

»Willst du nun mit mir Schlittschuh laufen gehen, oder nicht?«

»Für eine Verabredung war das eine ganz schön passiv-aggressive Einladung.« Übertrieben erschüttert legte er sich eine Hand auf seine Brust. »Ich weiß nicht, ob ich so zusagen soll.«

»Das ist kein Date«, gab ich schnell zurück und reckte mein Kinn. »Wir sind nur Kollegen. In fünf Minuten vor dem Fahrstuhl. Es sei denn, dein gewaltiges Ego braucht mehr Zeit.«

Taru nickte nur. »Nur Kollegen.«

31

Taru

Ich hätte von Anfang an wissen sollen, dass es keine gute Idee war, als Prinz des Hades aufs Eis zu gehen.

Mittlerweile hatte ich es immerhin geschafft, mich für einen kurzen Moment auf den Beinen zu halten. Das Ganze hatte nur eine Viertelstunde gedauert. Die beschämendsten fünfzehn Minuten meines Lebens.

Ich klammerte mich am Rand der Eisbahn fest und warf Rio einen finsteren Blick zu, die sich mit einer Leichtigkeit und Grazie über das Eis um mich herum bewegte, als würde sie schweben.

Sie konnte sogar rückwärtsfahren.

»Du machst das toll, Taru«, sagte sie mit einem Grinsen, das sie seit ungefähr fünf Minuten nicht mehr unterdrücken konnte.

»Nur weil ich ein Prinz bin, brauchst du mir nicht Honig ums Maul schmieren.« Noch einmal versuchte ich, ohne das Geländer als Stütze zu nutzen, auf dem Eis zu stehen. Doch mein Gleichgewicht versagte im gleichen Moment, als meine Finger die Metallstange losließen. Sofort ruderte ich mit den Armen und umklammerte wieder das kühle Metall.

»Vielleicht sollte ich Euch doch einen Pinguin holen, mein

Prinz?«, kam es von Rio mit einer nasalen Stimme. »Einen königlichen Pinguin, natürlich.«

»Sehr witzig.« Ich drehte den Kopf, als sich Rio gegen das Geländer lehnte. Ihre braunen Augen funkelten voller Freude. Sie trug die gleiche blaue Mütze wie in Alaska, doch statt einer Jacke einen dicken grünen Pullover und Stulpen über ihren Schlittschuhen. »Diese Dinger benutzen Kinder. Das brauche ich nicht.«

»Na ja«, murmelte Rio und drehte sich um. Ich folgte ihrem Blick und sah, wie ein kleiner Junge gerade eine Pirouette vollführte. »Nicht alle Kinder.«

Ich knurrte frustriert, wodurch Rio nur noch breiter grinste.

»Komm her«, sagte sie schließlich und hielt mir ihre Hände entgegen. »Ich kann dein königlicher Pinguin sein.«

Misstrauisch beäugte ich ihre Hände und sah mich um. Einige andere Menschen taten dasselbe. Blamieren würde ich mich damit nicht. Also löste ich vorsichtig eine Hand und dann die nächste. Rio lächelte mir zuversichtlich zu, während sie mich ganz sanft zu sich drehte.

»Versuch, dein Gewicht nicht nach vorn zu verlagern«, sagte sie, während ich ihre Hände fest umklammerte. »Mach dich einfach gerade, dann kannst du weder nach vorn noch nach hinten fallen.«

»Sicher, ganz einfach«, brummte ich, doch versuchte, ihrem Rat zu folgen. Und tatsächlich fühlte sich mein Stand auf dem Eis nicht mehr ganz so unsicher an. Nur meine Fußsohlen begannen zu schmerzen. Aber das war auszuhalten. Als Rio merkte, dass ich nicht sofort aufs Eis fallen würde, begann sie, sich ganz leicht rückwärts zu bewegen, und zog mich damit mit sich.

»Entspann dich. Ich halte dich«, lachte sie, als meine Balance aus dem Gleichgewicht geriet.

Ich sagte nichts, sondern versuchte, mich nur auf Rio und

ihre Hände zu konzentrieren. Der Central Park um uns herum, die nächtlich beleuchteten Herbstbäume, die Hochhäuser im Hintergrund, selbst die anderen unzähligen Menschen verschwammen, während Rio mich über das Eis führte.

»Siehst du«, meinte sie irgendwann, als wir uns immer mehr vom Rand entfernt hatten. »Es klappt doch.«

»Ja, aber nur, weil du mein königlicher Pinguin bist.«

»Stets zu Diensten, mein Prinz.« Mit einem breiten Grinsen deutete sie eine leichte Verbeugung an. Mir gefiel es, wie sie *mein Prinz* sagte. Nicht, weil es mein Ego streichelte, sondern weil es nicht *Schattenprinz* war. Einfach nur Prinz. Ohne diesen Zusatz, der mir immer wieder verdeutlichte, wie sehr ich mich von den anderen göttlichen Kindern unterschieden hatte. Irgendwann hatte ich diese Bezeichnung übernommen, weil ich dachte, ich würde den hämischen Kommentaren der anderen Götterkinder die Macht nehmen. Nur hatte es genau das Gegenteil bewirkt. Selbst Atropos …

»Was ist los?«, riss Rio mich aus meinen Gedanken. Unsicherheit legte sich über ihr Gesicht. »Gefällt es dir nicht? Wir können –«

»Nein, nein«, unterbrach ich sie schnell und ließ mich weiter von ihr über das Eis ziehen. Wie sie das machte, vor allem rückwärts, ohne gegen andere Menschen zu fahren, war mir ein Rätsel. »Ich habe mich nur gefragt, woher du das so gut kannst. Ist das so ein Menschending?«

»Menschending?«

»So was wie schwimmen oder Fahrrad fahren«, erklärte ich. Rios Augenbrauen zogen sich vor Verwirrung nur noch mehr zusammen. »Auf dem Olymp und im Hades lernen wir solche Dinge nicht, das ist euch Menschen überlassen.«

»Das heißt, du kannst nicht schwimmen und kein Fahrrad fahren?« Überrascht riss Rio die Augen auf.

Ich zuckte nur mit den Schultern. »Ich habe es nie gebraucht. Auf dem Olymp bewegen sich die Götter schneller, manchmal sogar nur mit Manifestation.« Rios Augen wurden immer größer. »Im Hades ist das nicht notwendig. Er ist nicht so groß.«

»Wie ist es dort?«, fragte sie und löste eine Hand. Sofort verspannte ich mich, doch Rio lächelte nur. »Ganz ruhig, ich bleib an deiner Seite. Mir wird nur langsam schlecht vom Rückwärtsfahren.« Mit einer eleganten Bewegung drehte sich Rio um und glitt an meine Seite, sodass sie mich immer noch mitziehen, aber gleichzeitig geradeaus fahren konnte. Nachdem ich das Gleichgewicht wiedergefunden hatte, wandte ich meinen Kopf in ihre Richtung, damit ich sie ansehen konnte.

»Es ist dunkel, aber nicht unheimlich. Eher wie ein immerwährender Sonnenuntergang.« Ich ließ meinen Blick über die Eislaufbahn wandern, während die Erinnerungen auftauchten. Der lauwarme Wind des Hades, wie er über meine Haut strich, über mein Gesicht. Doch selbst er hatte die Tränen nicht trocknen können. Alles hatte mich an sie erinnert. »Der Palast ist aus feuerrotem Stein«, fuhr ich fort und schluckte die schlechten Erinnerungen runter. »Und von den Balkonen hat man einen Blick auf die fünf Flüsse, die zum Hades führen. Vom obersten Balkon kann man ins Elysium sehen.« Ich blinzelte die Erinnerungen fort. Eine seltsame Sehnsucht nach der warmen Luft und dem lauen Wind erfasste mich. »Manchmal, wenn der Wind günstig stand, konnte ich den Duft der Ewigkeit von meinem Balkon riechen.«

»Das klingt schöner, als ich es mir vorgestellt hatte.«

Ich lachte trocken auf. »Für euch Menschen ist der Hades einfach nur die Unterwelt und mein Vater der grausame Herrscher über die Toten. Dabei sitzt das wirkliche Übel immer an der Spitze der Nahrungskette.«

Ich spürte, wie Rio neben mir erschauderte. »Du meinst die Götter, die auf dem Olymp leben?«

»Ja«, sagte ich leise und drückte ihre Hand. »Sie werden dir nicht noch einmal zu nahe kommen. Das lasse ich nicht zu.«

»Ich weiß.« Sie klang dabei so überzeugt, dass ich nicht anders konnte, als zu ihr zu sehen. Der sanfte Fahrtwind ließ ihre Haare tanzen. Das Braun ihrer Augen wirkte dunkel wie die unendlichen Weiten des nachtschwarzen Himmels, und ich würde mich darin verlieren, wenn ich sie noch länger ansah. Sie war unglaublich schön, und ich fragte mich, wie die Kinder, von denen sie mir erzählt hatte, sie so sehr hänseln konnten. Hatten sie nicht gesehen, was für eine Göttin Rio war?

»Was ist?«, fragte sie, während ihre Wangen einen tieferen Rotton annahmen. »Hab ich was im Gesicht?«

Ich schüttelte grinsend den Kopf, als Rio sich panisch über die Wangen und den Mundwinkel strich. »Du hast mir nur immer noch nicht erzählt, weshalb du das so gut kannst.« Mit einem Kopfnicken deutete ich auf ihre Füße, die sich mit einer Leichtigkeit über das Eis bewegten, ehe ich meinen Blick wieder auf die Fahrbahn vor uns richtete.

»Oh. Ja, richtig.« Sie lachte leise auf. »Ich hatte als Kind Ballettunterricht, und dort waren wir auch irgendwann eislaufen. Meine Mom fand es unglaublich wichtig, dass ich etwas anderes tat, als meine Nase in Bücher zu stecken.«

»Mütter«, murmelte ich und verdrehte die Augen. »Dabei ist Wissen viel wichtiger als körperliche Kraft.«

»Danke! Das war auch mein Argument«, kicherte sie, und ich nickte ihr zu. »Aber es war im Grunde keine schlechte Idee. Durch das Ballett kam ich zum Theater und habe entdeckt, dass es noch was Besseres gibt, als die Geschichten nur zu lesen.«

»Deshalb also die ganzen Textbücher, die du aus deiner Wohnung geholt hast«, sagte ich und sah wieder zu ihr, worauf Rio überrascht die Augenbrauen hochzog, dass sie beinahe unter ihrer Mütze verschwanden. »Dixie hat so was erwähnt. Außerdem höre ich dich üben.«

»Tut mir leid«, murmelte sie verlegen. »Ich bin ab jetzt leiser.«

»Nein, bitte nicht. Ich versuche noch herauszufinden, für welche Rolle du übst.«

»Für keine. Ich spreche manchmal einfach meine Lieblingsszenen durch, um nicht aus der Übung zu kommen«, erklärte sie und zog uns für einen Moment weiter nach links, als ein Pärchen gefährlich schnell an uns vorbeifuhr. »Ich … bevor ich diesen Job annahm, wurde ich gekündigt, bevor ich überhaupt vorsprechen konnte. Durch das Studium und den zweiten Nebenjob im Café hatte ich kaum Zeit, mich für Rollen zu bewerben, und ich dachte, wenn ich in einem Theater als Aushilfe arbeite, komme ich vielleicht schneller an eine Rolle ran. Aber das … das hat wohl nicht funktioniert.«

»Nach diesem Job wirst du eine Rolle bekommen.«

»Was macht dich da so sicher? Du hast mich noch nie spielen sehen.«

Rio wirkte immer noch nicht überzeugt, doch ich war mir sicher, dass auch jemand anderem ihre besondere Ausstrahlung und ihre Schönheit auffallen musste.

»Das stimmt.« Ich nickte. »Aber ich sehe, wie du dich bewegst, wie deine Augen leuchten, wenn du über das Theater sprichst, und außerdem …«, ich beugte mich leicht zu ihr runter, soweit es auf den Schlittschuhen möglich war, »die alten Griechen waren in ihre Schauspielerei ganz vernarrt, ich habe also schon einige Menschen spielen hören. Niemand war so gut wie du.«

Rios Augen weiteten sich, und ihr Blick blieb an meinen Lippen hängen. Dieser kurze Moment jagte einen Wirbelsturm durch meinen Körper. Sofort dachte ich daran, wie sie sich unter meinen Berührungen angefühlt hatte, als sie im Schnee auf mir saß. Wie heiß und verlangend ihre Lippen waren. Die Geräusche, die sie von sich gab. Nun war ich es, dem warm wurde.

Ich wollte mich wieder aufrichten, um etwas Distanz zwischen uns zu schaffen, doch meine Balance hatte sich schon verabschiedet. Ich wankte und ruderte mit den Armen. Gleich würde ich fallen. Bevor ich auch nur daran denken konnte, zog Rio mich an sich und stoppte unsere Bewegungen, bis wir still auf dem Eis stehen blieben. Wie auch immer sie es schaffte, brachte sie mich wieder ins Gleichgewicht. Jedenfalls auf der Eisfläche. In meinem Inneren wütete der Sturm weiter, der nach mehr verlangte. Mehr von diesen Gesprächen über Dinge, die sie liebte, mehr Nähe, mehr Haut auf Haut.

Wie von selbst schlossen sich meine Arme um ihren schmalen Körper. Es passte noch nicht einmal ein Luftzug zwischen uns. Ich schluckte schwer und sah zu ihr. Sie legte den Kopf in den Nacken, ein sehnsüchtiger Ausdruck in ihren Augen. Ich spürte ihren wummernden Herzschlag in der Brust, der meinem so sehr glich. Wahrscheinlich würde sie ihn ebenfalls wahrnehmen. Rio unterbrach den Blickkontakt, und ich glaubte, sie würde sich von mir schieben, doch sie drehte ihren Kopf und bettete ihre Wange an meine Brust. Mein Herz würde gleich zerspringen. Ganz sicher.

Eine Weile sagte keiner von uns etwas. Wir standen nur weiter fest umschlungen auf dem Eis, inmitten des Central Parks, während die anderen Menschen mit ihren Pirouetten und holprigen Laufversuchen um uns herumfuhren. Ich dachte daran, wie Dixie mir vor einem Jahr von der Eislaufbahn erzählt hatte. Wie der Neid mich zerfressen und ich geglaubt hatte, diese Leere in mir nie füllen zu können. Ich hatte so falschgelegen.

Das erste Mal seit meiner Zeit in New York, in der ich den Stillstand meines Lebens gehasst hatte, wünschte ich mir, dass dieser Moment eine Ewigkeit dauern würde.

Aber das war nur ein weiterer Wunsch, der nie in Erfüllung gehen würde. Sobald wir Pandora fanden, würde Rio mich vergessen. Sie würde aus meinem Leben verschwinden und mich mit den Erinnerungen an sie zurücklassen.

Meine Geschichte wiederholte sich.

Und auch wenn Rio, anders als *sie*, überleben würde, schmerzte dieser Gedanke nicht weniger. Es brannte sich nur ein weiteres Loch in meine Brust.

»Wir können auch wieder an den Rand«, hörte ich mich irgendwann sagen.

Ein Lächeln zupfte an Rios Mundwinkel, als sie wieder zu mir sah. »Es ist doch gerade schön so, wie es ist.«

Ich nickte und zog sie noch näher. Atmete ihren süßen Geruch nach Pfirsich ein, solange wie ich es noch konnte. »Du hast recht. Es ist schön.«

Nach einer Stunde kehrten wir zurück ins Apartment. Irgendwann, als wir durch die New Yorker Straßen gelaufen waren, hatten unsere Hände zueinandergefunden. Selbst jetzt, vor Rios Zimmertür, hielten wir uns immer noch fest.

»Ich sollte schlafen gehen«, murmelte sie leise mit einem Blick auf unsere Hände. »Bevor wir morgen aufbrechen, habe ich Frühschicht im *Celestial*.«

Ich nickte. Langsam hob ich ihre Hand, drehte sie so, dass ihr Handrücken nach oben zeigte und verbeugte mich leicht, als ich ihre zarte Haut mit meinen Lippen streifte. »Schlaf gut, Rio«, raunte ich, als ich meinen Blick hob.

Rios Augen waren geweitet, und dunkles Verlangen leuchtete in ihnen auf. Vorsichtig ließ ich ihre Hand los. Rio drückte sie an ihre Brust, als wäre sie etwas ganz Kostbares. Ich wusste, würde sie mich bitten, sie in ihr Zimmer zu begleiten, würde ich nicht eine Sekunde zögern. Mein Atem ging schneller, als wir uns einen Moment lang einfach nur ansahen. Doch Rio war stärker als ich und trat einen Schritt zurück. Nur das Zittern ihrer Stimme zeigte, wie groß ihr Verlangen wirklich war. »Gute Nacht, Taru.«

Mit dem Klicken ihrer Tür lehnte ich mich gegen die gegenüberliegende Wand und schloss die Augen. Ich atmete tief ein und aus, in der Hoffnung, irgendwie Ordnung in das Chaos zu bringen, das Rio verursacht hatte.

»Sie bedeutet dir also nichts, hm?«

Ruckartig stieß ich mich von der Wand ab. Dixie stand auf der anderen Seite. Sie hatte die Arme vor der Brust verschränkt.

»Was?«

Dixie musterte mich einen Augenblick stumm und senkte ihre Stimme, damit Rio uns nicht hören konnte. »Du hast mich schon verstanden, Taru. Aber du solltest ihr nicht diese Art von Hoffnung machen.«

»Hast du mir nicht gesagt, dass ich nicht immer alle von mir stoßen soll?«, gab ich schroff zurück. Auf Dixies mahnenden Zeigefinger konnte ich gut verzichten. Ich wusste selbst, auf welch dünnem Eis ich mich bewegte.

»Ja, aber damit meinte ich nicht, dass du dich in sie verlieben sollst. Sie wird sich an nichts mehr hiervon erinnern können, schon vergessen?«

»Das habe ich nicht«, schoss ich zurück. Dixie neigte nur den Kopf und sah mich ungläubig an. Ich kniff die Lippen zusammen und setzte mich in Bewegung. »Und vergessen habe ich das auch ganz sicher nicht.«

»Bist du dir da sicher?«, fragte Dixie und folgte mir zu meinem Zimmer. Ich ignorierte sie, auch als sie mit in den Raum kam und die Tür hinter sich schloss. »Ich habe Augen im Kopf, Taru. Seitdem sie hier ist, hast du dich verändert.«

»Und ist das schlecht?« Ich warf ihr einen genervten Blick zu, als ich mir den Pullover über den Kopf zerrte.

»Nein. Beim Hades, nein.« Dixie kam auf mich und hielt mich an den Armen fest. »Du bist am Leben. Nach so langer Zeit bist du wieder am Leben.« Verwirrt sah ich zu Dixie hinab, die mich mit glänzenden Augen ansah.

»Ich war auch schon vorher am Leben.«

»Deine Seele war halb tot.« Dixie schüttelte den Kopf. »Jeden Tag hatte ich Angst, dass du dich wieder umbringen willst. Du warst wie ein Geist, der dieses Penthouse heimsuchte. Aber seitdem Rio eingezogen ist, wirken selbst die grauen Wände nicht mehr so trist.«

Ich schluckte. Ich konnte nicht länger leugnen, dass Dixie recht hatte. »Wenn sie mir so guttut, verstehe ich nicht, weshalb du hier so ein Drama machst.«

»Weil es nicht funktionieren wird, Taru. Sie wird das Leben mit dir nicht überleben.« Sie trat einen Schritt zurück und breitete die Hände aus. Ein Stich ging durch mein Herz. Auch dabei hatte sie recht. »Wenn dein Fluch gebrochen ist, musst du New York verlassen. Die Götter werden das nicht so einfach auf sich sitzen lassen.«

»Was ist, wenn ich New York nicht verlassen will?« Meine Stimme war leise, als wollte ich mein Geständnis selbst kaum hören. Tatsächlich hatte sich der Gedanke, in ihrer Nähe zu bleiben, schon seit einiger Zeit angebahnt. Und auch wenn es das Richtige wäre, Rio vergessen zu lassen, sträubte sich etwas in mir dagegen.

»Oh, Taru«, sagte Dixie ebenso leise und klang dabei so traurig, dass ich mich kurz von ihr wegdrehte. »Tu das nicht. Sie ist nicht Atropos.«

Ich hielt in meiner Bewegung inne und starrte Dixie unverhohlen an. Dieses bedrückende Gefühl, das sich zuvor in meiner

Brust ausbreiten wollte, wurde von wütenden Flammen überrannt. Ich wusste, dass Rio nicht Atropos war. Sie war tot.

»Das weiß ich.«

»Bist du dir sicher, dass du es weißt?«, fragte sie vorsichtig. »Wirst du dich wirklich von ihr fernhalten können? Oder willst du sie aus der Ferne anschmachten? Wo ist da der Unterschied zu Atropos?«

»Du solltest jetzt gehen«, sagte ich kalt. In wenigen Schritten war ich bei der Tür und öffnete sie.

»Taru, bitte sei ehrlich zu dir«, kam es von Dixie immer noch hartnäckig. »Sei ehrlich zu *ihr*. Du bist noch nicht über Atropos hinweg. Verdammt, du rastest ja allein bei ihrem Namen aus. Kannst du ihn überhaupt denken?« Ihr Blick bohrte sich förmlich in meine Seele. »Ich glaube nicht.«

»Und du bist besser, oder was?«, zischte ich und spürte, wie die Türklinke unter meiner Handfläche zu schmelzen begann. Ich starrte auf das versengte Metall und versuchte, mich zu beruhigen, die Flammen in mir zu zügeln. »Seit Orpheus tot ist, suchst du doch in jedem Menschen nach ihm. Du glaubst, dass er wiedergeboren wurde, aber so etwas gibt es nicht. Was tot ist, bleibt tot. Oder ist es die Schuld, die dich auffrisst? Du warst es doch, die frei von ihm sein wollte.« Ich hob den Kopf und sah, dass ich mitten ins Schwarze getroffen hatte.

Tränen schossen in Dixies Augen. Sofort bereute ich meine Worte, die die Wut aus mir herausgetrieben hatte, als sie mit zusammengepressten Lippen auf mich zukam. Kurz bevor sie mich erreichte, stoppte sie, und die ersten Tränen verließen ihre Augen. »Auch wenn er Gift für mich war, habe ich ihn geliebt. So wie du Atropos geliebt hast.« Ihre Stimme brach, und sie wischte sich ruckartig über die Wangen, jedoch nicht ohne ihren brennenden Blick von mir zu nehmen. »Und ja, vielleicht bin ich nicht besser als du, vielleicht hoffe ich auf eine zweite

Chance. Aber wenigstens führe ich nicht schon wieder jemand Unschuldigen in den sicheren Tod. Du musst New York verlassen. Du musst *sie* gehen lassen, Taru. Alle beide.«

»Dixie …«, setzte ich an, doch sie schüttelte den Kopf. Ich ekelte mich vor mir selbst, dass ich ihr solche Dinge an den Kopf warf. Dabei wusste ich genau, wie sich ihr Schmerz anfühlte.

»Du wirst auch Rios Untergang sein, wenn du sie nicht gehen lässt.« Ein trauriges Lächeln huschte über ihr Gesicht, das mittlerweile tränenüberströmt war, als sie das Zimmer verließ. »Wir, die im Schatten leben, sind nicht für das Licht gemacht.«

32

Rio

Man hatte uns vor einem Urwald allein gelassen. Im Hintergrund der rauschende, strahlend blaue und kristallklare Ozean. Wir hatten ihn bereits aus dem Flugzeug, das uns vom Portal in Kailua-Kona, auf der Big Island, nach Lihue gebracht hatte, aus der Luft sehen können. Mit einem kleinen Motorboot, dessen blubberndes Geräusch in der Ferne verklang, hatte man uns schließlich dann von Lihu'e nach Ni'ihau transportiert.

Ich atmete tief ein und fragte mich, wann ich je eine solch reine Luft in meinen Lungen gespürt hatte. Taru hatte mir, wenn auch seltsam wortkarg, erzählt, dass diese Insel auch die verbotene Insel genannt wurde. Ich vermutete, dass er und Dixie sich gestritten hatten. Es musste heftig gewesen sein. Nachdem ich mit Nona noch einen Kaffee vor dem Marquand-Gebäude getrunken hatte – als Entschuldigung dafür, dass ich sie sitzen gelassen hatte, als Taru und ich eislaufen waren –, war Dixie nicht im Penthouse gewesen. Selbst zu unserer Abreise war sie nicht erschienen.

Daher musste ich mit den Informationen, die Taru mir über unseren aktuellen Aufenthaltsort gab, leben. Niemand durfte ohne Erlaubnis hier hinreisen. Offiziell gehörte sie zwei unglaublich reichen Familien. In Wahrheit hatte sich Hades darum gekümmert, damit Tarus Mutter und andere Nymphen hier im Exil leben konnten.

Die Vorstellung, gleich Tarus Mutter gegenüberzustehen, war für mich schwerer zu verarbeiten als die Tatsache, dass Hades höchstpersönlich diese Insel irgendwann gekauft haben musste. Vor ein paar Wochen hätte ich herzhaft bei einer solchen Geschichte gelacht. Aber jetzt … jetzt war es Realität. Zumindest, bis ich nichts mehr davon wusste …

»Ein Charonspfennig für deine Gedanken«, raunte mir Taru ins Ohr. Mit einem Grinsen richtete er sich wieder auf und fuhr sich durch sein Haar, das, anders als meines, nicht mal ein bisschen verschwitzt war. Sein eindringlicher Blick jagte wieder Schauer über meinen Körper, obwohl ich in der Mittagshitze beinahe zerfloss. Selbst mit meinem luftigen orangefarbenen Kleid und dem Bikini darunter war es kaum auszuhalten.

»Charonspfennig?« Ich ignorierte mein rauschendes Blut in den Ohren unter Tarus intensivem Blick, der seine Augen wie flüssige Diamanten leuchten ließ.

»Damit gelangen die Seelen in den Hades«, erklärte er und setzte sich in Bewegung, jedoch ohne mich aus den Augen zu lassen. »Charon, der Fährmann, muss bezahlt werden, damit er die Toten in den Hades bringt. Komm, wir müssen hier lang.« Taru schob sich durch das Dickicht von Palmen und anderen Sträuchern, die in voller Blütenpracht standen. Noch nie hatte ich so kräftig leuchtende Blumen gesehen. Pink, Orange und tiefes Rot. »Ehrlicherweise«, setzte er wieder an, als wir den Strand hinter uns gelassen hatten, »ist das mit dem Pfennig ein Mythos, es sind eher Erinnerungen, mit denen bezahlt wird.«

»Also gibt es so etwas wie eine Seele wirklich?«

»Natürlich.«

»Ich dachte immer, das sei nur so ein esoterisches Geschwafel«, meinte ich und erntete einen verwunderten Blick von Taru. »Na ja, diese Ladys, die einem unglaublich viel Geld aus der Tasche ziehen, nur um dann in einem Raum voller Räucherstäbchen zu sagen, dass man in seinem früheren Leben eine einfache Bauernmagd war.«

»Das ist tatsächlich esoterisches Geschwafel.« Taru schüttelte kichernd den Kopf, und ich grinste zurück, erleichtert darüber, dass sich seine Laune wohl gebessert hatte. »Eine Seele kann nicht einfach wandern. Deine Seele ist so einzigartig wie ein Fingerabdruck. Es gibt sie nur ein einziges Mal, und wenn du stirbst, wandert sie in den Hades. Bevor das geschieht, richtet jemand darüber, wo deine Seele die Ewigkeit verbringen darf – das wäre meine Aufgabe.«

»Was passiert, wenn eine Seele … keine Ahnung, nicht in den Hades kommt?«

»Jede Seele kommt in den Hades …«

»Außer?«, hakte ich nach. Es klang nicht ganz so endgültig, wie Taru es gesagt hatte.

»Außer die Seele wird dem Fluss Lethe übergeben, während sie noch mit dem Körper verbunden ist.« Verwundert sah ich zu Taru. Sein Blick war starr nach vorn gerichtet, und seine Kiefermuskeln arbeiteten, als hätte er einen zähnen Kaugummi im Mund. »Und bevor du fragst, warum: Der Fluss Lethe wird auch Fluss des Vergessens genannt.«

Ich nickte nur. Wir verfielen in ein seltsames Schweigen und stapften weiter durch die grüne Masse vor uns. Es war immer noch so abstrus, dass es so etwas wirklich geben sollte. Und weshalb wirkte Taru bei diesem Thema so gereizt? Wenn er sonst über den Hades sprach, war er wehmütig und nicht so … distanziert.

»Weißt du überhaupt, wo wir hinmüssen?«, fragte ich nach

einer Weile und beäugte skeptisch den Trampelpfad, der sich vor uns erstreckte. Es gab hier keine Straßen, keine Autos – nichts, was auf das einundzwanzigste Jahrhundert schließen ließ. Nur das raschelnde Grün und den Gesang von Vögeln.

»Stellst du etwa wieder meine Göttlichkeit infrage?«

»Dreiviertelgöttlichkeit. Und soweit ich weiß, kannst du dich nur im Schatten bewegen und Servietten anzünden«, gab ich möglichst unbeeindruckt zurück. Taru zog nur eine Augenbraue hoch. In der nächsten Sekunde stand er plötzlich so nah vor mir, dass ich beinahe über meine Füße stolperte, als ich versuchte, nicht komplett in ihn hineinzurennen. Erschrocken hielt ich den Atem an und sah zu ihm auf. Ich spürte seine Wärme auf meiner Haut, dort wo wir uns beinahe berührten.

»Ich kann mehr, als mich nur im Schatten zu bewegen und Hadesfeuer entfachen.« Seine Stimme war ein Raunen, während sein Blick über mein Gesicht huschte. Für eine Sekunde blieb er an meinen Lippen hängen, ehe er wieder höher wanderte. Die hawaiianischen Temperaturen waren nichts verglichen mit der Hitze, die sich in meinem Körper ausbreitete.

»Ist das so?«, neckte ich ihn mit erstaunlich sicherer Stimme. Ich schluckte schwer und reckte ihm mein Kinn entgegen, wodurch sich unsere Gesichter nur noch näher kamen. Tarus Augen weiteten sich kaum merklich, als er meinen Atem auf seinen Lippen spüren musste. Ich senkte meine Stimme und lächelte leicht. »Warum zeigst du es mir nicht?«

Für einen Moment verdunkelten sich Tarus Augen. Das gleiche Verlangen, das ich in mir spürte, spiegelte sich in seinem Gesicht wider. Seit unserem gestrigen Ausflug tobte ein Kampf in meinem Inneren. Zwischen meinem Herzen, das sich Taru endlich hingeben wollte, das sich nach ihm verzehrte, und meinem Kopf, der mein Herz für seine Dummheit am liebsten erschlagen wollte, damit es Ruhe gab. Mein Kopf wusste, dass es keine gute Idee war, mehr zu wollen. Taru und ich hatten ein Enddatum. Aber mein Herz war so stur.

»Es würde die Grenzen unserer … Zusammenarbeit ausreizen.« Taru legte den Kopf schief und schob konzentriert die Augenbrauen zusammen. Ich hielt den Atem an, als er seine Finger unter mein Kinn legte. Mit seinem Daumen fuhr er mit einem sanften Druck über meine Unterlippe. Stromstöße schossen durch meine Nervenbahnen, dort, wo er mich berührte. »Nur ein Wort, und ich würde sie mit Freuden niederreißen.«

Ich sagte nichts. Worte fanden keinen Platz mehr in meinem Kopf. Dort gab es nur noch ihn und seinen süßen, göttlichen Geruch. Er deutete mein Schweigen als Nein und nahm seine Hand von meinem Gesicht. Sofort vermisste ich seine Berührung, doch war von seiner Nähe und dem, was allein seine Worte mit mir anstellten, zu überwältigt, um etwas zu tun. Mit einem letzten Funkeln in den Augen und einem wissenden Lächeln trat Taru einen Schritt zurück. Ich konnte nicht aufhören, ihn anzustarren, gefesselt von seinen hellblauen Augen, deren Blick mich verschlang. Meine Brust hob und senkte sich viel zu schnell.

In meinem Inneren tobte kein Kampf mehr. Es war ein Krieg, und ich wusste nicht, ob es dabei noch um einen Sieg ging oder darum, welche Seite zuerst kapitulieren würde. Herz oder Verstand. Verstand oder Herz. Welcher der beiden würde zuerst aufgeben?

»Brauchst du eine Pause?«, fragte Taru, nachdem wir uns eine knappe Dreiviertelstunde durch den Wald gekämpft hatten. Langsam lichtete sich das Grün um uns herum, und immer mehr Flüsse oder rauschende Wasserfälle waren zu hören. Es war wirklich unglaublich paradiesisch hier, und ich hatte schon zu viele Fotos mit meinem Handy geschossen, als dass ich sie mir jemals ansehen könnte.

»Vielleicht fünf Minuten«, sagte ich und ließ mich auf den Stamm einer umgestürzten Palme fallen. Ich seufzte, als ich meine Beine ausstreckte und mit meinen Zehen wackelte. Taru setzte sich neben mich und zog eine Wasserflasche aus seinem Rucksack. Dankend nahm ich sie an.

»Ist dir denn gar nicht warm?« Ich reichte ihm die Flasche, aus der auch er nun große Schlucke nahm. Er trug ein Tanktop mit weit ausgeschnittenen Ärmeln, das den Blick auf seinen trainierten Oberkörper freigab, und eine knielange Shorts.

»Hitze macht mir nichts aus«, meinte er, als er die Flasche wieder in seinen Rucksack verstaute. »Im Hades herrschen ähnliche Temperaturen, man gewöhnt sich also daran.«

»Das wäre kein Ort für mich.«

»Nein, definitiv nicht.« Ich hatte es als Spaß gemeint, doch Tarus ernster Ton ließ mich aufhorchen. Verwirrt sah ich zu ihm. »Der Hades darf nur von seinen Bewohnern und den Toten betreten werden. Würdest du auch nur einen Fuß hineinsetzen, würdest du sterben.«

Ich schluckte schwer und starrte wieder auf meine Füße. »Und die anderen Götter? Dürfen sie den Hades betreten?«

»Nur für einen Moment«, erklärte er. »Ihre Seelen würden ebenfalls in den Styx wandern, blieben sie länger als zwei Stunden im Hades. Mein Vater, Persephone, Dixie und ich sind die einzigen, denen der Hades nicht schadet.«

»Warum Dixie?«

»Weil sie schon einmal gestorben ist«, sagte er knapp und erhob sich ruckartig. Ich blickte ihn überrascht an, doch bevor ich etwas sagen konnte, reichte Taru mir die Hand. »Lass uns weiter, ich will meine Mutter nicht noch länger warten lassen.«

Ich nickte und ergriff seine Hand. Sie war warm und trocken. Die Berührung dauerte nur den Bruchteil einer Sekunde, da hatte Taru mich auch schon losgelassen, und wir setzten uns in Bewegung. Anscheinend war die Erwähnung von Dixies Namen weiterhin heikel. Zwischen Tarus dunklen Brauen hatte sich wieder die gleiche Falte gebildet wie zuvor im Apartment.

»Bist du aufgeregt, bald deiner Mutter gegenüberzustehen?«, wechselte ich daher das Thema. Die Falte zwischen seinen Augenbrauen glättete sich leicht. Der ernste Zug um seinen Mund wich einem nervösen Lächeln.

»Ein bisschen«, gab er zu. »Und du?«

»Ein bisschen«, wiederholte ich, in dem Wissen, dass es sicher nicht nur *ein bisschen* war. »Nicht nur, dass sie deine Mom ist … sie ist auch eine Nymphe.«

»Dixie ist auch eine Nymphe.«

»Ich weiß, aber … Dixie ist Dixie, und ich habe keine Ahnung, was mich jetzt erwarten wird.« Außerdem hatte ich Angst, dass sie mich nicht mochte. Warum auch immer war es dieser Punkt, der meine Nervosität in die Höhe schnellen ließ. Dabei war es gar nicht wichtig. Taru und ich waren nicht … wir waren nur Kollegen. Nicht mehr. Egal was dieser Moment vorhin zwischen uns in mir ausgelöst hatte.

»Ihr Name ist Echo«, begann Taru zu erzählen und hob ein Palmenblatt an, damit ich hindurchgehen konnte. »Sie war eine gute Freundin von Hera, noch bevor ich geboren wurde, und lebte auf dem Olymp. Meine Mutter war eine der wenigen Nymphen, mit denen die Götter nicht spielten. Sie wurde respektiert.«

»Was ist passiert?« Dabei fragte ich mich gleichzeitig, ob ich es überhaupt wissen wollte. Bis jetzt hatten die Götter auf dem Olymp nicht eine gute Tat begangen. Ich fürchtete mich schon beinahe vor der Geschichte, die Taru mir gleich erzählen würde.

»Zeus beauftragte Echo, Hera abzulenken, solange er …« Taru legte den Kopf in den Nacken, als müsste er überlegen, wie er es am besten formulieren sollte. Dabei ahnte ich auch hier schon, was Zeus tat, während Tarus Mutter Hera ablenkte. »Er vertreibt sich seine Zeit gern mit anderen Geschöpfen. Die Olympier sind nicht die treusten Gefährten«, sagte er schließlich. »Und sie warten oft auch nicht auf die Zustimmung einer Frau, ehe sie sich dieser Frau nähern. Den meisten Göttinnen ist es egal. Nur Hera nicht. Sie war voller Zorn und Eifersucht, als sie herausfand, was Zeus tat. Sie verfluchte meine Mutter, ihr gesprochenes Wort so lange zu wiederholen, bis ihr Körper nachgab. Sie raubte ihr ihre Stimme, mit der sie sie im Auftrag von Zeus ablenkte.« Taru schüttelte den Kopf. Ich konnte ihn nur erschüttert ansehen. Echo war Heras Freundin gewesen – wie konnten sich Freundinnen so etwas nur antun? »Eigentlich ziemlich lächerlich, wo es doch nicht das erste Mal war, dass Zeus sie betrogen hat.«

»Klingt nach einer glücklichen Ehe«, murmelte ich, während der Weg unter unseren Füßen immer breiter wurde. Auch die Abstände der Palmen und Bäume wurden immer größer. Bald würde sich vor uns sicherlich eine Lichtung erstrecken.

»Sie sind nicht verheiratet. Das ist ein Konstrukt eurer menschlichen Welt«, sagte Taru, was mich aufsehen ließ. »Die meisten der Olympier bleiben nie wirklich bei nur einem Partner. Monogamie ist dort eher selten vertreten.«

»Und im Hades?« Ich verfluchte meine Stimme dafür, dass sie gerade in diesem Moment so unsicher klang. Aber der Gedanke, dass Taru vielleicht noch jemand anderen … es fühlte sich seltsam an.

»Im Hades hat man sich noch nie wirklich an die Regeln des Olymps gehalten.« Er drehte sich kurz um, und ich glaubte schon, er wollte im tiefen Grün hinter ihm verschwinden. Doch als er sich wieder zu mir wandte, hielt er eine zartrosa Blüte in der Hand. Langsam kam er auf mich zu. Mit großen Augen verfolgte ich jede seiner Bewegungen, als er mir vorsichtig die Blüte in mein Haar steckte. »Für mich –«

»Was ist dann mit deiner Mutter passiert?«, unterbrach ich ihn schnell. Verwirrt verengte er seine Augen. Ich schluckte und wich seinem Blick aus. Denn mit jedem Moment in seiner Nähe bröckelte mein Widerstand immer mehr.

»Zeus war wütend, Hera noch wütender, und anstatt ihren Zorn gegeneinander zu richten, bestraften sie meine Mutter.« Tarus Stimme klang einige Grade kälter. »Es reichte ihnen nicht, dass sie ihre Stimme raubten. Sie warfen sie vom Olymp, bereit, sie sterben zu lassen. Wäre mein Vater nicht gewesen ...« Ich holte tief Luft. »Er brachte sie auf diese Insel. Pflegte sie, bis nicht nur ihre physischen Wunden verheilten. In dieser Zeit muss ihnen langweilig geworden sein, sonst wäre ich nicht entstanden.«

»Und Persephone?«, fragte ich vorsichtig. Von Dixie wusste ich, dass sie Hades' große Liebe war.

»Damals kannten sie sich noch nicht«, sagte er. »Ich habe dir doch schon gesagt, dass wir anders sind als die Olympier. Für uns gibt es im Leben nur eine einzige Liebe.« Taru sah zum Himmel und zog die Augenbrauen zusammen. »Wir sollten uns langsam beeilen.«

Stille legte sich über uns, während wir weiter über die Insel wanderten. Jeder hing seinen Gedanken nach. Ab und zu fragte Taru, ob alles in Ordnung sei. Wir hielten nur noch an, damit wir etwas trinken konnten.

Die ganze Zeit fragte ich mich, wer diese Frau war, die Taru geliebt hatte. Und weshalb genau er bestraft wurde. Ich wusste immer noch so wenig darüber, und auch wenn ich mir gesagt hatte, dass es mich nicht interessierte, musste ich mir wohl langsam eingestehen, dass sich dieser Gedanke verändert hatte. Schon in Alaska hatte ich mehr darüber wissen wollen, aber sein

Schmerz war noch so real, dass ich mich nicht getraut hatte. Als er nach unserem Kuss davongelaufen war, hatte das meine Vermutung, er wäre über sie noch nicht hinweg, nur bestätigt.

Ich war furchtbar verwirrt. Seitdem wir aus Alaska zurückgekehrt waren, hatte er sich zurückgehalten, doch immer, wenn er in meiner Nähe war, spürte ich, dass da mehr war. Und mittlerweile verstand ich es, dass er danach an sie gedacht hatte. Die schlimmsten Gedanken kamen eben immer nach den schönsten Momenten, weil man dem Glück nicht traute. Als ob man sich ständig daran erinnern musste, dass dieses Gefühl nicht von Dauer war.

»Rio, wir sind da«, riss Taru mich aus meinen Gedanken, und erst jetzt nahm ich meine Umgebung wahr.

Vor uns öffnete sich eine Grotte. Dunkelblaues Wasser glitzerte im Sonnenlicht. Große Bäume warfen lange Schatten über die Farne und blühenden Sträucher. Schmale Hütten erstreckten sich auf einem Hang, der in einem saftigen Grün erstrahlte. Vereinzelt konnte ich Frauen in hellen Roben erkennen und Haarfarben bunter als ein Regenbogen. All das wirkte nicht mehr wie die Realität. Es war wie ein Märchen.

Mein Blick fiel auf eine Frau, die uns entgegenkam. Dunkelblaues Haar floss an ihrem Körper bis zu ihrer Taille entlang, und ihr kurviger Körper war in schimmernde weiße Seide gehüllt. Um ihren Hals trug sie eine Kette aus Muscheln und Perlen, wie ich sie noch nie gesehen hatte. Ihr Gesicht hatte etwas Erhabenes, Edles, auch wenn es von tiefen Narben durchzogen war. Sie wirkte wie eine Prinzessin aus längst vergessener Zeit.

Ich wusste nicht, woher ich diese Sicherheit nahm, aber diese Frau war Tarus Mutter.

Tränen liefen ihr aus den azurblauen Augen über ihre Wange, als sie mit ausgebreiteten Armen auf Taru zulief. Dieser war neben mir so blass geworden, dass ich fürchtete, er würde jeden

Moment umfallen. Seine Augen waren weit aufgerissen, und ich glaubte, ebenfalls Tränen in ihnen glitzern zu sehen.

Kurz bevor sie ihn erreichte, ging er auf die Knie. Sofort war ich bei ihm.

»Taru, was –«

Ich legte eine Hand auf seinen Rücken. Er zitterte. Und ich verstand, weshalb. Er hatte sich so sehr vor diesem Moment gefürchtet. Er hatte geglaubt, dass seine Mutter ihm nicht verzeihen könnte, doch ein Blick in ihr Gesicht hatte genügt, um zu sehen, dass all seine Zweifel unbegründet waren. Sanft strich ich ihm über den Rücken. Echo kniete sich ebenfalls vor ihren Sohn, als sie uns erreichte. Aus der Nähe war sie noch schöner. Mit ihren zarten Händen umschloss sie Tarus Gesicht und zwang ihn, sie anzusehen. Ganz langsam zog sie seinen Kopf zu sich und legte ihre Stirn gegen seine, ehe sie ihn in eine Umarmung schloss. Immer wieder murmelte er Worte in einer Sprache, die ich nicht verstand. Doch seine Stimme klang so flehend, dass ich eine Gänsehaut bekam.

Er bat sie um Verzeihung.

33

Taru

Meine Mutter führte uns in das Haupthaus der Nymphen. Es war aus hellem Holz erbaut, mit großen Fenstern und Türen. An den Wänden leuchteten bereits die ersten Fackeln. Der Geruch von Blumen, die ich noch nie gesehen hatte, drang in meine Nase, als wir in den Versammlungsraum traten, in dem schon die anderen Nymphen warteten. Wassernymphen, Nereiden, Dryaden, Oreaden … so viele verschiedene Nymphen auf einem Fleck hatte ich noch nie gesehen. Jede war auf ihre Art faszinierend und trug ihre Geschichte voller Stolz. Ich erkannte Hesperia, die von Alsakos in seinem Liebesrausch verfolgt worden war. Als Strafe, dass sie sich ihm nicht hingeben wollte, hatte er sie von Hunderten Schlangen beißen lassen. Jeden der Bisse trug sie voller Würde. Nur ihre Brüste und ihr Geschlecht waren mit Stoff bedeckt.

Die Frauen verfolgten jede meiner Bewegungen argwöhnisch. Ich konnte es ihnen nicht verübeln, wo es immer Männer waren, die für all ihr Leid verantwortlich waren. Doch auch Rio zog ihre Blicke auf sich. Sie betrachteten sie voller Neugier, die Rio ihnen ebenso entgegenbrachte. Ihre Augen waren so groß, als würden sie ihr jeden Moment aus dem Kopf fallen. Aber ich erkannte auch Ehrfurcht in ihrem Blick, als sie die Beeinträchtigungen der Nymphen sah. Sie wusste mittlerweile, wie endlos die Grausamkeit der Götter sein konnte.

Als sich unsere Blicke trafen, breitete sich eine Wärme in mir aus, die direkt von meinem Herzen ausging. Ich streckte ihr eine Hand entgegen, um ihr zu zeigen, dass alles okay war. Sie griff danach, und wie von selbst verflochten sich unsere Finger miteinander. Mit der anderen Hand hatte ich den Arm meiner Mutter bei mir untergehakt. Schnell blinzelte ich die Tränen weg, die Glück mir in die Augen trieb.

Ich setzte mich auf eines der Kissen, die über den Boden verteilt waren. Mein Herz war noch immer tonnenschwer, obwohl ein Teil der bedrückenden Last von meinen Schultern gewichen war. Ich sah zu meiner Mutter. Sie lächelte mich an. Sie hatte mir verziehen. Natürlich. Wie hatte ich es je auch nur anzweifeln können?

Meine Mutter nahm den Arm von mir und sah in die Runde. *Heißt meinen Sohn willkommen*, gestikulierte sie mit ihren Händen.

Ich beugte mich zu Rio und raunte ihr zu, was sie soeben gesagt hatte. Sie nickte und verfolgte weiterhin stauend, wie die Nymphen nacheinander den Kopf neigten und eine Hand auf ihr Herz legten. Ihr Zeichen, dass sie mich akzeptierten, solange ich mich benahm.

»Danke für euer Vertrauen«, sagte ich und deutete mit einer Hand auf Rio. »Rio, sie ist … ein Mensch mit einer besonderen Gabe.« Sofort richteten sich alle Blicke wieder auf Rio, deren Wangen einen sanften Rotton annahmen. Sie lächelte in die Runde und neigte ebenso leicht ihren Kopf, wie die Nymphen es vorher getan hatten. Hier brauchte ich sie nicht als meinen Gast oder meine Begleitung vorstellen. Bei den Nymphen würde ihr nichts geschehen. »Sie ist für die Erinnyen unsichtbar, so wie jeder andere in ihrer Nähe.« Ein Raunen ging durch die Gruppe, und auch Rio sah unsicher zu mir auf. Bisher hatte ich diesen Umstand immer geheim gehalten. Unter den Nymphen war es allerdings besser, direkt mit offenen Karten zu spielen.

»Weshalb seid ihr hier?«, sprach eine Nymphe mit algengrünen Haaren. Sie war diejenige, die neben meiner Mutter die meiste Haut an ihrem Körper bedeckte. Daphne. Ich erkannte sie an dem fehlenden Auge, das sie aufgrund des bleiernen Pfeils des Eros verloren hatte, als dieser Apollon mit einem Liebesfluch belegte. Aber vor allem an ihrer Haltung. Sie war eine Kriegerin.

»Wir brauchen eure Hilfe«, sagte ich sanft und wählte meine nächsten Worte mit Sorgfalt. »Unser nächstes Reiseziel hält einige Herausforderungen bereit, dafür benötigen wir die Unterstützung eines ganz besonderen Reliktes. Den Ariadnefaden.«

Das Raunen wurde zu einem Murmeln, und meine Mutter sah mich erschrocken an.

Weshalb brauchst du den Ariadnefaden?, fragte sie. *Was hast du verbrochen?*

»Ich habe nichts verbrochen, du brauchst dir keine Gedanken machen«, flüsterte ich ihr leise zu und richtete mich dann wieder an die anderen Nymphen. »Wir werden den Faden wieder zurückbringen, sobald wir unsere Aufgabe erfüllt haben. Ihm wird nichts geschehen.«

»Wie können wir dir trauen? Du könntest uns verraten, egal ob deine Mutter hier lebt oder nicht. Familie bedeutet euch Göttern so viel wie ein Staubkorn auf eurer Kleidung«, sagte eine Nymphe mit dem Haar in der Farbe des Sonnenuntergangs. Über ihren Hals und entlang ihres Brustkorbes zog sich eine schwulstige Narbe. Oione, die einzige Geliebte von Paris, bevor er sich in Helena verliebte und sie Opfer des trojanischen Krieges wurde. »Du bist der Schattenprinz, derjenige, der die

Schicksalsgöttin Atropos verführt und sie umgebracht hat, um dich an dem Göttervater zu rächen. Also sag uns, wie wir dir vertrauen können?«

Ich zuckte zusammen, als hätten sie mich geschlagen. Es hätte mir von Anfang an klar sein sollen, dass sie Atropos erwähnen würden. Und trotzdem erwischte es mich so unvorbereitet, dass ich für einen Moment kaum atmen konnte. Ich ballte die Hände zu Fäusten und versuchte, den Schmerz, den ihr Name immer noch verursachte, zu ignorieren. Dabei war es nicht hilfreich, dass ich Rios schockierten Blick auf mir spürte. Ich wollte ihn nicht sehen. Ich wollte nicht sehen, wie sie mich nun als das Monster sah, das ich war. Als Mörder.

Sie sollte es nicht so erfahren. Meine Mutter legte ihre kühle Hand auf meinen Unterarm, doch ich schüttelte den Kopf. Ich brauchte einen Moment, um meine Gedanken zu ordnen, um die Wut und den Wirbelsturm an Gefühlen unter Kontrolle zu bekommen.

»Vielleicht könnt ihr ihm nicht trauen, aber mir.« Mein Kopf zuckte zu Rio. Sie hatte den Rücken durchgestreckt. Voller Entschlossenheit sah sie den Nymphen nacheinander in die Augen. »Ich kann mir gar nicht vorstellen, wie viel Leid ihr erfahren musstet. Wie viel Schmerz.« Sie schluckte schwer und sah für einen kurzen Moment auf ihre Handgelenke. Erst seitdem ich es wusste, erkannte ich die dünnen, fast verblassten Narben. »Ich verspreche euch mit meinem Leben, dass wir euer Geheimnis hüten werden und alles tun, damit ihr in Frieden weiterleben könnt.«

»Du bist sterblich«, meinte Daphne, doch klang dabei nicht abgeneigt. Eher interessiert. Ich sollte Rio aufhalten, ihr sagen, dass es keine gute Idee sei, den Nymphen ein solches Versprechen zu machen. »Dein Leben ist ein Wimpernschlag verglichen mit unserem.«

»Das stimmt.« Sie nickte und reckte ihr Kinn. »Aber selbst in der kurzen Zeit kann ich dafür sorgen, dass ich mein Versprechen halte.«

»Was ist mit ihm?«, fragte eine andere Nymphe, deren Namen ich nicht kannte. Sie bedeckte nur ihr Geschlecht mit dem weißen Stoff, über ihren restlichen Körper flossen ihre schneeweißen Haare. »Wie willst du uns garantieren, dass auch er dieses Versprechen hält?«

»Na ja«, sagte Rio mit einem schelmischen Grinsen, das ich zuvor noch nie bei ihr gesehen hatte. »Ich weiß, dass er nur zu drei Vierteln ein Gott ist.«

Die Nymphe brach in schallendes Gelächter aus, in das ihre Schwestern mit einstiegen. Ich verschränkte die Arme vor der Brust und starrte Rio ungläubig an. Verflucht, Dixie, sie hätte mit dieser Information auch noch warten können.

Rio wich meinem Blick immer noch aus. Während die Nymphen lachten, versuchte sie weiterhin, an ihrer Entschlossenheit festzuhalten. Nur ein kurzer Seitenblick zu mir zeigte ihre Unsicherheit.

»Deine Denkweise gefällt mir, auch wenn du ihn nicht so leicht umbringen könntest, wie du es dir wünschst«, kam es von Daphne, die sich erhob. »Wir glauben dir, mutige Sterbliche.«

»Obwohl du mehr wie eine Göttin wirkst«, warf Oione mit einem Zwinkern ein und schloss sich Daphne an. Etwas in meinem Inneren vibrierte bei diesem Satz. Verwundert zog ich die Augenbrauen zusammen. Vielleicht war Rio doch eine Halbgöttin, doch ihr Geruch … es passte nicht. Halbgötter stanken wie Dionysos' Weinkeller, billig und falsch. Wir erhoben uns ebenfalls, als die Nymphen wieder ihre Hand auf ihr Herz legten.

»Unsere Schwestern werden euch morgen früh den Ariadnefaden übergeben«, fuhr Daphne fort. »Bis dahin seid ihr zu unserem Fest heute Abend eingeladen. Echo bestand darauf, sobald sie wusste, dass ihr Prinz uns beehren wird.«

Ich warf meiner Mutter einen fragenden Blick zu, die nur entschuldigend lächelte.

Dein Vater hat mir gesagt, dass du kommen würdest, gab sie schulterzuckend zu.

Natürlich. Was wusste er nicht?

Rio war seit einer halben Stunde in einem der Nebenräume mit den anderen Nymphen beschäftigt, die sie für das Fest herrichteten. Da wir nicht austesten wollten, wie lange die Erinnyen bis nach Hawaii bräuchten, saß ich vor dem Raum und blieb in ihrer Nähe. Vor mir erstreckte sich die Nymphengrotte in einem warmen orangen Ton. Die Zeit war wie im Flug vergangen.

Nachdem die Nymphen uns ihre Hilfe zugesichert hatten, bereiteten die ersten von ihnen alles für das Fest heute Abend vor. Weiße Lampions aus verarbeiteten Blüten wurden über die Grotte an Lianen gespannt. Einige der Frauen gingen auf Jagd und andere wiederum sammelten Blumen, die sie in Öl tränkten, um sie später zu entzünden. Uns wurde eine Hütte weiter oben am Hang des Berges zugewiesen.

Rio hatte nicht wirklich mit mir gesprochen, seitdem sie erfahren hatte, was mir vorgeworfen wurde. Glaubte sie den Worten der Nymphen? Sah sie in mir den Mörder, den auch alle andere sahen? Ich sollte glücklich sein, dass Rio sich nach dieser Offenbarung von mir distanzieren würde. Das war schließlich das Richtige. Sobald wir Pandora gefunden hatten, mussten sich unsere Wege trennen. Und doch wollte etwas in mir den rationalen Teil über den Haufen werfen. Ich wollte mit ihr darüber reden, ihr sagen, dass ich nicht die alleinige Schuld trug. Aber warum sollte ich mich erklären, wenn sie eh alles vergessen würde? Es wäre zwecklos und unsinnig, genauso wie die aufkommenden

Gefühle in mir. Und doch ... Ich fuhr mir mit den Händen über mein Gesicht. Hin- und hergerissen zwischen dem, was ich tun sollte, und dem, was ich tun wollte.

Ein Kichern erklang hinter der halb angelehnten Tür neben mir, dort, wo die Nymphen mit Rio verschwunden waren. Die Nymphen fanden Gefallen an ihr und umgarnten sie, flochten ihre Haare und stellten ihr alle möglichen Fragen über das Leben in New York. Rio ließ es mit einer erstaunlichen Geduld über sich ergehen.

Vielleicht sollten wir wirklich dringend reden, sobald wir wieder in New York waren. Ich hatte sie vorhin schon wieder küssen wollen. Eigentlich wollte ich sie seit Alaska ständig küssen. Es war mir egal, was Dixie sagte. Ich hatte keine Lust mehr, mir ständig Gedanken über Konsequenzen zu machen. Ich hatte jahrhundertelang mein Leben an mir vorbeiziehen lassen. Es wurde Zeit, dass ich es selbst in die Hand nahm und meiner Vergangenheit den Rücken zuwandte. Ich sollte nach vorn gehen, nicht mehr zurückblicken. Auch wenn uns nur begrenzt Zeit blieb, bis sich unsere Wege für die Ewigkeit trennen würden, wollte ich sie nutzen. Ich wollte Rios Lebendigkeit spüren. *Ich* wollte lebendig sein. Vielleicht würde ich mich nie wieder so sehr in jemanden verlieben können wie in Atropos. Aber vielleicht musste ich das auch gar nicht. Vielleicht reichte es auch aus, dass ich überhaupt wieder etwas fühlte.

Überrascht sah ich auf, als meine Mutter in einem wallenden tiefblauen Kleid auf mich zukam. »Du siehst schön aus«, begrüßte ich sie. Sie setzte sich neben mich auf den Boden und zog ihre Beine an, als wäre sie nicht über Jahrtausende alt. Menschen müssten sie auf Mitte dreißig schätzen.

Ich bin so glücklich, dass du hier bist, formte sie mit ihren Händen und strich mir sanft über mein Haar, das einige ihrer Farbpigmente aufgeschnappt hatte.

»Ich auch«, sagte ich leise. »Wie geht es dir? Kommst du mit allen klar?« Ich sah mich um und entdeckte, wie einige der Nymphen uns aufmerksam beobachteten.

Ich bin die Älteste hier, meinte sie nur mit einem Lächeln.

»Das bedeutet nicht, dass sie nett zu dir sein müssen.« Die Nymphen waren ein nachtragendes Volk. Viele von ihnen wurden von Hera und Zeus bestraft, als meine Mutter noch unter deren Schutz stand. Dass sie sich dann noch auf den Bruder ihres Peinigers eingelassen hatte und von ihm schwanger geworden war, brachte ihr nicht viele Sympathiepunkte.

Meine Mutter zuckte nur mit den Schultern und deutete stattdessen auf den Raum, in dem sich Rio immer noch umzog. *Dieses Mädchen ist besonders.*

»Ich weiß.«

Nicht so wie du denkst, du Schwerenöter. Sie schüttelte stumm lachend den Kopf, sofort schoss Hitze in meine Wangen. *Etwas schlummert in ihr, wie ich es nur bei den wahren Göttern vernommen habe.*

Genervt schnaubte ich auf. Es ging mir immer noch gegen den Strich, dass sie diese dreckigen Olympier so bezeichnete. Sie waren nur Produkte ihrer Eltern, die sie umgebracht hatten. Sie waren dadurch kein bisschen wahrhaftig.

»Was meinst du?«, fragte ich dennoch und sah wieder zu der Tür, hinter der ich leises Kichern vernahm.

Ihr Duft. Sie wedelte sich Luft zu. *Schwer und dunkel wie die Nacht.*

Ich runzelte die Stirn. Vielleicht hatte sie ebenfalls Nymphenblut in ihren Adern … Aber hätte Dixie dann nicht auch etwas bemerken müssen? Als ich nachfragen wollte, stupste meine Mutter mich wieder an. *Du empfindest etwas für sie.*

Ich verdrehte die Augen. »Ich glaube nicht, dass ich mit dir darüber reden will.«

Ich habe auch geliebt, Namtaru, meinte sie in sanften Bewegungen. Betreten sah ich weg. Narziss war die große Liebe meiner Mutter gewesen. Nur war er ein selbstverliebter Bastard, der die Schönheit in den falschen Dingen suchte. Selbst mein Vater, der ihr das Leben gerettet hatte, hatte in ihr nie diese Gefühle geweckt, wie Narziss es tat. Zaghaft umschloss sie meine Finger mit ihrer narbenüberzogenen Hand. Sie und Hades hatten mir nie wirklich erzählt, was man ihr genau angetan hatte, als man sie vom Olymp warf. Vielleicht war es auch besser, wenn ich es nicht wusste. Für einen weiteren Göttermord hätte man mich sicherlich, ohne zu zögern, in den Tartaros geworfen.

Es ist okay, sich neu zu verlieben. Atropos hätte gewollt, dass du glücklich wirst. So wie Hera es sich für mich wünschte, auch wenn sie mich hasst.

»Hera?«, verwundert sah ich sie an und war froh, ihren Kommentar zu Atropos zu umgehen.

Ein geheimnisvolles Lächeln trat auf ihr Gesicht. *Hera und ich hatten unsere eigene Geschichte, und Zeus ist nicht der Einzige der Götter, der seine Gestalt ändern kann.*

»Du und Hera?«, fragte ich nach. »Ihr wart zusammen?«

Schockiert sah ich meine Mutter an, als sie nickte. Nicht, weil sie in eine Frau verliebt war. Das Geschlecht spielte keine Rolle, wenn es um die Liebe ging. Sondern weil sie in die Frau verliebt war, die ihr ihre Stimme genommen hatte. Auf einmal fragte ich mich, ob Hera es wirklich hauptsächlich getan hatte, um sie zu bestrafen. Vielleicht hatte sie sich auch damit das erste Mal gegen Zeus wehren wollen. Nicht auszumalen, was er meiner Mutter außerdem angetan hätte, hätte er gewusst, wie sie Hera abgelenkt hatte.

Liebe geht manchmal seltsame Wege, Namtaru.

Ich schluckte und drückte ihre Hand. Vielleicht hatte sie recht. »Es ist –«

Ich stockte, als sich die Holztür ganz öffnete und Rio aus dem Raum trat. Noch nie hatte ich jemand Schöneren gesehen. Mit einem zögerlichen Lächeln kam sie auf mich zu. Ich erhob mich, half meiner Mutter ebenfalls auf die Beine. Mein Blick blieb weiterhin an Rio hängen. An ihren dunklen Haaren, in die rote Blumen eingeflochten waren und die sich in sanften Wellen über ihre Schultern legten. Die roten und weißen Stoffe, die um ihren Körper gebunden wurden und jede ihrer Rundungen betonten. Sie sah aus wie eine verdammte Göttin. Selbst auf dem Olymp würden sich alle nach ihr umdrehen und Aphrodite neben ihr nur wie ein Schatten wirken.

Automatisch streckte ich die Hand aus. Rio ergriff sie und ließ sich von mir im Kreis drehen. »Du bist wunderschön«, raunte ich ihr leise ins Ohr, als ich sie an mich zog. Kichernd löste sie sich von mir und sah zu meiner Mutter. Ihre Wangen hatten ein ebenso tiefes Rot angenommen wie die Blumen in ihrem Haar.

»Danke für die Gastfreundschaft«, sagte Rio und verbeugte sich leicht, wie sie es bei den Nymphen gesehen hatte.

Du brauchst dich nicht vor mir verbeugen, wenn mein Sohn dich wie eine Göttin behandelt, gestikulierte meine Mutter. Rio sah verwirrt zu mir.

»Sie hat mir zugestimmt«, murmelte ich nur und merkte, wie meine Ohren heiß wurden. Meine Mutter gab mir einen Klaps auf den Oberarm, doch ich zog Rio schon von der Veranda, bevor es noch peinlicher wurde.

»Lass uns das Fest genießen«, sagte ich und warf meiner Mutter über die Schulter einen warnenden Blick zu. Selbst nach Jahrhunderten, in denen wir uns nicht gesehen hatten, schaffte sie es innerhalb von wenigen Stunden, mich in Verlegenheit zu bringen.

34

Rio

Dieser Ort war ein Paradies.

Alles um mich wirkte wie ein Traum. Das Kleid, das die Nymphen aus langen seidenen weißen und roten Tüchern kunstvoll um meinen Körper gewickelt hatten, die Natur um mich herum und die Hitze, die ich unter Tarus Blick spürte, sobald ich aus der Hütte getreten war.

Und dann die Nymphen. Ich spürte nichts als reine Bewunderung für all diese Frauen. Jede von ihnen hatte mit Einschränkungen zu kämpfen, und trotzdem wirkten sie wie unbesiegbare Kriegerinnen. Sie hatten mit mir gesprochen, als wären wir ebenbürtig. Zwischen all den Seidenstoffen hatte ich mich gefühlt, als wäre ich Teil von etwas und nicht eine Außenseiterin, und das, obwohl ich offensichtlich nicht einmal ansatzweise so war wie sie.

»Gefällt es dir hier?«, fragte Taru, als wir zum Wasser der Grotte liefen. Dort hatten die Nymphen kleine flammende Blütenblätter verteilt, die im dämmrigen Schein schimmerten wie Sterne. Auch die weißen Lampions leuchteten schon und tauchten diese Lagune in ein magisches Licht. Im Hintergrund erklang das Knistern vom Feuer, auf dem das Essen zubereitet werden sollte. Leise Musik gesellte sich dazu, und ich entdeckte, dass eine Nymphe auf einer Art Geige spielte.

Dass es hier an Elektrizität mangelte, fiel nicht auf. Alles hier wirkte so … normal. *Ich* fühlte mich normal. Als würde ich hier hingehören und nicht nach New York. Augenblicklich wurde mir schlecht. Ich sollte nicht so empfinden. Nicht, wenn ich mich nach dieser Reise von Taru verabschieden und in mein altes Leben zurückkehren wollte.

Das wollte ich doch, oder?

»Ja«, sagte ich mit belegter Stimme. »Es ist wunderschön hier.«

»Warum klingt es nach dem Gegenteil?« Taru zog mich sanft an meiner Hand zu sich, bis ich vor ihm stand, das Wasser in meinem Rücken. Hinter ihm ragte der Hang mit den kleinen Hütten der Nymphen auf.

Ich lenkte meinen Blick wieder auf Taru. Auch er hatte sich umgezogen. Statt des weit ausgeschnitten Tanktops trug er ebenfalls Tücher um seinen Körper, die wirkten wie eine antike Toga. Seine schwarzblauen Haare fielen ihm in die Stirn, während sein Blick über mein Gesicht huschte, um keine Regung zu verpassen. In diesem Moment wirkte er so sehr wie der Gott, der er war, dass es mir die Sprache verschlug.

»Rio?«, hakte er mit einem leichten Lächeln nach. Ich schüttelte den Kopf und wollte mir durch die Haare fahren, bis ich mich daran erinnerte, dass mir kunstvoll Blumen dort hineingeflochten waren. Weshalb fühlten sich diese Blumen nur plötzlich tonnenschwer an? Ich schluckte das bittere Gefühl hinunter und ignorierte die Zweifel, dir mir entgegenbrüllten, dass wir einen ganz anderen Plan verfolgten.

»Alles okay«, sagte ich ausweichend und sah mich Hilfe suchend um. Ich wollte diesen schönen Moment nicht durch mein rasendes Gedankenkarussell ruinieren. Unweit von uns entdeckte ich einige Nymphen, die sich im Klang der Musik auf einer provisorischen Tanzfläche bewegten. »Wollen wir tanzen?«

Taru hielt mich noch einen Moment mit seinem Blick fest, als ich wieder zu ihm sah, und zog seine Augenbrauen zusammen. Ich reckte mein Kinn, um ihm zu beweisen, dass wirklich alles okay war.

»Ich glaube dir nicht«, meinte er schließlich. Ich verzog meine Lippen zu einem gezwungenen Lächeln. Es war mir egal, dass er meine Lüge durchschaute. Ich würde meine Fassade nicht zusammenbrechen lassen. Nicht heute. Nicht jetzt. »Aber es ist okay, wenn du jetzt nicht darüber reden willst. Du gibst das Tempo vor, okay?«

Er beugte sich zur mir runter, legte sanft einen Finger unter mein Kinn und hob meinen Kopf. Meine errichteten Mauern begannen zu wanken, als wären sie aus Pappe und Tarus Blick ein gewaltiger Sturm.

»Okay?«

»Okay«, erwiderte ich leise und sah ihn noch einen Moment an. Genoss das Gefühl seiner Finger auf meinem Kinn, bis er sie zurückzog. Ich straffte meine Schultern und zwang mich, diesen Abend zu genießen. Wer wusste, ob ich diesen Ort je wieder besuchen würde? Ich war auf einer hawaiianischen Insel, die kaum ein Mensch betreten hatte. Vielleicht sollte ich an diesem Abend die Rio sein, der es egal war, dass sie nicht normal war. Vielleicht sollte ich mich einen Abend nicht darum bemühen, irgendwo dazugehören zu wollen. »Dann lass uns tanzen. Ich hoffe, das ist eines deiner göttlichen Talente, von denen du mir noch nicht erzählt hast.«

Meine Härchen stellten sich auf, als Taru herzhaft auflachte. Schmetterlinge begannen in meinem Bauch zu tanzen und flogen so schnell, bis ich mich beinahe schwerelos fühlte. Auch der Wirbelsturm in meinen Gedanken ebbte langsam ab, allein bei diesem Geräusch. »Es ist keines meiner göttlichen Talente«, gab er immer noch lachend zurück. »Aber ich bin ein überaus grandioser Tänzer, andernfalls würde ich Persephones Schimpftiraden aus dem Hades bis hierher hören.«

»Überzeug mich«, forderte ich ihn neckend auf. »Du hast es hier mit einem Profi zu tun, auch wenn meine Lehrerin nicht die Herrin des Hades war.«

»Ich liebe Herausforderungen.« Sein Blick verdunkelte sich, als er mich in einer schnellen Bewegung zu sich zog, bis sich unsere Oberkörper berührten. Mein Herz begann zu rasen. Wie von selbst legten sich meine Hände auf seine Brust. Unter dem dünnen Stoff konnte ich seinen starken Herzschlag spüren. Die Musik hinter uns schwoll an, als wir uns zu bewegen begannen. Eine Hand lag an meinem unteren Rücken. Ich erschauderte, als er mit seinem Daumen Kreise zog, die ich selbst durch den Stoff meines Kleides spürte. Es reichte eine Berührung, ein Blick, und Taru schaffte es, meine Bedenken einfach zu zerstreuen. Das war gefährlich, aber auch so verlockend.

»Du führst so lange, bis du einen Fehler machst«, sagte ich mit nicht mehr ganz so sicherer Stimme. Er löste die Hand von meinem Rücken und wirbelte mich herum. Intuitiv stellte ich mich auf die Zehenspitzen und drehte mich wieder ein. Ich legte eine Hand auf seine Schulter, die andere hielt er locker mit seiner umschlossen.

»Deal«, meinte er nur und zwinkerte mir zu. Taru würde ganz sicher keine Fehler machen.

Er hatte nicht untertrieben. Taru war wirklich ein hervorragender Tänzer. Ganz natürlich gab er die Führung an, ohne dass ich mich groß konzentrieren musste. Unsere Schritte, unsere gesamte Bewegung geriet nie aus dem Takt. Wir tanzten, als hätten wir es schon hundertmal getan. Wärme durchzog meinen Körper bei diesem Gedanken, wie vertraut alles mit ihm war.

Im Hintergrund merkte ich, wie eine andere Nymphe sich zu der musizierenden Nymphe dazugesellte und sang. Bei ihrer klaren und feinen Stimme bekam ich Gänsehaut. Ich verstand die Sprache nicht, das war nicht nötig. Es war so wehmütig, dass mein Herz schwer wurde. Wir bewegten uns weiter im Takt, wurden eins mit der wiegenden Melodie. Voller Sehnsucht. Hoffnung. Liebe.

Unsere Blicke trafen sich, und etwas in mir begann zu vibrieren. Tarus Lippen öffneten sich, als er zu mir sah und sich seine Bewegungen verlangsamten. Ich schluckte schwer, doch ich glaubte, mein Körper hatte es verlernt. Mein Mund war staubtrocken. Während seine Hand von meinem unteren Rücken höher wanderte, vergrub ich die Finger in seinem weichen Haar.

Seine warmen Fingerspitzen fuhren über meine Wirbelsäule hoch und runter, und mit jeder Bewegung zog er mich näher an sich. Jeder Schauder, der durch meinen Körper huschte, brachte mich ihm näher entgegen, bis sich unsere Nasen berührten und ich seinen Atem auf meinen Lippen spürte. Stirn an Stirn, Brust an Brust wogen wir im Klang der Musik. Eng umschlungen, als wären unsere zwei Herzen eins geworden. Ich atmete seinen herrlich intensiven Geruch ein. Honig, diese unbeschreibliche Süße und etwas, das nach mehr roch. Mehr von ihm und mehr von dem, was ich wirklich wollte.

»Rio.« Seine Stimme war tief und heiser, seine Augen glühten im nächtlichen Licht der Grotte. »Wir sollten nicht …«

»Ich weiß«, raunte ich, bewegte mich aber kein Stück weg von ihm. Wir sollten uns nicht so nahe sein. Nicht, wenn ich zu dem Vorher zurückwollte. Nicht, wenn ich mich nicht vollständig in ihm und dem berauschenden Gefühl verlieren wollte.

Nur am Rande nahm ich wahr, wie sich immer mehr Nymphen zu uns auf den Platz vor der Grotte gesellten. Einige von ihnen tanzten als Paar oder zu dritt, andere bewegten sich allein zur Musik. Für mich spielten sie keine Rolle. Sie wurden zu einem Hintergrundrauschen, zu flimmernden Bildern, die nur dazu dienten, Taru zu schmeicheln.

Taru strich immer weiter über meine Haut, während unsere Münder nur noch einen Millimeter voneinander entfernt waren. Unsere Körper schmiegten sich so eng aneinander, dass selbst der leichte Wind keinen Platz zwischen uns fand. Begierde rauschte durch meine Venen, ein tiefes, inniges Verlangen. Ich wollte mehr. Mehr als nur seinen Atem auf meiner Haut, mehr als das sanfte Gefühl dieses Halbkusses.

Das nächste Stück erklang. Der Takt veränderte sich, die Melodie wurde lebendiger. Es spielte keine Rolle, bis … ein leises Räuspern erklang. Wir fuhren auseinander. Die Realität schnappte so schmerzhaft zu, dass mein Herz in ihrer Falle beinahe zerquetscht wurde. Ich drückte mich von Taru weg. Zumindest versuchte ich es. Er ließ mich nur mit einem unglücklichen Brummen los. Meine Wangen brannten, als ich mir über die Haare strich. Sämtliche Blumen hatten ihren Weg auf den Boden gefunden.

»Wollt ihr euch unserem Tanz anschließen?«

»Nein –«

»Gern«, fuhr ich schnell dazwischen und löste mich nun endgültig von Taru. Mit fahrigen Händen zog ich an dem Stoff meines Kleides. Taru hatte es durch seine Berührungen so sehr durcheinandergebracht, dass fast mein gesamter Hintern freilag.

»Wirklich?«, raunte er mir zu, bevor ich mich von der rothaarigen Nymphe mitziehen ließ. Ich wich seinem eindringlichen Blick aus.

Ich war ein verdammter Feigling. Der größte auf diesem ganzen Planeten. Ich konnte nicht leugnen, dass das, was zwischen

Taru und mir eben geschehen war, mehr als nur ein Tanz war. Ich hatte mich an ihm gerieben, bis sich all meine Sinne aufgelöst hatten. Hätte er mich geküsst, mich noch enger an sich gepresst, wäre ich unter seinen Berührungen geschmolzen. Mitten auf der Tanzfläche umgeben von Nymphen. Vor seiner Mutter, verdammt.

Mein Gesicht brannte immer heißer, aber die rothaarige Nymphe ließ sich nichts von meiner Scham anmerken. Vielleicht hatte sie uns auch nicht gesehen, oder sie tat mir einen unheimlich großen Gefallen.

»Habe ich dich gerade gerettet oder dir die Tour vermasselt?«, fragte sie grinsend, während eine andere Nymphe meine Hand nahm. So viel zu dem Gefallen.

Ich verzog das Gesicht. Aus dem Augenwinkel nahm ich Taru wahr, der sich ebenfalls den Nymphen zum Tanz anschloss.

»Beides«, sagte ich schließlich wahrheitsgetreu, und die Nymphe kicherte.

»Dachte ich mir.« Der Rhythmus wurde immer schneller, und wir begannen uns im Kreis zu drehen. Ich hob meine Hand gemeinsam mit ihrer, als sie diese in die Luft streckte. »Ich bin Nemea.«

»Rio«, sagte ich überflüssigerweise, ich hatte sie schon im Versammlungshaus gesehen. Doch ich fand es unhöflich, mich nicht vorzustellen.

»Er sieht wirklich gut aus«, meinte sie nach einer Weile, als wir und eine Nymphe mit tiefdunkler Haut und schneeweißem Haar eine Drehung vollführten.

»Für ihn würde sogar ich die Regel brechen«, sagte diese und kicherte, als Nemea breit grinste. »Für eine Nacht zumindest.«

»Obwohl diese wohl schon reserviert ist, Syke«, stieg Nemea ebenfalls kichernd ein und warf mir einen bedeutungsschweren Blick zu. Ich rang mir ein Lächeln ab. Auf der anderen Seite der Tanzfläche entdeckte ich Taru. Er führte gerade eine Nymphe mit grasgrünen Haaren und brauner Haut. Sie lächelte ihm verführerisch zu. Als würde er meinen Blick spüren, hob er den Kopf. Schnell sah ich weg.

»Wie ist er so?«, wisperte Syke, als wir uns umrundeten, immer noch Handfläche an Handfläche gepresst. Auf meinen verwunderten Blick hin grinste sie nur noch mehr. »Ich meine, er ist der Prinz des Hades. Er muss wirklich *groß*artig sein.«

»Ich … ähm«, stotterte ich verlegen und wünschte mir immer mehr Tarus Nähe zurück. »Wir sind nur Kollegen.«

Daraufhin lachten Nemea und Syke, doch ihr Lachen verstummte, als ich sie nur ansah. Syke machte ein ungläubiges Gesicht. »Sie meint es wirklich so.«

»Ich hab schon gehört, dass die Menschen zugeknöpft sind«, warf Nemea ein. »Aber lass dir eins sagen, kleine Göttin, du wärst enttäuscht, wenn du dir *das* entgehen lassen würdest.«

Ich erstarrte. *Kleine Göttin.* So hatte mich die Sphinx auch schon bezeichnet. Ich hatte es für eine Beleidigung gehalten, weil ich ihr Rätsel lösen wollte und nur ein Mensch war. »Was meinst du damit?«

Nemea warf Syke einen Blick zu, als wäre ich schwer von Begriff. Ich blieb stehen, die Lust zu tanzen hatte mich verlassen. »Du sollst mit ihm –«

»Nein«, fuhr ich unwirsch dazwischen, während mein Herz immer heftiger in meiner Brust schlug. »Kleine Göttin. Warum nennst du mich so?«

»Weil du kein Mensch bist.«

»Ich bin ein Mensch«, widersprach ich sofort. »Ich habe nur irgendwelche göttliche Spuren in meinem Blut. Ein Fluch oder so.«

Wieder warfen sich Nemea und Syke einen Blick zu. Ich wurde immer nervöser. Panik stieg in mir auf. »Du bist kein

Mensch«, wiederholte Nemea. »Sonst hättest du diese Insel nicht betreten können. Nur Seelen, die mit dem Hades in Berührung kamen, dürfen diesen Ort besuchen. Deine Seele muss schon einmal gelebt haben. Sie wurde vom Hades gesegnet.«

Mein Atem ging stoßweise. Gedanken überschlugen sich in meinem Kopf. Nichts machte Sinn, gar nichts. Ich verstand nicht, was es bedeutete. Göttliche Spuren … damit kam ich klar. Spuren ließen sich beseitigen. Aber das? Eine vom Hades gesegnete Seele. Eine Seele, die schon einmal gelebt haben musste. Etwas in mir rastete ein wie eine Sicherung, die wieder eingeschaltet wurde und mit ihrem Licht nur einen Teil des Raumes erhellte. Als könnte ich die Antwort sehen, doch das Ziel geriet immer weiter in den Hintergrund. Ein stechender Schmerz schoss durch meinen Kopf, als Bilder von einem Strand aus Knochen durch meine Gedanken schossen. Silbergraue Augen tauchten in meinen … Erinnerungen auf, und eine Nacht so dunkel und einnehmend, dass selbst der Mond nicht wagte, gegen sie anzutreten. Leise Gespräche in einer Sprache, so vertraut und fremd. Eine Stimme, die meine Härchen aufstellte.

Die Bilder begruben mich unter sich wie eine Lawine. Das … das war zu viel. Die Gedanken, die beißende Angst, die ich seit dem Besuch bei Medusa versuchte zu verdrängen, brach aus mir hervor. Ich schnappte nach Luft, die meine Lungen nicht erreichte. Taumelte einen Schritt nach hinten. Zuckte zusammen, als sich warme Hände auf meine Oberarme legten. »Was ist los?«

Tarus Gesicht erschien vor meinem Blick. Nur verschwommen nahm ich seine hellen Augen wahr. »Rio, was ist passiert?« Er umfasste mein Gesicht, ich konnte ihn kaum noch sehen. Ich bekam keine Luft. Klammerte mich an seinen Händen fest, während in meinem Sichtfeld immer mehr helle Punkte auftauchten.

»Ich … ich muss hier …«

»Was habt ihr getan?«, fuhr er die Nymphen an.

»Wir?«, zischte Syke. »Die Frage ist, was deine Sippe ihr angetan hat.«

»Taru …«

Er knurrte den Nymphen etwas in einer Sprache zu, die ich nicht verstand, ehe plötzlich der Boden unter meinen Füßen verschwand. Taru hatte mich hochgehoben, mein Arm lag um seinen Nacken. Die andere Hand presste ich auf meine Brust, als könnte ich so mein rasendes Herz beruhigen.

»Alles wird gut, Rio«, murmelte er. »Alles wird gut.« Immer wieder raunte er mir leise die Worte ins Ohr. Ich konzentrierte mich auf seine Stimme, auf seinen stetigen Herzschlag, auf seine Haut auf meiner. Doch die Angst hielt mich weiter in ihrem eisernen Griff, und ich glaubte, ihr diesmal nicht entkommen zu können. All die Zeit hatte ich nicht gegen sie angekämpft, ich war von ihr davongelaufen, und jetzt … jetzt hatte sie mich eingeholt.

35

Taru

Vorsichtig setzte ich Rio auf dem schmalen Bett ab. Tränen liefen ihr haltlos über ihre Wangen. Ihr Blick wirkte gehetzt, und ihr gesamter Körper zitterte.

Ich hockte mich vor ihr hin, wollte ihr über die Wangen streichen, doch sie zuckte vor meiner Berührung zurück.

»Rio«, sagte ich leise. »Bitte, sprich mit mir. Bist du verletzt? Haben sie …«

Sie schüttelte heftig den Kopf, biss sich auf die Lippe. Ihre Hände verkrampften sich zu Fäusten. Furcht zog mein Herz zusammen. Ich wusste nicht, was ich tun sollte. Die Hilflosigkeit war unerträglich. Ihr Atem ging nur stoßweise. Der Blick immer noch auf einen unbestimmten Punkt hinter mir gerichtet.

Ich warf alle Bedenken über Bord und zog sie an mich. Sie rutschte vom Bett, landete auf meinem Schoß. Ich schlang die Arme um ihren zerbrechlichen Körper. Für einen Moment verkrampfte sie sich, doch ich blieb hartnäckig. Hielt sie weiter so nah an mich gepresst, dass sie nicht zerbrechen konnte, egal wie sehr sie zitterte.

Immer wieder strich ich beruhigend über ihren Rücken, murmelte leise Worte in ihr Ohr und küsste ihren Scheitel, ihre Wangen, ihre Tränen, bis sie sich endlich entspannte. Ihr Atem wurde kontrollierter. Ich spürte, wie sich ihre Hände lockerten, wie das Zittern abebbte. Sanft schob ich ihre dunklen Haare über ihre Schultern, suchte den Blick ihrer tränennassen Augen.

Sie hob die Lider. Ihre Hand legte sich auf meinen Unterarm.

»Geht es dir gut?«

»Ja«, sagte sie leise und nickte. Überrascht zog ich Luft ein, als sie sich rittlings auf mich setzte. Ich unterdrückte ein Seufzen, als ich sie auf mir spürte. Ihre Finger zogen eine brennende Spur über meine Schultern, meine Arme.

»Rio, was –«, setzte ich an, doch sie schüttelte den Kopf. Ihre Hände fuhren ruhelos über meine Haut, brachten das Blut in mir in Wallung. Sie schob ihre Finger in meine Haare, zog daran, bis ich den Kopf in den Nacken legte.

»Ich will nicht reden«, raunte sie an meinen Lippen. »Nicht jetzt, okay?«

»Ich weiß und ich … ich verstehe dich.« Das tat ich wirklich. Ich wusste, was sie damit bezweckte. So viele Jahre hatte ich es auch versucht, aber die Gedanken verschwanden dadurch nicht. »Vielleicht ist nur jetzt nicht der richtige Moment dafür.«

Unsicherheit flackerte über ihr Gesicht. »Willst du … willst du mich nicht?«

»Doch, natürlich, verflucht. Ich will dich vermutlich schon seit dem Moment, als du die Erinnyen mit den Müllbeuteln abgeworfen hast.« Ein Lächeln zuckte an ihrem Mund und jagte damit Stromstöße direkt in mein Herz. Seltsam, dass es kaum mehr als einen Monat zurücklag und es sich gleichzeitig wie eine Ewigkeit anfühlte. Um ihr zu zeigen, wie sehr ich sie wollte, legte ich meine Hände an ihre Hüften und bewegte sie ganz leicht über die Wölbung in meinem Schritt. »Spürst du, wie sehr ich dich will?«

Überrascht öffneten sich ihre Lippen. Ein Verlangen, meine darauf zu pressen, schoss durch meinen Körper. Lust verschleierte ihren Blick. Sie bewegte sich erneut. Ein Raunen entkam mir, doch ich hielt ihre Hüften fest und stoppte ihre Bewegungen. Beim Hades, in diesem Moment würde ich einen Deal mit meinem Vater eingehen und für einen Monat Cerberus' höllische Hundehäufchen einsammeln, damit sie nicht aufhörte. »Ich bin zwar der Sohn des Hades, und mir wurden einige schlimme Dinge an den Kopf geworfen. Dinge, von denen ich noch nicht mal glaube, dass irgendjemand dazu imstande ist, aber … aber was ich damit sagen will: Ich will nicht ausnutzen, dass du gerade vielleicht nur glaubst, dass du das hier willst. Du sollst es danach nicht bereuen.«

Rio senkte ihren Blick auf meine Lippen und schüttelte leicht den Kopf. »Ich weiß gerade ganz genau, was ich will. Und ich will es mit dir zusammen.« Ihre Finger vergruben sich wieder in meinen Haaren. Sie beugte sich weiter vor, bis ihre Lippen meine berührten. Sie zog meine Unterlippe zwischen ihre Zähne und biss sanft hinein. Ich stöhnte rau auf, als sie sich zurücklehnte und ihre Hüfte erneut bewegte. »Willst du immer noch reden?«

»Nicht reden. Hab's verstanden.« Ohne einen weiteren Gedanken an das Für und Wider zu verschwenden, presste ich meinen Mund auf ihren. Ich wusste, dass es das war, was sie gerade brauchte. Und ich würde ihr die verdammte Welt zu Füßen legen, wenn es ihr half, dem, was auch immer eben geschehen war, nur für einen Moment zu entkommen.

Hart und begierig klammerte sie sich an mich, während sich ihre Lippen teilten. Unsere Zungen fanden sich. Ich krallte mich an ihren Hüften fest, beugte mich näher zu ihr und vertiefte den Kuss. Bis mir ihr süßer, lieblicher Geschmack die Sinne benebelte. Sie rieb sich schneller an mir, immer verlangender. Ihr Kuss wurde fordernder. Leise und sinnlich stöhnte sie in meinen Mund, raubte mir den Atem, den ich gleich darauf zurückforderte.

Ich konnte mich nicht mehr länger zurückhalten. Mit einer Hand um ihre Taille erhob ich mich und legte sie aufs Bett.

»Du bist so schön«, raunte ich, als sich unsere Münder voneinander lösten. Ihre dunklen Augen funkelten wie die schwärzeste Nacht. »Verdammt, du bringst mich um, wenn du mich so ansiehst.«

Röte stieg in ihre Wangen, als ich den Stoff ihres Kleides von den Schultern schob. Ich legte meinen Mund auf ihren Hals und grinste, als sie unter mir erschauderte. Ihr Puls hämmerte gegen meine Lippen. Es erregte mich so sehr, dass ich es war, der ihn so zum Rasen brachte.

»Taru.« Ihre Stimme war heiser. Der Klang meines Namens brachte mich um den Verstand. Ich ließ meinen Mund über ihre erhitzte Haut gleiten, wodurch sie sich nur noch mehr gegen mich presste. Langsam schob ich ihr Kleid immer weiter nach unten, küsste entlang ihrer Brust, verharrte über ihren Spitzen. Ließ meine Zunge darum gleiten, bis Rio meinen Namen immer hemmungsloser stöhnte. Ich huldigte ihren Brüsten noch einen Moment länger, setzte meine Spur aus Küssen und Lecken fort, bis ich das Kleid über ihre Hüften schob.

Ich hielt inne und sah auf. Rios Brust hob und senkte sich.

»Du sagst mir, wo deine Grenzen sind.« Ich hakte langsam einen Finger unter ihren Slip. Wie von selbst spreizten sich ihre Beine. Rio biss sich auf die Lippe und nickte. Ich schob den dünnen Stoff über ihre Beine, strich mit meinen Fingern an ihren Schenkeln entlang, ohne sie aus den Augen zu lassen. Zischend zog sie die Luft ein, als ich mit den Fingerspitzen über ihre heiße Mitte fuhr.

Sie war so bereit, so verdammt feucht, dass ich kaum noch

klar denken konnte. Meine gesamte Existenz drehte sich in diesem Moment nur darum, wie ich in ihr eintauchen konnte. Wie ich ihr die größtmögliche Erregung schenken konnte. Rio ließ den Kopf nach hinten sinken und keuchte auf.

»Sieh mich an«, forderte ich, als ich mit meinem Mund über ihre Mitte schwebte. Ihr feuriger Blick traf meinen. Endlich konnte ich das tun, wovor ich in Alaska davongelaufen war. Jetzt gab es kein Zurück, es gab keine Ausreden, keine Zweifel. Es gab nur Rio.

36

Rio

Alles an mir stand in Flammen.

Taru leckte und saugte an mir; er küsste mich, bis ich kaum noch Luft bekam. Ich krallte mich in das kühle Laken und gab Geräusche von mir, die mir unendlich peinlich sein würden, sollte jemand anderes uns hören.

Er hob den Kopf und sah mit schwerem Blick auf. »Ich liebe es, wie du meinen Namen sagst.« Seine Stimme war so dunkel, so rau, dass sich all die feinen Härchen auf meinem Körper aufstellten. »Als hätte ich es verdient, von dir angebetet zu werden.« Sein warmer Atem traf meine brennende Mitte, als er den Kopf neigte. »Dabei bist du es, die ich anbeten sollte. Du bist so schön, so perfekt. Meine Hoffnung.« Ich wollte ihm widersprechen, doch seine Worte brachten die Wände um mich herum zum Drehen. Mein Herz quoll über, weil die Gefühle einfach keinen Platz mehr fanden und sich stattdessen überall in meinem Körper ergossen.

Taru umfasste meine Hüften mit seinen großen Händen und zog mich näher zu sich. Seine Lippen senkten sich wieder auf meine heiße Haut. Mit seiner Zunge drang er tief in mich ein. Ich bäumte mich unter ihm auf, wusste nicht mehr, wie ich all die Gefühle in mir verkraften konnte. All die Lust und die Erregung, die meinen Körper durchströmten. Meine Hüften zuckten unkontrollierter, sodass er eine Hand auf meinen Bauch legen musste. Er küsste mich immer wilder, hemmungsloser. Unter seinen Berührungen fühlte ich mich so weiblich, so schön. Ich hob den Kopf, wollte ihn ansehen, sehen, ob er es auch so genoss. Seine hellen Augen glühten förmlich im Halbdunkel der Hütte. Sein Blick gab mir den Rest. Ich hatte noch nie so etwas Erotisches gesehen wie Taru zwischen meinen Beinen. Er war ein verdammter Gott und küsste mich, als wäre ich weit mehr als das.

Der Druck in meinem Unterleib wurde immer stärker, bis er kaum noch auszuhalten war. Ich hielt mich an Tarus Blick fest, an seinen lustverhangenen Augen, als mein Herz in meiner Brust explodierte. Mein Kopf fiel nach hinten. Pures Glück rauschte durch meine Venen, und mein Atem beschleunigte sich. Mein Körper zuckte, als Taru mich langsamer küsste, als wolle er die letzten Wellen meiner Lust auffangen.

Immer noch murmelte ich seinen Namen wie ein verdammtes Gebet. In diesem Moment, in dieser Hütte auf Hawaii war er alles, was ich brauchte, und alles, was ich wollte. Nach dieser Nacht gab es kein Zurück zum Vorher. Ich wollte es nicht mehr. Ich wollte kein Vorher mehr, ich wollte ein Jetzt, ein Nächste-Woche, ein In-einem-Jahr. Ich wollte *ihn.* Die Sicherheit, die ich bei ihm fühlte, die Rio, die ich bei ihm war, weil ich wusste, dass es die Rio war, die ich schon immer war und immer sein wollte.

Auch wenn er Staub und Dreck aufgewirbelt und mich mit meinen größten Ängsten konfrontiert hatte, hatte ich es überlebt. Ich musste mir nicht mehr einreden, dass ich stärker wäre. Denn ich *war* es.

Tränen stiegen in meine Augen. Sofort war Taru über mir, der weiche Stoff seiner Toga strich über meine erhitzte Haut.

»Nicht weinen«, hauchte er. Mit seinen Küssen fing er jede meiner Tränen auf. Ich schlang meine Arme um seinen Nacken und zog ihn an mich. Er rollte uns auf die Seite und zog mich näher an sich. Bettete meinen Kopf an seine Brust und ließ mich weinen, bis die Tränen verebbten.

»Ich wusste ja, dass ich ein paar Jahre aus der Übung bin«, meinte er irgendwann leise, während er beruhigende Bahnen mit seinem Finger über meinen nackten Rücken zog. »Aber so schlecht …«

Ich stützte mich auf und gab ihm einen Klaps auf die Brust. Breit grinsend sah er mich an, in seinen Augen lag ein Funkeln. Seine Lippen waren geschwollen und glänzten noch von meiner Feuchtigkeit. Seine dunklen Haare, deren blaue Reflexe ich so sehr liebte, waren ein heilloses Durcheinander, und für einen Moment verschlug mir seine Schönheit die Sprache.

»Es war perfekt«, sagte ich mit heiserer Stimme. Bei dem Gedanken daran, wie er mich angesehen hatte, kurz bevor ich gekommen war, wie seine Hände über meine Haut strichen, spürte ich, wie die Hitze in meinem Unterleib erneut anstieg.

»Ach ja?« Er beugte sich mir entgegen. Seine Augen verdunkelten sich. »Erzähl mir mehr davon.«

Mit einer Hand spielte ich an dem Stoff seiner Toga. »Wie wäre es, wenn ich es dir zeige?«

Er nahm meine Hand und küsste sie, ohne dabei den Blick von mir abzuwenden. Mein Herz begann in meiner Brust wild zu pochen und jagte Hitze durch meinen Körper.

»Ich werde heute nicht mit dir schlafen«, sagte er und schob mich von sich. Ich blinzelte.

»W-warum nicht?«

Er lachte leise. Stützte seinen Kopf mit einem Arm ab und

sah auf mich hinab. Mit seiner freien Hand zog er mich in einen sanften Kuss. Ich klammerte mich an seinen muskulösen Oberarm, stöhnte auf, als er seine Zunge langsam und genüsslich in meinen Mund schob. Ich schmeckte immer noch meine Lust. Er küsste mich, als wollte er diesen Moment auskosten. Sein Daumen fuhr über meine Unterlippe, bevor er sich von mir löste. »Ich will es richtig machen.«

»Ist es das jetzt nicht?«

»Doch, sogar mehr als das«, erwiderte er und löste sich von mir. Er richtete sich kurz auf und zog ein feines Laken über uns. Sein Blick blieb eine Sekunde zu lang an meinen Brüsten hängen, und ich glaubte, ihn »Nicht ablenken lassen« murmeln zu hören, bevor er den Stoff bis zu meinem Kinn hochzog. Ich kicherte und kuschelte mich wieder an ihn. »Gerade aus diesem Grund will ich es nicht überstürzen«, fuhr er fort. Ich sah auf. Ein leichtes Lächeln lag auf seinen Lippen, als er seine Lider senkte. Mir wurde warm unter seinem Blick. »Es fühlt sich das erste Mal seit Jahrhunderten richtig an. Und es macht mir eine verdammte Angst, sodass ich am liebsten schreiend davonlaufen würde. Nicht, weil ich dir nicht vertraue. Das tue ich, und das macht mir auch Angst, wenn ich ehrlich bin.« Er schüttelte den Kopf. »Aber hauptsächlich vertraue ich mir nicht. Was, wenn ich einen Fehler begehe? Was, wenn ich dich damit in Gefahr bringe, nur weil ich so selbstsüchtig bin, auch nach allem in deiner Nähe sein zu wollen? Was, wenn mir meine Arroganz, stärker als sie zu sein, wieder alles nimmt, was ich liebe?«

Seine Offenheit berührte mich so tief, dass ich mich aufrichtete und ihn stürmisch küsste. Ich krallte mich in sein Haar, inhalierte seinen Geruch. Ihn so ehrlich und verletzlich zu sehen, war nichts verglichen mit dem Gefühl, das er noch vor wenigen Minuten in mir ausgelöst hatte. Schwer atmend rollte er uns herum und löste sich von mir.

Ich sah den Kampf in seinen Augen, seinem Verlangen nicht nachzugeben. Er war definitiv stärker als ich. Zwischen meinen Beinen bereitete sich schon wieder eine Hitze aus.

»Mit *sie* meinst du die Götter?«, nahm ich das Thema wieder auf. Er zog mich wieder an sich und schob eine Hand hinter seinen Kopf.

»Ja«, sagte er leise. »Ihre Grausamkeit kennt keine Grenzen. Und du … du bist so zerbrechlich. Nicht, weil du schwach wärst. Beim Hades, du bist der stärkste Mensch, den ich je getroffen habe.« Er zog mich näher zu sich und gab mir einen Kuss auf den Scheitel. »Aber deine Menschlichkeit … sie könnten dich mit einem Fingerschnippen töten.«

Eine Weile sagte ich nichts. Nur unser Atem war zu hören, und jeder hing seinen Gedanken nach. Taru malte mit seinen Fingerspitzen Kreise auf meinen Arm, und ich lauschte seinem stetigen Herzschlag.

»Was ist, wenn ich doch kein Mensch bin? Zumindest nicht so menschlich, wie wir es trotz dieser göttlichen Spuren glauben?« Ich presste die Lippen zusammen, damit nicht noch mehr Wörter meinem Mund entkommen konnten. Taru hielt in seinen Kreisbewegungen inne. Ich spürte seinen Blick auf mir. Ich wagte es nicht, mich zu bewegen.

»Wie kommst du darauf?«

»Die Nymphen … sie haben vorhin so etwas erwähnt.« Nervös nestelte ich an dem Stoff seiner Toga. Mein Herz begann zu rasen, doch Tarus Nähe hielt die Panik diesmal in Schach. »Sie sagten, dass ich die Insel gar nicht erst hätte betreten können, wenn es nur eine göttliche Spur in meinem Blut wäre. Meine Seele müsste von Hades gesegnet sein … sie müsste ihn schon einmal durchquert haben oder so.« Ich schluckte. Taru neben mir war so still, dass ich mich nicht traute aufzusehen. »Und dafür … dafür müsste sie schon einmal gelebt haben.«

Als Taru immer noch nichts sagte, traute ich mich doch aufzusehen. Seine Augenbrauen waren eng zusammengezogen, um sein Mund ein angespannter Zug. Seine hellen Augen richteten sich sorgenvoll auf mich.

»Das ist nicht möglich.«

Ich atmete tief aus, zuckte allerdings sofort zusammen, als Taru keine Spur erleichtert aussah. »Aber sie haben recht. Etwas muss dich auf diese Insel gelassen haben. Darüber habe ich noch gar nicht nachgedacht.« Taru fuhr sich durch seine Haare. Die Falte zwischen seinen Augenbrauen vertiefte sich. Ich setzte mich auf und zog die Beine an meine Brust, um meinem donnernden Herzschlag Einhalt zu gebieten. »Das war es, weshalb du die Panikattacke hattest, nicht wahr?«

Ich verzog den Mund und nickte. Taru richtete sich ebenfalls auf. Er strich mir über die Haare und sah mir fest in die Augen. »Wir finden dafür eine Lösung, okay? Was es auch damit auf sich hat, ich bin an deiner Seite.« Mein Herz wurde schwer bei seinem Versprechen, das wir uns in Alaska schon gegeben hatten. Diesmal wusste ich, er würde es nicht brechen. Ich vertraute ihm. So sehr, dass es schmerzte. Doch die Angst vor dem, was geschehen würde, schnürte mir erneut die Luft ab. Taru schien es zu bemerken. Sein Blick huschte über mein Gesicht, Mitgefühl brannte in seinen Augen. »Wenn wir bei Pandora sind, werden wir nicht eher abreisen, bis wir wissen, was es mit dir auf sich hat.«

»Aber wenn es dadurch nur noch schlimmer wird? Wenn ich danach nicht mehr … ich sein kann.« Ich schüttelte den Kopf und spürte, wie sich mein Hals immer mehr verengte. »Ich hab mein ganzes Leben versucht, nicht der Freak zu sein, der nirgendwo reinpasst, und …« Meine Stimme brach, und ein Schluchzen ließ mich zusammensinken. »Und dann begegne ich dir und frage mich plötzlich, ob es nicht meine Welt war, die nicht zu mir gepasst hat. Was, wenn ich schon die ganze Zeit nicht dazugehört habe, weil es nicht … weil es nicht das ist, wohin ich gehöre?«

»Und wenn es so wäre?«, fragte Taru zögerlich.

»Ich …«, setzte ich an und wusste es selbst nicht. In meinem Kopf herrschte ein Durcheinander. Ich hatte mich nie getraut, darüber wirklich nachzudenken. Hatte mir nie erlaubt, mir zu überlegen, wie es wäre, wenn ich Dad und Jake von den Erinnyen erzählte. Wie sicher ich mir war, was ich in jener Nacht gesehen hatte, als Mom uns verlassen hatte. »Was ist, wenn ich dadurch meinen Dad und … Jake … wenn ich sie verliere, weil sie merken, was für ein Freak ich wirklich bin?«

»Du wärst überrascht, wie sehr du geliebt wirst.« Er nahm mein Gesicht in die Hände. »Nicht für das, was du bist, sondern wer du bist.«

Ich schluckte. Seine Worte lösten etwas in mir. Als hätte er den Knoten einer Maske gelöst, die es mir verbot, klar zu sehen.

»Nach dieser Reise wirst du all das hinter dir lassen.« Er strich mir mit dem Daumen über meine Wange, sein Blick glitt langsam über mein Gesicht, als wollte er sich jeden Zentimeter davon einprägen. Als würde er mich vergessen und nicht ich ihn. »Du wirst das bekommen, was du willst, Rio. Du wirst ein ganz normaler Mensch sein, und die Ereignisse der letzten Wochen werden nicht mehr existieren.«

Es klang genau nach dem, was ich mir von Beginn an gewünscht hatte. Was ich mir noch immer wünschte. Bevor ich Taru und Dixie kennengelernt hatte, jedenfalls. Bevor ich Taru geküsst, bevor ich mit ihm eislaufen war, bevor ich mich … Ich könnte immer noch die Normalität bekommen, nach der ich mich so sehr sehnte. Es klang so perfekt. »Ist Pandora wirklich so mächtig?«

»Ja.« Schmerz flackerte in Tarus Augen auf. Und ich wusste, dass die letzten Wochen auch etwas mit ihm gemacht hatten.

»Ich werde dich vergessen.«

»Richtig.« Ein trauriges Lächeln umspielte seine Lippen, und es schmerzte, dass er glaubte, es wäre so leicht. Er wollte seine Hände von meinem Gesicht nehmen, aber ich hielt sie fest und sah auf.

»Was ist, wenn ich das nicht mehr will?« Tarus Augen weiteten sich, als ich das aussprach, wovor ich mich schon seit Alaska zu Tode fürchtete. Dass die Vorstellung, Taru zu vergessen, so viel schlimmer war, als weiterhin ein Freak in der menschlichen Welt zu sein. »Ich will nichts davon vergessen und … dich auch nicht. Vor allem nicht dich. Denn ich … ich will nicht, dass du kein Teil meines Lebens wärst. Ich will, dass du bleibst. An meiner Seite.«

Tarus Augen schimmerten im weichen Licht des Mondes, und ich sah darin die gleiche Angst, die mein Herz fest umklammert hielt. Sah das gleiche Bedürfnis, einander nicht mehr loszulassen. Die Verwirrung, warum und wann unsere Gefühle so intensiv geworden waren. Schwer atmend hob und senkte sich Tarus Brust, als er mein Gesicht an sich zog.

»Ich bleibe«, hauchte er zwischen den unzähligen Küssen auf meinen Mund, meine Nase, meine Wangen. »Ich bleibe bis in alle Ewigkeit.«

Der nächste Morgen weckte mich mit sanftem Sonnenschein. Langsam öffnete ich meine Augen, deren Lider noch schwer von der letzten Nacht waren.

Nachdem ich ihm all meine Ängste vor die Füße gelegt hatte, hatten wir uns wieder ins Bett gelegt. Wir hatten über alles Mögliche gesprochen. Über seine Kindheit im Hades, die Blicke der anderen Götter, sobald er den Olymp betrat. Wie er vor ihnen in den Schatten floh, um nicht gesehen zu werden, um sich vor ihrer Häme und ihrer Gewalt zu verstecken. Mir waren wieder die Tränen gekommen, denn so vieles von dem, was Taru mir erzählte, fühlte sich so schrecklich vertraut an. Und dennoch, trotz seiner Offenheit hatte ich mich nicht getraut, nach dieser Frau zu fragen. Atropos. Diejenige, die er so liebte. Für deren Tod er verantwortlich sein sollte. Ich hatte in dem Moment gesehen, wie wütend diese Worte ihn hatten werden lassen. Hatte gesehen, wie weiß seine Knöchel geworden waren.

Ich drehte meinen Kopf zur Seite. Taru schlief noch. Sein Gesicht war völlig entspannt. Die dunklen Haare, die im morgendlichen Licht mehr blau als schwarz wirkten, hingen ihm in die Stirn. Seine Lippen waren halb geöffnet.

Ich konnte mir nicht vorstellen, dass er die Schuld an ihrem Tod trug. Er hatte mir zwar immer wieder gesagt, dass er ein Monster sei, dass er sich dafür verantwortlich machte, was geschehen war, aber er könnte niemals jemanden umbringen. Schon gar niemanden, den er liebte. Und trotzdem hatte ich das Gefühl, mir fehlte ein Stück, um das Bild zu vervollständigen.

»Du bist wach.« Taru zog mich mit seinem Arm, der über meinem Bauch lag, näher an sich. Kurz darauf öffnete er seine Augen. Er streckte sich mir entgegen und küsste mich. So zart, als wäre ich aus Glas.

»Und du bist noch da«, flüsterte ich leise gegen seine Lippen, die sich zu einem Lächeln verzogen, das mein Herz schneller klopfen ließ.

»Hm«, brummte er. Mit einer Hand in meinem Nacken zog er mich näher zu sich. »Du auch.«

»Warum sollte ich gehen?« Ich versuchte, mich zu konzentrieren, als Tarus Lippen meine wieder berührten. Mit seinen Zähnen biss er sanft an meiner Unterlippe.

»Vielleicht hast du bemerkt, dass ich es nicht wert bin zu bleiben.« Es klang leicht und beschwingt, wie er es sagte. Doch ich erkannte die Wahrheit dahinter. Den Schmerz.

Ich zog meinen Kopf zurück. »Das ist absoluter Bullshit, hör auf, so was zu sagen!«

Überrascht schossen Tarus Augenbrauen hoch, ein amüsiertes Funkeln glitzerte in seinen Augen. »Deine herrische Art macht mich irgendwie an.«

»Zieh das nicht ins Lächerliche.«

»Tue ich nicht.« Sein Lächeln verzog sich zu einem breiten Grinsen.

»Ich meine es ernst«, erwiderte ich ungehaltener.

»Ich auch. Kannst du mich noch ein bisschen mehr herumkommandieren?« Er wollte mich wieder zu sich ziehen, doch ich stoppte ihn und setzte mich auf. Sah ihm fest in die Augen.

»Taru, bitte. Ich versuche dir gerade zu sagen, dass du mehr wert bist als das, was die Götter dich glauben lassen wollen.«

»Hm«, raunte er wieder, sein Blick rutschte eine Etage tiefer und verdunkelte sich. »Sprich nur weiter.« Ich folgte seinem Blick. Hitze schoss mir in die Wangen, und ich zog das Laken, das zuvor noch meine Brüste bedeckt hatte, wieder hoch. Taru verzog das Gesicht. Ich verdrehte die Augen und umfasste sein Gesicht mit den Händen, damit er mir wieder in die Augen sah. »Was auch immer dir die Götter oder diese Frau –«

»Sie hat damit nichts zu tun«, unterbrach er mich sofort. Der neckende Ton in seiner Stimme war verschwunden, ersetzt durch eine eisige Endgültigkeit.

»Bitte.« Flehend sah ich ihn an. »Verschließ dich nicht vor mir.«

Er nahm meine Hände von seinem Gesicht. »Es gibt nichts zu verschließen, wenn der Raum leer ist.«

»Bitte erkläre mir, was die Nymphen damit meinten«, setzte ich unbeirrt fort. »Was sie über dich und Atropos –«

»Ich habe gesagt, sie hat damit nichts zu tun!«, fuhr er mich so harsch an, dass ich kurz zusammenschreckte. Ein Muskel an seiner Wange zuckte. Er legte meine Hände ab und rutschte zum Rand des Bettes. Dort, wo meine Haut von seinen Handflächen berührt wurde, blieben rote Spuren wie die eines Sonnenbrandes. »Ich geh mich frisch machen. Es wird Zeit, wieder nach New York zurückzukehren.«

Ich sah ihm nach, bis er aus dem Raum war, und hörte, wie er die Outdoordusche direkt vor dem Eingang der Hütte anstellte.

Diese Frau … sie hatte definitiv etwas damit zu tun.

37

Taru

Ich hasste es.

Ich hasste es, dass sie auch noch Jahrhunderte nach ihrem Tod meine Gedanken verpestete. Ich hatte geglaubt, dass ich sie noch liebte. Dass ich nicht über sie hinweg war, weil die bloße Erinnerung an das, was wir hatten … was wir hätten haben können, so sehr schmerzte, als würde ich mich in das Hadesfeuer werfen. Nur um dann verbrannt im Tartaros aufzuwachen und jeden einzelnen Tag ihren Tod erneut zu durchleben. Aber tief in meinem Inneren wusste ich, dass es keine Liebe mehr war. Schon lange nicht mehr. Sie war der Grund für all mein Leid, für meinen Schmerz. Für meinen Stillstand.

Dafür hasste ich sie.

In jedem Moment, in dem ich glaubte, ich könnte endlich glücklich sein, tauchte sie auf. Es reichte, dass sie erwähnt wurde.

Ich legte meine Hand auf das Bambusrohr und lenkte das Hadesfeuer durch meine Venen, damit das Wasser so heiß wurde, dass ich Atropos' Namen wieder vergessen konnte. Das dichte Blätterdach über mir und die Ranken zu meiner Rechten schützten mich vor neugierigen Blicken.

Und doch wusste ich, tief in meinem Unterbewusstsein, dass ich ihr mit meinem Hass unrecht tat. Auch ich trug die Verantwortung für die Entscheidungen, die wir getroffen hatten. Aber mein Selbstschutz feuerte gerade Kanonenkugeln ab und vernichtete damit jegliche Vernunft.

Tja. Dem Schicksal konnte ich wohl wirklich nicht entkommen. Selbst durch den Tod nicht.

Ich versuchte, meine Gedanken umzulenken, während das Wasser der Dusche weiter auf mich herabprasselte. Rief mir Rios Gesicht vor Augen, konzentrierte mich darauf, um diese endlose Wut in meinem Körper unter Kontrolle zu bekommen. Dass ich sie im Bett zurückgelassen hatte, heizte meinen Zorn jedoch nur noch weiter an. Sie war nackt und unendlich sinnlich, und ich verfluchter Idiot hatte sie stehen gelassen. Hatte ich ihr nicht versprochen zu bleiben? Ich sollte meine Versprechen nicht so leicht vergeben, sonst war ich keinen Deut besser als die verdammten Götter.

Natürlich hatte sie wissen wollen, was es mit Atropos auf sich hatte.

Vielleicht hätte ich auf Dixie hören sollen. Aber jetzt gab es kein Zurück mehr. Ich hatte die Grenze zwischen Rio und mir überschritten und wollte mehr. Mehr von ihr. Immer mehr.

Ich schüttelte den Kopf und verbannte mit Dixies Worten auch die restlichen Zweifel aus meinem Kopf. Sonst würde ich noch diese ganze verdammte Insel abfackeln.

Sie wollte mich nicht mehr vergessen. Sie würde bleiben – nur das zählte.

Ich schnaubte auf. Wollte ich mich nicht beruhigen?

Immer noch wütend, stellte ich das Wasser ab, dessen Prasseln mich mittlerweile auch mehr stresste, als dass es mir Wohltat schenkte. Wären diese verfluchten Erinnyen nicht, hätte ich die Wut mit Bewegung vertreiben können. Aber nur ein Meter, den ich mich zu viel von Rio entfernte, würde sie anlocken. Selbst auf der Insel war ich gefangen.

Ich schlang den Stoff der Toga nun als Handtuch um meine Hüfte.

Als ich das Schlafzimmer wieder betrat, hatte sich Rio angezogen. Sie trug eine kurze Jeansshorts und ein weites »Destiny's Child«-Shirt. Am liebsten hätte ich dem Himmel einen Mittelfinger gezeigt, in der Hoffnung, einer der Götter würde ihn spüren.

Ich biss die Zähne zusammen und wandte den Blick ab. Schob all die Gefühle einfach beiseite, als wären sie nur ein lästiges Staubkorn. Oder besser gesagt ein ganzer Haufen.

»Bist du okay?« Rio trat zögerlich einen Schritt auf mich zu, hielt jedoch vor mir an. Ich hob meinen Kopf und hasste mich mit jedem Moment mehr, in dem ich ihr Sorgen bereitete.

»Schickes Shirt«, erwiderte ich stattdessen und zwang mir ein halbherziges Grinsen auf. Humor war schon immer die beste Methode, um Gefühle zu verstecken. »Wusstest du, dass Dixie mit ihrem Produzenten auf der *Men in Black*-Premiere rumgemacht hat?«

Rio schüttelte den Kopf und wirkte beinahe enttäuscht. Natürlich durchschaute sie mich. Sie sah mich noch einen Moment forschend an, seufzte und schulterte dann ihren Rucksack.

»Danach hat sie Beyoncé auf ihrem Hintern unterschreiben lassen«, schob ich hinterher, in dem verzweifelten Versuch, zu der leichten Stimmung vor meinem kurzen Kontrollverlust zurückzukehren. Ich wollte zu diesem wunderschönen Gefühl zurück, bevor die Erwähnung von Atropos alles zerstört hatte. »Du kannst dir nicht vorstellen, wie nervig es war, Dixies Hintern eine ganze Woche ins Gesicht gehalten zu bekommen.«

Ich sah, wie es um Rios Lippen zuckte, sie wandte sich von mir ab, um es zu verstecken. Ich grinste und griff nach ihren Armen, wollte sie zur mir drehen, als sie zusammenfuhr. Erschrocken zog ich meine Hände zurück und entdeckte die roten Abdrücke kurz über ihrem Handgelenk. Mein Herz zog sich schmerzhaft zusammen.

Ich fluchte und brachte so schnell Distanz zwischen uns, dass Rio ein überraschtes Geräusch von sich gab. Sofort wurde ihr Blick weich. »Taru.« Sie trat einen Schritt auf mich zu, ich schüttelte den Kopf. »Es ist okay.«

»Nein, nichts ist okay«, widersprach ich mit zusammengepressten Zähnen. Ruppig fuhr ich durch mein nasses Haar. Ich schluckte, doch die Scham und Schuld schnürten mir meinen Hals zu. Ich hatte es gewusst. Dixie hatte es gewusst. Es würde wieder geschehen. Erinnerungen zuckten durch meinen Kopf. Atropos, wie sie auf dem weißen Steinboden lag. Ihr Blut, das sich in einem grässlichen Kontrast um ihren blassen Körper immer weiter ausbreitete. Ihr flehender Blick. Wie ihre Augen den Glanz verloren, als das Leben aus ihnen verschwand. Atropos' graue Augen wurden dunkel. Ihr Gesicht zu dem von Rio. Ich stolperte einen Schritt nach hinten. Sofort wollte Rio mir wieder näher kommen, doch ich hob die Hände. Ich atmete tief durch, um meine krampfenden Muskeln zu lösen.

»Gib mir einen Moment, ja?«, flehte ich sie leise an. Verzweifelt schloss sie den Mund und schluckte die Worte herunter. Ich drehte mich von ihr, kniff so lange an meine Nasenwurzel, bis die verzerrten Erinnerungen sich verzogen.

Atropos ist tot. Rio ist nicht Atropos. Rio lebt. Ich wiederholte die Worte in meinem Kopf so lange, bis sie alles ausfüllten und jeden noch so dunklen Gedanken ausmerzten.

»Taru?« Ihre leise Stimme holte mich zurück in die Realität. Langsam wandte ich mich wieder zu ihr um. Sorge stand ihr ins Gesicht geschrieben. Sie trat wieder einen Schritt zu mir, unentschlossen, ob ich schon bereit war. Ich wusste es selbst nicht.

Der Nachhall der Erinnerung trieb den Geschmack von Galle meinen Hals empor. Doch ich wusste, dass Rios Nähe diesen Schmerz lindern würde. Ich hatte nicht gelogen, als ich zu Rio gesagt hatte, dass ich es richtig machen wollte. Das wollte ich wirklich.

»Komm her«, murmelte ich und zog sie fest an mich. Ihr Kopf lag auf meiner Brust, und ihre Hände krallten sich in meinen Rücken, als würde sie mich nie wieder gehen lassen. Das würde ich auch nicht. Egal, wie sehr die Vernunft in meinem Inneren fauchte und zischte. »Es tut mir leid, ich … alles, was mit *ihr* zu tun hat, es ist …«

»Du brauchst dich nicht erklären.« Rio sah auf. Meine noch nassen Haare und meine dürftig abgetrocknete Haut hatten dunkle Tropfen auf ihrem Shirt hinterlassen. »Ich hätte nicht fragen sollen.«

Ich schüttelte den Kopf und bettete ihn auf ihren Scheitel. »Es tut mir leid«, wiederholte ich und meinte damit mehr als nur die roten Spuren auf ihren Armen.

Rio trat zurück, warf mir ein mildes Lächeln zu und schnappte sich unsere Rücksäcke. Sie hielt mir meinen entgegen. »Komm, Taru. Lass uns gehen.«

Ich hatte keine Ahnung, wie ich das Frühstück mit den gesamten Nymphen an einer langen Tafel überstand. Die ganze Zeit über wollte ich irgendetwas werfen, um meiner Wut auf die Nymphen Luft zu machen, doch stattdessen feuerte ich warnende Blicke auf sie ab. Oione und Nemea saßen Rio gegenüber und tuschelten hinter vorgehaltener Hand. Rio wurde fast so rot wie die Haut oberhalb ihres Handgelenks. Vorsichtshalber nahm ich meine Hände von der Tafel aus getrocknetem Bambus.

Links von mir stupste mich meine Mutter an, genervt wandte

ich den Blick von den Nymphen ab und zwang mir ein gütiges Lächeln auf.

Du siehst aus, als würdest du Oione jeden Moment ein Messer zwischen die Augen werfen.

War es wirklich so offensichtlich? Ich wollte mit den Augen rollen, hielt meine freundliche Miene aber weiterhin aufrecht, als ich mich zu meiner Mutter beugte. »Ich präferiere das rechte Auge«, raunte ich ihr leise zu, was sie grinsend den Kopf schütteln ließ.

Was ist los?, gestikulierte sie zu meinem Missfallen. *Gestern Abend wirktest du noch sehr glücklich. Das hat mir besser gefallen.*

Nun konnte ich mir das Augenrollen doch nicht mehr verkneifen. Musste sie mich auch noch nach all der Zeit lesen können wie ein offenes Buch? Selbst in ihren Bewegungen merkte ich, wie besorgt sie war.

»Die Dinge wurden kompliziert«, sagte ich nur und konnte nicht anders, als Rio einen verstohlenen Seitenblick zuzuwerfen. Sie trank einen Schluck ihres Tees und warf Oione einen genervten Blick zu, als diese irgendetwas in meine Richtung sagte. Es war faszinierend, wie Rio sich vor so vielen Dingen fürchtete, doch im gleichen Moment so unerschrocken einem mächtigen Wesen entgegentreten konnte. Selbst Medusa und sogar die Sphinx konnten ihr nichts anhaben. Ein weiterer Grund, weshalb ich sie bewunderte. Rio bemerkte meinen Blick und drehte ihren Kopf, ich warf ihr ein vorsichtiges Lächeln zu, ehe ich mich wieder meiner Mutter zuwandte.

Echo bedachte mich mit einem verständnisvollen Kopfnicken. *Die wirklich wichtigen Dinge im Leben werden dir nicht einfach so geschenkt, mein Prinz, du musst sie dir erkämpfen.*

Ich presste die Lippen aufeinander und sagte nichts. Genau diesen Satz hatte sie zu mir gesagt, kurz bevor Atropos und ich den größten Fehler unseres Lebens begangen hatten. Ich hatte mich vom Hades nach Hawaii manifestiert. Hatte den Rat meiner Mutter gebraucht, weil mich die Verzweiflung beinahe umbrachte. Wie auch jetzt hatte sie mich mit diesem verständnisvollen Blick angesehen und mir gesagt, ich sollte kämpfen. Aber was hatte mir mein Kampf gebracht, wo doch der Sieger von vornherein feststand?

Das Schicksal konnte man nicht austricksen. Ich hatte es versucht.

Meine Mutter legte eine Hand auf mein Knie und drückte es leicht. Ihre Art, mir zu sagen, dass sie es verstand.

Das restliche Frühstück verbrachten wir schweigend, bis Daphne aus dem dichten Wald trat und vor unserem Tisch hielt. Mir war gar nicht aufgefallen, dass sie nicht anwesend war.

»Schattenprinz, es wird Zeit.« Ich entdeckte eine kleine hölzerne Schatulle in ihrer Hand.

»Ist er das?«, raunte Rio mir zu, die sich gleichzeitig mit mir erhob. Ich nickte. Meiner Mutter legte ich beruhigend eine Hand auf die Schulter, als ich mit Rio zu Daphne lief. Ich wusste, wie sehr sie Abschiede hasste.

»Ich bin euch zu großem Dank verpflichtet.« Bevor ich die Schatulle an mich nahm, verbeugte ich mich so tief, dass Hades mir leise eine Warnung zugezischt hätte, wäre er hier. Ich war der Prinz, ich sollte mich nicht so tief verneigen. Doch echte Loyalität gewann man nicht mit einer angeborenen Position.

Daphne nickte. Ihre algengrünen Haare trug sie zu einem dicken Zopf geflochten. Im Hintergrund nahm ich wahr, wie auch die anderen Nymphen ihr Frühstück beendeten und sich erhoben. Vorsichtig nahm ich die Schatulle an mich und öffnete sie. Auf einem saftig grünen Blätterbett lag die hölzerne Spindel, umwickelt mit dem roten Garn. So einfach und unscheinbar, aber unglaublich mächtig. Der Ariadnefaden.

»Nichts kann diesen Faden zerstören, bis ihr euren Weg zurückgefunden habt.«

»Wir werden gut darauf achtgeben.« Ich schloss die kleine Kiste und packte sie sorgfältig in den Rucksack. Meine Mutter war an uns herangetreten. Tränen schimmerten schon in ihren Augen.

Ich bin stolz auf dich, Namtaru. Dein Kampf ist noch nicht vorbei. Ihre Finger zitterten so stark, dass sich mein Herz zusammenzog, ihre Worte brachten etwas in mir zum Schwingen. Ich schluckte und nickte nur.

»Ich werde nicht noch einmal Jahrhunderte warten«, raunte ich, als ich sie in eine Umarmung zog. Das blaue Haar meiner Mutter kitzelte an meinen Wangen.

»Kämpfe«, flüsterte sie in mein Ohr. Geschockt drückte ich mich von ihr ab. Panik rauschte durch meine Venen, als meine Mutter so ihren Fluch entfesselte, dieses Wort so oft zu wiederholen, bis ihr Körper fast daran zerbrechen würde.

Ich umschloss ihr Gesicht mit meinen Händen. »Warum hast du das getan?«

Ich strich ihr Tränen von den Wangen, sie schüttelte nur den Kopf und sah zu Rio. Die Worte drängten sich mit voller Gewalt gegen ihre Lippen. Ich sah, wie sie würgte, und in diesem Moment hasste ich Hera aus vollem Herzen. Noch mehr, als ich die Götter eh schon hasste. Es war mir egal, dass meine Mutter sie geliebt hatte. Wenn Hera sie auch nur ansatzweise so sehr geliebt hätte, hätte sie ihr das niemals angetan.

Rio wollte ihr zur Hilfe eilen, aber sie wurde von meiner Mutter abgewiesen.

»Was ist los?« Besorgt sah Rio zu mir. »Was passiert mir ihr?«

»Ihr Fluch«, sagte ich leise, richtete mich auf und ließ das Gesicht meiner Mutter los. »Wir können nichts tun.« Ich half ihr zu Daphne, die einen Arm um ihre Schulter legte, und stellte mich zu Rio. Ich nahm ihre Hand. Behutsam und mit der Gewissheit, dass ich ihr nicht noch einmal eine Verbrennung zufügen würde.

Das Echo meiner Mutter folgte uns, bis wir den Strand erreichten. Ich glaubte, es noch in meinen Ohren hören zu können, als wir in das Boot stiegen und die Insel in unserem Rücken immer kleiner wurde.

»Ich möchte Hera und Zeus schrecklich wehtun«, murmelte Rio leise, als wir vor dem Portal in Kailua-Kona, auf der Big Island, standen. Ihr Hände waren zu Fäusten geballt.

»Hoffen wir, dass es nicht dazu kommt«, meinte ich nur. Allein bei dem Gedanken, Rio könnte nur in ihre Nähe kommen, verkrampften sich meine Muskeln.

»Wie hast du das nur ausgehalten?« Sie schüttelte den Kopf, immer noch der wütende Ausdruck in ihren dunklen Augen. »Die ganzen Jahre, in denen du wusstest, was sie deiner Mutter angetan haben.«

Leichter Nieselregen hatte eingesetzt, als wir mit dem Flugzeug gelandet waren. Einige Strähnen hatten sich aus ihrem Zopf gelöst und klebten an ihren Schläfen. Ich zuckte nur mit den Schultern und hielt ihr die Tür zur kleinen Kapelle auf, in der sich das Portal befand.

»Ich bin ihnen aus dem Weg gegangen.« Ungläubig sah Rio zu mir auf, worauf ich verschwörerisch grinste. »Oder habe sie so sehr gereizt, dass mein Vater mir für ein Jahrzehnt verbot den Olymp zu betreten, weil er fürchtete, ich würde einen Krieg zwischen ihm und seinem Bruder entfachen.«

»Der Prinz des Hades hatte also Hausarrest?«, neckte sie mich, als sie in die kühle Kapelle trat.

»Hattest du nie eine rebellische Phase?«

»Nein«, sagte sie, ohne lange zu überlegen. »Ich habe meinem Vater schon genug Sorgen bereitet, da wollte ich nicht auch noch die aufmüpfige Pubertierende raushängen lassen.«

Sie gab sich immer noch die Schuld für das Verschwinden ihrer Mutter. Sie glaubte, ihr Vater tat es ebenfalls.

»Meine Mutter hat mir verziehen.« Ich hielt sie am Saum ihres Shirts zurück. Ihre Augen waren groß, als sie sich zu mir drehte. »Wenn sie mir verzeihen konnte, wird dir dein Vater auch verzeihen. Du solltest mit ihm reden, wenn wir wieder in New York sind.«

»Und wenn er mich für noch verrückter hält?«

»Er ist dein Vater«, sagte ich schlicht. »Natürlich hält er dich für verrückt. Du stellst ihm den Sohn des Hades vor. Kein Vater würde wollen, dass der Schattenprinz seiner Tochter den Hof macht.«

»Den Hof macht?« Sie grinste breit. »Wie formell, mein Prinz.«

»Wie würdest du es sonst nennen, was wir in der Hütte getan haben?« Ich löste meine Finger von ihrem Shirt und strich sanft über ihren Arm, bis sich unsere Finger verschränkten. Ich sah, wie sie schluckte, als sie von unseren Händen zu meinem Gesicht sah.

»Du hast gesagt, dass du bleibst.« Ihre Stimme war so leise, dass ich sie nicht verstanden hätte, wäre ich ein Mensch. »Das bedeutet, dass du nicht immer davonlaufen kannst. Nicht, ohne wieder zurückzukommen, jedenfalls.«

»Ich weiß.« Ich trat auf sie zu und lächelte leicht. Es war kein Wunder, dass meine Mutter Rio sofort ins Herz geschlossen hatte. »Ich sollte mir ein Beispiel an dir nehmen, du bist nur einmal davongelaufen. Und ...« Ich neigte leicht den Kopf. »Du wolltest alles vergessen. Ein größeres Davonlaufen gibt es nicht.«

»Jeder macht mal Fehler.«

»Hm«, raunte ich. Ich schob eine Hand in ihren Nacken und beugte mich zu ihr. »Jetzt habe ich ja dich, damit du mir hilfst, Fehler zu vermeiden.«

Rio erschauderte, als ich ihren Kopf neigte und meine Lippen über ihre strichen. Mit einer Hand klammerte sie sich an mein Oberteil, zog mich näher zu sich. »Das kostet extra.«

Ich lachte leise auf. »Deal.«

Sie seufzte, als ich nicht lange zögerte, sie richtig zu küssen. Rio vertiefte den Kuss und presste sich an mich, als wollte sie eins mit mir werden. Verlangend küsste sie mich und saugte genüsslich an meiner Unterlippe, während ich ihren Körper mit meinen Händen erkundete. Ich strich über ihre Seite, zog sie näher zu mir. Je länger wir uns küssten, desto mehr verblassten die Zweifel in meinem Kopf. Und all die Gedanken, die zuvor noch meine Muskeln hatten verkrampfen lassen, wirkten so unwichtig, so klein.

»Reden müssen wir trotzdem«, sagte sie etwas atemlos, als wir uns voneinander lösten. Wären ihre Wangen nicht so gerötet und ihre Lippen nicht geschwollen, würde sie wirklich einschüchternd wirken, so streng wie sie mich gerade ansah. »Wir können unsere Probleme nicht immer wegküssen.«

»Nicht?« Ich hob eine Augenbraue. »Ich erinnere mich noch genau daran, wie du genau das getan hast.«

Ihre Wangen verdunkelten sich, und sie rollte mit den Augen. »Das war eine Ausnahme.«

Ich lachte und zog sie an meine Brust. »Okay, dann reden wir. Aber gib mir noch etwas Zeit, ja?«

»Du gibst das Tempo vor«, wiederholte sie die Worte, die ich an der Grotte zu ihr gesagt hatte. Ein wohliges Gefühl breitete sich in meiner Brust aus, und für einen Moment fühlte sich die Vorstellung, Rio von Atropos zu erzählen, nicht mehr so beängstigend an wie noch vor einigen Stunden.

»So sehr, wie ich mir auch wünschte, noch ein bisschen länger in dieser muffigen Kapelle zu bleiben, sollten wir uns auf den Weg machen«, sagte ich nach einer Weile. Langsam löste sich Rio von mir und nahm wieder meine Hand.

Bevor ich mich in Bewegung setzten wollte, hielt sie mich einen Moment zurück.

»Wirst du dich wieder mit Dixie vertragen?« Natürlich war ihr das auch nicht entgangen. »Denn wenn nicht, würde ich die muffige Kirche vorziehen, oder ich muss mir eine neue Wohnung suchen.«

»Keine Sorge«, sagte ich lachend und küsste ihre Hand. »Du brauchst nicht ausziehen.«

Ihr Lächeln, mit dem sie mich betrachtete, gab mir etwas, von dem ich vor einem Jahr noch geglaubt hatte, es würde mir ständig durch meine Finger rinnen.

Hoffnung.

38

Rio

Wir hielten uns immer noch an den Händen, als der Fahrstuhl im Marquand-Gebäude uns ins Penthouse brachte. New York hatte uns mit einem schönen Herbsttag begrüßt, den wir durch die großen Fenster im Foyer des Gebäudes hatten erhaschen können. Das schrie nach einem Spaziergang und heißem Vanille Latte.

Ob Taru darauf Lust hatte? Vielleicht sollte ich auch Jake anrufen und ihm Taru vorstellen. Jake hatte bisher immer alles gewusst, was mein Liebesleben betraf. Ihm das vorzuenthalten, fühlte sich seltsam merkwürdig an. Den ganzen übernatürlichen Kram würde ich dennoch verschweigen.

Seit Hawaii hatten Taru und ich auch die letzte Barrikade zwischen uns niedergerissen. So berauschend und schön dieses Gefühl war – es machte mir immer noch unheimliche Angst. Doch das erste Mal in meinem Leben wollte ich nicht vor meiner Angst davonlaufen. Ich lief auf sie zu, mit ausgebreiteten Armen.

»Du wirkst glücklich.« Sanft strich Taru mit dem Daumen über meinen Handrücken. Ich sah auf. In seinen blauen Augen war nichts mehr von der Furcht und der Verzweiflung vom Morgen zu erkennen.

»Das bin ich«, gab ich zu und spürte, wie meine Wangen warm wurden.

Vor nicht mal einem Monat hatte ich noch in meiner kalten, dunklen Wohnung gestanden. Verzweifelt, weil ich nicht wusste, ob ich überhaupt noch in dieser Wohnung bleiben konnte, und Geldsorgen mir den Hals zuschnürten. Verängstigt, weil die Erinnyen aufgetaucht waren, doch selbst diese machten mir keine Angst mehr. Ich hatte sie beinahe vergessen, so selten, wie ich sie gesehen hatte. Was seltsam war, denn mein ganzes Leben hatten sie mich verfolgt, und seitdem ich bei Taru war, waren sie nicht mehr aufgetaucht. Über diese Frage würde ich mir allerdings später noch den Kopf zerbrechen. Gerade hatte ich andere Pläne, und die beinhalteten ganz viel von Taru auf mir, unter mir, und das mit so wenig Kleidung wie möglich.

»Ich auch.« Das Lächeln, mit dem Taru mich bedachte, brachte mein Herz zum Tanzen. Pirouette um Pirouette drehte es durch meine Brust.

»Ich habe überlegt, Jake zu besuchen.« Taru zog eine Augenbraue hoch, und ich musste grinsen, als ein Muskel an seiner Wange zuckte und sein Lächeln leicht verrutschte. Sein Versuch, es an Ort und Stelle zu halten, scheiterte kläglich.

»Mhm«, meinte er nur, und mein Grinsen wurde immer breiter.

»Du könntest mich begleiten?«, fragte ich und sah, wie Taru sich wieder entspannte. »Ich habe Jake schon von dir erzählt. Nicht, dass du ein Gott bist. Aber …«

Das *Ping* des Fahrstuhls unterbrach mich, als wir die oberste Etage des Gebäudes erreichten. Ein Ruck ging durch Tarus Körper, als sich die Türen öffneten. Erschrocken sah ich zu Taru, der mich hinter sich schob. Seine Muskeln spannten sich an.

Mit einer Hand stoppte er die Aufzugtüren, sobald diese sich schließen wollten. »Hier stimmt was nicht.«

»Was? Warum?« Ich sah an Taru vorbei in den Eingangsbereich des Apartments. Es wirkte alles wie immer. Der Blick zum Wohnzimmer war frei. Durch das große Fenster konnte man in den Hochhäusern die Reflexion der sanften Mittagssonne sehen. Nur die Treppe … Normalerweise erwartete Dixie unsere Rückkehr. Vielleicht war sie aber auch unterwegs.

»Bleib hier.« Tarus Stimme klang gefährlich ruhig, als er aus dem Fahrstuhl trat. »Bitte.« Er warf mir einen flehenden Blick über die Schulter zu. Ich nickte, auch wenn ich kein gutes Gefühl dabei hatte. Mit großen Schritten lief Taru die Treppe hinauf, ließ vorher achtlos seinen Rucksack auf den Boden fallen. Seine Anspannung war selbst noch zu spüren, als er in den langen Flur in Richtung unserer Zimmer verschwand.

Sofort schossen die Bilder von meinem Apartment durch meinen Kopf. Der tote Adler, umgeben von so viel Blut.

Ich trat aus dem Fahrstuhl heraus, ließ meinen Rucksack auch auf den Boden gleiten. Unschlüssig knetete ich meine Hände und versuchte, etwas von dem wahrzunehmen, was Taru alarmiert hatte. Aber alles war ruhig.

Ein lautes Poltern erklang, und ich zuckte zusammen. Vergaß Tarus Warnung und eilte die Treppe hinauf. Vor meinem Zimmer kam ich schlitternd zum Stehen und wünschte mir, ich wäre unten geblieben.

Tiefrote Blutspuren zogen sich über den Holzboden bis zu den dunkelblauen Wänden, auf denen die Spritzer wirkten wie abstrakte Kunst. Der Gestank von Tod hing in der Luft.

Taru beugte sich über mein Bett. Daneben lag ein Haufen weißer Handtücher. Er musste etwas im angrenzenden Bad umgeworfen haben, die Tür dorthin stand offen. Seine Rückenmuskulatur bewegte sich, als wollte er etwas einwickeln.

Vorsichtig trat ich in den Raum und wappnete mich davor, wieder ein totes Tier zu sehen. Ein leises Röcheln erklang. Das Tier musste noch leben. Doch als ich Taru erreichte, sah ich, dass es kein Tier war, dessen Blutung er mit den Handtüchern versuchte zu stoppen.

Ein Ruck ging durch meinen Körper. Galle stieg in mir empor. Ich schlug die Hand vor meinen Mund, um mich nicht zu übergeben.

Dixie starrte mit weit aufgerissenen Augen an die Decke.

Ihr kompletter Bauch war aufgerissen. Zwischen all den blutgetränkten Handtüchern glaubte ich, ihre Innereien zu erkennen. Es war so viel Blut. So unendlich viel Blut.

Ich konnte die Galle nicht mehr zurückhalten und übergab mich in den Blumenkübel neben dem Handsessel. Taru sah ruckartig auf. Unbändige Wut brodelte in seinen glänzenden Augen.

»Du solltest warten«, schnauzte er mich so harsch an, dass ich zusammenzuckte. Er nahm ein neues Handtuch und hielt es mir wortlos entgegen, widmete sich dann sofort wieder Dixie. Das Blut an seinen Händen versuchte ich zu ignorieren, als ich mir mit dem sauberen Handtuch über den Mund wischte. Mein Blick zuckte zu Dixie. Ihr Gesicht war bleich. Ob sich ihre Brust noch hob, konnte ich nicht sagen. Die Angst davor, genauer hinzusehen, ob sie noch lebte, wollte mich aus dem Zimmer rennen lassen.

Zitternd trat ich an das Bett heran. Tränen liefen mir über die Wangen, aber ich ignorierte sie genauso wie das Blut, in das ich trat. »Was ist passiert?«

»Ist das nicht offensichtlich?«, fuhr Taru mich unbeherrscht an und presste mehr Handtücher auf Dixies Bauch. Ohne lange zu überlegen, stellte ich mich daneben und reichte ihm mehr von den Handtüchern, die noch nicht voll mit Blut waren. Mit fahrigen Händen griff er danach. »Es waren die Götter. Sie haben sie bestraft, weil ich versuche, meinen Fluch zu brechen. Und ich … Fuck!«

»Können wir keine Hilfe holen? Einen Krankenwagen oder so was?«

Taru schüttelte nur den Kopf. »Ich muss ihre Blutung stoppen, bevor ich sie …«

Ein Röcheln erklang. Dixies Augen flatterten. Alles in mir krampfte sich zusammen, als Taru von den Handtüchern abließ und ihr Gesicht in die Hände nahm.

»Dixie, bitte«, wimmerte er. »Halte durch, okay? Nur noch ein bisschen, komm schon.«

Mein Herz zerbrach. Tränen quollen unaufhörlich aus meinen Augen. Ein Schluchzen brach aus mir heraus.

»Bitte«, hauchte Taru. »Nicht nach all der Zeit, Dixie. Bitte.«

Der Glanz aus ihren Augen verschwand.

Nein. Bitte. Nein, nein, nein.

Immer wieder strich Taru mit den Händen über ihre Wangen und flehte sie leise an. Doch Dixies Brust hob sich nicht mehr. Tarus Kopf sackte auf ihre Schulter.

Plötzlich traf mich eine Druckwelle, Schwärze überrollte das Zimmer. Ich stolperte und knallte gegen die Wand, für einen Moment wurde die Luft aus meinen Lungen gepresst. Sterne tanzten durch mein Sichtfeld. Ich brauchte zwei Atemzüge, bis ich wieder klar sehen konnte und die Dunkelheit verschwand. Um mich herum herrschte Chaos. Die Nachttischlampe lag zerbrochen auf dem Boden. Der Sessel und die Vorhänge waren durchzogen von tiefen Schlitzen. Putz bröckelte von den Wänden und der Decke.

Schwer atmend sah ich um mich herum. Die Zerstörung des Raumes hatte vor mir Halt gemacht. Diese Druckwelle. Sie musste von Taru gekommen sein.

Er erhob sich.

Dixies Hand, die er umklammert gehalten hatte, fiel leblos auf die Matratze.

»Taru«, sagte ich mit bebender Stimme. Vorsichtig stieß ich mich von der Wand ab.

Tarus Körper zitterte. Ruppig fuhr er sich über sein Gesicht und presste die Augen zu. Erst jetzt sah ich, dass ihm Tränen über die Wangen liefen. Sofort war ich bei ihm. Wollte ihn stützen, doch er schüttelte den Kopf. Als er seine Augen öffnete, erschreckte ich mich vor der Kälte in ihnen. Dixies Blut klebte nicht mehr nur an seinen Händen. Seine Wangen und Stirn waren überzogen von roten Spuren.

Noch nie hatte er so sehr wie der Prinz der Unterwelt ausgesehen.

»Ich werde sie in den Hades bringen«, sagte er mit beherrschter Stimme und hob den Kopf.

»Okay«, brachte ich leise hervor, obwohl ich keinen blassen Schimmer hatte, was das bedeutete. Taru zog zwei Handtücher aus dem Stapel neben ihm hervor, verknotete sie und legte sie um Dixies Bauch, um die anderen Tücher daran zu fixieren. Vorsichtig schob er einen Arm unter ihre Beine, den anderen unter ihren Oberkörper.

»Ihre Seele hat ihren Körper noch nicht verlassen. Mein Vater kann sie retten.« Er hob Dixie vom Bett und bettete ihren Kopf an seine Schulter. Sein Gesicht wirkte wie eine eiserne Maske. Von seinem Ausbruch war keine Spur zu sehen. Kein Schmerz, keine Tränen. Nur seine stählernen blauen Augen, die unter Dixies Blut beinahe leuchteten. Sein eisiger Blick traf mich, und für einen Moment glaubte ich, doch einen Funken Schmerz zu erkennen. Er trat an mich heran, und der Zug um seinen Mund wurde etwas weicher.

Ich erzitterte, als ich Dixies leblose Gestalt in seinen Armen betrachtete. Das warme Rotbraun ihrer Haare wirkte stumpf. Ihr Gesicht eingefallen. Sie sah so … zerbrechlich aus. Erneut schossen mir die Tränen in die Augen. »Wird sie …?«

»Ich weiß es nicht.« Er schluckte, und seine Maske bekam einen Riss. Bevor sie zerbrach, verschwanden die Gefühle aus seinem Gesicht. Er hob sein Kinn ein Stück höher. »Ich werde so schnell zurück sein, wie ich kann. Aber bitte, bleib so lange hier im Apartment. Schlaf in meinem Zimmer.«

Ich brachte nur ein Nicken zustande, immer noch fixierte ich Dixies blasses Gesicht, das gegen Tarus Brust lehnte.

»Rio, sieh mich an.« Nur schwer riss ich meinen Blick von Dixie los. »Dir wird nichts geschehen, okay? Die Götter werden dieses Apartment so schnell nicht noch einmal betreten. Sie haben ihren Standpunkt klar gemacht.«

Ich wollte gerade erwidern, dass ich nicht um meine Sicherheit fürchtete, als ein Knurren aus Tarus Brust erklang.

»Verdammte Scheiße, der hat mir noch gefehlt …« Mit zügigen Schritten durchquerte Taru das Schlafzimmer, Dixie weiterhin im Arm. Unsicher folgte ich ihm und erstarrte. Ein Mann mit schwarzem Anzug und tiefdunkler Haut befand sich am Fuß der Treppe, seine Hand fest um den Handlauf geschlossen. Seine Augen … sie waren komplett weiß. Keine Iris. Keine Pupille.

Seine Augen weiteten sich, als er Dixie sah, und ich glaubte, dass er das Geländer eine Spur stärker umklammerte.

»Was ist passiert? Ist das ihr Blut?« Er kam die ersten Stufen hoch, stoppte jedoch unter Tarus warnendem Blick. »Eurydike, ist sie …«

»Bist du dafür verantwortlich?«, herrschte Taru ihn an. Der Mann zuckte zusammen, als hätte Taru ihn geschlagen. »Sag schon, Rhada. Haben die Olympier dich beauftragt? Bist du ihnen endlich tief genug in den Arsch gekrochen, dass sie dich ihre Drecksarbeit erledigen lassen?« Noch nie hatte ich Taru so voller Hass reden hören. Seine Stimme jagte üble Schauer über meinen Nacken.

»Glaubst du ernsthaft, ich würde ihr etwas antun?«

Taru schaute ihn einen Moment prüfend an. »Nein, aber ich traue dir trotzdem nicht.«

Betroffen nickte Rhada, ehe er seinen Kopf in meine Richtung drehte. »Wer ist das?«

»Niemand.« Seine Worte sollten mich nicht treffen. Ich wusste, dass er es tat, um mich zu schützen. Doch die Härte seiner Stimme jagte Zweifel in mir empor. »Ich muss in den Hades, sonst schafft sie es nicht. Du wirst mir den Weg dahin öffnen«, wies Taru Rhada bestimmt an. Wer auch immer dieser Rhada war, er musste unter Taru stehen. Noch immer ängstigten mich seine weißen Augen, die mich trotz fehlender Iriden skeptisch betrachteten. Ich rührte mich kein Stück.

»Ich wünschte, es gäbe einen erfreulicheren Anlass, dich nach Hause zu begleiten, Bruder.« Rhada verbeugte sich leicht, wandte sich um und ging auf den Fahrstuhl zu. Mein Blick zuckte zu Taru. Bruder?

Taru drehte sich ein letztes Mal zu mir. Der glatte Ausdruck in seinem Gesicht verschwand für einen Augenaufschlag, als müsste er sich sammeln, bevor er wieder den Prinzen mimte.

»Sie wird es schaffen«, hauchte ich. Tarus Lider senkten sich, und er kniff die Lippen zusammen. Als er aufblickte, wirkte er unerschütterlich.

»Warte hier auf mich. Diesmal wirklich.«

Ich nickte nur und sah, wie die beiden Männer den Fahrstuhl betraten. Bevor die Türen sich schlossen, legte sich Tarus Blick auf Dixies leblosen Körper.

Das Glück, das vorhin durch meinen Körper gerauscht war, verschwand. Zurück blieb nur ein klammes, eisiges Gefühl. Ein grausamer Vorbote.

Teil 3 | Pandoras Wahrheit

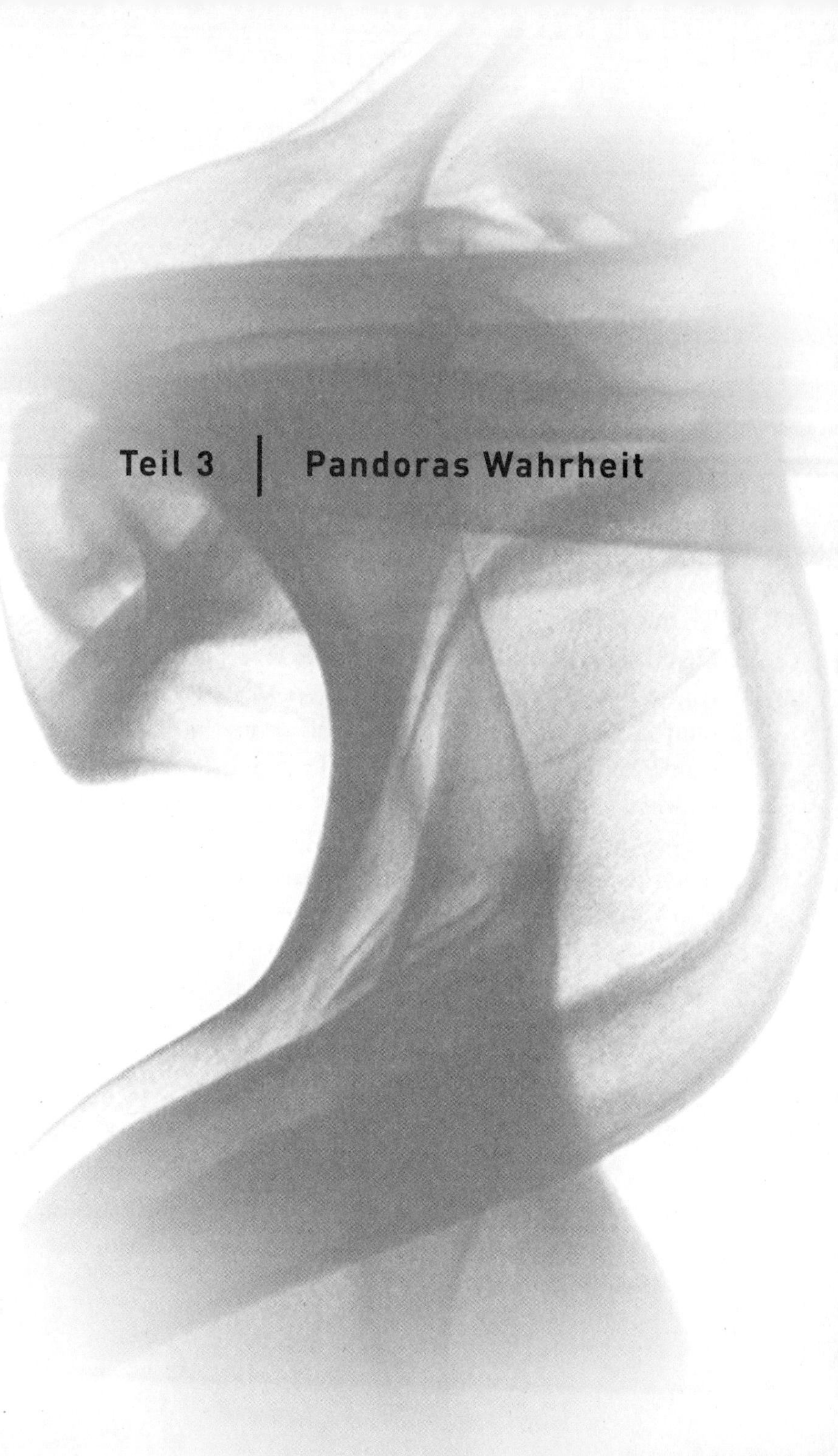

39

Rio

Ich starrte eine gefühlte Ewigkeit auf die geschlossene Aufzugtür, ehe ich mich in Bewegung setzte. Wie von selbst brachten mich meine Beine zu dem Zimmer. Ohne nachzudenken, sammelte ich die Handtücher auf, warf sie in den Flur. Darum würde ich mich später kümmern. Zuerst musste das Blut verschwinden. Ich versuchte, nicht daran zu denken, wie viel Blut es war. Zu viel, um …

Ich hielt in meiner Bewegung inne. Dixie würde es überleben. Eine andere Option gab es nicht. Hatte Taru mir nicht auf Hawaii gesagt, dass Dixie schon einmal gestorben war? Taru war ein Totenrichter, sein Vater Hades, der Herrscher der Unterwelt. Sicher konnten sie ihr auch diesmal helfen.

Sie mussten.

Ich atmete tief durch.

Mit mechanischen Bewegungen zog ich das Bett ab. Die Bettlaken landeten auf den Handtüchern. Das Bettzeug folgte. Wahrscheinlich musste man das ganze Bett reinigen lassen. Oder es verbrennen. Oder was auch immer man mit einem blutbesudelten Bett machte.

Frustriert schaute ich auf die nackte Matratze, deren Bezug ich bereits zu den Handtüchern geworden hatte, und den Boden, auf dem immer noch so viel Rot war. Ich hatte keine Ahnung, wie ich das alles loswerden sollte. Aber untätig rumstehen konnte ich nicht. Also lief ich über den Flur zu meinem Rucksack, kramte mein Handy heraus. Während ich Google danach fragte, wie man Blutflecken loswurde, steuerte ich schon auf die Küche zu.

Kaltes Wasser zum Vorbehandeln. Salzwasser. Zitronensaft. Natron. Das klang nach einem Plan.

In der Küche riss ich alle möglichen Schränke auf, durchforstete den Vorratsraum, um noch nicht mal die Hälfte von dem zu finden, was ich brauchte.

Verdammt, Dixie. Ich hätte mit ihr einkaufen gehen sollen, statt ständig Essen zu bestellen.

Ich schniefte und fuhr mir mit zitternden Händen über das Gesicht. Meine Muskeln verkrampften sich bei der Erinnerung an ihr bleiches Gesicht. Ich umklammerte die Arbeitsplatte der Küche. Atmete den Schmerz weg. Keine Tränen. Dafür war jetzt keine Zeit.

Mit Salz und anderen scharfen Putzmitteln, die ich glücklicherweise gefunden hatte, lief ich zurück in die erste Etage. Die Handtücher brachte ich in das größte Badezimmer im Apartment, direkt neben Tarus Raum. Dort drin befand sich eine gigantische Badewanne, in der mit Sicherheit drei Personen Platz gefunden hätten. Genug für die Handtücher. Ich warf sie allesamt hinein und stellte das Wasser an. Als die Wanne voll war, schüttete ich das Salz darüber. Weil ich nicht wusste, wie viel, kippte ich die gesamte Packung rein. Darauf das restliche Putzzeug. Ob es funktionierte, konnte ich nicht sagen. Doch in diesem Moment würde ich alles tun, um *irgendetwas* zu tun.

Während die Handtücher einweichten, wiederholte ich den

Vorgang mit der Matratze. Ich schleifte sie in das Badezimmer und verteilte das Wasser darauf. Den Boden im Schlafzimmer wischte ich so gut es ging sauber.

Verschwitzt, mit brennenden Muskeln ließ ich mich in der Bibliothek auf einen der gelben Sessel fallen. Ich brauchte Abstand zwischen mir und dem Zimmer, auch wenn nur noch vereinzelt blasse Blutflecken auf der Matratze daran erinnerten. Darauf schlafen würde ich sicher nicht.

Meine Finger schmerzten von dem Kneten der Bettwäsche und dem Schrubben der Matratze. Ebenso mein Rücken. Ich sank tiefer in den Sessel und ließ meinen Kopf nach hinten fallen. Tränen liefen aus meinen Augen, ohne dass ich etwas dagegen tun konnte. Ich kniff die Lider zusammen, in der Hoffnung, sie aufhalten zu können. Doch ich hatte keine Chance. Ein lautes Schluchzen entwich mir. Ich hielt mir die Ohren zu, um nichts zu hören, und krümmte mich auf dem gelben Sessel, den Dixie so sehr liebte und Taru hasste. Trotzdem drangen meine Schluchzer zu mir durch, und ich hasste es.

Nichts dagegen tun zu können, ließ mich so machtlos zurück. Wie vor elf Jahren. Unnütz, eine Belastung. Ich hatte Taru noch nicht einmal richtig helfen können. Hatte nur danebengestanden und mich in diesen bescheuerten Blumenkübel übergeben, den ich völlig vergessen hatte, sauber zu machen.

Doch das Schlimmste war, dass ich das Gefühl nicht loswurde, ich hätte etwas damit zu tun. Es war unausweichlich, dass mir dieser Angriff galt, sosehr Taru sich selbst dafür die Schuld gab. Der Adlerkopf und die Warnung waren in *meiner* Wohnung gewesen. Dixie lag auf *meinem* Bett.

Das konnte kein Zufall sein.

Ruckartig setzte ich mich auf. Ein Gedanke, der mir die Luft abschnürte, rauschte durch meinen Kopf.

Den Göttern schien die Warnung durch den Adler nicht ausgereicht zu haben. Sie wollten ein weiteres, größeres Zeichen setzen. Und wenn sie Dixie angegriffen hatten – eine Nymphe, ein Teil ihrer Welt – und wussten, dass ich mit … was auch immer etwas zu tun hatte, würden sie auch vor Jake und meinem Dad nicht Halt machen. Ich kämpfte mich aus dem Sessel, stolperte und knallte auf den Boden. Das Adrenalin und mein Herzschlag, den ich in meinen Ohren hörte, übertrumpften den Schmerz. Ich lief zu meinem Telefon, das ich in der Küche hatte liegen lassen.

Mit zitternden Fingern wählte ich die Nummer meines Dads. Meine Beine setzten sich in Bewegung. Ich umrundete die Kücheninsel bereits das dritte Mal, als die Mailbox erklang. Sofort wählte ich seine Nummer erneut. Wieder die Mailbox.

Ich fuhr mir durch die Haare, umrundete zum sechsten Mal die Theke. Die Arztpraxis. Vielleicht hatte er gerade Sprechstunde. Hastig wählte ich die Nummer, die ich seit der Highschool auswendig kannte. Nach nur wenigen Sekunden meldete sich Dads Arzthelferin.

»Ist Dad da?«, platzte es aus mir heraus.

»Rio«, begrüßte sie mich überrascht. »Alles gut bei dir?«

»Ja. Wo ist mein Dad?«

»Er ist gerade im Behandlungsraum.« Erleichtert atmete ich auf. »Bist du sicher, dass alles okay ist? Willst du ihn sprechen?«

»Nein«, sagte ich schnell. »Nein, alles okay. Bestell ihm bitte liebe Grüße. Ich melde mich heute Abend.«

»Rio …«

»Wirklich.« Ich stützte mich mit einer Hand an der Arbeitsplatte ab. Meine Beine zitterten so sehr, dass ich fürchtete, sie würden unter meinem Gewicht jede Minute nachgeben. »Es ist alles okay.«

»Okay«, kam es gedehnt von ihr. Sie wirkte nicht überzeugt, aber das war auch nicht wichtig. Ich verabschiedete mich von ihr, versicherte ihr nochmals, alles wäre okay, bevor wir auflegten. Sicher würde Dad heute vor mir anrufen. Aber das war egal.

Es geht ihm gut. Es geht ihm gut. Ich wiederholte diesen Satz, bis sich mein Herz halbwegs beruhigen ließ.

Als Nächstes wählte ich Jakes Nummer. Anders als bei Dad meldete sich sofort die Mailbox. Mein Puls beschleunigte sich. Jakes Handy war nie aus. Noch nicht einmal nach einer Nachtschicht im *Celestial.* Meine Hände wurden nass, und die Panik, die ich zuvor so gut unterdrücken konnte, brach aus mir heraus. Ohne zu überlegen, stürmte ich aus dem Apartment.

Wenn Jake etwas zugestoßen wäre …

Ich verbot mir, überhaupt daran zu denken. Mein Herz raste in meiner Brust, als würde es jeden Moment hinausspringen und selbst zu Jake rennen wollen, weil meine Beine nicht schnell genug waren.

In weniger als einer Viertelstunde stand ich vor seinem Gebäudekomplex. Wie ich so schnell von der Upper East Side nach Murray Hill kommen konnte, war mir ein Rätsel. Vielleicht lag es an dem Trinkgeld, mit dem mich der Taxifahrer bis nach New Jersey hätte bringen können. Oder an meinem dringenden Flehen, das ihn über rote Ampeln hatte fahren lassen.

In wenigen Schritten war ich an der Tür und klingelte, damit Jake mich ins Gebäude ließ. Nach zwei weiteren Versuchen regte sich immer noch nichts. Wieder zog ich mein Telefon aus der Tasche und rief ihn an. Sein Handy war immer noch aus.

Tränen der Verzweiflung schossen mir in die Augen. Plötzlich wurde die Tür geöffnet, und eine sichtlich beschäftigte Mutter mitsamt ihren zwei Kindern trat heraus. Ich schob mich an ihr vorbei, nutzte ihre Abgelenktheit und rannte die Treppe hinauf, weil ein Fahrstuhl mir zu langsam war. In der dritten Etage angekommen, schnaufte ich. Meine Lungen brannten, doch die Panik, Jake könnte etwas passiert sein, trieb mich weiter an.

An seiner Wohnungstür zögerte ich nicht länger, sondern hämmerte verzweifelt dagegen und rief seinen Namen. Tränen rannten über meine Wangen. Die Angst zerquetschte mein Herz.

Die Tür wurde aufgerissen, und mein letzter verzweifelter Versuch, an der Tür zu hämmern, brach ab.

»Was –«

Keine Sekunde später hing ich an Jakes Hals.

Erleichterung durchströmte meinen Körper, und ich klammerte mich an ihn, als hätte ich ihn gerade davor bewahrt, von der Klippe zu stürzen, auf die ich ihn persönlich gestellt hatte. Er lebte. Es ging ihm gut.

»Rio, verdammt.« Jake löste meine Arme von seinem Hals und schob mich in die Wohnung. Hinter mir schloss er die Tür. Seine schwarzen Haare standen in alle Richtungen. Er trug ein weißes T-Shirt und eine dunkle Boxershorts mit Raketen drauf. »Was zum Teufel ist los? Geht es dir gut?«

Ich schüttelte den Kopf, doch nickte dann. Jake sah mich besorgt an, führte mich zu seiner Couch.

»Geht es *dir* gut?«, fragte ich mit zittriger Stimme und ließ mich auf der Couch nieder, auf der Dixie mich überzeugt hatte, Taru eine Chance zu geben. Sofort schnürte sich mein Hals zu. Dieser Tag fühlte sich eine Unendlichkeit entfernt an.

»Ob es mir gut geht?« Perplex starrte Jake mich an. »Scheiße, Rio, was ist los? Du siehst aus, als wäre jemand gestorben und … verfluchter Mist.« Jake sprang auf und griff nach meinen Händen. »Ist das Blut?«

Verblüfft sah ich an mir herunter. Tatsächlich klebte Dixies Blut von den Handtüchern noch an meinem Oberteil, und auch auf meinen Händen waren noch einige Spuren. Vielleicht hatte der Taxifahrer deshalb sämtliche Verkehrsregeln gebrochen. »Ja«, setzte ich an und wischte sinnloserweise mit meinen Händen über das Shirt. Als würde ich das Blut jemals von meinen Sachen bekommen. Das Bild von Dixie hatte sich für immer in meine Netzhaut gebrannt. Ich schluckte und sah auf. »Ich …«

»Ja?«, wiederholte Jake panisch. »Hast du gerade ernsthaft Ja gesagt? Scheiße, Rio. Ich … ich dreh gleich durch, wenn du mir nicht erzählst, was passiert ist.« Jake sprang von der Couch auf, begann Kreise um den Couchtisch zu laufen. Ich wollte gerade etwas sagen, als er ruckartig stehen blieb. »Warte, bevor du etwas sagst. Ist es … ist es dein Blut?« Er kam auf mich zu, griff nach meinen Händen, als wollte er sie untersuchen. »Weil wenn …«

»Nein«, sagte ich leise. »Aber, es ist nicht so, wie du denkst. Ich bin in etwas hineingeraten, und Taru und Dixie –« Ich stoppte, als ich die blanke Angst in Jakes Gesicht sah. Nicht vor dem Blut an meinen Händen. Nicht vor dem, was ich sagte. Sondern vor mir. Er sah mich genauso an wie die Kinder in meiner Highschool. Wie die Polizisten, als ich ihnen erklärte, was in der Nacht wirklich geschehen war. Sie hatten Angst vor mir, weil sie glaubten, ich sei verrückt.

Taru hatte mir auf Hawaii gesagt, Dad und Jake würden mich dafür lieben, wer ich war, nicht was ich war. Dass es keine Rolle spielte, was Pandora herausfinden würde. Aber was, wenn es nicht ausreichte? Wenn ihre Liebe nicht genug war? Wenn das Wer nicht ausreichte, um das Was auszugleichen?

Mir wurde schlecht, als sich das Gift der Angst in meinem Magen ausbreitete.

»Rio, egal, was es ist. Bitte, sag mir endlich, was los ist.« Jake griff nach meinen Händen. Ich schüttelte den Kopf. Es ging nicht, ich konnte es ihm nicht sagen. Ich wollte ihn nicht verlieren. Ich … »Hat es etwas damit zu tun, was deiner Mom geschehen ist? Diese Dunkelheit, die du an dem Tag gesehen hast?«

Ruckartig sah ich auf. »Woher weißt du …«

»Dein Dad hat mir an seinem Geburtstag davon erzählt. Er

hat sich Sorgen gemacht, und dann kamen wir auf deine Mom zu sprechen.«

»Meine Mom?«, fragte ich nach, doch Jake war so in Rage, dass er einfach weitersprach.

»Und nach dieser Nacht, als der Typ überfallen wurde und du in meiner Wohnung aufgetaucht bist, habe ich dich im Schlaf reden hören. Dann war diese seltsame Frau da, an die ich mich nur noch undeutlich erinnern kann, und ich habe den Vertrag gefunden, den du für den Job unterschrieben hast …« Mit großen Augen sah Jake zu mir auf. »Vielleicht hältst du mich jetzt für verrückt, aber ich … ich glaube, dass es etwas Übernatürliches ist.« Jake erhob sich und begann damit, erneut im Kreis zu laufen. »Vielleicht habe ich auch nur zu viel über Verschwörungstheorien gelesen und … na ja, du weißt schon, diese ganzen gephotoshopten Bilder von UFOs – ich meine, ich hatte immer gehofft, sie wären echt, weil das ziemlich cool wäre. Aber –«

»Keine UFOs«, unterbrach ich ihn mit wummerndem Herzen und Tränen, die mir heiß über die Wangen liefen. »Es sind Götter.«

Nachdem ich mir die Hände gewaschen und ein frisches T-Shirt von Jake bekommen hatte, erzählte ich ihm alles, was seit jener Nacht geschehen war. Er hörte mit immer größer werdenden Augen zu und glaubte mir jedes Wort. Ich verbrauchte drei Taschentuchpackungen. Das Gefühl, mich vor Jake nicht mehr verstecken zu müssen, dass er mich nicht für verrückt hielt, war unbeschreiblich und gab mir nach dem Horror aus dem Apartment ein hoffnungsvolles Gefühl. Vielleicht war doch noch nicht alles verloren.

Erst als er kaum noch die Augen offen halten konnte, weil er tatsächlich eine Nachtschicht hinter sich hatte, verließ ich das Apartment.

Die Sonne stand tief und tauchte New York in ein orangenes Licht. Die ersten Büros wurden verlassen, und der Berufsverkehr schwoll an, sodass es sinnlos gewesen wäre, ein Taxi zu nehmen, also entschied ich mich, bis zur Madison Avenue zu laufen. Vielleicht würden der kalte Oktoberwind und das Hintergrundrauschen des New Yorker Trubels mir helfen, meine Gedanken zu sortieren.

Ein schlechtes Gewissen stieg in mir empor, als ich an Tarus Bitte dachte, das Penthouse nicht zu verlassen. Aber so schnell würde er sicherlich nicht wieder da sein. Ich wusste ja kaum, wie lange er brauchen würde, bis er den Hades erreichte. Genau genommen wusste ich gar nichts über diesen Teil seiner Welt. Oder über ihn. Nicht mehr, als dass er ein Totenrichter war, der Sohn des Hades, verflucht von den Göttern, weil er eine Frau – die Schicksalsgöttin Atropos – geliebt hatte und für ihren Tod verantwortlich war. Ich rammte meine Hände tiefer in die Bauchtasche von Jakes Hoodie. Wie konnte ich diese starken Gefühle für ihn entwickelt haben, wenn ich rein gar nichts über ihn wusste?

Frustriert schnaubte ich auf. Leugnen konnte ich diese Gefühle zumindest nicht. Nicht mehr. Nicht nach Alaska, nicht, nach dem Moment auf der Eislaufbahn im Central Park und schon gar nicht nach Hawaii. Es war weit mehr als nur körperliches Verlangen. Ich fühlte mich ihm *verbunden.*

Ein Kribbeln in meinem Nacken ließ mich innehalten, bevor ich meine Schritte beschleunigte. Im Schaufenster eines Coffee Shops sah ich nach, ob es die Erinnyen waren, die mich verfolgten. Doch ihre Anwesenheit fühlte sich anders an. Kälter. Wie ein Schwall Wasser, der einem über den Kopf gegossen wurde. Dieses Gefühl war … dunkel. Wie ein sanftes Tuch, das über den Hals strich, kurz bevor es festgezogen wurde.

Ich lief immer schneller, bog in eine Seitenstraße ein und verließ die Madison Avenue. Bevor ich jedoch auf die Park Avenue wechseln konnte, wurde dieses Kribbeln so stark, dass sich meine Füße keinen Zentimeter mehr bewegten. Ich wirbelte herum, als sich etwas auf meine Schulter legte.

Dunkelheit stieg direkt vor mir empor. Eine Wand aus Rauch, so finster und schwarz, dass nicht einmal das Licht der Sonne hindurchdrang, die von den Fenstern der Hochhäuser um mich herum reflektiert wurde.

Ich konnte mich nicht bewegen. Es war, als wäre ich wieder neun Jahre alt. Unfähig, auch nur einen Muskel zu rühren, als ich sah, wie die Schwärze meine Mom verschluckte, unser Wohnzimmer und diese unheimliche Gestalt. Alles in meinem Körper schrie mich an davonzurennen. So schnell und so weit wie nur möglich.

Ich stand nur stumm da. Passanten warfen mir verwirrte Blicke zu, murmelten leise Beleidigungen, während sie sich an mir vorbeidrängten. Ich ignorierte sie. Niemand außer mir schien etwas von der Finsternis zu sehen. Auch nicht, als sich mitten auf dem Gehweg einer Nebenstraße eine Person aus der Dunkelheit manifestierte. Die Gestalt schien die Schwärze in sich aufzunehmen. Die Silhouette wurde immer deutlicher. Und etwas in mir … vibrierte. Nicht aus Angst. Keine Furcht flutete meinen Körper. Nur ein Vertrauen so innig, dass ich es bis tief in meinem Herzen spürte. Ich wusste, dass, was auch immer gerade geschah, keine Gefahr für mich bestand. Ein neuer Gedanke tauchte auf. Eine Variable, die ich noch nie bedacht hatte.

Vor elf Jahren hatte ich mich nicht gerührt, war meiner Mom nicht hinterhergelaufen. Nicht, weil ich mich fürchtete. Ich war still geblieben, weil ich wusste, dass die Finsternis mir nichts tun würde.

Wie auch jetzt.

Ich riss die Augen auf. War das –

Die Dunkelheit zog sich zusammen. Verschwand so schnell, wie sie erschienen war. Ich trat einen Schritt nach vorn, wollte nach ihr greifen, weil ich plötzlich das Bedürfnis hatte, sie aufzuhalten.

»Rio!« Eine melodische Stimme holte mich zurück in die Realität, bevor ich sie überhaupt sah. Wie aus dem Nichts tauchte Nona vor mir auf, sodass ich blinzeln musste. Wie war sie so schnell vor mir gewesen? Hatte ich sie durch die Dunkelheit nicht gesehen? »Alles okay? Geht es dir gut?«

Besorgt legte Nona mir eine Hand auf die Schulter. Ihre kurzen schwarzen Haare wirkten heute nicht so ordentlich und perfekt frisiert wie sonst. Sie trug eine weite schwarze Hose, einen Blazer mit großen Blüten. Ich schluckte und blinzelte noch einmal.

»Ja, es ist –« Ich stockte, als ich erneut dieses Kribbeln spürte. Ich sah mich um. Doch von der Finsternis war keine Spur mehr zu sehen. Auch Nona reckte ihren Kopf, als habe sie das Gleiche gespürt. Als sie ihren Blick wieder auf mich richtete, wusste ich es.

»Du hast es auch gespürt«, brach es aus mir heraus, bevor ich mich aufhalten konnte. Nona zögerte. Ihre perfekt geschminkten Augenbrauen zogen sich zusammen, ihr schmaler Mund wurde dünner. Ich erwartete bereits, dass sie verneinen würde. Aber dann … nickte sie.

»Ja«, antwortete sie mit fester Stimme. »Aber ich habe es nicht nur gespürt, ich habe es *gesehen*.«

40

Taru

Das Apartment lag in Trümmern. Zumindest teilweise. Die obere Etage war verschont geblieben. Doch es reichte aus, um vollständig im Chaos zu versinken.

Ich hörte, wie die Aufzugtüren aufgeschoben wurden.

Nichts könnte mir gleichgültiger sein.

Rio rief meinen Namen. Die Angst brachte ihre Stimme zum Vibrieren. Ich reagierte nicht. Selbst das Denken fiel mir schwer.

»O mein Gott«, hörte ich sie nun näher, leiser. Sie hatte mich gefunden.

Ich hob meinen Kopf. Sie stand im Türrahmen und betrachtete die Bibliothek. Oder das, was von ihr übrig geblieben war. In ihren geweiteten Augen erkannte ich, dass das Ausmaß meines Ausbruches diesmal wirklich überhandgenommen hatte. Putz bröckelte von der Decke. Die endlos alten Schriften lagen verstreut und zerrissen auf dem Boden. Das Glas des Aquariums war zersprungen. Keine Ahnung, wo die Fische waren. Vielleicht hatte meine Wut sie ebenfalls vernichtet.

Unter anderen Umständen würde es mich wahrscheinlich kümmern. Aber gerade *wollte* ich nichts fühlen.

»Taru, was …« Rio stoppte, als sich unsere Blicke trafen. Ihre Augen glänzten. Sie hatte geweint. Bedauern und Sorge zupften an meinem Herzen. Doch meine Ignoranz, das Einzige, was mich gerade zusammenhielt, schubste sie einfach beiseite. Ihre Wangen waren gerötet, ihre dunklen Haare zerzaust, und sie trug Kleidung, die viel zu groß für sie war. Es roch nicht nach ihr. Hatte sie das Apartment für diesen Menschen verlassen? War sie deshalb gegangen – um ihn zu sehen? Ob sie wusste, welche Dämonen meine Gedanken überschwemmt hatten, als ich aus dem Hades zurückgekehrt und sie nicht hier war? Vermutlich nicht. Vermutlich war es ihr egal. So wie es mir egal war.

Vorsichtig trat sie einen Schritt auf mich zu. Ich sah die Zweifel in ihrem Gesicht. Sicher fragte sie sich, ob es eine gute Entscheidung war, mir näher zu kommen. Das war es nicht. Ob sie mich nicht doch lieber vergessen wollte. Das sollte sie.

Aber Rio war schon immer mutiger, entschlossener und dickköpfiger, als es ihr guttat. Sie reckte ihr Kinn. Schon wieder zupfte etwas an meinem Herzen, um es aus seinem Schlummer zu wecken.

»Was ist mit Dixie, Taru? Ist sie …?« Sie blieb stehen, als sie den grässlich gelben Sessel erreicht hatte, auf dem ich saß. Das einzige Möbelstück, das ich nicht zerstört hatte. Nicht zerstören konnte. Dixie, sie –

Ich riss diesen Gedanken zurück, stopfte ihn in den Teil meines Kopfes, der dem Tartaros so sehr glich. Verbannte ihren Namen aus meinem Gedächtnis, wie alles, was man mir genommen hatte.

»Ich habe umdekoriert«, hörte ich mich sagen. Ausdruckslos. Distanziert. Rios Augenbrauen schossen in die Höhe. »Gefällt es dir nicht?« Ich legte den Kopf schief und grinste sie an. Sie wich einen Schritt zurück, nur um dann zwei nach vorn zu gehen. Scheinbar wirkte ich noch nicht erschreckend genug, dass sie vor mir floh. Oder aber ausreichend genug, um zu wissen, dass davonlaufen nichts bringen würde.

»Nein«, murmelte sie leise. In ihren Augen glitzerte Sorge. Lächerlich. Es gab nichts, worüber sie sich Sorgen machen sollte. »Ich finde es furchtbar.«

»Wie tragisch.« Ich zuckte mit den Schultern. »Dabei habe ich mir so eine Mühe gegeben.«

»Was ist im Hades passiert?« Sie trat noch näher auf den Sessel zu, hockte sich hin und sah mich direkt an. Ich floh vor ihrem Blick. Ihre dunklen Augen waren stärker als meine Ignoranz, die alles zusammenhielt.

»Es war ein Fest«, feixte ich, während meine Stimme nur so vor Sarkasmus triefte. »Mein Vater konnte seine Freude kaum im Zaum halten. Obwohl er schon enttäuscht war, dass es diesmal nicht meine Hand war, die für den Tod verantwortlich war. Hat meinem Ruf einen ganz schönen Abbruch getan. Immerhin bin ich der Schattenprinz.«

»Hör auf damit.« Mein Kopf zuckte wieder in ihre Richtung. Tränen liefen über Rios Wangen. Der Drang, sie in den Arm zu nehmen und ihre Tränen fortzuküssen, hämmerte gegen die Wand in meinem Geist. »Das bist nicht du.«

»Nicht?« Ich hob eine Augenbraue und beugte leicht den Kopf. »Bin ich nicht der Totenrichter, der Seelen in die Unterwelt bringt? Bin ich nicht der Sohn des Hades, den alle fürchten, weil er eine verdammte Göttin getötet hat? Der Prinz, der im Schatten lebt, weil das Licht ihn verachtet? Der, dessen Mund voll Gift und dessen Herz voller Schwärze ist, weil alles, was ich berühre, verrottet?« Rios Augen weiteten sich, doch sie hielt meinem Blick stand. Ich wusste, dass sie die Macht spürte, die von mir ausging. Das Knistern der Luft, als ich ihr das erste Mal zeigte, wer ich wirklich war. Meine Iriden, schwarz statt blau, genauso wie meine Augäpfel. Schatten, die um mich herum waberten, weil sie aus meinem Inneren kamen und die Adern unter meiner Haut färbten. Weil alles in mir schwarz und dunkel und verdorben war. In mir war kein Platz für Liebe, für Glück, alles wurde von den Schatten verschlungen. »*Das* ist, was ich bin, Rio. Ein Monster der Unterwelt. Ich bin das, wovor ihr Menschen euch am meisten fürchtet, weil ich die Furcht selbst bin.«

»Das bist nicht du«, wiederholte sie leise und schüttelte den Kopf. Ich lachte auf.

»Die Zeit, vor der Wahrheit davonlaufen zu wollen, ist vorbei.«

»Das tu ich nicht.« Störrisch blinzelte sie die Tränen davon.

Ich beugte mich vor, bis unsere Gesichter nur noch wenige Zentimeter voneinander entfernt waren. »Lüge.«

»Nein«, sagte sie und umfasste meine Hände, stoppte mich, als ich mich zurücklehnen wollte. Ich wollte sie von ihr ziehen, weil das Hadesfeuer unkontrolliert durch meine Venen rauschte. Rio würde sich verbrennen, doch sie gab nicht nach. »Weil du diesmal derjenige bist, der vor der Wahrheit davonläuft.« Der entschlossene Blick aus ihren dunklen Augen bohrte sich in meine Seele. »Du glaubst, alles, was du bist, ist das Monster, das du in dir selbst siehst. Dabei vergisst du, dass du nicht der Einzige bist, der dich sieht. Du vergisst, dass es Menschen gibt, die dich sehen, wie du bist. Als einen Sohn, als einen Freund und als … als jemanden, dessen Schatten schöner sind als Licht.« Mein Herz donnerte in meiner Brust und warf die Ignoranz, die all meine Gefühle in Schach hielt, über eine Klippe. »Du vergisst, dass dieser dunkle Teil in dir nur *ein* Teil von dem ist, was du bist. Dass du mehr bist als das.« Rio löste ihre Hände von meinen, rutschte näher an den Sessel heran. Ich hielt den Atem an, als sie mein Gesicht umschloss. »Du hast auf Hawaii zu mir gesagt, dass ich nicht für das geliebt werde, was ich bin, sondern wer ich bin. Und du auch, Taru. Du wirst geliebt.«

»Du weißt nicht …«

»Wovon ich spreche?« Sie schüttelte den Kopf. »Vielleicht. Vielleicht kenne ich dich noch nicht mal ansatzweise so gut, wie ich dich kennen sollte. Aber ich weiß, was ich fühle … wie ich mich fühle, wenn ich bei dir bin, und ich weiß, wer du in den letzten Wochen warst. Nicht der Schattenprinz, nicht der Sohn von Hades, nicht derjenige, der diese Schicksalsgöttin getötet hat.« Ich zuckte bei ihren Worten zusammen, doch sie fuhr unbeirrt fort. »Sondern Taru. Einfach nur Taru.« Die letzten Worte sagte sie mit so viel Nachdruck, dass etwas in mir erwachte. Ein Wunsch danach, ihr wirklich glauben zu können. Der Wunsch, dass ihre Worte die Wahrheit waren. Dass ich geliebt wurde, dass jemand … dass Rio in der Lage dazu wäre, mich zu lieben. Mit Atropos' Tod war der Glaube daran erloschen.

Ich öffnete den Mund, wollte ihr widersprechen, doch sie stahl mir die Worte mit einem Kuss. Ihre Lippen lagen so zart, so sanft auf meinen, dass mein Widerstand in tausend Teile zerbrach.

»Nur Taru«, wiederholte sie leise, als sie sich von mir löste. Ich umschloss ihre Ellenbogen und hob sie hoch. Sie ließ sich auf mir nieder, schlang ihre Arme um meinen Nacken und zog mich an sich. Ich presste meinen Kopf an Rios Schulter, während sie mir beruhigend über meine Haare strich und ich mir das erste Mal seit Jahrhunderten erlaubte zu fühlen. Richtig zu fühlen, ohne Barrieren, ohne dicke Wände, die alles zurückhielten.

»Ich weiß nicht, ob sie es schafft«, brach es irgendwann aus mir heraus, genauso wie Tränen, die ich mir immer verboten hatte. »Und wenn nicht, dann … ich schaffe das nicht allein.«

»Das brauchst du nicht«, murmelte Rio. »Du wirst nie wieder allein sein. Wir schaffen das. Zusammen.«

Ich sah auf, als sie die Worte wiederholte, die ich auf Hawaii zu ihr gesagt hatte. Mein Herz schwoll an. Ich strich mit den Fingern über ihre Wangen, ihre Lippen und konnte kaum glauben, dass sie Wirklichkeit war. Dass sie bei *mir* war.

»Wo warst du nur die ganze Zeit?«

Als Manhattan in ein tiefes Nachtblau getaucht wurde, verließen wir die Bibliothek. Hand in Hand erreichten wir die obere Etage. Das Chaos, für das ich verantwortlich war, ignorierten wir. Genauso wie das Zimmer, in dem ich Dixie gefunden hatte. Die Tür war verschlossen, und ich wusste, ich würde sie eine ganze Weile nicht öffnen können.

Wir betraten mein Schlafzimmer. Die bodentiefen Fenster zeigten mir den Blick auf das, was ich vor einem Jahr so dringend gebraucht hätte und von dem ich nie gedacht hatte, dem so nahezukommen. Freiheit.

Doch vor einem Jahr hatte ich nicht gedacht, dass ich etwas viel Wertvolleres finden würde.

Rio sah auf unsere Hände. Ihre Augenbrauen waren zusammengezogen. Dunkle Schatten lagen unter ihren Augen. Sie musste erschöpft sein.

Ich löste meine Hand, legte die Finger unter ihr Kinn, damit sie aufsah. »Wir sollten schlafen.«

Unsere Blicke trafen sich, und ich sah die gleiche Frage in ihren Augen, die mir seit unserem ersten Kuss im Kopf schwirrte. Weshalb war diese Anziehung, diese Verbundenheit zwischen uns nur so stark? Weshalb fühlte sich mit ihr alles so … vertraut an? War es der göttliche Funken in ihrem Blut? Der Teil von ihr, der nicht menschlich war, der diese Verbindung schaffte?

Egal, was es war, ich wusste, dass es echt war. Dieses Gefühl, sie nie wieder loslassen zu wollen.

Jemand, dessen Schatten schöner sind als Licht.

Ihre Worte schwirrten mir durch den Kopf, brachten mich dazu, mich leicht zu fühlen. Dabei war es ihr Licht, das den Schatten in mir erst eine Bedeutung gab.

Meine Hand wanderte von ihrem Kinn zu ihrem Nacken. Sie hielt die Luft an, als ich sie sanft zu mir zog. Ihre Hand legte sich auf meine Brust, unter der mein Herz wild donnerte. Ich senkte den Kopf, ihre Augen schlossen sich.

»Sieh mich an, Rio«, raunte ich mit heiserer Stimme. Ich wollte, dass sie sah, was sie mit mir machte. Sie schlug die Augen auf, und ihr Blick warf mich beinahe um. Pures Verlangen funkelte in ihnen. Doch die Zuneigung, die dahinter verborgen lag, brachte mich wirklich um den Verstand.

»Es tut mir leid, dass ich nicht da war, als du kamst«, hauchte sie. Ihr Atem traf meine Lippen, am liebsten hätte ich ihn schon in ihrem Mund aufgefangen. »Ich hatte Angst, dass die Götter … dass sie auch Jake und meinem Vater etwas antun könnten, und als Jake nicht an sein Telefon ging …« Sie senkte ihre Lider. Ihre Sorge war so greifbar, dass es mich erschütterte. Ich schämte mich, dass ich bei dem Gedanken an ihn eifersüchtig war. Er war Teil ihrer Familie.

»Geht es ihm gut?«

Sie nickte. »Ich habe ihm alles erzählt und …« Sie schüttelte den Kopf, ein leichtes Lächeln zupfte an ihren Lippen. Sanft fuhr ich mit dem Daumen über ihre Wange, wartete, bis sie weitersprach. »Er hat mich nicht für verrückt gehalten. Er hat mir geglaubt, und nach allem, was passiert ist … ich glaube, dass es immer noch Hoffnung gibt. Für jeden von uns.«

41

Rio

Tarus blaue Augen schimmerten, während er mit seinen Fingern zärtlich über meine Wangen strich. Und er sah mich an, als würde er sich jeden Millimeter meines Gesichts einprägen wollen.

»Ich würde dich jetzt wirklich gern küssen«, hörte ich mich leise und atemlos sagen.

»Dann tu es.«

Dieser Kuss war anders. Sanfter, verlangender … echter. Alles in mir summte und vibrierte unter dem Druck seiner Lippen auf mir. Wie seine Zunge in meinem Mund schmeckte, wie er an meiner Unterlippe saugte.

Ich seufzte, als er den Kuss vertiefte. Ich war berauscht von seinem Geschmack und seinem Geruch nach Honig und dieser süßlichen Note, die ihn immer umgab. Seine Berührungen raubten mir die Sinne. Seine Hand, die in meinen Haaren vergraben war, und die andere, die meinen Körper erforschte, obwohl er jeden Zentimeter davon bereits kannte. Er fuhr über meine Brust, meinen Bauch, meine Hüfte.

Etwas hatte sich zwischen uns verändert. Als die Schatten

aus ihm herausgebrochen waren und seine Augen wie die dunkelste Nacht gewirkt hatten. Ich verstand nun, weshalb man ihn als Schattenprinz bezeichnete. Nicht, weil er in den Schatten verschwinden konnte – er war die Schatten. Ihn so zu sehen, so verletzt, während alles um ihn in Schutt und Asche lag … noch nie hatte sich der Schmerz eines anderen wie mein eigener angefühlt. Ich wusste, wie viel Dixie ihm bedeutete, auch wenn er es nie ausgesprochen hatte. Ich hatte sein Leid gespürt, als er mich umklammert hielt, als wäre ich die Einzige, die ihn davor bewahrte auseinanderzubrechen. Und ich würde es tun. Immer wieder. Das wurde mir in diesem Moment bewusst. Ich würde alles für ihn tun, weil ich mich in ihn verliebt hatte. Weil es sich nach so viel mehr anfühlte.

Ich hatte es genauso gemeint, als ich zu ihm sagte, dass ich ihn nicht so gut kannte, wie ich ihn kennen sollte. Aber meine Gefühle waren so stark … so echt, dass ich es kaum erwarten konnte, alles von ihm zu kennen.

Es kam mir mittlerweile wie ein schlechter Scherz vor, dass ich ihn je vergessen wollte. Warum sollte ich so etwas aufgeben?

Ich ließ meine Hand von seiner Brust zum Saum seines Shirts wandern, denn ich wollte nichts mehr zwischen uns spüren. Keinen Soff. Keine Luft. Nur Haut an Haut. Ungeduldig schob ich es über seinen Körper. Allein die Sekunde, in der ich ihm den Stoff seines T-Shirts über den Kopf streifte und sich unsere Lippen voneinander trennten, fühlte sich zu lang an.

Ich fuhr mit meinen Händen über seine nackte Brust, seinen Bauch. Erforschte mit meinen Fingern jeden Millimeter auf seinem göttlichen Körper. Seine starken Arme, unter denen sich die Muskeln anspannten, als er mich näher an sich zog.

»Rio«, raunte er rau und dunkel und küsste mich noch inniger. Heißes Verlangen rauschte durch meinen Körper und bündelte sich in meiner Mitte.

Er löste sich von mir, fuhr mit seiner Nase über meine Wange und trat einen Schritt zurück. Mit großen Augen sah ich auf. »Was machst du?«

»Ich habe dir doch gesagt, dass ich es richtig machen will.« Seine Stimme war so dunkel, dass Gänsehaut über meinen Körper huschte. Mein Herz beschleunigte sich, und ich glaubte, es würde aus meiner Brust springen.

»Komm her«, sagte er, ließ sich auf das Bett hinter ihm sinken und zog mich an seiner Hand zu sich. »Du hast zu viel an«, murmelte er und schob Jakes Pullover über meinen Bauch. Ich half ihm und warf den Pullover achtlos auf den Boden. Sein Mund traf auf meine erhitzte Haut. Mit weiteren Küssen zog er einen heißen Pfad bis zu dem Ansatz meines BHs. Ich sah auf ihn hinunter, wie seine Zunge über meine Haut leckte. Die Hand, die zuvor an meiner Hüfte lag, wanderte zu meinem Rücken.

Der BH landete auf dem Boden, direkt neben dem grauen Pullover. Meine Brüste fühlten sich schwer und voll an. Die kühle Luft im Zimmer jagte Schauder über meinen Körper. Meine Spitzen zogen sich zusammen, als Taru sich seinen Weg weiter höher küsste. Ich krallte mich an seiner Schulter fest, als er seinen Mund um meinen Nippel schloss. Mit der anderen Hand verwöhnte er die andere, massierte sie und strich mit dem Daumen in grausam langsamen Bewegungen über die harte Spitze.

»Taru«, stöhnte ich und legte den Kopf in den Nacken. Mein Körper stand in Flammen, und sein Mund auf meiner Brust war die Luft, die das Feuer in mir anfachte.

»Du bist so perfekt«, raunte er gegen meine Haut. »So verdammt perfekt, dass ich mich manchmal frage, ob du wirklich bei mir bist.«

Ich konnte nichts sagen. Meine Zunge war so schwer, als

er seine Hände zu meiner Hose wandern ließ. Der Stoff glitt meine Beine hinab. Zittrig stieg ich aus der Jeans und befand mich nur noch im Slip vor Taru.

Ich wagte es, zu ihm zu sehen, doch verglühte im gleichen Augenblick, als er einen Finger unter den dünnen Stoff hakte und auch ihn über meine Hüften schob. Er hob seine Lider. Seine Augen, die im Schein des nächtlichen New Yorks beinahe schwarz wirkten, verschlangen mich. Zischend zog ich die Luft ein, als seine Finger sich zwischen meine Beine schoben. Wie ich weiterhin vor ihm stehen konnte, war mir ein Rätsel. Schließlich fühlte sich alles in mir weich und wackelig an.

»Ich liebe es, wie feucht du bist.« Ein anzügliches Grinsen huschte über sein Gesicht, seine Augen funkelten voller Verlangen. Meine Hüfte zuckte, als er mit einem Finger in mich drang.

»O Gott«, hauchte ich, krallte mich immer mehr in seine Schulter. Mit seinem Daumen fuhr er über meinen Hügel, und alles in mir zerbarst. Ein tiefes Stöhnen entwich mir, als er seine Finger immer schneller bewegte.

»Gefällt es dir?« Sein heißer Atem traf gegen die feuchte Haut meiner Brüste. »Sag es mir, Rio. Sag mir, ob es dir genauso gefällt wie mir.«

»Ja«, flüsterte ich, zu mehr war meine Stimme nicht in der Lage. Seine Worte erregten mich so sehr, dass ich kaum noch denken konnte. »Ja, ja.«

Sein Mund legte sich wieder auf meine Brust. Saugte und leckte daran, bis ich mich am liebsten endlich auf ihn gesetzt hätte. Und doch blieb ich vor dem Bett stehen, lehnte mich gegen Taru, gegen seine Finger in mir und schloss die Augen.

Das heiße Feuer in meinen Venen verbrannte mich. Meine Glieder zitterten. Mein Atem kam nur noch stoßweise. Tarus Bewegungen wurden langsamer, als die letzten Wellen der Lust durch meinen Körper rauschten.

Ich öffnete meine Augen und schluckte schwer. Er nahm seine Finger, mit denen er mich eben noch verwöhnt hatte, und … leckte sie ab. Meine Wangen standen in Flammen.

»So süß«, murmelte er mit dunklem Blick. Das Verlangen kehrte mit aller Macht zurück. Meine Mitte zog sich zusammen, als Tarus lodernder Blick über meinen Körper wanderte. Seine dunklen Haare waren zerzaust, die Reflexe darin schimmerten mitternachtsblau. Mir war gar nicht aufgefallen, dass ich meine Hände in sie vergraben hatte.

»Du solltest auch auf deine Kosten kommen.«

Taru hob eine Augenbraue. Er legte seine Hände auf meinen nackten Hintern und zog mich auf seinen Schoß. »Hm, findest du?«

»Verdient hättest du es dir.«

»Ach ja?« Sein verschmitztes Lächeln brachte mein Blut in Wallung. Ich liebte es, wie sein Humor selbst in diesen Momenten durchschimmerte. Doch der belustigte Ausdruck verrutschte, als ich mich auf ihm niederließ und seine Härte an meiner Mitte spürte.

»Ja«, raunte ich gegen seine Lippen. »Definitiv.«

Er knurrte, als ich meine Hüften bewegte. Mit einem Mal befand ich mich unter ihm und spürte ein Kissen unter meinem Kopf. »Wie –?«

»Ich bin ein Gott, schon vergessen?«

»Dreiviertelgott«, erinnerte ich ihn, woraufhin er die Augen verdrehte.

»Lästige Kleinigkeiten.«

Ich lachte und strich ihm die dunklen Strähnen aus seiner Stirn. Sein Blick huschte über mein Gesicht, mit einem sanften Ausdruck in den Augen.

»Was?«, fragte ich.

Er schüttelte den Kopf. »Du bist so schön, aber wenn du lachst, strahlst du wie eine verdammte Göttin.« Mein Herz füllte sich mit purem Glück unter seinem weichen, ehrfürchtigen Blick und zersprang, als er seine Lippen auf meine legte. Drängender, sehnsuchtsvoller, als hätte er sich die ganze Zeit zurückgehalten, nur um mir jetzt zu zeigen, wie sehr er mich brauchte. Wie sehr er mich wollte. Ich küsste ihn ebenso leidenschaftlich zurück. Stöhnte, als er sich zwischen meine Beine schob und ich seine Erektion deutlich dort spürte, wo sich die Hitze sammelte.

»Taru«, keuchte ich und nestelte am Bund seiner Hose. »Ich will dich. Jetzt.«

Er lachte leise zwischen den Küssen, richtete sich dann auf und öffnete seine Hose. Mein Puls schoss in die Höhe, als er mich unter seinen dunklen Wimpern ansah. Ich konnte ihn nur anstarren, unfähig, meinen Blick von seiner muskulösen Brust, seinem Bauch und seinem … wirklich göttlichen Stück zu nehmen. Er beugte sich vor, zog aus dem Nachttisch eine Kondompackung und streifte es sich über.

Ich erzitterte, als er sich auf mich legte. Nervosität ergriff mich. Nicht, weil ich nicht bereit war. Es war nicht mein erstes Mal, aber das erste Mal mit ihm.

»Alles okay?«, fragte er mich sanft und strich mir eine Strähne hinter mein Ohr.

»Ja«, flüsterte ich. »Ich bin nur nervös.«

»Ich auch«, gab er lächelnd zu, und ich glaubte mich in diesem Moment noch mehr in ihn zu verlieben.

»Du bist ein Gott, schon vergessen?«, wiederholte ich seine Worte und gab ihm einen leichten Kuss.

»Dreiviertelgott«, murmelte er gegen meine Lippen.

»Lästige Kleinigkeiten«, gab ich zurück, als ich die Beine um seine Hüften legte und ihn näher zu mir zog. Wir hielten gleichzeitig die Luft an, als er in mich drang. Seine Augen weiteten sich. Ich umklammerte seinen Arm, brauchte einen Moment, um mich an ihn zu gewöhnen. Doch als er sich bewegte, langsam und vorsichtig, rauschte ein elektrisierendes Gefühl durch meinen Körper, und ich stöhnte auf.

»Rio«, raunte er mit einer tiefen, dunklen Stimme, die dieses Gefühl nur noch mehr verstärkte. Er presste seinen Mund auf meinen, während er sich immer schneller bewegte. Ich empfing seine Zunge mit einem Keuchen, krallte meine Finger in seinen Rücken. In meinem Inneren traf er einen Punkt, der alles in mir explodieren ließ. Er bewegte sich weiter, während ich seinen Namen keuchte, ihn stöhnte und wiederholte, bis mein Körper zum zweiten Mal erzitterte.

»Davon werde ich nie genug bekommen. Wie du meinen Namen sagst.« Er legte eine Hand an meine Wange, strich mit seinem Daumen über meine Lippe, während wir uns tiefer küssten als je zuvor. Er löste seinen Mund von mir. Seine Hand wanderte tiefer, über meine Brust, meinen Bauch, bis er schließlich mein Bein anhob, damit er noch tiefer in mich dringen konnte. Sein Blick war so dunkel, so intensiv, dass ich mir wünschte, ich würde diesen Moment nie wieder vergessen. Kurz darauf spannte sich Tarus Körper an. Sein Stöhnen wurde rauer und ungehemmter. Er umklammerte meinen Nacken, als sich unsere Körper in immer schneller werdenden Bewegungen aneinander rieben. Ein letztes, tiefes Stöhnen erklang, während er über mir verharrte, ehe sich seine Anspannung löste.

Atemlos und mit wilden Herzen sahen wir uns an, und selbst wenn dieser Moment eine Unendlichkeit andauern könnte – es wäre nicht genug.

Regen prasselte gegen die Fenster und untermalte die Stille im Raum wie ein leises Klavierspiel. New York lag grau und bedeckt da.

Ich lächelte, als ich mich zu Taru drehte. Er schlief noch.

Sein Arm lag über meinem nackten Bauch, das Laken war bis auf unsere Hüften hinuntergerutscht und ich betrachtete seinen schönen Körper. Gestern Nacht kam mir wie ein Traum vor. Nachdem wir schwer atmend nebeneinandergelegen hatten, hatten wir uns entschieden, duschen zu gehen. Noch immer hatte Schweiß an unserem Körper geklebt, vermischt mit der Lust, die wir beide empfunden hatten. Ich grinste, als ich daran dachte, wie wir auch unter der Dusche nicht die Finger voneinander lassen konnten. Wie Taru mich ein weiteres Mal überall küsste, als wir uns danach wieder ins Bett gelegt hatten. Wie ich auf ihm saß und ihn noch tiefer in mir aufnahm und er danach von hinten in mich eindrang, bis meine Welt in tausend Farben explodierte. Wir hatten uns aneinander festgehalten, die Ereignisse der letzten zwei Tage weit in den Hintergrund geschoben.

Lange würde dieses Beiseiteschieben nicht funktionieren. Das wusste ich. Aber für den Moment, in dem es nur uns zwei gab, Körper an Körper, Lippen auf Lippen, war es mir das wert gewesen. Die Realität holte uns sowieso schneller ein, als uns lieb war. Warum also nicht den Augenblick auskosten?

Taru brummte neben mir und zog mich näher an sich. Seine Haare wirkten an diesem Morgen wieder mehr blau als schwarz, und auch die dunklen Schatten, die gestern noch unter seinen Augen lagen, waren fast verschwunden. Es tat gut, ihn so friedlich und entspannt zu sehen. All das Leid, der Schmerz und die Verzweiflung über Dixie hatten ihn stärker getroffen, als er zugeben wollte.

Nach einer Weile, in der ich ihn einfach nur ansah, hob ich vorsichtig seinen Arm und rutschte aus dem Bett. Ich schnappte mir meinen Slip vom Boden und stieg hinein. Um zu Tarus Bad zu gelangen, durchquerte ich sein Kleiderzimmer, dem ich vorher noch nie wirklich Beachtung geschenkt hatte. Viel zu oft vergaß ich, dass Taru wirklich viel Geld besaß.

Aus seinem Schrank schnappte ich mir ein weites schwarzes Shirt und zog es mir über. Der Geruch nach Honig und Waschmittel hüllte mich sofort ein und ließ ein Kribbeln in meiner Magengegend entstehen.

Taru rührte sich nicht weiter, als ich wieder das Schlafzimmer betrat. Mit einem letzten Lächeln verließ ich den Raum und tapste mit nackten Füßen die schwarze Steintreppe hinunter.

Das Ausmaß seines Ausbruches war wirklich heftig, doch nicht halb so schlimm, wie es noch gestern Abend gewirkt hatte. Der neue Tag hatte selbst dem verwüsteten Apartment den Schrecken genommen. Die helle Couch lag auf der Seite, einer der Kamine war so sehr beschädigt, dass darin sicher kein Feuer mehr brennen konnte. Auch die Bilder, die an den Wänden hingen, waren entweder zerstört oder auf den Boden gefallen. Selbst die offene Küche war von Tarus Zerstörung nicht verschont geblieben.

Ich seufzte, als ich mir den Weg durch die herausgefallenen Teller und Pfannen bahnte, die im Licht der Morgensonne verzerrte Schatten auf den Boden warfen. Augenblicklich musste ich an diese seltsame Dunkelheit denken, die gestern mitten auf dem Gehweg aufgetaucht war. Und Nona … sie hatte es auch gesehen. Das bedeutete, dass sie irgendwie Teil dieser Welt sein musste, oder nicht? Viel hatte ich nicht aus ihr herausbekommen. Ihre Antworten waren zu kryptisch und ich zu gestresst, zu emotional überfordert gewesen, um klar denken zu können.

»Du bist ein Mensch, aber auch wieder nicht.« Erschrocken fuhr ich herum, als Rhada – Tarus Bruder – plötzlich mitten in der Küche stand. Seine komplett weißen Augen auf mich gerichtet. Wie gestern trug er wieder einen schwarzen Anzug, der nur einige Nuancen dunkler war als seine Haut. »Tut mir leid, das war nicht die charmanteste Begrüßung«, sagte er, als ich ihn immer noch nur anstarren konnte. Diese weißen Augen ... das war unheimlicher als Medusas Schlangenhaare.

»Nein«, hörte ich mich sagen. »Irgendwie nicht.«

Er lachte und zeigte eine Reihe weißer Zähne. Nicht unbedingt beruhigender. Rhada trat auf mich zu und streckte mir die Hand entgegen. »Ich bin Rhada, Totenrichter und unterweltlicher Botschafter im Olymp.«

»Rio«, stellte ich mich ebenfalls vor und griff seine Hand. »Schauspielerin, Mensch und ... doch irgendwie nicht ganz?«

»Freut mich.« Rhada lachte erneut, und seltsamerweise fand ich ihn sympathischer als gedacht. Vielleicht, weil ich die Sorge in seinem Blick gesehen hatte, als er Taru und Dixie aus dem Apartment begleitete. »Entschuldige bitte, aber dein Geruch. Er ist sehr verwirrend.« Seine Augenbrauen zogen sich zusammen. Ich verzog den Mund.

»Ich sollte vielleicht mein Duschgel wechseln«, scherzte ich. »Du bist nicht der Erste, der mir sagt, dass ich seltsam rieche.«

»Das mit dem Charmantsein sollte ich wohl lassen.« Rhada kratzte sich an seinem kahlrasierten Kopf, und ich konnte nichts dagegen tun, dass ich grinsen musste.

»Schon okay.« Ich zuckte mit den Schultern. »Ich würde dir ja etwas zu trinken anbieten, aber ...« Ich sah mich um. »Ich weiß nicht, ob etwas den gestrigen Tag überstanden hat.«

»Mein Bruder hat den Angriff auf Eurydike wohl nicht gut verkraftet, nehme ich an?«

Ich nickte, sagte jedoch nichts weiter dazu. Scheinbar standen er und sein Bruder in keinem guten Verhältnis. Ich wollte nicht mehr preisgeben, als Taru es selbst wollte. »Ihr seid also Brüder?«, fragte ich stattdessen.

»Ja«, kam es von Rhada in dem Atemzug, in dem ein »Nein« vom anderen Ende des Raumes erklang. Rhada und ich wandten uns zu Taru. Mein Herz setzte aus. Er hatte sich umgezogen, nur seine Haare deuteten darauf hin, dass er eben erst das Bett verlassen hatte. Statt der legeren Kleidung trug er einen moosgrünen Anzug. Unter dem matten Jackett, in dem feine Verzierungen eingestickt waren, erkannte ich eine Weste in einem ebenso dunklen Grün und ein schwarzes Hemd. Die passende Hose und lackschwarze Schuhe ließen ihn noch eleganter – noch gefährlicher – wirken.

Vor uns stand nicht mehr einfach nur Taru. Umgeben von all dem Chaos, den umgeworfenen Möbeln und zerbeulten Wänden, stand der Prinz der Unterwelt.

42

Taru

»Er ist nicht mein Bruder«, stellte ich klar und betrat die Küche. Sobald ich gehört hatte, dass Rhada – wieder einmal – im Penthouse aufgetaucht war, hatte ich mich angezogen. Schon gestern war es mir gegen den Strich gegangen, dass er mich nicht im Aufzug des Prinzen gesehen hatte. Noch einmal würde ich mir diese Blöße nicht geben. Nicht vor ihm.

Ich spürte Rios Blick auf mir, als ich weiter in den Raum trat. Sofort geriet mein Blut in Wallung. Sie sah mich nicht zum ersten Mal in der Rolle als Prinz, doch die Art, wie sie ihre Lippen zusammenpresste, verriet mir, dass es ihr diesmal besser gefiel. Mir ebenfalls, genauso wie das, was sie gerade trug. Oder besser gesagt, das, was sie nicht trug. Ich schluckte und wandte den Blick von ihr, als ihre Wangen einen leichten Rotton annahmen.

»Was willst du hier, Rhada?«, richtete ich mich an den Totenrichter, dessen Blick aufmerksam zwischen Rio und mir hin- und herhuschte, soweit die Bewegung seiner Augäpfel das zuließ.

»Die Hadeskappe«, setzte Rhada an, und ich verdrehte die Augen. Diese verdammte Kappe hatte mir gerade noch gefehlt. Ich hatte sie vollkommen vergessen. Rhada trat einen Schritt auf mich zu. Selbst aus der Distanz roch ich den Duft von Ambrosia an ihm. Der Verräter kam gerade frisch vom Olymp. »Sie ist wieder aufgetaucht.«

»Und das sagst du mir, weil …?«

»Weil sie in dem Moment aufgetaucht ist, in dem du den Hades betreten hast.« Rhada verengte die Augen. Ich wusste, worauf er hinauswollte, doch es war genauso lächerlich wie seine erste Anschuldigung.

»Und du meinst, als ich Dixie in den Hades gebracht habe, um ihr Leben zu retten – das von den Göttern, wohlgemerkt, in Gefahr gebracht wurde –, dachte ich mir, gäbe es keinen besseren Moment, als die Kappe – die ich warum noch mal gestohlen habe? – einfach aus meiner Tasche fallen zu lassen?« Skeptisch hob ich eine Augenbraue. »Das klingt in meinen Ohren alles ziemlich ausgedacht.«

»Du kannst nicht leugnen, dass es einen Zusammenhang gibt.«

»Einen haltlosen, ja.«

»Die Götter werden dich anklagen.«

»Sollen sie doch.« Ich verschränkte die Arme vor der Brust und legte den Kopf schief. »Ich habe die Hadeskappe weder gestohlen, wie ich es dir schon sagte, noch habe ich sie zurückgebracht. Also: Warum bist du wirklich hier, Rhada? Haben dich die Götter geschickt, um mich auszuspionieren, ob ihr Schachzug mich hat aufgeben lassen?«

»Wobei aufgeben?«, schoss es aus Rhada hervor. »Welchen Plan verfolgst du wirklich, Namtaru?«

Ich biss die Zähne aufeinander. Ich hatte vergessen, wie schlau Rhada war. Dass es genau das war, weshalb mein Vater ihn als Spitzel auf den Olymp geschickt hatte. Nur hatte er nicht bedacht, wie manipulierend die Götter waren. Sie hatten ihn schon längst in ihren Fängen.

»Es hat etwas mit ihr zu tun, oder?« Rhada deutete auf Rio, die erschrocken die Augen weitete. Ich neigte warnend den Kopf, als Rhada einen Schritt auf sie zutrat. »Sie wirkt wie ein Mensch. Aber du würdest dich nicht freiwillig mit einem Menschen abgeben, sosehr wie du sie verachtest und wo sie doch der Grund waren, weshalb du und Atropos –«

»Du bist gerade so kurz davor, dass ich vergesse, unter welchem Schutz du stehst«, knurrte ich.

»Das würdest du nicht tun.« Rhada rührte sich kein Stück. Er ließ sich nicht so leicht von meiner Macht einschüchtern, die bereits durch meine Venen rauschte. Dabei wusste er ganz genau, weshalb mich die Olympier fürchteten. Doch heute hatte ich mich besser unter Kontrolle. Die Schatten hielten sich zurück, nur das Hadesfeuer begann zu brodeln.

Langsam beugte ich mich vor, bis Rhada und ich auf Augenhöhe waren. »Noch ein weiteres Wort, und du findest es heraus.«

Ich zuckte leicht zusammen, als sich eine Hand auf meinen Oberarm legte. Ganz sanft zog Rio mich zurück. »Es gab in der letzten Zeit genug Blut und Drohungen, findest du nicht?«

Ein vorsichtiges Lächeln umspielte Rios Lippen, als sie zu mir trat. Für einen Moment verknoteten sich unsere Blicke, und Rhadas Anwesenheit geriet in den Hintergrund. Die rauschende Wut in meinen Venen ebbte ab, stattdessen erfasst mich eine seltsame Ruhe. Und … Scham. Schon wieder hatte sie den Teil von mir gesehen, den ich selbst am wenigsten leiden konnte. Doch auch wie gestern war keine Angst, keine Abscheu in ihren Augen zu sehen. Nur Verständnis. Erneut fragte ich mich, woher dieses Gefühl kam, sobald Rio in meiner Nähe war. Diese Verbundenheit. Dieses Vertrauen.

Ich nickte und riss meinen Blick von ihr los. Als ich wieder zu Rhada sah, rutschten seine Augenbrauen höher. Er war verdammt nervig. »Willst du sonst noch was von mir oder bist du nur hergekommen, um mir sinnlose Anschuldigungen an den Kopf zu werfen?«

Rhada räusperte sich und schaffte mit einem Schritt etwas Distanz zwischen uns. Rios Hand lag immer noch auf meinem Arm. Ihre Berührung gab mir in diesem Moment eine Sicherheit, von der ich nicht geahnt hatte, sie zu brauchen.

»Tatsächlich bin ich hauptsächlich gekommen, um dir zu sagen, dass es Eurydike besser geht.«

»Das sagst du mir jetzt?«, platzte es aus mir heraus. Erleichterung durchflutete meinen Körper, als Rhada nickte. Ein kurzer Blick zu Rio zeigte mir, dass auch sie mehr als glücklich über diese Neuigkeit war. Ich warf ihr ein Lächeln zu und legte eine Hand auf ihre an meinem Arm.

»Sie hat das Schlimmste überstanden«, erklärte Rhada, in dessen Stimme ebenfalls Freude mitschwang. Ich versuchte zu ignorieren, dass ich immer noch nicht wusste, was das zwischen ihm und Dixie war. Aber wichtig war es in diesem Moment nicht. »Hades sagte mir, dass sie unheimliches Glück hatte. Sie verdankt dir ihr Leben, Bruder. Schon wieder.«

Ich presste die Lippen zusammen und nickte nur. Beim ersten Mal war es wirklich mir zu verdanken gewesen, dass sie das, was man ihr wegen Orpheus angetan hatte, überlebt hatte. Doch diesmal war ich es, der erst dafür verantwortlich war. Ich verdiente diesen Dank nicht. Ohne Rhada wäre ich nicht ansatzweise so schnell in den Hades gekommen.

»Schon wieder?«, fragte Rio neben mir.

»Lange Geschichte«, vertröstete ich sie mit einem sanften Lächeln. Es war Dixie, die ihr davon erzählen sollte. Nicht ich. »Du solltest dann jetzt gehen.« Ich sah zu Rhada, streckte den Rücken durch und nahm Rios Hand von meinem Arm, jedoch nur, damit sich unsere Finger verschränken konnten.

»Natürlich, Bruder«, nickte Rhada und verbeugte sich leicht, was ich nur mit einem genervten Schnauben quittierte. Verwirrt sah er auf.

»Was?«

»Es ist das erste Mal, dass du mich nicht korrigierst«, meinte er immer noch irritiert.

»Behalte es in Erinnerung, es wird das letzte Mal gewesen sein.«

Daraufhin grinste Rhada nur, und ich seufzte, als er sich abwandte und aus der Küche ging. Er fand allein hinaus.

Als ich hörte, wie die Aufzugtüren sich schlossen, atmete ich tief ein und aus. Wahrscheinlich grinste er immer noch. Mit einem Finger kniff ich mir an die Nasenwurzel. Dixie lebte. Sie hatte es geschafft. Und es war Rhada, der ihr diesmal das Leben gerettet hatte. Nicht ich. Dafür würde ich dieser Nervensäge ewig dankbar sein.

»Was ist das mit Rhada und dir?«, fragte Rio. »Wieso kannst du ihn nicht leiden?«

»Weil er nervt«, gab ich zurück.

»Ich fand ihn nett.«

»Das ist es ja.«

Rio verdrehte die Augen. Ich zog sie an meine Brust und atmete ihren lieblichen Duft ein. Viel besser als der Gestank, den Rhada in das Penthouse hineingetragen hatte.

Verdammter Olymp.

Der restliche Tag verlor sich zwischen dem Beseitigen des Chaos, das ich im Penthouse hinterlassen hatte, und den letzten Vorbereitungen für unsere Reise nach Griechenland, für die Rio und ich uns in mein Arbeitszimmer verzogen hatten. Morgen würde uns der letzte Stopp erwarten. Wir würden mithilfe des Ariadnefadens unseren Weg durch das Labyrinth finden, versuchen den Minotaurus nicht zu wecken und am Ende mit dem geöffneten Tor zu Pandoras Versteck belohnt werden. Was danach kommen würde, verursachte mir mehr Sorgen als der zottelige Halbstier, für den ich mir zur Verteidigung mein liebstes Schwert eingesteckt hatte. Rio und ich hatten immer noch nicht darüber gesprochen, was geschehen würde, wenn sie ihren Auftrag erfüllt hatte. Würde sie genauso weitermachen wie bisher? Würde sie wirklich bei mir bleiben wollen?

Dass es Dixie besser ging, hatte mir neue Hoffnung gegeben, dass sich doch noch alles zum Guten wenden würde. Wie Rio es bereits gesagt hatte. Aber ich traute dem Frieden nicht. Nicht nur deshalb. Rhada hatte recht, was die Hadeskappe betraf. Es sprach wirklich alles dafür, dass ich etwas mit deren Verschwinden zu tun hatte. Mittlerweile war ich mir sicher, dass die Person, die die Hadeskappe gestohlen hatte, auch für den toten Adler in Rios Apartment wie auch für das, was Dixie geschehen war, verantwortlich war. Zeus war nur der Auftraggeber, er würde die Menschenwelt nicht einfach so betreten. Das hatte er schon seit Jahrhunderten nicht mehr getan. Es war besser so, die Welt brauchte nicht noch mehr arrogante Halbgötter wie Hercules.

Aber warum wurde die Hadeskappe dann zurückgegeben? Weshalb jetzt? Es machte mich verrückt, dass ich das Spiel der Götter nicht durchschauen konnte. Mir fehlte mehr als nur ein Puzzleteil. Frustriert schnaubte ich auf.

»Was ist los?« Rio hob den Kopf von ihrem Buch, das sie sich aus der Bibliothek geholt hatte. Die Fische waren immer noch verschwunden, und langsam sorgte ich mich, ob sie je wieder ihren Weg zurück ins Apartment finden würden. Kurz dachte ich an Jutta, wie sie im Storm der Seelen umherschwimmen musste und maßlos genervt von diesen war.

Ich lehnte mich auf dem Stuhl in meinem Arbeitszimmer zurück und verschränkte die Arme hinter dem Kopf. »Du bist schön.«

Eine zarte Röte breitete sich sofort auf ihren Wangen aus. Ihre dunklen Haare hatte sie zu einem unordentlichen hohen Knäuel gebunden. Sie trug immer noch das T-Shirt, das sie aus meinem Schrank gestohlen haben musste, und eine violette Yogaleggins.

»Das ist der Grund, weshalb du so genervt ausatmest?«

»Nein«, gab ich zurück und richtete mich wieder auf. »Aber das ändert nichts daran, dass du schön bist und dass ich große Lust hätte, gestern Nacht zu wiederholen.« Mein Blick glitt von ihren immer rosigeren Wangen über ihren Körper. Ich grinste, als ich sah, wie sich ihr Atem beschleunigte. Sie befeuchtete ihre Lippen, und wäre dieser lästige Tisch nicht zwischen uns, hätte ich sie schon längst geküsst. Ich vermisste ihren Körper unter meinen Händen jetzt schon. Doch ich räusperte mich, um mich wieder auf den Bildschirm vor mir zu konzentrieren. Wir hatten noch genug Zeit.

»Die Hadeskappe«, sagte ich mit belegter Stimme. »Wer auch immer sie gestohlen hat, ist für die Drohung in deinem Apartment und für den Angriff auf Dixie verantwortlich. Ich verstehe nur nicht, warum sie ausgerechnet jetzt zurückgegeben wurde.«

Rios Augenbrauen zogen sich zusammen, und ein seltsamer Ausdruck entstand auf ihrem Gesicht. »Glaubst du das wirklich? Dass die Person, die die Kappe gestohlen hat, für all das verantwortlich ist?«

»Wie hätte sie sonst unbemerkt in das Apartment kommen können? Nur mein Vater und eingeladene Wesen dürfen dieses Penthouse betreten – die Hadeskappe macht nicht nur unsichtbar, sie umgeht auch alle Schutzvorkehrungen.«

»Gibt es keine Überwachungskameras?«

»Darauf ist nichts zu sehen«, sagte ich. »Was ist? Hast du eine andere Vermutung?«

Sie schüttelte den Kopf. Ich erhob mich von meinem Stuhl, umrundete den Tisch und hockte mich vor den Sessel, auf dem

Rio sich zusammengerollt hatte. Sie schluckte, als ich meine Hände auf ihre Oberschenkel legte. »Rio …«

»Es war wirklich knapp, oder?«, fragte sie plötzlich. Ich zog die Augenbrauen zusammen und nickte langsam.

»Dixie hat überlebt.« Sanft strich ich über den Stoff ihrer Hose. Mein Herz wurde schwer, als ich die Sorge in ihren Augen sah. War es das, was sie bedrückte? Dass wir den Täter nicht finden würden? Oder war da noch mehr? »Es wird ihr gut gehen. Sicher wird sie uns bald wieder nerven, sobald sie aus dem Hades kann. Du brauchst dir keine Gedanken machen.«

»Ihr habt euch gestritten, bevor wir nach Hawaii aufgebrochen sind. Deshalb war sie nicht da und hat uns verabschiedet, und darum warst du auch so …«

»Ja«, sagte ich leise. Schuld fraß sich durch meine Venen mitsamt tiefem Bedauern für die Dinge, die ich Dixie an den Kopf geworfen hatte.

»Es ging um diese Frau, oder?«, setzte Rio zaghaft an, und ich sah auf. Meine Muskeln verspannten sich. »Atropos. Sie … sie war die Schicksalsgöttin, die du umgebracht haben sollst, die Frau, die du geliebt hast.«

Ich schluckte und nahm meine Hände von ihren Beinen. »Du bist sehr aufmerksam.«

»Erzählst du mir von ihr?«

Ich schüttelte den Kopf und sah die Enttäuschung in ihrem Blick. Ich verstand sie. Ich würde es auch wissen wollen. Und eigentlich … eigentlich wollte ich es ihr erzählen. Ich wollte ihr erzählen, wie ich am Fluss Lethe stand. Wie ich überlegte, einfach hineinzugehen, um alles zu vergessen. Die Häme, den Spott, die Schläge der anderen Götter. Wie ich schon in der ersten Nacht Atropos entdeckte, die sich hinter einem der hohen Steine am Flussufer versteckte. Wie ich jede Nacht wiederkam, nicht mehr, um den Fluss zu betreten, sondern um diese faszinierende Frau zu sehen. Erinnerungen übermannten mich. Und als ich die Augen schloss, spürte ich die kühle Brise, die vom Fluss über meine Haut strich.

»Siehst du mich nur an, weil du nicht sprechen kannst?«, fragte ich sie und trat um den schwarzen Stein, der am Ufer des Flusses Lethe emporwuchs. Der Strand aus Knochen und Seelensteinen knirschte unter meinen Schritten. Atropos' Augen weiteten sich, als ich ihr Versteck lüftete.

»Ich kann sprechen«, antwortete Atropos, deren Überraschung sich langsam legte. »Nur ist es mir nicht gestattet, mit einem Gott außerhalb der Schicksalshalle zu sprechen. Götter sind voller List und könnten …«

»Dann soll ich ab heute kein Gott mehr sein, wenn ich dadurch deine Stimme hören kann.«

Sie lächelte, und mit diesem Lächeln, das ihre silbergrauen Augen zum Leuchten brachte, wusste ich, dass ich alles tun würde, um sie jeden Tag zum Strahlen zu bringen.

»Taru?« Rios Stimme riss mich aus der Erinnerung. Ich blinzelte. Atropos' Gesicht verschwand, ihre grauen Augen wurden dunkel. Ihr rotes Haar zu einem sanften Braunton. Nur das Gefühl, dass sie noch bei mir war, blieb. »Tut mir leid, ich wollte nicht –«

»Es ist okay, wirklich«, murmelte ich leise und erhob mich. Meine Beine fühlten sich seltsam schwer an, als ich mich erhob. Mein Herz donnerte in meiner Brust. Ich wusste nicht, was eben geschehen war. Doch ich hatte sie gespürt. Als wäre sie hier gewesen. Ich fuhr über mein Gesicht. Das musste der Stress der letzten Wochen sein. Atropos war tot. Ich hatte gesehen, wie sie vor den Füßen der Götter gestorben war. Wie mein Vater sie in den Lethe gelegt hatte. Charon selbst war dabei gewesen. Jeder hatte sich von ihr verabschieden wollen.

Jeder hatte sie geliebt.

43

Rio

Kühler Oktoberwind strich über meine Haut und wirbelte mir lose Strähnen aus dem Zopf. Kreta war wunderschön. Neben unendlichen Gebirgsketten und dem noch weiteren Ozean war selbst die Herbstsonne noch wunderbar warm auf meinem Gesicht.

Das Portal hatte uns direkt von New York nach Athen gebracht, wovon wir dann mit einer Fähre nach Kreta gelangt waren.

»Bist du dir sicher, dass wir hier richtig sind?« Unsicher sah ich mich um. Touristen wanderten auf dem Vorplatz des Eingangs herum, andere wiederum schossen Fotos, während sie in die Höhle hineintraten. Der Eingang zum Labyrinth des Minotaurus befand sich direkt im Landesinneren und schien für jeden frei zugänglich. Selbst das Schild, auf dem in griechischen Schriftzeichen der Name geschrieben stand, wies darauf hin.

»Es gibt zwei«, sagte Taru nur und setzte sich in Bewegung.

»Zwei?«, echote ich. »Wie meinst du das, zwei? Zwei von den Labyrinthen, zwei Minotauren?«

»Beim Hades, zwei sabbernde Halbstiere möchte ich mir noch nicht mal in meinen Träumen vorstellen.« Taru verzog sein Gesicht und schüttelte sich. Dabei rutschte die längliche Tasche, die er heute statt eines Rucksackes über seinem grauen Pullover trug, hin und her. »Nein, es gibt zwei von den Labyrinthen. Eines für die Menschenwelt und ein anderes«, er schnappte meine Hand und zog mich in die Höhle, »für uns.«

»Sehr freundlich von den Göttern«, murmelte ich und erschauderte, als die Luft um uns herum kühler wurde.

»Das zweite Labyrinth wurde nicht von den Göttern erbaut. Es waren die Zentauren, die die Menschen vor dem grausamen Spiel der Götter schützen wollten. Immerhin wurden jahrzehntelang Menschenopfer auf Kreta gebracht, um den Minotaurus zu füttern.« Schauer rieselten über meinen Rücken, die rein gar nichts mit der feuchten Luft zu tun hatte. »Die Götter sind niemals freundlich, Rio.«

Ich schluckte und ließ mich von Taru weiter in die dunklen Gänge ziehen. Ich wusste das. Nach allem, was auf unserer Reise geschehen war. Nach dem, was sie Dixie angetan hatten. Doch immer noch wirkten die Götter so weit weg, als gäbe es sie nur in den Erzählungen.

Ich sah zu Taru, der uns mit sicheren Schritten durch die Dunkelheit führte. Nach unserem gestrigen Gespräch, beziehungsweise den zwei Sätzen über Atropos, hatten wir nicht mehr viel gesprochen. Tarus Gedanken schienen immer wieder abzudriften. Auch als wir gemeinsam im Bett lagen und ich ihn fragte, ob alles okay sei, hatte er erst nach einer ganzen Weile geantwortet, mich an sich gezogen und geküsst, als wäre ich aus Glas.

Es hatte definitiv mit Atropos zu tun.

»Wir sind da.« Taru ließ meine Hand los und stoppte vor einer schmalen Felsspalte.

»Das ist der Eingang?« Als Taru nickte, wurde mir nur noch mulmiger. Die Spalte war kaum breiter als mein Arm. »Da passe ich niemals durch.«

»Keine Sorge«, erwiderte Taru nur seelenruhig. »Erinnerst du dich an Hawaii? Auch hier wird nur dem Einlass gewährt, dessen Blut göttlich ist. Zumindest in Teilen.«

»Was hättest du gemacht, wenn ich kein göttliches Blut hätte?«

»Dann wären wir uns nicht begegnet.« Es kam so schnell, so natürlich aus seinem Mund, dass ich für einen Moment zusammenzuckte. Natürlich wären wir uns nicht begegnet, wenn ich nichts … Göttliches in meinem Blut hätte. Es war absolut logisch. Anders hätte ich ihm wohl kaum von Nutzen sein können, denn das war es, worum es anfangs ging. Aber jetzt nicht mehr … oder? Ein bitteres Gefühl machte sich in meiner Brust breit, und leise Zweifel kämpften sich empor. Ob ich es zugeben wollte oder nicht, diese ganze Sache mit Atropos verunsicherte mich. Sie schien ihm immer noch so viel zu bedeuten … was, wenn ich nur ein Lückenfüller war? Was, wenn er mich nicht mehr wollte, nachdem Pandora den Fluch von ihm genommen hatte?

»Rio, sieh mich an.« Taru griff wieder meine Hand, zog mich zu sich. »Hey«, sagte er sanft und legte eine Hand an meine Wange. »Was auch immer uns zusammengebracht hat, spielt keine Rolle. Nicht mehr. Ich bleibe.«

»Ich bleibe«, wiederholte ich und schloss meine Augen, als sich seine Lippen federleicht auf meine legten. Die Zweifel flogen davon, vertrieben von meinem wummernden Herzen in meiner Brust. Taru löste sich von mir. Er lächelte mich an, wodurch mein Puls nur noch mehr Auftrieb erhielt, ehe er sich wieder aufrichtete. Ein wildes Funkeln trat in seine Augen.

»Bereit für den Minotaurus?«

Taru hatte recht. Die Felsspalte war tatsächlich kein Problem. Sobald wir durch sie hindurchtraten, fühlte es sich fast so an wie das Portal in New York. Etwas zog an meinem gelben Pullover, Wind bauschte die Haare in meinem Zopf auf, und ein Kribbeln rauschte durch meinen Körper. Ich öffnete die Augen. Die Höhle, die sich nun vor uns erstreckte, übertraf meine Vorstellungskraft. Wir befanden uns auf einem Felsvorsprung, zu dessen rechter Seite eine schmale, in Stein gehauene Treppe hinunterführte. Groß und weit lag sie vor uns. Blauschwarzer Stein, überall, wohin man sah. Selbst die Luft flimmerte in diesem nächtlichen Schein. Und es war ruhig. So ruhig, dass ich glaubte, meinen eigenen Herzschlag hören zu können.

Mein Blick glitt über die massive Decke, die Wände, bis zum Herz der Höhle.

Das Labyrinth des Minotaurus.

Von unserem Standpunkt aus konnte ich einzelne Wege erkennen. Einige endeten sofort in Sackgassen, andere waren so verschlungen, dass ich sie nach einer Weile verlor. Doch inmitten des steinernen Labyrinths war ein kreisrunder Platz.

»Es ist größer, als ich dachte«, sagte Taru neben mir, der ebenso ehrfürchtig auf die verwirrenden Wege heruntersah.

»Ich habe so etwas noch nie gesehen.«

»Ich auch nicht.« Taru holte tief Luft und drückte leicht meine Hand.

Angst kribbelte in meinem Nacken, als ich daran dachte, was uns in diesem Labyrinth erwarten würde. Wenn wir das Zentrum überhaupt erreichen würden. Bis jetzt hatte ich keinen Weg erkennen können, der direkt dorthin führte. Ich zog mein Handy aus meiner Tasche, um ein Foto von den verworrenen Wegen zu schießen, damit wir schneller einen Weg hindurch finden könnten. Doch als ich das Display entsperren wollte, blieb es dunkel.

»Hier funktioniert keine Elektrizität der Menschen.« Taru nickte in Richtung meines Handys. »Du bist im Reich der Götter.«

Ohne ein weiteres Wort liefen wir die Treppenstufen hinunter, und je tiefer wir kamen, desto kühler wurde es. Auch die Stille wurde immer erdrückender.

»Warum ist es so ruhig hier?«, flüsterte ich, weil jedes Geräusch sich falsch anfühlte.

»Na ja, es gibt hier nicht viel, was Geräusche machen könnte«, meinte Taru mit einem leichten Grinsen. »Es sei denn, der Minotaurus ist ein Schnarcher.« Doch der aufmerksame Blick, mit dem er die schwarzen Wände betrachtete, zeigte, dass es ihm auch nicht ganz geheuer war. Ich dachte daran, wie Dixie uns davor gewarnt hatte, das Labyrinth nicht ohne sie zu betreten.

»Oder er ist schon wach.« Ich verzog mein Gesicht, als wir den tatsächlichen Eingang des Labyrinths erreichten. Die dunkeln Wände überragten selbst Taru um mehrere Meter. Zu meinem Glück wirkten die Gänge jedoch nicht so schmal wie aus der Vogelperspektive.

»Ich hoffe nicht«, meinte Taru und griff nach seiner Tasche. Zuerst zog er das kleine Kästchen mitsamt dem Ariadnefaden heraus und überreichte es mir. »Für ihn zumindest.«

»O mein Gott.« Ich wich einen Schritt zurück, als Taru ein kurzes Schwert mit goldenem Griff und glänzender Spitze aus einer dunklen Scheide zog.

Taru balancierte es in seiner Hand, schwang es durch die Luft, als hätte er in seinem ganzen Leben nichts anderes gemacht. Wahrscheinlich war das auch so.

»Wie soll ich uns sonst den Minotaurus vom Leib halten?« Seine Augen funkelten, als er das Schwert betrachtete, als wäre es ein Schatz. »Beim Hades, es ist so lange her«, murmelte er.

»Keine Ahnung … reden?«, mutmaßte ich, immer noch eingeschüchtert von dem gefährlichen Gegenstand in Tarus Hand.

»Halt mal.« Ohne Vorwarnung drückte er mir das Schwert in die Hand. Der Griff fühlte sich kühl an und nicht ganz so schwer, wie ich es erwartet hätte. Es war wirklich leicht. Aus Neugierde bewegte ich mein Handgelenk und schwang es ebenso durch die Luft wie Taru davor. Es fühlte sich seltsam gut an. Als ich zu Taru aufsah, grinste er nur. Sofort stoppte ich in meinen Bewegungen. »Was ist?«

»Es steht dir.« Er trat einen Schritt auf mich zu, bis sich die Spitzen unserer Schuhe fast berührten. Sein Blick lag dunkel auf mir, das gefährliche Funkeln war aus seinen Augen verschwunden. Ich ließ das Schwert sinken und schluckte schwer, als Taru eine Strähne hinter mein Ohr schob. Sein Duft umhüllte mich und ließ mich vergessen, wo ich mich befand. Es war verrückt, welche Wirkung er auf mich hatte. »Vielleicht bist du ja doch eine Halbgöttin«, murmelte er und nahm mir das Schwert aus der Hand. »Athene war nie wirklich wählerisch bei der Wahl ihrer Liebhaber.«

Das Verlangen verschwand so schnell, wie es gekommen war. Ein kalter Klumpen schlug in meinen Magen ein und vertrieb das wohlige Gefühl, das Taru zuvor entfacht hatte. »Ich weiß, wer meine Mom ist.«

»Ich weiß, aber vielleicht …« Taru schüttelte den Kopf. Er steckte das Schwert zurück in seine Scheide und sah mich ernst an. »Pandora wird es herausfinden. Über alles, was danach kommt, machen wir uns jetzt keine Gedanken, okay?«

Ich nickte nur und hielt ihm die Schatulle mit dem Ariadnefaden entgegen. Dieser Faden war unser Weg hier raus, so hatte es mir Taru vor der Abreise noch einmal erklärt. Er war unzerstörbar, selbst das schärfste Messer der Welt könnte ihn nicht durchtrennen.

Taru nahm die Spule aus der Schatulle, und ich versuchte, nicht darüber nachzudenken, was Taru mir gerade offenbart hatte. Ich hatte genug Gedanken und Fragen im Kopf. Noch eine weitere und er würde mir platzen.

Mit einem entschuldigenden Lächeln verschwand er zur linken Seite des Eingangs. Vor einem spitzen Stein, der aus dem Boden wuchs, hockte er sich hin und umwickelte ihn mit dem roten Faden.

»Egal, was im Labyrinth passieren wird, lass den Faden niemals los.« Seine Stimme klang so ernst, dass ich eine Gänsehaut bekam. »Das ist unsere Absicherung, wieder zurückzufinden.«

Rechts, links, links, dann wieder rechts. Ich hatte meine Orientierung schon in den ersten Minuten verloren, in denen wir durch die breiten und hohen Gänge liefen. Doch Taru hielt seinen forschen und zügigen Schritt bei. Er zögerte keinen Moment, wenn wir uns vor einer Gablung befanden. Woher er wusste, welcher Weg der richtige war, konnte ich nicht sagen. Danach zu fragen, wagte ich nicht. Seitdem wir den Eingang passiert hatten, hatten wir kein Wort mehr gewechselt. Wahrscheinlich wollte Taru, dass der Minotaurus so lange schlief, bis wir das Zentrum des Labyrinths erreicht hatten.

Je länger wir liefen, desto nebliger und kühler wurde es. Eine drückende Stille legte sich auf uns. Die Spule des Ariadnefadens hielt ich so fest umklammert, dass sich das feine Holz mittlerweile in meine Handflächen bohrte.

Taru stoppte. Sofort begann mein Herz zu rasen, als er den Kopf reckte und in einer fließenden Bewegung das Schwert aus der Scheide zog.

»Was –«, setzte ich leise an, doch Taru unterbrach mich mit einem knappen Kopfschütteln. Er legte einen Finger auf seine Lippen, und ich versuchte, so wenig Geräusche wie möglich von mir zu geben. Vorsichtig bewegte Taru sich weiter. Noch nicht einmal unsere Schritte waren zu hören, nur unser leiser Atem. Und ein Schnaufen …

Aus dem Augenwinkel nahm ich eine Bewegung wahr. Eine

Gestalt sprang auf den oberen Rand der Wand und direkt hinter uns auf den staubigen Boden. Ich schrie auf, stolperte nach hinten und prallte gegen harten Stein.

Der Minotaurus. Er war wach.

Mit wütendem Gebrüll stürmte er auf mich zu. Groß und breit, zwei spitze Hörner, der Kopf eines Stieres und der Körper eines Menschen. Die Füße waren Hufen, und um seinem Hals konnte ich selbst im Halbdunkel eine schwere Kette erkennen. Mein Atem kam stoßweise, und ich konnte nichts tun, als ihn anzustarren. Schock rauschte durch meine Venen.

Ehe ich mich versah, hatte Taru meinen Arm gepackt. Dort, wo ich bis eben noch gestanden hatte, prallte der Minotaurus gegen die Wand. Seine Hörner durchbohrten den Stein. Er brüllte noch einmal.

»Bist du okay?«, fragte mich Taru schnell, doch bevor ich antworten konnte, huschte sein Blick schon wieder über meinen Kopf. »Verdammt. Wir müssen hier weg. Jetzt.«

Ich nickte nur, doch da hatte Taru mich schon mit sich gezogen. Seine Hand fest mit meiner verschränkt, rannten wir, während der Minotaurus einen verzweifelten Schrei ausstieß. Ich wagte es nicht, mich umzusehen, und hielt die Spule fest umklammert.

Das wütende Stampfen, das donnernde Gebrüll des Halbstieres, der uns viel zu nahe war, ließ mich schneller rennen. Die Wände verschwammen zu einem dunklen Rauschen. Ich wusste nicht mehr, wann wir welche Abzweigung nahmen. Konzentrierte mich voll und ganz auf Taru, dessen Schritte mich immer weiter antrieben. Meine Lunge brannte. Irgendwann, kurz bevor ich glaubte, jeden Moment zusammenzubrechen, wurde Taru langsamer. Das Brüllen des Minotaurus erklang immer noch in der Ferne.

Ich gab ihm den Ariadnefaden. Schwer atmend stützte ich

mich auf meine Oberschenkel. Ich schloss die Augen und konzentrierte mich darauf, dass die Sterne verschwanden.

»Rio, wir müssen weiter«, sagte Taru sanft und strich beruhigend über meinen Rücken. Ich richtete mich wieder auf, nahm die Spule wieder entgegen. Auch Tarus Brust hob und senkte sich viel zu schnell. Seine Haare klebten an seiner Stirn. Ich zog die Augenbrauen zusammen. Ich hatte Taru noch nie schwitzen gesehen. Noch nicht einmal in Ägypten.

»Was ist mit dir?«

Fast schon beschämt kratzte sich Taru am Hinterkopf. »Ich bin hier wohl weit weniger göttlich, als ich dachte.«

»Was?«, platzte es aus mir heraus, doch ich dämpfte sofort meine Stimme, als Taru mir erneut bedeutete, leiser zu sprechen. »Was meinst du mit weniger göttlich?«

»Erinnerst du dich an die Geschichte von Ariadne und Theseus?« Ich nickte. »Es gibt einen Grund, weshalb es zwei Menschen waren, die den Minotaurus besiegten. Weshalb sich keiner der Götter in dieses Labyrinth wagte. Hier drin gibt es keinen Unterschied zwischen Göttern und Menschen.«

Ich spürte, wie sich meine Augen weiteten, als ich seine Worte verstand. Dixies Warnung. Das Schwert, das Taru plötzlich bei sich trug. Seine Anspannung. Panik schnürte mir die Brust zu. »Darum wollte Dixie uns begleiten. Du bist hier ein Mensch.«

»Ja«, gab Taru zu und verzog den Mund. »Aber ehrlich gesagt hatte ich gehofft, der gute Minotaurus hätte einen tieferen Schlaf. Und außerdem hätte Dixie uns hier auch nicht wirklich weiterhelfen können. Sie hätte zwar immer noch ihre Stärke behalten, doch alles andere …« Er zuckte mit den Schultern.

Ich fuhr mir mit einer Hand über das Gesicht und versuchte, ruhig zu atmen. Wir würden das überleben. Ganz sicher. Auch ohne Tarus Fähigkeiten.

»Wir haben den Minotaurus abgehängt«, versuchte Taru mich

flüsternd zu beruhigen, als wir uns wieder in Bewegung setzten. »Wir müssen nur noch das Zentrum finden.«

»Du hast schon gesehen, dass er auf diese Wände springen kann? Und dass wir ihn mit diesem Faden direkt zu uns führen?«, fuhr ich ihn an und hielt die Spule direkt vor sein Gesicht, während Angst meinen Hals verengte. »Wie –«

Taru legte eine Hand auf meinen Mund, als ich ihn weiter anfahren wollte. Mit angehaltenem Atem lauschten wir, ob ich den Minotaurus zu uns gelockt hatte. Als es weiterhin ruhig blieb und wir kein Schnaufen vernahmen, löste Taru seine Hand von meinem Mund und trat zurück.

»Er kann den Faden so gut wie nicht wahrnehmen«, erklärte er, was es nicht wirklich besser machte. »Für ihn sieht er aus wie ein feines Spinnennetz.«

»Okay, okay.« Ich nickte, mehr um mich zu beruhigen, und sah zu dem kräftigen roten Faden, ehe ich meinen Blick zu dem von den hohen Steinwänden gesäumten Weg vor uns gleiten ließ. »Hast du einen Plan, wo wir sind?«

»Vielleicht sind wir ein bisschen vom Weg abgekommen.«

Mein Kopf zuckte zu ihm. »Wie bitte?«

»Kein Grund zur Sorge, es gibt noch eine andere Möglichkeit, das Zentrum zu erreichen.« Er warf mir ein entschuldigendes Lächeln zu, als wir vor einer Sackgasse standen. Taru drehte sich zu der meterhohen Wand und steckte das Schwert zurück in die Scheide. »Das wird nur nicht ganz so spaßig.«

44

Taru

»Nein.« Rio schüttelte so heftig den Kopf, dass sich immer mehr Strähnen aus ihrem Zopf lösten. »Das kannst du vergessen. Lieber lasse ich mich von den Hörnern aufspießen.«

Ich verkniff mir ein Lachen und trat auf sie zu. »Glaub mir, du würdest nicht wollen, dass er dich mit seinen Hörnern aufspießt. Es sind nur …« Ich sah zu der schwarzen Steinwand hinter mir. »Vielleicht zwei Meter. Dir wird nichts passieren, Rio.«

Noch einmal schüttelte sie den Kopf. »Ich klettere nicht auf diese Wand. Weißt du, was passieren kann, wenn ich da abrutsche? Von offenen Wunden ganz zu schweigen.« Sie warf einen Blick zur Steinwand vor uns. »Warst du es nicht, der nicht in den Helikopter steigen wollte? Wie kannst du da jetzt freiwillig drauf wollen?«

»Das war was anderes.« Nun konnte ich mir das Grinsen doch nicht verkneifen. Sofort erntete ich einen wütenden Blick von ihr. »Rio. Du hast dich gegen Medusa behauptet, gegen die Sphinx und hast sogar ihr Rätsel gelöst, und vor einer drei Meter hohen Wand kapitulierst du?«

»Gerade eben waren es noch zwei Meter.«

»Kleinigkeiten.« Mein Grinsen wurde immer breiter. Sie sah von mir zu der Wand. Wieder ein Kopfschütteln. »Es gibt keine andere Möglichkeit. Bitte«, flehte ich sie an und nahm ihre Hand, damit sie mich ansah. In der anderen hielt sie die Spule fest umklammert. Ein Brüllen erklang im Hintergrund. Der Minotaurus hatte wieder unsere Spur aufgenommen. Ich sollte Rio einfach über meine Schulter werfen und mit ihr die Wand hinaufklettern. Aber ohne meine göttlichen Fähigkeiten würde das wohl eher unseren Tod bedeuten.

»Ich hätte diesen Job niemals annehmen sollen«, murmelte sie schließlich, und ich atmete erleichtert auf.

»Ich habe dir doch gesagt, du würdest es nicht bereuen, wenn du es tätest.« Ich legte meine Hände zusammen, damit sie sich mit ihrem Fuß darauf abstützen konnte, um sich auf die Wand zu ziehen. Ich gab ihr einen extra Schwung, damit sie es leichter hatte.

»Das tue ich schon längst«, brummte sie leise und zog sich mit einem Ächzen auf die schwarze Mauer. Sie wollte mir die Hand entgegenstrecken, doch ich schüttelte nur den Kopf. Die Wände waren nicht sonderlich dick, weshalb wir aufpassen mussten, nicht das Gleichgewicht zu verlieren. Mit einem Sprung bekam ich das obere der Wand zu fassen und zog mich daran hoch.

»Siehst du, gar nicht so schlimm.« Ich drückte Rios Hand, während ihre Wangen aussahen, als wäre sämtliches Blut aus ihnen gewichen.

»Wenn das hier vorbei ist, gehst du mit mir jeden Tag auf die Eislaufbahn.« Sie funkelte mich wütend an. Wärme schoss durch meine Venen. Ich beugte mich vorsichtig vor, und gab ihr einen kurzen, schnellen Kuss, ehe wir uns wieder gegenüberstanden.

»Versprochen.«

Ich ließ ihre Hand los, drehte mich mit dem Rücken zu ihr

und setzte mich langsam in Bewegung. Rio war hinter mir, damit sie weiterhin den Faden ausrollen konnte. Immer wieder sah ich über meine Schulter, um mich zu vergewissern, dass bei ihr alles gut war. Zwischen ihren Augenbrauen lag eine tiefe Falte, ihren Blick hielt sie konzentriert auf die Wand unter ihr gerichtet.

Schweigend balancierten wir die nächsten Minuten über die Wände, die immer breiter wurden, je näher wir der Mitte des Labyrinths kamen. Zu meinem Erstaunen hatten wir es fast erreicht. Es konnten kaum mehr als zweihundert Meter sein.

Ich warf einen weiteren Blick über meine Schulter und fluchte. Sofort blieb Rio stehen. Ich nahm ihr den Ariadnefaden ab und stellte mich hinter sie, damit sie nun vorlaufen konnte. »Geh weiter, Rio«, wies ich sie bemüht ruhig an. »Wir müssen nur ein kleines bisschen schneller werden, okay?«

Ich sah, wie ihre Schultern verkrampften, doch ihr Blick war immer noch nach vorn gerichtet.

»Er ist wieder hinter uns«, stellte sie mit zittriger Stimme fest. »Ist er auf der Mauer oder unter uns?«

»Schau einfach nach vorn und geh immer weiter.« Rio nickte und schwieg. Sicherlich würde es sie nicht beruhigen zu wissen, dass er auf der Mauer war und uns damit direkt im Blick hatte. Ihre Schritte beschleunigten sich.

»Noch ein bisschen schneller?«, fragte ich vorsichtig, als das Schnaufen und das Huftrampeln näher kamen. Sofort reagierte Rio. Nur noch hundert Meter. Der graue Boden des kreisrunden Zentrums war bereits zu sehen. »Sehr gut, Rio. Weiter so.«

Hinter uns erklang ein Brüllen. Er war zu nah. Ich spürte bereits seine Macht. Die Wände erzitterten unter seinen Hufen.

»Okay, vergiss, was ich gesagt habe: Renn!«

Rio begann vor mir zu rennen, und ich hielt mich zurück, sie nun doch nicht über meine Schulter zu werfen. Stattdessen warf ich die Spule über unsere Köpfe, direkt in das Zentrum vor uns. Unsere Schritte donnerten auf dem Stein, nur noch wenige Meter. Das Brüllen des Minotaurus drang bis in mein Mark, und ich wusste, dass er viel zu nah war. Abrupt hielt Rio an, und ich musste alle Muskeln anspannen, um sie nicht von der Mauer direkt auf den Boden zu stoßen.

Wir hatten das Herz des Labyrinths erreicht.

Mit angstgeweiteten Augen drehte sie sich zu mir um. Ein Zittern glitt über ihren Körper, als sie den Minotaurus hinter mir entdeckte. »Gib mir deine Hand«, wies ich sie forsch an. Ich spürte beinahe schon, wie der Halbstier in meinen Nacken atmete. Ohne auf Rio zu warten, nahm ich ihre Hand. »Lass dich an der Wand runterrutschten. Ich halte dich.«

»Taru –«

»Nicht jetzt.«

Rio schrie auf. Erst verstand ich gar nicht weshalb, da flog ich bereits über die Mauer in das Zentrum. Ein stechender Schmerz schoss durch meinen Rücken, dann durch meinen Kopf, als ich auf den Boden aufkam.

Sofort stand ich auf. Ignorierte das Brennen und die sich drehende Welt. Das Schwert war aus der Scheide gerutscht. Aber mir blieb keine Zeit. Der Minotaurus landete direkt vor meinen Füßen.

Im letzten Moment konnte ich nach hinten ausweichen. Seine großen Hufe verfehlten mein Gesicht um einen Millimeter. Verwesung schlug mir entgegen. Als sich mein Blick klärte, sah ich weshalb. Hautfetzen hingen am schwarzen Fell des Minotaurus. Seine roten Augen waren geweitet vor Zorn, Schaum tropfte von seiner Schnauze.

Dixie hatte recht. Der Minotaurus war ausgehungert.

Ich warf einen schnellen Blick dorthin, wo mein Schwert lag. Zu weit weg. Der Minotaurus stürmte erneut auf mich zu. Ich warf mich nach rechts, immer weiter weg von meinem Schwert. Kurz bevor mich die Hufe ein weiteres Mal fast erwischten, schrie Rio meinen Namen.

Der Kopf des Minotaurus zuckte zu Rio, die immer noch an der Wand hing. Der Ariadnefaden lag zu ihren Füßen.

»O nein, das wirst du nicht tun«, knurrte ich, als der Halbstier sich in Rios Richtung bewegte. Ohne zu zögern, warf ich mich auf seinen Rücken, umklammerte seine Hörner, zog an ihnen, bis er taumelte. Wild schlug er um sich. Brüllte, dass meine Ohren pfiffen.

»Zieh dich wieder rauf!«, schrie ich Rio zu. »Lauf weg!«

Der Minotaurus griff über seine Schulter und bekam mich zu fassen. Mit einem Ruck warf er mich über sich. Sämtliche Luft entwich meinen Lungen, als ich zum zweiten Mal an diesem Tag auf den Boden geworfen wurde. Dieses verfluchte Labyrinth. Hätte ich meine Fähigkeiten, hätte ich es schon längst in Schutt und Asche gelegt.

Ich rappelte mich auf. Spuckte das Blut, das sich in meinem Mund gesammelt hatte, auf den Boden.

»O mein Gott, Taru.« Ich wirbelte herum. Der Minotaurus hatte mich direkt vor Rios Füße geworfen. Ich umfasste ihren Knöchel und wollte sie nach oben drücken. Doch sie trat mich von sich. »Nein! Ich lass dich hier nicht allein, du Idiot.«

»Bist du –«

»Lass mich runter!«, verlangte sie. »Ich bleibe, verdammt!« Ich knurrte und umfasste ihre Hüfte. Ein Brüllen hinter mir. Im letzten Moment zog ich Rio von der Wand, schmiss sie von mir in das Zentrum, wodurch ich nun die Wand in meinem Rücken hatte.

Tosender Schmerz explodierte in meiner Schulter. Mit aller Macht stemmte ich mich gegen den Kopf des Minotaurus, dessen Horn in mir steckte. Aber er war zu stark. Selbst ausgehungert war er viel zu stark, als dass ich ihn besiegen könnte. Schaum und Geifer tropften aus seinem Maul, und sein fauliger Gestank kroch in meine Nase.

Wut peitschte durch meinen Körper, gefolgt von Verzweiflung. Ich rammte meine Hände in das feuchte Fell des Halbstieres, bis seine Haut unter mir platzte.

Plötzlich wurde er von mir gerissen. Ich rutschte von der Wand, landete unsanft im Dreck. Schmerz schoss in tosenden Wellen durch meinen Körper, und Sterne tanzten vor meinen Augen. Blut quoll aus meiner Schulter. Ich musste mich konzentrieren. Dieser Kampf war noch nicht vorbei. Mit einer Hand auf meine Wunde gepresst rappelte ich mich auf.

Mein Blick zuckte zum Minotaurus, der einen verzweifelten Schrei ausstieß. Er stolperte nach hinten. Ich erkannte nicht, weshalb, bis ich Rio entdeckte. Ich traute meinen Augen nicht. Irgendwie hatte sie es geschafft, dass sich der Ariadnefaden in seinen Beinen verfangen hatte. Und sie … zog ihn zu sich. Wie konnte das funktionieren? Rio war nicht so stark. Sie war …

Der Minotaurus kam wieder auf die Beine und stürzte sich auf Rio.

Mit einer Pranke umfasste er Rios Hals, und etwas in mir rastete aus. In diesem Moment war jeglicher Schmerz vergessen.

Alles, was ich sah, waren Rios Augen. Pechschwarz, wie in dem Moment, als sie mich im Penthouse hatte stehen lassen. Das Schwarz zog sich zu ihrer Iris zurück und hinterließ Angst. Die gleiche Angst, die ich schon einmal gesehen hatte. Damals hatte ich die Frau, die ich liebte, verloren. Ich würde den gleichen Fehler nicht noch einmal wiederholen.

Ich stürmte zu meinem Schwert. Mit einem letzten Schrei, mit meiner letzten Kraft, holte ich aus. Etwas spritzte in mein Gesicht. Der Kopf des Minotaurus rutschte von seinen Schultern. Mit einem gedämpften Knall folgte sein Körper.

Ich ließ das Schwert fallen und war augenblicklich bei Rio. Sie umklammerte ihren Hals und starrte auf den toten Halbstier.

»Bist du okay?« Ich umfasste ihr Gesicht, zwang sie, mich anzusehen. »Rio. *Bist du okay?*«

Ihr Blick zuckte zu mir. »Ja«, flüsterte sie. »Ja.«

Erleichterung durchströmte meinen Körper. Mit den Händen strich ich ihre Haare aus der Stirn, die über und über mit Dreck und Staub bedeckt war. Suchte ihr Gesicht, ihren Hals, einfach alles nach Verletzungen ab. Als ich nichts fand, flutete Erleichterung meine Venen. Schwer atmend presste ich meine Stirn gegen ihre.

Sie lebte. Ich hatte es geschafft.

»Taru, du … du blutest.« Ihre zitternde Stimme ließ mich auf meine Schulter sehen. Mein kompletter Pullover war rot. Und als hätten ihre Worte meinen Körper an die Verletzung erinnert, kam der Schmerz mit aller Macht zurück. Meine Muskeln verkrampften sich. Kälte kroch über meine Glieder. Schweiß brach aus. Ich schluckte, versuchte, mich auf Rios Gesicht zu konzentrieren, das immer verschwommener wurde.

»Taru!« Zarte Hände umfassten mein Gesicht. »Bitte. Bitte, bleib wach.«

»Es geht mir gut«, wollte ich sagen, doch meine Zunge klebte an meinem Gaumen. Ein Schluchzen erklang. Es war so weit weg. Ich hob meine Hand, doch … es funktionierte nicht. Warum nicht?

Rio brauchte … sie sollte sich keine Sorgen machen. Mir ging es gut. Ich war nur müde.

Eine andere Stimme mischte sich mit Rios Flehen, das ich kaum noch verstand.

Kurz bevor mich die Dunkelheit in ihren ausgebreiteten Armen empfing, wurde es ein letztes Mal hell. Hell und warm.

Das Elysion, das Paradies. Das musste es sein.

45

Taru

Sanftes Licht strich über meine Lider. Der Duft von Jasmin und Rosen drang mir entgegen. Das war nicht das Elysion.

Erinnerungen zuckten durch meinen Kopf, als ich es endlich schaffte, die Augen zu öffnen. Der Minotaurus. Ich hatte ihn geköpft. Das würde Ärger geben, verdammt.

Ich setzte mich auf. Sandfarbene Wände, weiße Vorhänge, die sich im sanften Wind aufbauschten, das Rauschen von Wellen. Ein Stechen fuhr durch meine Schulter. Ich verzog den Mund, als ich daran dachte, wie der Minotaurus sein Horn darin vergraben hatte.

»Hey«, erklang es neben mir. Mein Herz sackte in meinen Bauch. Rio saß auf einem großen Ledersessel. Ihre Haare waren zu einem dicken Zopf geflochten. Sie trug ein leichtes fliederfarbenes Kleid, das sie wie eine Göttin wirken ließ. Ihre Wangen waren rosig. Ihr ging es gut. Ihr ging es wirklich gut.

»Hey«, gab ich mit kratziger Stimme zurück. Langsam erhob sich Rio und setzte sich zu mir auf das Bett. In ihren dunklen Augen schimmerte Sorge und … etwas anderes, das ich nicht zuordnen konnte.

»Wie geht es dir?«

»Du lebst«, murmelte ich. Sofort verzogen sich Rios Lippen zu einem sanften Lächeln, doch irgendetwas stimmte nicht. Es wirkte nicht echt. »Besser kann es mir nicht gehen.«

»Du wurdest ganz schön verletzt«. Sie deutete auf meine Schulter. Ich sah an mir herab. Um meine nackte Brust war ein Verband geschlagen, an meiner Schulter war der Stoff dicker.

»Hatte schon Schlimmeres«, gab ich zurück. Es stimmte, in der Zeit nach dem Tribunal, in den ersten Jahren auf der Erde, hatte ich mich regelmäßig den Erinnyen ausgeliefert, nur um irgendetwas zu fühlen. Doch ich wollte Rio nicht noch mehr Sorgen bereiten, daher hielt ich diese Information lieber zurück. »Und du? Bist du irgendwo verletzt?«

Sie schüttelte den Kopf. »Nein, mir geht es gut.«

Ich legte den Kopf schief. Ihre Stimme klang nach dem exakten Gegenteil. Ich wollte nach ihren Händen greifen, doch sie zog sie auf ihren Schoß zurück. Ich wollte sie irgendwie berühren, um mich zu vergewissern, dass es ihr wirklich gut ging. Bevor ich etwas tun konnte, zuckte sie zusammen und rutschte ein Stück ab. Etwas stimmte ganz und gar nicht. Sie war so ruhig, so zurückhaltend. Ich hatte erwartet, dass sie mich anfahren würde. Mir Beleidigungen an den Kopf werfen würde, weil ich sie so in Gefahr gebracht hatte. Die Zweifel in meinem Kopf wurden so laut, dass sie all die Glücksgefühle darüber, dass wir den Minotaurus überlebt hatten, in den Hintergrund drängten. Hatte sie Angst vor mir? Hatte sie nun, nachdem ich den Minotaurus geköpft hatte, gesehen, was für ein Monster ich war? Hatte sie genug?

»Was ist los, Rio? Wo sind wir hier?« Ich ließ meinen Blick durch den großzügigen Raum wandern. Neben den bodentiefen Fenstern befand sich eine Kommode aus dunklem Holz. Ein weißer flauschiger Teppich lag über dem hellen Parkettboden.

Eine Tür aus dem gleichen Holz des Bodens entdeckte ich gegenüber dem Bett, auf dem ich saß.

Sie wich meinem Blick aus und nestelte nervös an ihrem Kleid. »Wir sind bei Pandora.«

»Bitte was?« Ich setzte mich weiter auf, ignorierte das Ziehen in meiner Schulter. »Wie?«

»Kurz bevor du das Bewusstsein verloren hast, tauchte sie wie aus dem Nichts auf. Erst war sie furchtbar wütend, weil du den Minotaurus getötet hast.« Ich verzog den Mund. Vielleicht hätte es gereicht, ihm das Schwert nur in die Brust zu rammen. »Aber dann sah sie dich und mich, und sie wurde plötzlich ganz ruhig.«

»Ruhig?«

Rio nickte und sah mich wieder an. »Sie hat mir geholfen, dich hochzuheben und durch ein Portal zu schaffen. Ich weiß nicht genau, wo wir sind, aber wir sind nicht mehr in Griechenland. Sie hat auch schon mit mir gesprochen, aber –«

Mit einem Ruck sprang ich aus dem Bett, taumelte kurz, weil mich die Verletzungen noch schwächten. Ich nahm einen tiefen Atemzug und stockte. Die Luft war dicker. Süßer. Ambrosia füllte meine Lungen. Geschmack von Honig legte sich auf meine Zunge. Mein Herz begann zu rasen. Ich konnte nicht auf dem Olymp sein. Ein Druck legte sich auf meine Brust, der jeden Atemzug quälend schmerzhaft werden ließ.

»*Wo* sind wir, Rio?«

Bevor Rio etwas sagen konnte, wurde die Tür aufgestoßen. Eine Frau mit hüftlangem goldenem Haar und ebenso goldener Haut trat in den Raum. Ein cremeweißes Kleid hüllte ihren Körper ein, der über und über mit goldenen Ketten und filigranen Edelsteinen behangen war. In einer Hand hielt sie eine kleine Schatulle. Das mächtigste Artefakt der Welt in den Händen der mächtigsten Frau im Universum. Erschaffen von den Göttern und gleichermaßen gefürchtet.

»Ihr seid auf dem Olymp, junger Prinz«, sagte sie mit tiefer, melodischer Stimme. »Aber keine Angst, keiner der falschen Götter hat hier Zutritt. Ihr seid eine Ausnahme, Namtaru, Sohn des Hades.«

»Pandora«, hauchte ich. Ein zufriedenes Lächeln huschte über ihr edles Gesicht. Schnell verbeugte ich mich, wie ich es auch vor den Olympiern immer getan hatte. Nur diesmal war kein Spott, keine Verachtung in dieser Bewegung. »Mein Dank könnte nicht größer sein.«

Als ich mich wieder erhob, lag immer noch dieser Ausdruck auf ihrem Gesicht. Ihr Blick huschte zu Rio, die nur auf den Boden starrte. »Dein Vater hat dir gute Manieren beigebracht.«

»Ich werde es ihm ausrichten«, sagte ich, woraufhin Pandora nickte. »Pandora, wir haben eine lange Reise hinter uns, und … ich habe Fragen –«

»Ich weiß das, Prinz«, unterbrach sie mich und schritt zu Rio. Behutsam legte sie eine Hand auf Rios Schulter. Wieder zog ich die Augenbrauen zusammen. Ein seltsames, ungutes Gefühl nistete sich in meinem Magen ein. Eine Vorahnung beschlich mich, als Rio meinem Blick erneut auswich. »Deine kleine Göttin hat mir bereits von deinem Vorhaben erzählt.«

Kleine Göttin? Was sollte das? Schon die Sphinx hatte sie so genannt. Vielleicht hatte Pandora in der Zeit, in der ich bewusstlos war, längst herausgefunden, woher der göttliche Funke in Rios Blut stammte. War es das, weshalb Rio sich so zurückhaltend verhielt? »Und? Was ist Eure Antwort?«

»Der Fluch, mit dem du belegt wurdest, Namtaru, Sohn des Hades, kann nicht durch Schuld beglichen werden. Nicht durch Vergeltung und nicht durch Rache«, begann sie. Ein kalter Schauer jagte über meinen Rücken. Die Vorahnung verknotete meinen Magen. »Nur das Schicksal vermag es, dich zu retten. Nur die Göttin, die den Lebensfaden zertrennt, kann dich von diesem Fluch befreien.«

»Das ist nicht möglich«, gab ich ungerührt zurück, unfähig, überhaupt etwas zu fühlen. »Atropos ist tot. Sie wurde dem Fluss Lethe übergeben, nachdem sie vor den Füßen der Götter gestorben ist.«

Pandora schnalzte mit der Zunge und kam auf mich zu. Ich wagte es nicht, mich zu bewegen, als ihr schwerer Geruch von Ambrosia, von purer, unendlicher Macht mich umhüllte. Auch nicht, als sie einen Finger an meine Wange legte und meinen Kopf zu Rio drehte. Tränen liefen über Rios Wangen, und in ihren Augen stand etwas, das mir das Herz zerquetschte. Angst.

Sie schlug sich eine Hand vor den Mund, doch das Schluchzen war ihr schon längst entwichen. Rio drehte sich weg, als könnte sie es nicht ertragen, mich anzusehen.

Was war passiert? Was –

»Dann erkläre mir, junger Prinz«, flüsterte Pandora in mein Ohr, »wie es sein kann, dass die tote Schicksalsgöttin so lebendig unter uns weilt?«

Mein Herz setzte einen Schlag aus, und meine Welt geriet aus den Fugen, als mich die Erkenntnis wie ein Schlag traf.

Dieses Vertrauen. Dieses Gefühl, als seien unsere Herzen vom ersten Moment an verbunden. Der Grund, weshalb Rio für die Erinnyen unsichtbar war. Weshalb sie roch wie ein Mensch und doch keiner war. Weshalb Medusa sie von Anfang an faszinierend fand, weshalb sie das Rätsel der Sphinx lösen konnte, obwohl sie kaum etwas über diese Welt wusste. Weshalb sie ohne Probleme die Insel der Nymphen betreten konnte und stark genug war, den Minotaurus mit dem Ariadnefaden von den Füßen zu reißen.

Atropos war nicht tot. Ihre Seele hatte die Gewässer der Lethe nie berührt. Rio. Sie war … Atropos.

Danksagung

Als ich im November 2020 anfangen habe, diese Geschichte zu planen, wusste ich noch nicht, was damit passiert. Ich wusste nur, dass es sich anders angefühlt hat als bisher. Und wie auch Rio und Taru in dieser Geschichte lernen werden, muss man auf sein Gefühl vertrauen. Das habe ich auch getan, und mein größter Traum ist in Erfüllung gegangen. Ich habe ein richtiges, echtes Buch geschrieben, das mir den Eintritt in eine Agentur und in einen wundervollen Verlag ermöglicht hat.

All das habe ich natürlich nicht allein geschafft. Ohne meine Eltern und meine Großeltern, die jede seltsame Idee unterstützt haben, wäre das nicht möglich gewesen. Danke, dass ich mich auf euch verlassen kann, egal, was passiert.

Und auch ohne meinen Freund Philipp wäre ich nicht da, wo ich jetzt bin. Danke, dass du immer an mich glaubst, mich ernst nimmst und mein größter Fan bist (und mich daran erinnerst, zu essen und zu trinken, wenn ich wie ein Geist durch die Wohnung laufe, weil ich in den Geschichten lebe statt im Hier und Jetzt).

Danke auch an die besten Freunde, die ich mir wünschen kann, und die Zufälle, die uns zusammengebracht haben. Andi und Xenija, ihr wart von Anfang an dabei, habt mir gut zugeredet und euch mit mir zusammen an Silvester gewünscht, dass ich endlich eine Zusage bekomme. Hat funktioniert!

Danke an Kat, der dieses Buch gewidmet ist und ohne die es Rio und Taru gar nicht erst gegeben hätte. Danke für die stundenlangen Gespräche und das Entwirren meiner Gedanken – was wäre ich nur ohne dich!

Ohne Beril Kehribar, meine Heuli-Kumpanin, wenn einfach alles nervt, meine Kollegin, aber allen voran meine Freundin, gäbe es dieses Buch ebenfalls nicht. Danke fürs Aufbauen, fürs Verstehen und Immer-da-Sein. Ich kann kaum abwarten, was die nächsten Jahre für uns bereithalten!

Auch Nena Tramountani verdient ein fettes Danke – ich weiß, du willst es nicht hören, du Flöte, aber auch ohne dich hätte es dieses Buch nicht gegeben. Danke, dass du du bist, und danke für jedes Gespräch, für jedes Verstehen und für die Inspiration, die du bist!

Danke an meine Testleserinnen Maren, Niccola und Lisa! Euer Verlieben in Taru und Rio hat mir Hoffnung und das breiteste Grinsen ever gegeben. Danke auch an Basma, die mich fast schon hautnah an ihrem Leseerlebnis hat teilhaben lassen. Deine Begeisterung war Balsam für meine Seele!

Natürlich gilt auch meiner Agentur, der Michael Meller Literary Agency, und vor allem meiner Drill-Sergeant-Agentin Franziska Hoffmann mein größter Dank. Genauso dem wundervollen Team vom Moon Notes Verlag und meiner Lektorin Isabella. Danke, dass ihr meine Träume verwirklicht und mit eurer Professionalität das Beste aus mir herausholt!

Und auch danke an euch, liebe Leser*innen. Danke, dass ihr bis hierhin gelesen und Rio und Taru eine Chance gegeben habt. Wir lesen uns im zweiten Teil, wenn ihr mögt!

Eure Juli

MOON NOTES

Josephine Angelini

Fates & Furies. Doomed

Göttlich verboten

Romantasy

ISBN 978-3-96976-035-2

Daphne zieht nach New York und damit mitten hinein in einen Jahrtausende währenden Krieg. Sie ist die Tochter von Zeus, ihr Gesicht das berühmteste der Menschheitsgeschichte und gleichzeitig ein Fluch: Sie trägt das Antlitz von Helena von Troja, Auslöserin von Krieg und Verdammnis. Umso gefährlicher ist es, als Daphne eines Tages ein Graffiti entdeckt, das ihr Gesicht zeigt und sie magisch anzieht. Der Künstler ist kein anderer als Ajax, der Sohn Apollos – und damit eigentlich ihr Todfeind. Eigentlich ...

Content Notes

In diesem Buch finden sich folgende Inhalte, die triggernd wirken könnten:

- Verlust und Trauerbewältigung
- Erwähnung suizidaler Gedanken
- Beschreibung von selbstverletzendem Verhalten